LA MATCHBREAKER

TERESA ZAGA-COHEN

LA MATCHBREAKER

El amor en los tiempos del *swipe*

Grijalbo

La Matchbreaker
El amor en los tiempos del swipe

Primera edición: abril, 2018

D. R. © 2018, Teresa Zaga Cohen

D. R. © 2018, derechos de edición mundiales en lengua castellana:
Penguin Random House Grupo Editorial, S. A. de C. V.
Blvd. Miguel de Cervantes Saavedra núm. 301, 1er piso,
colonia Granada, delegación Miguel Hidalgo, C. P. 11520,
Ciudad de México

www.megustaleer.mx

D. R. © 2017, María Conejo, por diseño e ilustración de portada

ISBN: 978-607-316-358-3

Impreso en México – *Printed in Mexico*

El papel utilizado para la impresión de este libro ha sido fabricado a partir de madera procedente
de bosques y plantaciones gestionadas con los más altos estándares ambientales, garantizando
una explotación de los recursos sostenible con el medio ambiente y beneficiosa para las personas.

Penguin
Random House
Grupo Editorial

"And her joy would become a restless thing, flapping it's wings inside her, as though looking for an opening to fly away."

Chimamanda Ngozi Adichie

Para El Rey, que me enseñó a mirar el horizonte detrás del mar.

Este libro es para las magas, guerreras, curanderas y locas. Para las mujeres que han tomado el destino de su vida en sus manos. Es para las mujeres de mi linaje ancestral, y para la nueva generación, que abra su camino cuestionando el nuestro.

Es para IKS, que con su verdad ha puesto en acción las palabras "valentía" y "vulnerabilidad".

FALL

Whisky, viagra y amén

"Esto sólo me pasa cuando una mujer me gusta en serio", dijo Matthew mientras pasaba los dedos entre hebras de mi pelo alaciado con biopolímeros de keratina. Yo tenía la mejilla izquierda contra su pecho lampiño y mis ojos se detuvieron un tiempo prolongado en su pene flácido, incircunciso, que había decaído dentro de mí. Matthew tenía 43 años y yo 30. Era mi maestro de guión. Fue en la tercera clase cuando levantó los penetrantes ojos azules de la lectura y se encontró con los míos, marrones, inquietos, descontentos. Nos quedamos mirando lo que duró la lectura de tres páginas, ausentes de lo que alguno de mis compañeros leía.

Matthew era canadiense, con ciudadanía mexicana, y en el acento tenía un dejo del inglés de la granja en la que creció. Me levanté, insatisfecha sexualmente, para envolverme en una cobija delgada y caminé por el reducido espacio hasta llegar al piano. Mi casa era pequeña. Era un departamento en la planta baja de una calle silenciosa de la Condesa. Las paredes de la estancia eran verdes —verde grisáceo—, y las de mi recámara rosa —rosa claro—. Mi colcha tenía mariposas y flores. Había decorado el espacio a mi antojo. Era mi única oportunidad para hacerlo porque la siguiente casa a la que fuera debía compartirla con un esposo.

Vivía con Cami, mi perra que era rubia como los pollos, de pelo sedoso y brillante con ojitos marrón tan agudos como dulces. Era una perra callejera que apareció mientras yo caminaba por la calle de Campeche. Una mestiza que parecía consanguínea de un golden retriever y un schnauzer. La había adoptado hacía tres años, y tres años tuve que chutarme comentarios del tipo "está flaquísima, ¿por qué no le das de comer?" A lo que yo siempre pensaba: *Ah, ¡qué buena idea! No sabía que los perros debían ser alimentados.* Su peso me preocupó desde el día en que la conocí, porque se le marcaban las costillas y al acariciarla podía sentir la fragilidad de sus huesos. El veterinario decía que estaba bien de peso y de salud: "Es que es supermodelo", me limitaba a contestar.

Mi perra atiende la perfección física que yo no tengo: es alta, flaca, güera, delicada y elegante. Yo, por el contrario, soy el prototipo de Blanca Nieves; mi constitución y altura son normales, mi cabello es marrón oscuro que parece negro solo porque contrasta con la blancura extrema de mi piel. Mis rasgos no son finos como los de Cami. Tengo la nariz grande y el perfil salido de una turbulencia mediterránea que hace que hombres de ojos azules como los de Matthew se enloquezcan con mi genética judeosiria. Cami es para mí lo que para el sistema digestivo es la flor de manzanilla: absolutamente reconfortante.

Me senté en el banquillo antiguo del piano y toqué, o dizque toqué, la primera estrofa de *Para Elisa* de Beethoven, Matthew siguió acostado en el futón gris. Se recargó sobre un codo y giró su cuerpo hacia el sonido principiante de mis manos: "¿Le vas a enseñar piano a mi hija, verdad?" Asentí con un leve movimiento de nuca y seguí intentando darle movilidad al dedo meñique que debía alternar con el dedo anular de *Mi* a *Re* sostenido.

Toqué un compás más y después volteé a verlo. Su pene incircunciso me causaba conflicto, mucho más del que estaba dispuesta a admitir. Según yo, mujer judeomexicana proveniente de una comunidad con tradiciones sirias, ya no me importaba encontrar un marido judío. Tenía mi negocio de té chai en una esquina frente al parque más bonito del barrio, caminaba al súper, al cine, al trabajo y a casa de mis amigos. Vivía en la colonia más *cool*, me había independizado de mi madre con todo lo que significaba salir de la casa familiar sin un hombre que me llevara consigo. Había roto demasiadas reglas.

"Matthew", carraspeé y él me clavó esos ojos azul profundo como cuando en las clases nos aislábamos del resto del planeta.

"Me voy a Nueva York seis meses", dije con la voz baja y desvié la mirada a la cama púrpura donde estaba tendida Cami. "¿Qué? ¿A qué?", dijo Matthew mientras se levantaba para ajustarse el bóxer a su estómago cervecero y caminaba a sentarse junto a mí en el banco del piano. Me habló con una voz más queda que la mía, casi susurrándome al oído: "No te puedes ir. Yo quiero estar contigo. Te hablo desde matrimonio hasta cumplir tus fantasías sexuales más voladas". *That sounds tempting*, pensé. Matthew y yo teníamos poco tiempo de conocernos; lo de las fantasías más voladas sonaba bien, pero era momento de ponerle fin a la contradicción de mi vida.

"¡Pero dime! ¿A qué te vas a Nueva York?", preguntó casi exigiendo mi respuesta inmediata. ¡Uy! ¿Cómo articularlo? ¿Cómo decirle? ¿Para qué contarle? A él o a quien fuera, ¡qué vergüenza! Me mordí la única uña viva que encontré en mi mano izquierda, y con la mano derecha, regresé a teclear nerviosamente *Mi, Re* sostenido, *Mi*.

STEINWAY AND SONS
NEW YORK

Leí bajo el atril donde descansaba la partitura. "Me voy a estudiar piano clásico", fue la primera de muchas veces que habría de mascullar la frase que inventé en ese instante y yo misma me la hice creer.

"¿Cuándo te vas?", me interrogó, incrédulo de mi respuesta anterior. "En dos semanas". Entonces se levantó y fue a recargar su peso al trinchador y a mirar en silencio el cuadro que colgaba de la pared verde. Era una fotografía enorme de Gregory Colbert en la que una mujer, vestida con un blusón de mucha tela, leía un libro antiguo sentada sobre las ramas de un árbol al lado de un orangután. Yo vi al orangután en segundo plano y en el primero el cuerpo rechoncho de Matthew, su cabello completamente blanco. Era más guapo que el chango; sus ojos y pestañas me mataban, tenía labios finos, la piel blanca que enrojecía como camarón cuando la tocaba el sol y la sonrisa chuequita y amarillenta.

"Puedes tomar clases de piano en donde sea. Yo tengo que ir a Canadá a editar un guión que me va a tomar seis meses. Vente conmigo." La idea no era mala, de hecho, sonaba bastante bien; solo que yo en realidad no iría a Nueva York a estudiar piano. Viajaba a otro país para encontrar un esposo judío a través de una agencia especializada de *matchmakers*. No estaba dispuesta a reconocerlo. Ni ante el canadiense, ni ante nadie; iba a una misión específica. Y solo tenía seis meses para lograrla.

Matthew se fue de mi casa cabizbajo, preguntando si no había forma de que cambiara de opinión. Negué con la cabeza y le di un beso que sabía a alivio disfrazado de melancolía. Cerré la puerta y Cami levantó la carita. Fui a su cama y me tendí con ella a abrazarla hasta casi asfixiarla. ¿Yo la había adoptado o ella me había adoptado a mí? Era la única compañera incondicional; se me partía el corazón cada que recordaba que no podría venir a Nueva York conmigo. No quería meterme en asuntos caóticos al entrar a Estados Unidos con un animal; además, encontrar un departamento que admitiera mascotas habría sido una misión suicida. *Cami is not just a pet, you see?* Me da el apoyo emocional que nadie me ha dado, y aunque sabía lo reconfortante que sería como compañera en esta misión, no podía llevar conmigo a mi pequeña flor de manzanilla.

Después de zafarse de mi abrazo sofocante, me levanté y regresé a sentarme al banquillo del piano, ella me siguió y se tumbó debajo de la generosa cola de madera. Me senté frente al mueble imponente, frente a su antigüedad y sabiduría.

La coartada del piano. El día que Don Steinway llegó a Ometusco.

Empecé a estudiar piano dos días después de haber cumplido 30 años. Cuando era niña lo había practicado por corto tiempo. Mi abuela decía que tengo manos largas, manos de pianista. Mi maestra era más joven que yo, tocaba excepcionalmente y hablaba con un entusiasmo, que no solamente me daban ganas de tocar, sino que me inyectaba unas ganas feroces de vivir. Se llamaba M y decía que yo aprendía rápido y tenía sentido musical. No sabía nada de música. Tomaba las clases en casa de mi primo y no tenía dónde practicar, necesitaba un piano. Me habían prestado un teclado digital que bien parecía un chiste de juguetes Mi Alegría.

Busqué un piano en mi muro de Facebook. Necesitaba comprar el que fuera. No me importaban las marcas, ni los fabricantes. Solo quería que fuera un piano vertical que cupiera en mi casa para poder tocar.

Dos mujeres respondieron al anuncio de mi muro. Fui a ver el de la primera que contestó: era un piano alemán de pared que sonaba divino, estaba al precio que me alcanzaba y me lo quería llevar en ese instante, pero M me frenó. Antes de llegar, nos habíamos encontrado, mientras pasábamos un tope, a la mujer del segundo piano subirse a su coche; la reconocí, le toqué el claxon, me presenté como Teresa, la del piano, y pregunté si podía verlo, porque estaba con la maestra. La mujer dijo que podía ir a verlo en otro momento, por lo que seguimos el camino y vimos el alemán. Yo casi lo empaco en la cajuela, pero M no estaba entusiasmada como yo: "Me late que el tuyo es el otro. Está muy raro que hayamos visto así de la nada a una señora que solo conoces por Facebook".

Unos días después fuimos a verlo a una mansión abandonada de las Lomas que estaba a media demolición; había una cortina de polvo y muebles viejos apilados. Muebles vintage, de los de en serio. Entramos y vimos un mueble pomposo y largo. Me volteé para salir, irritada. Esa cosa no cabía en mi casa, pero M se acercó y comenzó a tocarlo. El sonido era desafinado pero prolijo, y el entusiasmo de mi maestra se convirtió en lágrimas de emoción: "Nunca había visto un piano tan bonito. Ven a tocarlo".

Me acerqué y toqué la escala de *Do*, que era lo único que sabía. M abrió la tapa, vio las cuerdas, olió la antigüedad. "Es un Steinway." Se acercó a ver el año: "De 1875. Tienes que llevártelo". No. No me cabía. "Si no te lo llevas, yo lo compro y te doy mi Yamaha", dijo con una emoción, que sentí que se le saldrían los ojos de las cuencas oculares. "Este es como el Cadillac de los pianos." Y no tuvo que explicarme más. Los genes judíos se apoderaron de mí, *Wait a minute*, ¿me quería dar su Yamaha por el Steinway del siglo XIX? No sabía nada de pianos, pero sí sabía de coches, ¿intercambiar un Honda por un Cadillac antiguo? No sonaba como un buen *deal*.

Ya en mi casa, hablé por teléfono con la dueña del piano mientras caminaba de un lado al otro por la estancia. ¡No cabría! Aceptó mi precio que era poco más que el alemán de pared, pero mucho más instrumento. Más Cadillac, menos Honda. Era un regalo del cielo que me hacía la madre de la vendedora que, casualmente, también se llamaba como yo. La mudanza trajo al Steinway dos días después, sí cupo porque lo reemplacé por el comedor. Hice la promesa de aprender a tocarlo como el señorón piano merecía. Y lo bauticé como Don Steinway.

"Vi la marca del piano. *Patent Grand. New York*, y sentí el llamado de la ciudad para venir a aprender aquí", diría a quien preguntara a qué fui a la Gran Manzana. En inglés y español. Era una historia real, convincente, redonda y perfecta.

Una tarde de julio nadábamos en un mar tranquilo, mi madre, mi tía, mi tío y yo. El sol bajaba detrás de la falda del mar. "¿Por qué no te casas con ese amigo… ese, el… ¿cómo se llama? ¿Antoine, Arnold?, ¡ese!" Mi tío sentía que debía hacerse cargo de mí después de que mi padre muriera. "Hacerse cargo" significaba acomodarme con un hombre judío y de buena posición social para que entonces el nuevo hombre se encargara de mí.

"¡Es gay!," contesté. "¿Y?, ¿a ti qué te importa? Te casas, tienes a tus hijos con él y ya". ¿Y ya? Entre mi madre, mi tío y mi tía se arrebataban las palabras de la boca, tratando de convencerme como si se tratara de comprar un vestido que se me veía fatal pero estaba a buen precio. "Sí, así tus hijos tienen un apellido decente y un papá judío." No estaban bromeando. Le pedí al mar una respiración antes de pegar el grito que retumbara en todo el océano Pacífico.

"Mira, lo empedas, le metes un viagra y ya estuvo", dijo mi tío que regresó a la lancha disgustado cuando le revoleé los ojos. "Bueno, haz lo que quieras, pero te vas a quedar sola, ¿eh? Yo sé lo que te digo."

Miré a los ojos a las dos hermanas. ¿Qué tenían que decir al respecto las mujeres más cercanas a mi linaje femenino? ¿En serio también pensaban que debía casarme con mi mejor amigo gay? "Yo no sé ustedes", dije, "pero me interesa una vida sexual activa y apasionada con el hombre con el que decida estar, y estoy segura que casarme con Antoine, Arnold o como se llame es la peor idea que he escuchado en mi vida."

"¡Piénsalo!", murmuró mi tía que también se hundió profundo en el agua y nadó estilo mariposa a la lancha. Entonces era mejor casarme con un hombre gay para desfilar por el mundo con mi acta de matrimonio, que no casarme.

"¡Mamá!, ¿en serio tú también piensas así?" "Es que la verdad sí se llevan muy bien." Trato hecho, saldré del mar directo a comprar dos botellas de whisky porque es el licor que menos engorda, y sé que "mi esposo" cuida la línea, y así casual, encontraré el momento perfecto para hacer que se trague una píldora azul, firme el acta de matrimonio, y ¡amén! Me haga un hijo. O dos.

En vez de "whisky, viagra y amén", acepté la idea de ir a Nueva York a conseguir mi historia de éxito, como la de mi amiga Olga, que mis tíos habían conocido brevemente. Cuando escucharon su historia de soltera salvada por el rigor de las casamenteras neoyorkinas, inmediatamente pensaron en mí. Una *matchmaker* había presentado a mi amiga con su esposo y se habían comprometido a las pocas semanas de conocerse. Mi amiga judía-ashkenazí que no tenía la presión que yo, su amiga judía-siria.

Acepté ir a Nueva York con todos mis sentidos. Nadie me obligó. El gesto de mis tíos de pagar una agencia especializada era su manera de expresarme su protección, generosidad y urgencia de que perteneciera a la tribu. Porque cada quien hace lo que puede con lo que tiene. Mi madre, mi tía, mi tío, mi padre y yo crecimos en el mismo sistema de creencias limitadas. La presión a contraer matrimonio, aunque fuera con un hombre gay, no era una presión familiar, era social, generacional. Una idea desesperada con la que aprendimos a vivir.

Fui responsable y co-creadora de la experiencia, solté la ridiculez del "whisky, viagra y amén" para adentrarme a una correspondencia electrónica con Deluxe Match, la agencia casamentera de Nueva York.

"We don't do memberships for six months", dijo Marjorie al teléfono. Pero rogué que hicieran una excepción. *"What will you do in New York?"* Voy a estudiar piano clásico de manera seria, seguro no me admiten en Juilliard, pero algo se me ocurrirá. *"I don't think this is a good idea, you will feel a lot of pressure"*, pero la convencí diciendo que lo único que tenía que hacer era estar en Nueva York, *and my magic will do the rest* porque a lo mejor conocería al susodicho en el metro, en la calle o donde fuera. Babeaba por esa ciudad. Soñaba con vivir allí. La persuadí tanto que hicieron un precio para los seis meses, que era el tiempo que acordé con la familia, el periodo que podía dejar mi negocio, departamento y perro sin sufrir pérdidas que dejaran huella en mi vida. Entonces me mandaron la solicitud para que la llenara con los requerimientos de candidato a esposo.

Llené una forma de cuatro cuartillas. Dos y media era información mía, y el resto, una descripción del hombre que buscaba. Yo: Nombre, edad, peso, color de ojos, color de pelo, *background*, hermanos, ¿los padres siguen juntos? Mi padre murió hace años, pero sí, estaban juntos. Herencia cultural, política, ocupación, grados de educación, religión, *open to other religions?* No. Mi familia se rompería las ropas en señal de luto si es que acabo con un hombre no-judío. Así es que presénteme a uno que sea ni muy muy ni tan tan. *No orthodoxs*, ni alguno muy cercano a la religión, *please (I know it's a contradiction).*

¿Tienes hijos?, ¿estás abierta a alguien con hijos?, ¿quieres hijos? Sí, sí y definitivamente. Intereses, cultura y arte, gastronomías favoritas, viajes recientes, ¿te gustan los deportes? ¿Te gustan/tienes mascotas? Sí, pero no es mascota, es mi hija. ¿Hablas otros idiomas? Sí. ¿Cómo te describes a ti misma? ¿Cómo es tu personalidad? *Fuck!* Me dieron mucho espacio para esto. Bueno, pues ni modo, a "venderme".

Buscas. Rango de edad: de 25 a 45. Características de la personalidad, características físicas: *there's no way to describe this, attractive to my eyes.* Rango de altura: no me he puesto a pensar en eso, pero normalmente me gustan los altos. Tipo de cuerpo, tipo de pelo (*open to balding and receding?*) jajajaja. ¿Abierta a otras razas? No. ¿Abierta a otras geografías? Pues claramente. ¿A dónde? A *New York City.*

Capataz Capricornio

Capricornio es el capataz del zodiaco. Un capataz duro y riguroso que sabe exigirse y mandar a los demás. Capricornio es *control freak*, un signo al que le cuesta trabajo relajarse y disfrutar porque piensa en el trabajo, en el dinero y en la ambición. Es misterioso, solitario y profundo. *"Can smell a fake from a mile away"*, son detectores humanos de mentiras. Es un líder práctico y realista que muere de miedo por contactar con sus sentimientos. Yo soy eso, según mi carta astrológica, y no nada más eso sino el doble porque mi ascendente también es el capataz Capricornio al que se le denomina "el ascendente más difícil del zodiaco". *Wonderful!*

Creo fervientemente en "esas cosas". He visto a más de cinco astrólogos en mi vida. Me interesa saber qué diablos pasa conmigo casi todo el tiempo. Quiero pensar que *I can blame it on the stars*, a veces exitosamente y a veces no. Capricornio es un signo de tierra, siempre he sentido placer de saber dónde piso, no me gustan las sorpresas, me considero una eminencia en formular planes que se acomodan perfecto a mis deseos, y hago berrinche hasta que obtengo lo que quiero, y si no lo logro, *bye*, mejor aléjese el que esté cerca porque con mi mal humor puedo hacer que arda Troya, y no dejo de pensar en otra estrategia para conseguirlo. En teoría, los niños capricornio son los peores capataces, pero a medida que crecen se van relajando para tomar la vida más a la ligera. ¿Será? ¿Ya me toca? Saturno, regidor de mi signo, di que sí.

Me ha quedado claro que nací mientras la luna transitaba Aries, que significa mujer emocionalmente independiente, directa, impulsiva, apasionada, decidida, líder natural, la inquieta a la que siempre le gusta probar cosas nuevas, pero *Oh God*, la mujer con luna en Aries le rehuye al compromiso, se desentiende de cualquier atadura y no logra entregarse a los demás.

¿Un capataz formal y perfeccionista a la segunda potencia combinado con la más independiente de todas las lunas? El resultado soy yo, que además de eso conozco todos los planetas que habitan las otras casas de mi carta natal, mi número en el eneagrama, mi horóscopo chino y el hindú, las runas mayas, las runas celtas y cualquier sistema que me explique toda la rareza interna que no he podido explicarme.

Creo en todas "esas cosas" pero la verdad no me acuerdo, casi nunca me acuerdo de nada; a veces nada más hago como si supiera de lo que estoy hablando y me apasiono sin tener idea de lo que digo o lo que hago con esa información. Pero siempre me acuerdo de los dos capataces y de la pequeña luna ariana.

No sé en qué parte del mapa astrológico se lee que mi estado civil sería el tema de tantas y tantas sobremesas desde que nací. La frase célebre de bienvenida al planeta tierra es: "Que la veas novia" o novio, según el caso. O, "Que la veamos novia"; que todo el mundo que se ha enterado de tu nacimiento asistirá a tu boda, o más bien que puedan vivir para verlo. O mejor aún, que no se te ocurra de ninguna forma no hacerlo porque la razón de tu nacimiento y futura felicidad es "ser novia", vestir de blanco y caminar al altar, además de asegurarte de que sea tan pronto como puedas para que todos los que felicitan a tus padres vivan para contarlo. *No pressure* para la pequeña capataz independiente.

¡Ah! Y para que te vean vestida de novia, primero, si tienes el pelo ondulado, rizado o crespo, tu misión es alaciarlo, replegarlo y controlarlo a como dé lugar. Por eso, cada que íbamos a una boda o evento social importante, todas, solteras y casadas, chicas y grandes, íbamos al salón a alaciarnos el pelo.

Como si los cabellos ondulados, rizados o crespos no tuvieran derecho de existir.

Por todo lo anterior, sí tenía una manera premeditada de proceder. En el supuesto caso de que el plan A fallara y no encontrara marido en los próximos seis meses, para lo cual, dadas las circunstancias, las probabilidades eran reducidas. Repito, en el rarísimo caso de que aquello no sucediera, mi maquiavélico plan B era simple: tenía que convertirme en algo muy parecido, quizá no al mismo nivel porque seis meses no era tanto tiempo, pero sí tendría que convertirme en Teresa Mozart del siglo XXI: "Una suculenta mujer que comenzó a aprender la escala de *Do* a los 30 años, y al llegar a Nueva York fue iluminada por la mano divina y...", si mi pretexto para ir a Nueva York era el estudio "serio" de piano, pues más me valdría hacer espacio en mi cuerpo para que *goddamn* Mozart, y ningún aficionado, reencarnase en mí.

Solo tengo seis meses

Encontré a mi maestro a través de un larguísimo perfil de la Piano Studio of New York; su currículum me dejó anonadada, y su foto... ¡ay, Dios!

Era argentino y concertista en el mundo, con cara de galán de telenovela. Amante de Beethoven y de Piazzolla; profesor que hablaba y explicaba en español, pero cobraba en dólares. Ese hombre alto, de ojos verdes claros, cabello rizado y despeinado, con sonrisa de matador español sería mi maestro de piano.

Escribí a la directora de la escuela para pedir clases con él, y, como estaba de ociosa en mi pequeña casa con Don Steinway aprobando mis soluciones para validar la coartada, me adentré a ver su cuenta de Facebook, y le escribí directamente que quería estudiar piano con él, porque, me tenía que convencer, y hacer lo mismo con todos, que ese era el propósito del viaje.

Facebook inbox:

> Soy mexicana y hace algunos meses llegó a mi vida un piano Steinway and Sons de 1875 sin buscarlo. Decidí irme a NY para estudiar y aprender a tocarlo como el piano se merece. Tengo algunos meses estudiando acá en México y tengo completa la sonata Para Elisa.

> Estoy fascinada con el estudio de piano y quiero estudiar en NY unas cuatro veces a la semana para avanzar bien.

Y la reputación de un argentino se dejó ver menos de dos horas después del mensaje:

> Has dado con la persona indicada para ayudarte en tu propósito. Gracias por confiar en mí. Es curioso que menciones Para Elisa, yo he terminado la grabación completa de las 32 sonatas de Beethoven.

El maestro me dio su precio por hora y se me cayó la quijada. Se triplicaba o cuadruplicaba de lo que pagaba por clases a domicilio con M. Como buena chica judía tenía que regatear, además de seguir con la falacia:

> Para serle sincera estoy muy interesada en estudiar seriamente piano y creo que una vez a la semana no será suficiente. Yo estaba pensando en unas tres o cuatro veces. Realmente quiero aprender, sin embargo, el presupuesto que me das para cumplir este propósito no está dentro de mis posibilidades. ¿Hay algo que podamos hacer?
> Me gusta poder hablar en español contigo. Me imaginaba que tenía que aprender las notas como lo hacen en inglés y apenas estoy aprendiendo con do, re, mi...

Y contestó:

> Como dicen aquí: When there's a will there's a way!
> ¡Cuando hay un propósito, hay un camino!
> Ya vamos a buscar la forma.
> Te propongo que nos encontremos para una primera clase cuando llegues, y hablamos de todo. ¿Te parece?

> Perfecto. Tenía que bajar mucho el precio de la clase, de lo contrario no podría tomar varias sesiones a la semana. No podría estar enfocada, y mis intenciones de ser Mozart se disiparían en un instante. Eso era inadmisible. Habría que esperar a verlo.

Fui al salón de belleza y pasé varias horas repasando el lacio de mi pelo. Repetí el tratamiento con keratina de chocolate brasileño para amanecer "alaciada", para así no batallar con los chinos y estar bien arreglada para todas mis dates con los flamantes hombres neoyorkinos. Estaba emocionada pero me ponía nerviosa pasar por Inmigración y revelar cuánto tiempo me quedaría y cuál era el propósito de mi visita a Estados Unidos: *"I came to study classical piano, sir"*. No debía olvidar aquello. Nunca.

Me despedí de Matthew cenando tacos de El Califa, él pidió tres gaonas con queso y yo nopales, también con queso. Era una noche triste y tibia. Matthew hizo un drama como si me estuviera divorciando de él: "Es que no entiendo por qué no puedes venir a Canadá. Allí también hay maestros de piano". Dije que ya tenía todo arreglado y estaba lista para irme al día siguiente.

Me acompañó a la puerta de mi casa, derrotado, con los ojos azules vacíos: "La próxima vez que te vea vas a estar embarazada de alguien más". Era guionista, o quizá adivinador. "Ay, Matthew, no exageres, solo me voy seis meses", nos abrazamos, y yo al comentario de que la siguiente vez que nos viéramos sería una mujer casada y barrigona, secretamente le recé "amén".

Dejé la casa de las paredes verdes con el cuadro de la mujer y el orangután colgado; vacié la recámara pintada de rosa claro, pero dejé la colcha puesta, y en el otro armario embutí toda mi ropa; en la cocina, mis utensilios; en la estancia, el escritorio, la pequeña televisión plana y la mesa de centro de rattan, que desde la llegada del piano se había convertido en la mesa del comedor. Dejé el departamento rotando en manos de amigos; yo regresaría y estaría todo puesto como lo dejé. Prometí a Don Steinway ir a aprender a tocarlo a la altura de su sonido, de su antigüedad y sabiduría. Aprender a tocarlo como un Steinway and Sons de 1875 lo merecía.

Apresuré a entrenar a la gerente que recién había conocido para que me ayudara a llevar el negocio de té chai. Yo estaría trabajando remotamente, haciendo cuentas, supervisando con mis cámaras todos los movimientos. Cada semana tendríamos una junta vía Skype.

Todo tendría que estar bajo el mismo control, como mi *control freakness* había manejado ese lugar por cuatro años. Dejé ensamblada la orquesta y solo era cuestión de tocar las partituras al tiempo correcto de mi batuta lejana. No sentí melancolía por irme, por dejar encargado el negocio, por dejar mi casa con el recién adquirido piano; pero sí sentí un nudo agazapándose del corazón a la garganta cada vez que encontraba la mirada implorante de Cami.

Solamente lloré al despedirme de ella, mi perrita callejera. Casi todos los familiares viajarían a Nueva York pronto, tan pronto que ni siquiera tendría tiempo suficiente de extrañarlos. Pero Cami era diferente; sentí que la estaba abandonando y que la sumergí en la misma incertidumbre que la mía. "Voy a volver por ti pronto, Cami", le dije mientras la llenaba de besos en la puerta de la casa de su *dogsitter*. Cami me miraba con esos ojos dulces y penetrantes, ojos suplicantes de que no me fuera, ojos desconcertados. Se arrimaba a mis manos para que la acariciara entre sus costillas protuberantes, luego se tendía y doblaba las delgadas patas delanteras para que le masajeara la pancita.

"¡Ya vete, ya vete!", urgió la *dogsitter* porque vio el puchero en mi cara y los ojos tristes a punto de hundirse en lágrimas. Cami me siguió hasta la puerta y ya no giré para verla, a mi tierna compañera, tan reconfortante como la flor de manzanilla.

En sus marcas... ¿lista?

¿Cómo voy a vivir aquí seis meses?, pensé cuando me levanté nueve horas después de aterrizar en JFK. La ciudad estaba totalmente gris; llovía, llovía y parecía como si nunca dejaría de llover. Desperté triste pero tenía que apurar a arreglarme bien, sacar de la maleta algo que me hiciera ver guapa/casual, tipo, así tan casual y guapa es como despierto. Repasé con la plancha el lacio de mi fleco, me maquillé natural, como si hubiera amanecido sin las ojeras que delataban una de las peores noches de insomnio de mi vida.

Tomamos un taxi y aunque seguía lloviendo, yo sudaba sin parar. Mi tía y yo llegamos a un vestíbulo elegante y victoriano, con techos largos y pisos de mármol. Yo vestía pantalones negros brillantes, una camisa azul rey y un poncho bordado negro y blanco con unas botitas de tacón corto. Nos anunciamos y el recepcionista nos mandó a sentar mientras le autorizaban que subiéramos. "Qué bueno que te alaciaste para siempre ese pelo", dijo mi tía mientras yo me revisaba en un espejito de mano, "es que de lacia te ves más elegante, combinas con Nueva York".

Una mujer de mediana edad, regordeta y más baja que mi tía y yo, vestida con falda negra a las rodillas, medias transparentes, tacones de señora cansada y un collar de perlas entró por la puerta y me miró de arriba abajo como si estuviera examinándome. "*Are you Teresa?*", me levanté del sillón como si hubiera sentido un latigazo en las nalgas y asentí. *"Hi. I'm Marjorie"*, dijo al extender la mano que yo tomé y la atraje hacia mí para darle un abrazo que no se esperaba. Pensé que era momento de mostrar mis encantos a pesar del ambiente húmedo, lo esponjoso que llegó mi pelo al encuentro, de haber dormido mal y de estar aterrada: planté una sonrisa en mi cara y, aunque era mi turno para hablar, intenté sostener media sonrisa sin que pareciera forzada.

Caminamos las tres al elevador de un rascacielos; nosotras íbamos al piso cuarenta y tantos, no pude fijarme bien porque Marjorie me escrutaba y hubo un silencio incomodérrimo entre las tres. Pero sí noté que el botón encendido se encontraba a la mitad del tablero; Marjorie siguió recorriéndome con la mirada de arriba abajo, deteniéndose en mis pies y mis piernas. *Wow, this is so comfortable, your examination makes me feel so at ease*, quise decirle, pero en su lugar seguí sonriendo cuando escuché: *"You are more beautiful in person than in pictures"*, dijo y supuse que era un cumplido, ¿verdad? Me sonrojé y moví el fleco de mi frente para ensartarlo tras la oreja.

Llegamos a la suite 32D y entramos a una sala victoriana de caoba color rojo y marrón con una entrada de luz a través de los grandes ventanales desde donde se veía un paisaje imponente de la ciudad; mi tía y yo nos sentamos en el sillón y Marjorie lo hizo frente a nosotras mientras sacaba unas hojas de una carpeta. *"How long have you been friends with Olga?"*, preguntó mientras barajaba los papeles. Olga me había recomendado con las *matchmakers* que le hicieron un cambio de look, y de vida. Se había casado unos días antes de mi llegada. Desde que conoció al hombre, hasta la fecha de la boda, habían pasado apenas unos meses. *"Mmm... About four years. We both like to write"*, dije, nerviosa, sabiendo que a mí también me iban a transformar la apariencia, y seguramente la vida. Pero bueno, quizá el aspecto no tanto, porque ya venía alaciada, y eso, según mi tía, era un *must* para salir con cualquier hombre.

Repasaríamos mi solicitud, aquella que había rellenado en privado y mi tía no había visto. Comenzó a leer: "Te llamas Teresa pero te dices Tery, ¿con cuál nombre quieres que te presentemos?" "Teresa", dije yo. "Tery", dijo mi tía al mismo tiempo. Marjorie sonrió "*I think Tery is better, it's sweeter*". Asentí como si en verdad no tuviera elección. "Eres maestra de yoga y tienes tu propio negocio de té. Te gusta hacer ejercicio, eres vegetariana pero sí comes pescado; tu comida favorita es la japonesa." Asentí incómoda, porque, claro, aunque la gastronomía japonesa sea mi predilección, no podía ver de qué forma eso definía mi futuro con un hombre; ni por qué la casamentera leía enjundiosa esa parte de la solicitud.

Marjorie me miró con el rabillo del ojo y continuó: "Buscas a un hombre judío, de padres judíos, que no sea religioso, sino más bien 'judío cultural', pero que quiera formar una familia, entre 25 y 45 años, estás abierta a la posibilidad de que sea divorciado y de que tenga entradas en el pelo". Asentí nuevamente. "*It's extremely important to you that this man is very tall.*" Mi tía me miró y exclamó asustada: "¡No!" Me justifiqué diciendo que me atraen los hombres más altos que yo, así ha sido siempre; obvio, también dije, más por compromiso, que por convicción, que no cerraría los brazos al amor si se presentara con menos de 1.80 metros de altura. Consentimos las tres. Miré el ventanal tras la silueta regordeta de Marjorie: el cielo de Nueva York se abría y salía titubeante un rayo de sol.

La agencia de casamenteras profesionales Deluxe Match, que en lo sucesivo se denominará "el prestador de servicios", conviene con Teresa ZC, a quien se le denominará "el cliente" que:

1. El prestador de servicios introducirá al cliente una serie de hombres que considere se adaptan a sus criterios de búsqueda y lo hará de las siguientes dos formas:
   1.1. Con los **clientes Deluxe, o "de la casa"** a quienes en lo sucesivo se les denominará "los hombres que entrevistamos y conocemos personalmente, a quienes escrutamos

tanto o más que a las mujeres, quienes pagan una membresía por pertenecer a esta exclusiva agencia y a quienes debemos presentaciones de mujeres exitosas, guapas y recatadas".

1.2. Con los hombres de un perfil online a quienes en lo sucesivo se les denominará **"los desconocidos de Match.com"** y con quienes nosotras, el grupo de casamenteras, conversamos en línea utilizando nombre, foto y todas las características rellenadas en la forma y requerimientos del cliente para que en caso de encontrar a alguien que se adapte a sus criterios de búsqueda, proveeríamos su número telefónico para que el cliente llame y decida por sí misma si quiere citarse con alguno de **"los desconocidos de Match.com"** o no.

"One question", indiqué asustada pero sin perder la media sonrisa. Marjorie levantó la mirada, se quitó los lentes que dejó caer suavemente debajo de su pecho a través de una colgadera de perlas. *"It is more polite to ask a question by starting: I was wondering..."*, me corrigió como si estuviera enseñando a una pordiosera a tener buenos modales. Me sentí en *Pretty Woman* o en *María la del Barrio*.

Carraspeé y continué: *"I was wondering"*, hice una pausa para que la maestra aceptara mi nuevo vocabulario, "si podía ver mi perfil en línea antes de que las fotos y la biografía subieran al portal". Yo sabía escribir, y ¿qué mejor que fuera yo quien se autodescribiera, no? Volvió a ponerse los lentes para seguir leyendo las hojas y contestar rotundamente que no, ese perfil solamente lo manejarían ellas y me sugirió abrir cuentas en otras plataformas de *online dating* si tenía tantas ganas de autodescribirme.

2. El cliente se compromete a asistir puntualmen-
   te a sus citas, arreglada para la ocasión y
   después del encuentro deberá emitir una retroalimentación sobre "la presentación" a través de un formato que el prestador de servicios
   le hará llegar al cliente. En caso de no enviar
   dicho documento en un lapso de cinco días después de la cita, el prestador de servicios no de-
   dicará esfuerzos en buscar el siguiente match.

Mi tía puso sobre la mesa un fajo de billetes. Marjorie los tomó y comenzó a contarlos uno a uno hasta apilarlos de nuevo en otro lugar de la mesa. Luego, mi tía preguntó con genuina curiosidad: "Por qué es que los hombres contratan sus servicios. ¿Qué, no pueden ellos conseguir a quien quieran allá afuera?" O sea, porque son hombres y tienen pito, ¿no pueden ellos escoger solitos? Porque la última palabra la tienen los hombres, ¿verdad, Marjorie? Quise acribillar a mi tía, ¿qué clase de pregunta era esa? Y peor, ¿qué clase de noción sobre los roles masculinos y femeninos mamé transgeneracionalmente? La mujer contestó: "Hay muchas mujeres en esta ciudad capaces de hacer lo que sea para cenar gratis". ¡Wow! Qué respuesta. Tuve que contener la risa y fijar la mirada en el tapete verde con dorado para no estallar en un ataque.

Llegó a presentarse a la sala victoriana Angela. A partir de ese momento, ella sería la encargada de llevar "mi caso", a pesar de que Marjorie estaría completamente informada de mi situación. Angela era soltera y mayor que yo por dos o tres años. Salió y nos quedamos la maestra regañona, mi tía y yo.

"*Marjorie!*", susurré, "*I was wondering*", la casamentera sonrió, "*what is the dress code for dating in here?*", pregunté porque sabía que el *dress code* de las citas a ciegas en México, de ley, debían incluir el pelo lacio y unos zapatos de tacón. "*Well*", volvió a quitarse los lentes, "a los hombres les gusta que una mujer sea femenina, así que lo más conveniente sería un vestido con el que dejes bien descubiertas tus largas piernas y zapatos de tacón, especialmente si vas a salir con un hombre mayor de 40 años". Asentí tranquilamente porque no temía ni a los vestidos, ni a los tacones, ni al maquillaje, pero *what the fuck, man?*, ¿qué tenía que ver la edad? Mi tía sonreía halagada de que por fin alguien ajeno dijera lo que teníamos bastante bien aprendido: al salir con un hombre por primera vez hay que apantallarlo, es decir, ajustarse un vestido, ponerse unos tacones torturadores, maquillarse con enjundia y, bueno, verse muy femenina.

Yo tenía experiencia de sobra con las *blind dates* mexicanas, pero pensé que llegaba a un lugar más casual donde podía expresarme con jeans y botines o como se me diera la regalada gana. Me gusta calzar tacones y disfruto los vestidos, dejar al descubierto mis largas piernas es algo que domino con soltura, pero tener que hacerlo como código de feminidad para gustarle a un hombre mayor de 40 años... ¿En qué diablos me estaba metiendo?

Había que estar de acuerdo con todo lo anterior y firmar. ¿Debía hacerlo mi tía o yo? ¿Quién era el cliente? Ah, yo, la mujer que paladea la comida japonesa, ¿cierto? Y así, sin saber qué, por qué y para quién estaba haciendo esto, firmé el contrato escribiendo mi nombre en el espacio en blanco sobre la raya que corresponde a "el cliente".

Recompensa para quien me encuentre marido

Recuerdo que fue un jueves por la tarde cuando mi abuelo, que como José Alfredo Jiménez, "no tiene trono ni reina, ni nadie que lo comprenda" y lo apodábamos por eso El Rey, ofreció una recompensa de diez mil dólares a la persona que me presentara a mi marido. Yo tenía 20 años. Parecía broma. La respuesta del resto de la familia fue la risa, aunque en los oportunistas hubo emoción genuina por ganar la suma. En mi corazón se sintió dolor, profundísimo dolor. A pesar de todos los esfuerzos que había hecho para emanciparme del yugo de las citas a ciegas en las que los miembros de la comunidad participan buscando algún soltero o soltera para emparejarlos por el simple hecho de ser solteros, la verdad es que tampoco podía comprobar tener mejor suerte cuando los encuentros eran casuales.

La espontenidad con la que conocía hombres sucedía siempre que salía del perímetro, por eso convencí a Deluxe Match de que me dieran ese contrato por seis meses, aunque una membresía tan corta no fuera parte de sus servicios. Las convencí diciendo que suelo conocer gente en todos lados. Al sentirme libre de los *matchmakers amateur* que "tienen que hablar maravillas de mí y contar las mismas maravillas de él" para que quisiéramos conocernos.

Comencé a ser tajante y hasta grosera con los casamenteros noprofesionales cuando compartían mi teléfono con un hombre sin mi consentimiento, como si ellos, que aunque no cobran son hipereficaces, comprobados en tantos y tantos matrimonios intercomunitarios, estuvieran seguros de que yo deseaba lo mismo que todos querían para mí.

"Es que no te quieres casar", me acusaban en las cenas familiares cuando con la cara desencajada tenía que recurrir al repertorio de explicaciones para intentar, sin lograrlo nunca, hablarles un poco de mi proceso de individuación.

"Es que tú crees que vas a estar un día caminando por el parque México y tus ojos se van a cruzar con sus ojos y va a haber pajaritos volando y van a ser felices para siempre", decía mi prima, casada desde los 18, cuando por enésima vez, mi estado civil era el tema de la botana, la comida, el postre, el café turco y de la eterna sobremesa. "Así no son las cosas, mi reina".

"Se busca marido para mi nieta," reían mi abuelo y parientes. Tuve que ocultar la frustración y el dolor, el profundísimo tormento con una sonrisa y un coloquialismo: "Pues órenle", dije. "Está bueno el premio, vale la pena", exclamaron los oportunistas. "A ver, ya, de verdad vamos a pensar en alguien para Tery", se lamentaban con preocupación las mujeres de mi clan. Casarse era la señal de pertenencia a la tribu, nadie quiere quedar fuera, ¿quién era yo sin ellos? A los 20 años no podía cuestionarlo, pero intuía que algo no estaba bien.

La recompensa la ganó la agencia casamentera de Nueva York. Lo único que diez años después yo sabía es que a pesar de que el *success rate* del servicio era de 80%, no había garantía de que entre sus presentaciones se encontrara mi futuro marido. Sin embargo, la familia entendió todo lo contrario: que el sacrificio de dinero era lo necesario para que nadie en la tribu tuviera que preocuparse más por mí y pasara a ser "problema" del hombre con quien me casara.

¡Dios mío! A ver en qué desastre me meto si esto no da resultado, pensé asustada y me vi caer rendida, seducida por la idea de vivir en la ciudad más explosiva del mundo, en el yugo interminable de las citas a ciegas.

Congelación *versus* caldera

Siempre quise vivir en Nueva York. No me daba miedo la soledad, el individualismo y el anonimato; a pesar de ello llegué en un estado disminuido, sintiéndome emocionada y aterrada. Era una ciudad enorme, no más que el Distrito Federal, pero ahí vivía aislada en un enjambre cuya miel era la aprobación social; eso sucedía en la clase alta mexicana; de contexto judío o no, la *socialité* de mi ciudad natal era un mundo reducido y patético. En Nueva York me sentía chiquita, como si no tuviera identidad, como si no fuera nadie más que un transeúnte, tratando de ser el primero en llegar al otro lado de la calle.

Empecé por retomar mi estilo de vida. Tomé el metro y luego caminé unas cuadras para llegar a la Sexta Avenida y la Calle 19. Entré a probar una clase de yoga en la escuela Laughing Lotus. Al terminar la sesión, mientras hacía del tapete de yoga un rollito, platiqué con algunos de los compañeros.

"*You have to freeze your eggs*", dijo una mujer en sus 40, de buenas a primeras, mientras manteníamos una charla casual, *you know*. Me lo dijo determinada, como si fuera ginecóloga/psicóloga/vidente/tarotista, o alguien de quien yo pudiera fiarme para seguir un consejo. El rollo, perfecto y apretado que había hecho de mi tapete de yoga se deslizó del centro hacia abajo y me quedé cargando una circunferencia vacía mientras el peso del tapete caía al piso. O ¿era yo quien caía?

No tenía diez días de haber llegado a Manhattan, y solamente había compartido con esta mujer que el propósito del viaje de seis meses era el estudio serio de piano clásico. Estoy segura de que mis ovarios se congelaron solitos nada más de escucharla. *"One thing I regret is not having frozen my eggs when I was your age"*, dijo mientras hacía de su espeso pelo negro y chino una cola de caballo. Era una mujer de piel blanca y facciones parecidas a las mías, judía como yo. *"I'll think about it"*, contesté y recogí el tapete de yoga, estupefacta y aterrada.

No estaba tan joven como me sentía y debía pensar en situaciones que me daban pánico. Marjorie había dicho que estaba en buena edad aún, porque después de los 35 años bajaba el ranking de una mujer soltera frente a cualquier hombre, y como la agencia especializada que era, sus estadísticas debían ser correctas. Pero el pavor no tenía espacio en mi cuerpo relajado después de la yoga para cundir en mí. Yo no tenía que hablar de mis hijos como si fueran huevos con potencial de putrefacción. No, mujer chismosa, con la ayuda de Deluxe Match yo en seis meses sabré con certeza quién será el dichoso fecundador de mis óvulos.

El cuarto que renté me parecía la suite presidencial del Hotel Plaza, cuando en realidad vivía en la planta baja de un viejo edificio de Alphabet City. Era uno de esos en los que no es posible regular la calefacción al propio termostato y todos los vecinos debemos compartir la misma temperatura. Mi recámara estaba justo encima de la caldera del edificio y mi ventana colindaba, del otro lado de la pared, con los botes de basura. A pesar de que el otoño ya estaba bien instalado, al entrar a mi cuarto debía cambiar mi ropa gruesa por un traje de baño, beber litros de piña colada o algún otro brebaje fresco, propio de las brujas que duermen sobre las calderas, y abrir la ventana, aunque fuera un poco, para que el aire circulara.

La habitación era larga y completamente blanca. Había una cama pegada a la ventana con tubos de seguridad. Entre los tubos, cruzando la calle, se veía el Tompkins Square Park y los árboles con hojas rojas, amarillas y naranjas cayendo al asfalto o al pasto de la rotonda que también veía desde el cuarto. Había una mesita con una silla, una cómoda con cajones viejos, con los que tenía que pelear para abrir y cerrar, y una puerta con un armario en el que logré que cupieran todas mis cosas. Era luminoso y no tenía cortinas, salvo unas provisionales de papel que mi roommate sobrepuso antes de mi llegada. Al llegar al cuarto, instintivamente busqué la esquina donde a Cami le habría gustado tener su cama, pero me acordé que Cami no sería parte de esta habitación. La extrañé, y me sentí inevitablemente culpable.

La luz del otoño me despertaba todas las mañanas como incitándome a levantarme y trabajar. ¿En qué? Mi único trabajo aquí era ponerme una falda corta y salir a donde mis dates, y no sería en horario matutino. Mi trabajo del chai consumía muy poco de mi tiempo, y conforme avanzaba la estación, el entusiasmo de aquel negocio a distancia se reducía del mismo modo que se compactaban las horas del día hasta que la oscuridad caía cerca de las cuatro de la tarde.

Todas las noches, del otro lado de mi caldera/sauna personal, escuchaba el ruido de los vagabundos hurgando en los botes de basura que estaban pegados a la ranura de mi ventana. Buscaban latas y vidrios que después metían a un carrito de supermercado que arrastraban por todo el barrio.

Mi roommate, Allie, era una mujer mayor que yo: soltera judía, gringa y fotógrafa; parecía que teníamos mucho en común, pero me trataba como si me hiciera el favor de rentarme el cuarto, como si fuera la visita en su cuarto de invitados, como si no le pagara casi el triple de lo que costaba el alquiler de mi departamento completo en mi ciudad natal.

El departamento era grande para el estándar neoyorkino: la entrada era un pasillo estrecho y a la izquierda estaba la puerta con el único baño de la casa, minúsculo y oscuro, pero con tina. Eso era un plus. La jaladera del escusado me recordaba a las de los baños públicos: una palanca que había que tirar con fuerza hacia arriba. Como era tan chico que había poco espacio para poner todas las cosas del baño, y ella no me hacía la mitad del espacio, porque así pasa cuando alguien te invita a quedarse en su *guest room*.

Al final del pasillo estrecho, estaba la cocina, también pequeña pero abierta hacia la sala, con un *rack* para poner los víveres de almacén y las ollas, y junto, un refrigerador viejo lleno de probióticos y pilas (*WTF?*) Aquí también Allie hizo poco espacio para mis cosas, no la mitad y la mitad, como correspondía, aunque fui tomando posesión del refrigerador hasta tener el entrepaño completo. La estancia tenía dos ventanas que iluminaban la madera laminada y un sillón vintage con un tapiz nuevo en tonos tierra, y de frente, el escritorio de Allie con una MacBook grande.

Detrás del escritorio, el otro pasillo estrecho daba a las recámaras: la primera, la de ella, completamente blanca, de buen tamaño y con una televisión encima de la cómoda; en el pasillo a mi cuarto un *rack* de piso a techo con material fotográfico, fólderes, carpetas y rollos. Era grande y estorboso; al terminar de esquivarlo, por fin estaba la entrada a mi cuarto: la cómoda, la mesa, la cama blanca, la ventana, los tubos y 20 centígrados más caliente que el resto del departamento, y quizá del edificio.

Ir al baño en las noches era una travesía que parecía misión imposible, porque adormilada, me pegaba con el *rack* y debía recorrer toda la casa para llegar a él.

Mi suite presidencial me enorgullecía porque estaba decente y porque me compré lo que Allie decía en su anuncio: "*¡Oh, my God! This apartment is so big for New York*". Y ahí, en ese cuarto con temperatura de caldera, empezó mi aventura nómada.

¿Un *fucking* vestido?

Recibí la primera llamada de Deluxe Match mientras caminaba por la Quinta Avenida y la calle 55. Angela sonaba emocionada de que tenían a alguien para presentarme y preguntó si quería escuchar el historial de Craig. ¿Eh? Pues claro, estoy aquí, me mudé a esta ciudad para esto, ¿se acuerdan?

Craig, cliente Deluxe, o "de la casa": 41 años, judío, abogado, hijo de doctores judíos, nunca se ha casado, tiene deseos de casarse, quiere tener hijos, tiene el pelo oscuro, ojos oscuros, está muy ocupado. Dice que busca una mujer como yo, o sea, una mujer a la que le guste la comida japonesa, que sea divertida, inteligente y guapa. Sí, así igualito me autodefiniría. Si esa fue la descripción que pusieron de mí en el perfil en línea de Match.com, al que no tuve ni tendré acceso, estoy frita. Preguntó si podía *release my phone number to him*. Bueno, por lo menos las profesionales se distinguían de los *amateur* en que aquí sí preguntaban si podían dar mi teléfono o no. No supe nada de él todo el fin de semana.

Angela envió un correo para informar que Craig llamaría esa semana. Corrección, dijo en otro correo que estaba tan ocupado que llamaría hasta la siguiente. Angela llamó el lunes para avisar que esa era la noche elegida para la primera llamada: *"Remember, this call is just to schedule the date, you don't want to spend more than 5 to 10 minutes on the phone"*, escuché antes de colgar.

Sonó el teléfono y estaba lista para contestar; debía tener varias noches libres de esa semana para encontrarme con él. Encendí el cronómetro del iPad porque estaba usando el teléfono. Hablamos del frío, de México, del piano, de New York, East Village, yo; y Tribeca, él. Allie me había dicho que era más elegante decir que vivía en East Village, en lugar de Alphabet City, así que hice caso.

¿Cuándo? Las opciones que ofrecí eran martes, jueves y viernes, pero en realidad yo estaba libre cualquier noche de esa semana, y para tal caso, cualquier noche de mi vida. Confirmó el jueves para un drink. Pedí que me mandara un texto con el nombre del lugar para vernos allí. Colgué y detuve el cronómetro: siete minutos. *Perfection!*

Llegó el jueves. Estaba hinchada y sin ganas de ir a ningún lado. Menstruaba. Solo quería ir a mi cama, tomar té y comer todo el chocolate oscuro que pudiera encontrar en el barrio. ¿Qué podía hacer? Recordé a Marjorie y el exclusivo *dress code* para revelar la feminidad con vestido y tacones. Craig estaba en la década de los 40, yo tenía que llegar con las piernas descubiertas. Odié a Marjorie. Tenía frío y dos o tres kilos de agua retenida. Me puse unas medias y me probé cuatro vestidos. Todos se me veían fatal. Me quedé con el que me sentía menos peor. Me pasé la plancha de pelo para repasar los indicios de que mis rizos querían dejarse ver, y lo dejé lacio japonés; me hice un maquillaje pronunciando, difuminando en negro el contorno de mis ojos.

Salí a la calle y caminé a la esquina para tomar un taxi; anduve lentísimo porque calcé tacones tipo *stiletto*. Craig mandó un mensaje diciendo que se le hizo temprano. A mí tarde, porque soy mexicana. El taxista me dejó en una esquina que no era. Me demoré en encontrar el lugar. Craig mensajeó que estaba sentado del lado derecho y que vestía una camisa gris.

Llegué al bar del Crosby Street Hotel. Miré a la derecha; un mesero bloqueó con su cuerpo y charola la mesa del único hombre sentado solo. El mesero se movió, lo vi y caminé decidida como si supiera perfecto quién era. Camisa gris y jeans. ¿Él sí podía vestir jeans y yo me tuve que embutir en un *fucking* vestido?

En efecto, tenía el pelo castaño, corto, las facciones bien definidas y una frente grande. No era corpulento, más bien era un hombre flaco y no mucho más alto que yo. No llamaría mi atención si lo viera caminando por la calle. Me senté y casi de inmediato abrió sus dos manos para que pusiera encima las mías. ¿Qué hace? Miró con atención mis dedos y uñas. *"I want to see the size of your pianist hands"*, y pasó un tiempo absurdo analizando mis dedos largos ¡Ah, bueno! Pues claro, le dijeron que soy pianista. Dije que el tamaño de mis manos era normal, pero dijo que las suyas eran chicas, me las mostró y sí, lo eran.

Hablamos de su trabajo y de la hora a la que se despierta. Tomamos mezcal derecho. Eran las 9:30 de la noche y yo tenía hambre. Me comí una treintena de nueces del platito, y como menstruaba me habría podido comer también la mesa, las sillas y un pastel completito de chocolate de Costco, el de doble altura. Dijo que era alérgico a todas las nueces, que si comía una podría morir y también me contó como una gran proeza que un día comió algo que tenía *walnuts* sin saberlo y no se murió... *clearly.*

¿Debí haber contado que no le tengo miedo a las nueces, sino al cáncer? Había visto a mi padre y abuela morir por él. Yo era cancerofóbica y la verdad es que un poco hipocondriaca. Desde los seis años supe que estaba predispuesta a cáncer de seno, como mi abuela materna. ¿Le debí haber contado que estuve a punto de cancelar nuestra cita solo por estar en mis días de periodo? No, era muy pronto para eso.

Le conté la coartada del piano, pero parecía como si no me escuchara realmente. Me informó lo ocupado que estaba con el trabajo. *The workaholic type?* Pidió la cuenta y se disculpó porque tenía una junta temprano, aunque comentó las ganas de quedarse más tiempo conmigo. Me ayudó a ponerme el abrigo y reacomodó mi pelo por fuera. Salimos y detuvo un taxi. *"I would love to see you again"*, dijo y me besó la mejilla. Regresé en taxi a mi casa, cuando en realidad quería tomar el metro, pero él asumió que necesitaba un coche.

Entré a mi caldera y me cambié los *stilettos* por unos botines más cómodos. Me sacudí la flojera y subí a otro taxi con mi roomie. *"Were you bored?"*, preguntó cuando cruzábamos el Williamsburg Bridge, *"A little"*, contesté mientras por primera vez en la noche sonreía con sinceridad. Llegamos a una fiesta y mi cuerpo se soltó a bailar. Toda la formalidad que fingí con Craig se desvaneció cuando vi mi figura moviéndose en tantas variaciones de, sí, la *disco ball* de este hipsterísimo lugar.

Cierra los ojos

"Hija, por favor, no vayas a hablar de todo lo que haces, y tampoco de lo que sabes", era la frase preferida de mi padre cuando me despedía de él para subirme en el auto de otra *blind date*. Todas esas citas se parecían en dos cosas: se seguía un protocolo básico y siempre que regresaba a casa me moría de la preocupación de que jamás encontraría a alguien. El protocolo era esperar a que pasaran por mí, entrar en shock al ver a alguien por primera vez y saber que al menos pasaría las próximas dos horas con él, ir a algún lugar a cenar y rellenar el cuestionario básico. Nada de espontaneidad.

Mi familia comenzó a sospechar que asustaba a los hombres con la gran inteligencia que, según ellos, poseo. Ningún hombre querría a una muchacha que tuviera una opinión formada, o en formación. La gran enseñanza que recibí es que debía pretender ser cualquier otra persona, no expresarme y no ser nunca, de ninguna manera, yo. Porque ser yo apestaba: era observadora, cuestionaba todo y rezongaba cuando algo no me parecía.

La primera vez en mi vida que salí en una cita romántica no fue a ciegas. Era un chico narizón y alto; ambos teníamos granos en la cara, pero supongo que los míos eran mucho más evidentes porque ni con una plasta de maquillaje tres veces más oscura que el tono de mi piel logré disimularlos, por el contrario, se veían montañas catapultadas en bases y polvos compactos. Nos habíamos conocido en un viaje a Israel, de los que organizaba la escuela al terminar la secundaria.

Tenía 15 años y no sabía cómo coquetear. Me probé jeans de distintos cortes y varias t-shirts. Mis padres no estaban en la casa porque la cita era por la tarde, así que nadie preguntaría: ¿Qué te vas a poner? ¿Cómo te vas a ir vestida así? Y esas buenas preguntas que hacían mis padres, mis tíos, mis primos y todos los que sabían que aquella tarde yo saldría con alguien. Llamé a una de mis primas, que es un poco mayor que yo, y me aconsejó exactamente lo contrario que lo que mi padre. Mirarme al espejo y repetir hasta el cansancio la frase: *"Be you"*. Eso hice, y me acuerdo que apuntaba el dedo hacía mi reflejo cada que decía la palabra *"you"*. Pero tampoco sabía qué significaba eso, ni quién era yo. Creo que en esa cita solo fui un manojo de nervios, granos derretidos por tanto maquillaje y sudor. No volví a saber del narizón con menos barros que yo, ni a repetir ese ejercicio frente al espejo hasta muchos, muchos años después

Fui creciendo y afinando los estándares de mí misma sin pasar casi nunca de la cuarta o quinta cita con alguien. Por lo general, salía una vez y sabía inmediatamente si quería volver a encontrarme con él o no. No sentía química con ninguno y la plática no pasaba de la entrevista de trabajo en la que se revelaba:

- Nombres de los padres y sus respectivas ocupaciones
- Nombres y edades de los hermanos
- Nombre de los amigos de la prepa
- Alguna persona en común, que, dadas las circunstancias de salir con gente del mismo círculo, siempre había varias
- Algún pasatiempo interesante
- Algún dato extra

La frustración que sentía después de volver de alguna de esas citas y sentir que no había nadie para mí en el mundo se volvía cada vez más insoportable. Empecé a sentir una culpa colosal y secreta por no conformarme, por no ser lo suficiente o por sentir que merecía algo más auténtico y real. Pero hacia fuera expresaba altanería, como si nadie, en realidad, estuviera a mi altura.

Salí con inumerables citas a ciegas y me creí la idea de mi familia de que "el problema" era que tenía inteligencia y astucia de sobra, y por ende nadie se fijaba en mí. "Deja de leer tanto", decía mi abuela. La idea de tener un IQ altísimo, que además seguro no lo tengo, hizo que mi ego se inflara de a poco mientras mi corazón se cerraba a marchas forzadas. Porque siempre estaba esa voz alarmante, como si fuera la única condición, de que ser realmente yo no me garantizaría el matrimonio, y mucho menos el amor.

Do, Re, Mi, Fa, Sol

Los estudios de piano estaban en la Séptima Avenida, muy cerca de Broadway. La construcción era alta, sin chiste y había un vigilante trajeado y sonriente después de pasar las dos puertas de cristal. "*Where are you going, ma'am?*", preguntó al verme perdida en el espacio. "*With Santiago, to the piano studio.*" Asintió y me explicó cómo llegar. Crucé el vestíbulo vacío y subí tres escalones. Ahí había toda una pared de espejos, así que me miré de cuerpo completo para corroborar mi aspecto. Subí dos escalones más y había un pasillo con tres puertas cerradas de cada lado y al frente, una puerta abierta; me dirigí hacia allá y entré. Había dos o tres salones más con pianos de cola y una pequeña recepción.

Me anuncié con un hombre canoso, pero no viejo, con arete en la oreja, que usaba mucho las manos al hablar y parecía bailarín de los musicales que se presentaban a unas cuadras de ahí. Dijo que Santiago no había llegado aún, y preguntó si yo sería la encargada de cubrir la cuenta por la renta del salón o sería el maestro. Había acordado con él que yo le pagaba lo de la renta, incluido en mi sesión, y él le pagaría al administrador. Lo esperé frente al estudio Bolshoi, una de las tantas puertas del pasillo. Me paré ahí y vi mi celular. Tenía un mensaje de Matthew en el que quería saber cómo me iba y si es que podía venir a visitarme. Vi la hora. Faltaban cinco minutos para la una de la tarde. Caminé unos pasos hasta sentarme en uno de los escalones a pensar cómo decirle a Matthew que no me visitara, cuando escuché la voz enérgica de un hombre que estaba en el pasillo y saludó al vigilante. Yo miraba la conversación de Whatsapp con Matthew. Escribía y borraba el enunciado sin estar segura de cómo transmitirlo. De pronto, sentí los pasos de aquel hombre acercarse a donde yo estaba. Levanté los ojos para mirarlo.

"¿Sos Teresa?", preguntó al detenerse frente a mí; me quedé pasmada porque a pesar de ser muy, muy alto, yo estaba sentada y eso le dio otra dimensión a su cuerpo imponente y a su sonrisa amplia que esperaba, con una mezcla de expectativa y paciencia, mi respuesta. Pero me había visto en Facebook: estaba clarísimo que era yo. "Sí", dije al levantarme en un santiamén y tratar de darle la mano como el saludo gringo, pero él me atrajo y ofreció la mejilla para el saludo latino de beso.

"Pero qué alegría por fin conocerte, querida." Me sonrojé y empecé a sentir mi cuerpo transpirar. Afuera hacía frío y yo estaba vestida para la intemperie, pero ya estaba dentro, donde la calefacción comenzó a manifestarse en forma de sudor. ¿Calor o nerviosismo?

Además de la altura y de la sonrisa, Santiago era bastante atractivo: era corpulento y tenía los ojos verde claro, la piel blanca con la punta de la nariz un poco roja, la barba rasurada esa misma mañana y una cabellera castaña y ondulada bastante tupida, con un mechón blanco al frente, tipo Pepe le Pew, pero obvio sin el olor a zorrillo. Más bien tenía una fragancia como "varonil relajado". A pesar de su físico con aires de grandeza, en su timbre de voz se escuchaba una familiaridad particular, y en el tono, el entusiasmo contagioso de los artistas de verdad.

Caminamos al salón. Había dos pianos: uno de cola y uno de pared. Me quité el abrigo y la bufanda, para quedarme con un suéter ligerito y una bandana tejida sobre el pelo lacio. Santiago me guio al piano de cola, me senté en el banquillo, que era largo y espacioso, y él se sentó a mi lado; sentí mi cadera prácticamente pegada a la suya. "¿Sabés leer?", preguntó después de que logré contener deliberadamente otro sonrojo por la cercanía también de nuestras rodillas.

Negué con la cabeza, apenada. Como si no saber leer música fuera la vergüenza de los mortales.

Abrió una partitura y dijo: "Andá". Entonces, ¿no entendió? Asumí que había quedado claro que no sabía leer música, pero supuse que escuchó mi confusión. "Quiero ver qué tanto podés." Lo intenté. Había un "acordeón" que decía debajo qué nota era, pero fue un martirio porque la edición de la partitura era gringa. Por ende, las notas empezaban *C, D, E, F, G, A, B*, en lugar de *Do, Re, Mi, Fa, Sol, La, Si*, lo que me puso más nerviosa porque sabía leer muy poquito en el idioma de *Do* y ahora tenía que aprender en el idioma *C*. Leí como pude y se dio cuenta de mi nivel principiante, y agregó: "Dale, sho te voy a hacer leer, pasemos a otra cosa".

¿Era calor o nerviosismo? Me había quitado las capas pesadas de ropa. La calefacción estaba encendida, pero se sentía tan intensa como la caldera de mi edificio. ¿Pasamos a otra cosa? Lo miré, en el bigote tenía gotas de sudor que se limpió con los dedos. ¿Así de fuerte estaba el calor? "Andá, tocame tu sonata." Me reacomodé sobre el banquillo para estar cerca del pedal, lo que hizo que él también se moviera. Nuestras piernas estaban pegadas: él tenía la izquierda junto a mí y la derecha completamente fuera de nuestro banquillo.

Comencé a tocar: tirarirari tararará, traté de seguir, pero no pude. "Otra vez, otra vez", dije excusándome. "Tranquila", dijo, y me masajeó tres segundos el hombro. Tenía las manos grandes y los dedos regordetes. Hacía mucho calor, o nada más nosotros lo sentíamos, porque lo miré antes de volver a empezar y con la misma mano con la que me tocó se limpió la frente y los cachetes. Eran gotas de sudor. Me quité la bandana tejida del pelo, la coloqué sobre el atril junto a las partituras y regresé las manos al teclado: tirarirari tararará tirarari tarirará. Tirarirari tararará tarirari tarirará .

Toqué la sonata completa, pero mi versión fue horrenda; me equivoqué demasiado y se escuchó como si estuviera por ganar una persecución en coche con la policía de Nueva York. ¿Quién me perseguía? ¿Era calor o era nerviosismo? Él dijo que no estaba taaaan mal. Yo tenía las manos sobre el teclado, pero cuando las bajé para recargarlas sobre las piernas y lo miré a los ojos, balbuceó: "Este...", y después tartamudeó. Yo intentaba desaparecer mi sopor de su vista, pero no lo logré, ni al pasar la manga de mi suéter ligero por la frente. Estábamos sudando los dos. No hacía tantísimo calor. Estábamos nerviosos. Los dos.

> Querida Teresa,
>
> Fue un verdadero placer conocerte, y una suerte que hayas venido a mí por tus clases.
> Como te comenté, creo que tienes una gran intuición y buen gusto musicales, además de una veta sensible que debe ser explorada y trabajada ;)
> Necesitas practicar en un teclado digital. Acá te envío el link, ya viene con asiento y auriculares. Me parece ideal para vos en esta etapa en NY.

Genial. Tenía que comprar un piano digital si la misión era aparentar el motivo del viaje. Era lo de menos porque me estaba poniendo verdaderamente en sus manos: dedos largos, regordetes y fuertes. Movimientos finos y rápidos, manos pianísticas. Anular izquierdo con argolla matrimonial. *Damn!*

Recibí un correo de Deluxe Match firmado por Angela:

> Just following up —we called Craig to follow up on the feedback he submitted. He had a great time and would love to take you out again —he's been very busy at work & apologized for not calling you but he has Friday the 14th, Monday the 17th, and Wednesday the 19th on hold for you. Pick which day you'd like to go out and let us know as soon as you can!

Y escogí el lunes, por ser el día más aburrido de la semana. ¿Cómo que no tenía tiempo ni para llamar o mandar un mensaje? Qué payasada.

Fuimos a un restaurante griego en Tribeca. No hubo algo distinto a la primera vez: ni una chispa de más, ni una palabra de menos: *flat, even conversation*, salvo que cené un pescado espectacular y no me costó un centavo. ¡Ah!, y Craig llevaba puestos unos anteojos con los que parecía Harry Potter, y ese look medio intelectualoide me gustó.

La despedida fue idéntica: un taxi amarillo, un beso apurado en la mejilla y una promesa de que volveríamos a vernos.

Al día siguiente hablé con Angela, le darían *head ups* para que allí acabara el asunto. Y así terminó. Porque si yo le hubiera mandado un texto sin ayuda profesional, hubiera dicho esto: "Hola Craig, gracias de antemano por no comer ni una nuez en nuestra date, me ahorraste la carga de saber que un hombre murió, literalmente, por mí. Porque sé que fue por mí que dejaste de trabajar 75 minutos de tu vida. *By the way*, mis manos son normales, tu adicción al trabajo, no. Espero que no hayas notado mi coqueteo con el mesero, porque mirarlo a él traer *mezzedes* era mil veces más entretenido que escucharte hablar. Gracias por la cena".

Fui a una tienda de electrónicos que es un ícono de Nueva York. Se llama B&H y se encuentra en la Calle 34 y la Avenida 9. La gente se vuelve loca en ese lugar, porque hay todo tipo de electrónicos y el precio es mucho más bajo que en otros sitios. Está atendida por hombres judíos ortodoxos que usan sombrero, saco y los *peyot*, que son los dos rulos que enmarcan su cara. Había hombres de todas las edades. Me atendió uno joven, probablemente diez años menor que yo. Yo sabía el modelo de teclado que quería comprar. Él me lo mostró, me puse los auriculares y toqué *Do, Re, Mi, Fa, Sol, Fa, Mi, Re, Do*. Se escuchaba bastante bien.

El hombre me contó que su esposa era maquillista profesional y me enseñó su Instagram para que viera su trabajo. Me preguntó si estaba soltera, y cómo era posible que una mujer como yo, tan guapa, dijo, y tan astuta no estuviera casada. ¡Señor vendedor, deme mi teclado y déjeme en paz!

Había una fila larguísima para pagar. Es de esos lugares que primero se paga y después, con una ficha, te dan la mercancía. Me entregaron una caja enorme con la marca Casio. ¿Cómo la iba a cargar? La arrastré a la puerta de salida y me detuve en la esquina para buscar un taxi. Al llegar a casa, manipulé la caja larga por las escaleras y luego la empujé al departamento hasta llegar a mi caldera. La abrí y lo instalé. Venía con pedal, auriculares y banquillo. Salí a la calle y abandoné la caja junto a los botes de basura que estaban afuera de mi recámara.

Estaba lista para empezar la aventura *Becoming Mozart*.

Excuse me!
Yo no soy un vestido viejo

McPato era alto y robusto, canoso por completo, distinguido y limpio. Me vio sentada en la barra de la Pecora Bianca mientras escribía en mi computadora. Él estaba con un colega y ambos se sentaron junto a mí y me abordaron. McPato preguntó qué hacía en Nueva York. Piano, Steinway, *Piano lessons, No school... Private classes, So, so happy to be here*. McPato se la tragó completita, sonrió y dijo que el próximo sábado iría a un recital del ganador de un concurso internacional de pianistas. Preguntó si quería ir con él al Carnegie Hall.

Me pidió una copa de vino y no me negué. El barman y yo intercambiamos miradas, era él quien realmente me gustaba, era él quien me veía llegar con la computadora y me servía *shots* de *limoncellos*. Era él quien me miraba a lo lejos y sonreía. Era por él que yo estaba sentada en esa barra; y fue él quien me dio el reto de conquistar a los sesentones. Y para darle gusto al barman, yo acepté el vino después del *limoncello*.

Aproveché para hacer el comercial sobre los beneficios del yoga y la respiración profunda. Necesitaba tener clientes, empezar a ganar dólares y tener algo más que hacer además de esperar las presentaciones de Deluxe Match y practicar piano para que Mozart reencarnara en mis manos. McPato se mostró interesado en las clases de respiración y me contó que vivía en un mundo laboral estresante porque trabajaba en finanzas probablemente los mismos años que yo tengo de vida.

Le di mi email y mandó el programa del recital y una invitación para *lunchear* antes del evento. Llamé a Olga, que es como una investigadora privada, le di nombre y apellido del señor y supo perfecto en qué trabajaba y cuál era su sueldo. McPato era CEO de finanzas de un banco, un banco de renombre: "Está forrado". Su apellido empezaba con Mc, y era millonario como Rico McPato. Eso me importaba para venderle mis clases de yoga en la tarifa oficial de clases particulares a domicilio y que me conectara con sus colegas y amigos. "¿Voy al recital?", pregunté a Olga. McPato estaba interesado en mí, no en las clases de yoga.

University Place estaba a diez minutos caminando desde mi casa. Llegué con dos minutos de retraso. El hombre me esperaba en la calle y miraba en todas direcciones para buscarme. Entramos a The Greek Tavern y comí una magnífica ensaladota de jitomates con pimientos, aceitunas y feta, tomé una copa de vino blanco. McPato consultaba constantemente el reloj y me anunciaba cuántos minutos teníamos antes de irnos. Después, me vio inclinarme hacia la bolsa cuando vi llegar la cuenta, me sonrió y dijo: "*There's no way*".

Me llevé el resto de la ensalada en una cajita y la guardé en mi bolsa grande. Tomamos el metro para llegar a la Calle 57. En la plataforma, el hombre miraba su reloj una y otra vez porque el tren tardaba en llegar, y aunque un taxi estaba dentro de su presupuesto, McPato, como tantos neoyorkinos, elegía la eficacia del metro. El recital comenzaba en 30 minutos. El hombre caminaba nerviosamente de un lado al otro de la plataforma. Si lo hubiera mirado de lejos sin conocerlo, hubiera visto a un señor mentando madres por la impuntualidad del tren. Antes de abordar el vagón me advirtió que no tocara ningún tubo, ni asiento, ni nada con las manos: "*You hear so many things here*", y levantó las cejas. Entramos y apuró al único asiento vacío del metro y lo apartó para que me sentara. Cuánta caballerosidad. Me senté y miré a McPato sostenido del tubo con el antebrazo. Miraba su reloj y sonreía complacido.

El recital de Shen Lu estuvo espectacular. Un piano Steinway negro y sus manos ávidas, el sonido preciso, limpio de Ravel, Beethoven,

Rachmaninoff. McPato veía su programa y decía: "*I don't know where are we. This doesn't seem like Ravel to me*". Para mí todo era fiesta para los oídos. Yo estaba contenta, pero él confundió mi calma con incomodidad y en el intermedio dijo que si me quería ir, era libre de hacerlo.

Al único lugar al que fui fue al baño, y encontré un mensaje de Matthew, en el que decía que me extrañaba. Escribí que yo también, pero no lo sentía. Shen Lu siguió tocando y después hizo un *encore* largo de piezas que no estaban en el programa. McPato preguntaba a todos los vecinos si sabían de qué tema se trataba.

Salimos del Carnegie Hall cuando había caído la noche. El hombre insistió en ir a tomar vino a un lugar cerca, pero me negué. Me daba vergüenza estar con un hombre en sus 60, que solo me gustaba para fines prácticos. Insistió en llevarme a la puerta de mi casa, pero recordé el consejo de Marjorie: "*In New York, you never want a man to know where you live. It's safer if they don't pick you up or bring you back home because if you don't like them, you wouldn't want them to send you flowers or stalk you*". Tan diferente a mi experiencia en México en donde un hombre debe, por obligación, pasar por una mujer y regresarla a salvo a su casa.

Me las apañé para seguir metiendo los comerciales de yoga y respiración cada que pude. Nos despedimos en la calle, McPato me plantó un beso en el cachete y me abrazó por la cintura/casi-nalga y me dio un pellizco. No, señor, no se confunda, yo solo quiero que me pague por darle clases. Quedamos en agendar una sesión en el gimnasio de su casa. Agradecí y caminé aliviada en dirección al bar donde estaba mi barman y sus coqueteos sabor a *limoncello*.

Mi tío nos decía a mi prima y a mí que las mujeres éramos como los vestidos. Los que estaban de moda, tendrían un lugar en el aparador y matarían por ellos; luego, estaban los clásicos que siempre tendrían gancho en algún lugar de las tiendas y estarían ahí sin importar las tendencias; y por último, estaban los pasados de moda que cuando su tiempo había transcurrido, ya nadie se los llevaría, ni siquiera se los medirían en el cuerpo "ni aunque estuvieran al tres por uno", decía mi tío. ¿Quién querría comprar un vestido viejo? ¿Qué hombre quisiera estar con una mujer pasada de moda? Si no queríamos quedarnos como los pobres vestidos, empolvados y arrumbados, no teníamos más remedio que casarnos pronto.

No había cumplido 16 años y escuchaba, una y otra vez, la historia de los vestidos de moda *versus* los vestidos viejos. Rezaba secretamente por nunca cambiar de gancho y permanecer eternamente en la sección de los que estaban *in*. Me aterraba la imagen de quedar arrumbada e inmóvil entre la polvareda de la vida sin que nadie hubiera elegido llevarme con él. Sentía que esa era la única posibilidad de salir de la tienda: doblada y envueltita, cargada en la bolsa que sostendría por siempre un hombre, el hombre que me escogería como esposa.

Mi abuela trabajaba, y trabajaba duro. Tenía justamente una tienda de vestidos para primera comunión y fiestas de quinceañera en La Lagunilla. Un día fui con ella, animada por mis padres a "ir a trabajar"; mi abuela me ajustó un vestido horrendo en el que me sentía como un pastel enorme, con tres capas de crinolina. Me veía como una mininovia de ocho o nueve años. Mi abuela y yo salimos a la entrada de la tienda, decía que mi cuerpo envuelto en uno de sus vestidos atraería a la clientela. Y así fue. En la historia de mi tío siempre me imaginaba la tienda de mi abuela y en ese momento en el que fui, en efecto, una atractiva niña del aparador.

Años después descubrí que también cabía la posibilidad de ser la compradora, salir con un fajo de billetes en la mano y encontrar la mejor tienda de pantalones: probarme los de moda, los clásicos y los retro; los usados, los descosidos, a los que les faltaba un botón, los que tenían el cierre fracturado, todos. Nadie me mostró el camino a la tienda donde yo también podía elegir, en primera, si quería o no quería comprar un par de pantalones, si los necesitaba, si estaba lista o quería seguir mirando hasta encontrar los que mejor se ajustaran. Jamás conocí esa alternativa hasta que me descolgué del aparador de los vestidos bonitos.

Mi prima salió rápido. Se casó mientras era un hermosísimo vestido de moda; tenía 19 años, yo apenas 18. Las comparaciones, los deseos de la familia de que yo fuera la siguiente, la edad casadera y la presión social cayeron de bruces sobre mi gancho.

La tienda se fue vaciando rápido. Mis amigas encontraron maridos y yo seguía siendo la perfecta *blind date* a quien toda la pequeña comunidad se empecinaba en emparejar. Mientras tanto, hacía nuevas amistades rápido. Buscaba entre mi círculo a las otras chicas solteras como si fueran aliadas hasta que todas, una a una, fueron tomando su lugar en el cotizado mundo de "ser alguien en la sociedad" cuando el estado civil cambiaba a "casada" y a donde fueran alguien las llamaba "señora". Si no, seguías siendo "señorita", aludiendo a que si no te has casado, sigues siendo virgen o "señorita".

Yo tenía la mitad de la tela en la tienda y la otra en la ensoñación del mundo. Me gustaba pensar que mi historia sería distinta, que había algo más fuera del gancho, que la vida no podía tratarse nada más de casarse, tener hijos y vivir feliz para siempre. Sabía que había algo oculto, pero no identificaba qué.

Iba a Canadá a "visitar" a mis tíos más jóvenes y regresaba a México. Conocí el yoga y las citas espontáneas en los cafés, el intercambio de miradas en el metro, la ciudad donde era anónima, podía ser yo y reinventarme en cualquier instante. Estaba en el mundo; era fascinante y angustiante a la vez. ¿Cómo podría regresar a la tienda después de haber conocido tal libertad? Pues regresaba y me volvía a poner en el mismo lugar de la vitrina, hasta que mis experiencias fuera me recolocaron en otro *rack*, mi precio bajó, y sí, complaciendo al terror que no quería sentir, me fui empolvando y haciendo tan vieja que me quedaría colgada ahí toda la vida, cambiando de *racks* hasta no salir ni como mercancía rebajada en las grandes baratas del outlet. Según la preciosa metáfora de mi tío.

Me dejé pervertir por el mundo hasta que fue inadmisible regresar a la tienda como si la tela no se me hubiera descosido y había encontrado nuevas formas de coser el diseño. No me acuerdo del momento exacto en que decidí salir de la tienda de los vestidos, ni cómo le hice;

creo que fue paulatinamente porque las ideas de "buscar a alguien desesperadamente para casarse" no me cuadraron nunca. De lo que sí me acuerdo bien es de la primera vez que dejé de sentirme como mercancía.

Te cuesta el mismo trabajo enamorarte de un rico que de un pobre

"¿Sos judía?", preguntó Santiago mientras yo sacaba los libros de la bolsa y los acomodaba en el atril y él tocaba de fondo un preludio de Bach, poniendo más atención a mi respuesta que al sonido impecable que hacía salir del piano. "Claro", contesté, "se me ve, ¿no?" El maestro detuvo la música y me miró el cuerpo de arriba abajo. Todavía estaba de pie, hurgando en mi bolsa hasta encontrar el lapicero; sentí su mirada deseosa. "Tu apeshido", dijo, y continuó tocando.

"Sí, el apellido es bastante judío", dije, "¿y tú?" Caminé hacia él sacándole punta al lapicero. "Soy judío también", jugueteé nerviosamente con la punta del lapicero, la metía y la sacaba sin parar. Me miró extrañado. "Pero tu apellido no es...", atiné a decir. "¿Cómo no, nena?", y enfatizó en el *family name* tres veces para que me quedara claro. Me senté al piano y comencé a tocar los ejercicios para principiantes de Hanon, mis manos temblaban tanto que me hizo repetir el ejercicio diez veces.

Mi pierna y la suya estaban pegadas, mis manos duras sobre el teclado y las suyas ágiles tan cerca; parecía como si nos conociéramos. La hora de clase fluía entre risas y frustración mía, se dejaban entrever coqueteos debilitados por algún tipo de restricción. Su sonrisa me mataba, su altura me mataba. Podía pasar todo el día en ese salón, tocando piano junto al maestro, sintiendo cómo poco a poco mis manos se soltaban.

"¿Sabés?", preguntó cuando, en puntísimo de las tres de la tarde, el siguiente grupo tocaba la puerta para entrar al estudio, "vos me interesás, me das curiosidad". Me sonrojé. "Vashamos a tomar una copa de vino el miércoles después de la clase. Así me contás tu historia y sho te cuento la mía." Dije que sí.

La que sigue debió haber sido una historia para contar en el futuro: a la prensa, a las cámaras de cine, para el goce de nuestros hijos y nietos. Olga, sus amigos y yo estábamos en el bar Felix y ella y yo salimos a fumar un cigarro. Me gusta fumar cuando tomo alcohol, porque tomo poco y fumo poco. Pero fumar me entretiene porque muchas veces estoy aburrida y salir por un cigarro es abrirse a platicar con los fumadores, tomar aire fresco, ver gente pasar. No sé, es entretenido. "¿Pero cómo? Tú eres maestra de yoga", me decían quienes me veían fumar. ¿Y? Practicar yoga no significa recluirse en una montaña a perfeccionar los parados de mano hasta que salgan. Me parecía un trato equilibrado con mi cuerpo.

Olga y yo caminábamos por West Broadway, y yo seguía con el beat de baile. Era domingo en la noche. Fuimos a la otra esquina y Olga había terminado su cigarro, aprovechó para meterse a una cafetería a verificar si allí vendían un chai que compitiera con el mío. Mientras tanto, yo, que soy una *slow smoker*, me quedé afuera fumando y bailando. Un hombre se detuvo mientras le daba otra fumada al cigarro. Sonrió. *"What are you doing?" "I'm,"* me sonrojé, *"dancing and..."*, volteé a ver mi cigarro; seguí en mis movimientos.

Preguntó de dónde era, contesté que era mexicana y comenzó a hablarme en italiano, *WTF?* Me invitó con él a tomar algo en ese instante, dije que estaba en el Félix con mis amigos y lo invité a venir con nosotros. Se miró el cuerpo y excusó las fachas, estaba vestido en pants, t-shirt y sudadera; la vestimenta perfecta para una tarde de domingo. Insistió en que aunque vistiera *sweat pants* me invitaba a tomar algo: *"Don't be scared, I'm safe"*. Pero no estaba asustada para nada; Olga asomó para decirme que ya estaba listo el chai. El hombre saludó con la mano y se justificó, como si ella fuera mi madre, que nada más estábamos platicando, y que *he is safe*. Olga entornó los ojos y se metió de nuevo a la cafetería.

Negué y me acerqué un poco más a él para verlo mejor. Era alto y tenía ese aspecto desenfadado que me gusta, como si no se hubiera bañado, más bien como si no pusiera esfuerzo en verse bien. Parecía cualquier actor cuando es *paparazzeado* en fachas. Tiré mi cigarro y pregunté a qué se dedicaba, "*Writer and filmmaker*". Exactamente mi tipo. Me contó que recientemente había filmado con Richard Gere, y preguntó si en México habíamos oído hablar de él. ¿Cómo? En primera, el Señor Gere es mi amor platónico desde hace 20 años y, en segunda, los mexicanos no vivimos ensombrerados montando burros.

"*And you?*" De mi repertorio de ocupaciones: maestra de yoga, apasionada de la escritura y dueña de una tienda de chai; saqué la que mejor convenía al momento: soy escritora. "*No way... a beautiful woman dancing on the street and a writer. No way.*" Me dio su teléfono y me pidió una llamada perdida. Algo extraño llamado "no tengo suficiente crédito" sucedió en mi teléfono y no pude llamar. "*What's your name?*" pregunté. "*A. R.*" contestó.

Luego dijo, en tonito de reclamo, que había compartido toda su información conmigo y yo no le había dado ninguna. "Teresa", dije, recordando que aunque Marjorie quería convertirme en "Tery", la versión dulce de mi nombre, me fascinaba encarnar a Teresa. Pensé esto mientras escribía un texto con mi nombre y apellido. Nos despedimos y entré a la cafetería. Por un momento, cuando seguía bajo el humo de la infatuación, el chai me pareció delicioso, pero estaba *overloaded* de canela. Olga me regañó y dijo que no podía estar dando mi teléfono a desconocidos y me apuró para regresar al bar.

Yo estaba absorta en mi celular. No tuve respuesta durante un rato, el mensaje parecía no haber llegado a puerto. Insistí.

"*Did you get my last name?...*"

"*No*", escribió él, "*I didn't get your first either.*"

Silencio. Shhhh. Silencio. Me arrepentí de no haber ido con él en ese momento, pero Olga de por sí me estaba mirando como si estuviera loca solo por hablar con alguien en la calle. ¿Y si mi teléfono ya no tenía crédito ni para un mensaje? No podía ser porque era por IMessage y además sí contestó el primer mensaje. Un día, dos días. Acudí a Google una vez más. El chico era famozón. Mi teléfono no funcionaba bien, ¿verdad? Tres días, cuatro días. Nada. En esta ciudad las mujeres toman sus riesgos. Yo: "*Hey, so when do u wanna get that drink?*" Él: dos minutos, diez, 35, cuatro horas, siete días. Silencio, silencio. Nada de nada. Pudo haber sido el comienzo de una película, quizá de una muy mala chickflick.

"Nunca hables con extraños", decían mis padres. Nunca, nunca. Se metió en mi cabeza con tanta insistencia que creí que el mundo le pertenecía a los locos, violadores y asesinos en serie, y que vivir en el planeta Tierra era una actividad extrema. Hablar con alguien no autorizado era peligroso. Había que evadir todo el contacto con el exterior para no exponerme a la desgracia.

Cuando alguno de los *matchmakers amateur* me quería presentar a un candidato a marido, mis padres siempre preguntaban: "¿Quién es?", y con una o dos referencias llegaban hasta su historial médico, sus cuentas de banco, algún escándalo familiar, cualquier información personal que necesitáramos saber: "Es el sobrino de la cuñada de la amiga de tu mamá", le decían a mi madre; "Buen muchacho", replicaba mi padre con una sonrisa de satisfacción.

Entendí que las buenas familias eran las que todos conocíamos sus apellidos, sus causas, su riqueza, su altruismo con la comunidad y con el mundo y, por supuesto, su reputación impecable. "¡Ah!, ¡ya sé quién es!", contestaba mi madre. De pronto, el nombre de una persona con toda su abstracción, se convertía en el blanco donde todos sabíamos "quién era", pero nadie lo conocía.

Si mi abuela escuchaba alguno de los apellidos rimbombantes de la comunidad, es decir, los millonarios de alcurnia, casi saltaba de su asiento y gritaba emocionada: "Agárratelo y no lo sueltes, no lo sueltes nunca", y luego remataba con la frase que toda abuela repite a su nieta en algún momento de su vida: "Te cuesta el mismo trabajo enamorarte de un rico que de un pobre".

¿Dijo trabajo? Mi abuela hablaba del amor como si fuera a conseguir un puesto en el que se me iba a pagar bien o mal. Lo decía como si fuera una cuestión de mera conveniencia, un contrato matrimonial en el que habría que entender que las palabras "trabajo" y "enamorarte" estuvieran en la misma frase, tan cerca una de la otra, excluyendo definitivamente lo único que yo buscaba: el amor.

Pasé toda la adolescencia y los inicios de la década de los veinte saliendo con "buenos muchachos", aprobados antes de la cita y enjuiciados después de ella. "¿En qué coche pasó por ti?" "¿A dónde te llevó?" "¿Pagó con efectivo o con tarjeta?" "¿Te abrió la puerta del coche?" "¿De qué platicaron?", entre otras preguntas ridículas. Nadie preguntaba si me había divertido. Las preguntas *post blind date* eran un enjambre de cuestionamientos que solo aludían al matrimonio o al contrato de las dos familias, y nunca a lo referente a la pareja.

Yo buscaba la originalidad, el excentricismo, lo fuera de las reglas, lo "anormal". En suma, creo que buscaba a alguien que fuera de ese círculo, pero que fuera raro. Un bicho raro como yo sin el nerviosismo de la obligada *blind date* y todas las acciones recurrentes para impresionar. Ninguno. Ni los de los apellidos rimbombantes, que en su presencia recordaba la astucia de mi abuela: "Te cuesta el mismo trabajo" y me hacía pensar: ¿en serio me tengo que esforzar tanto para que algo fluya?

Tenía que ganar tiempo y salir corriendo de todo aquello.

Para fugarme de esa realidad, viajaba entre semestres de la universidad a Canadá, donde vivían estos tíos, los más jóvenes de la familia, por lo que mis padres sentían que estaba "segura", porque no estaba sola, y había alguien que me cuidaba. Porque claro, por ser mujer se infería que no sabía cuidarme y necesitaba ayuda externa.

Salí con todos los hombres que me invitaron a salir, absolutamente todos los extraños que se me acercaban en las calles. Mi libertad y soltura eran un imán para todo lo que tenía prohibido, un montón de hombres desconocidos: griegos, hindúes, canadienses, hippies. Ninguno de mis primos conocía a sus primos, no había manera de rastrearlos hasta encontrar su historial médico o financiero, no tenía idea de cuáles eran sus apellidos y me valía un cacahuate. Tenía 20 años y gozaba de ese anonimato y cuando regresaba a México, al gancho y a la tienda, regresaba a aquellas sobremesas donde mi abuelo estaba dispuesto a pagar una recompensa a quien me presentara un marido.

De aquellos hombres canadienses hubo uno dispuesto a amarme y yo indispuesta a recibir su amor. Se llamaba "La Muchacha". Nos conocimos en un camión cuando yo iba de regreso de la estación del metro a casa de mis tíos en Thornhill. Se sentó junto a mí un chico guapo y fuerte, parecido a Brad Pitt pero en versión orgánica/hippie. Hablamos hasta que llegué a mi parada y pidió mi número. Esa misma noche hablamos dos horas por teléfono y nos encontramos al siguiente día en la misma parada del camión donde yo me bajé.

Nos quedamos ahí sentados dos horas viendo camiones pasar. Él sacó de su backpack dos duraznos y dos manzanas y nos los comimos. Sugerí ir a comer o a tomar algo. "*I don't eat meat, chicken or fish*." Bueno, una ensalada; se negó. "*A coffee?*" Negó. "*Maybe a tea?*" No. "*I don't drink any caffeine*." Fue la primera vez que conocí a un hombre vegano. Nos sentamos en un restaurante a pedir un vaso de agua y un *iced tea*, digo, para mí.

Mi viaje terminaba, pero moví las fichas capricornianas para quedarme diez días más. "La Muchacha" y yo nos veíamos todos los días. Fuimos al centro de Toronto a comer sopa que hacía su amigo rasta y se quejó de que costaba cinco dólares, así que pagué por mi ración y la suya. Fui a su casa y tuve que tomar el camión 40 minutos hacia Brampton. Me esperaba fuera de la estación con su bicicleta.

"Hop in", me dijo. *"Where?"*, dije molesta. Me señaló el tubo entre el manubrio y el asiento. Hice una mueca, pero él me acomodó con las pompas sobre el tubo y las piernas a un lado y comenzó a pedalear. Logró subir una cuesta con mi peso y el suyo, pedaleando a toda velocidad... y con dieta vegana.

La casa era tan grande como vacía. Había vendido todos los muebles para quedarse con varias cobijas que extendía sobre el suelo de la cocina y dormía sobre ellas. Tenía solamente un plato, un tenedor, un cuchillo y una cuchara, dijo que no necesitaba nada más. En el jardín había una cosecha de frutas, *berries* de diferentes tipos. Vi una sandía bebé y me enamoré de ella, porque siempre es grande y gorda, no dije que me enamoré de él. Bueno, todavía no.

Fumamos un poco de marihuana. "La Muchacha" me agarró a besos en la cocina y después nos lavamos las manos para hacer mermeladas y conservas, cosa que yo jamás había hecho. Le conté cómo me consentían en México; teníamos señoras que nos ayudaban a cocinar, limpiar, lavar, cuidar a los niños y que vivían con nosotros como parte de la familia. Mientras él aplastaba las *berries* hervidas, yo me acosté sobre las cobijas para mirar su cuerpo perfecto, su piel oscura y suave, su fuerte torso descubierto.

"I want that job", dijo mientras se chupaba un dedo con *berries*. Se refería al trabajo que hace una mujer que trabaja en las labores domésticas: *"You get to stay on a place for free, they pay you to cook and women would feel safer if I'd watch their kids. Because I am a man"*, volteó a mirarme con sus ojos verdes fulgurantes y coquetos. Lejos de molestarme el comentario de que por ser hombre las mujeres se sentirían más seguras si él vigilaba a sus hijos, me levanté de las cobijas y fui a besarlo. Chupé *berries* de su dedo. *"If you want to be a muchacha and cook half naked, I guess the housewife will be on a lot of trouble"*, dije. Fuimos a besarnos y a tocarnos más bajo las cobijas hasta que fue tiempo de irme.

Otro día fuimos a una fiesta en la terraza de un edificio alto en la que había un barandal. Él me cargó y me sentó en el barandal y con sus manos fuertes me detenía por la cintura y yo con mis piernas lo abrazaba; era un penthouse y aunque la altura era considerable no sentía miedo, nunca sentí miedo con él. De regreso, lo invité a casa de mis tíos; entré por la puerta principal y le abrí la puerta que había en el sótano en donde había dos cuartos vacíos. Lo llené de cobijas y ahí nos tendimos "La Muchacha" y yo comenzamos a besarnos, a descubrirnos un mundo en el otro. Él sacó de su mochila un pedazo de sábila, la abrió y me la untó en todos los espacios de mi piel desnuda hasta que se absorbió. Me penetró de forma dulce y enérgica lo que restaba de la noche. Cuando amaneció intenté levantarme del piso pero él me atrajo hacia él y nuestros cuerpos volvieron a encontrarse.

Empecé a levantar las cobijas mientras él seguía acostado, haciendo una señal nada sutil de que tenía que irse a la brevedad. No podía permitir que mis tíos lo vieran allí. Salió por la misma puerta del sótano y me despedí de él apurada. Subí a mi cuarto de puntillas, me puse la pijama, me lavé la cara y bajé al desayunador con mis tíos.

Después viajó a México para verme, pero yo lo mandé a trabajar a un jardín a las afueras del Distrito Federal e iba a visitarlo clandestinamente los fines de semana. Se fue y no supe de él varios años, hasta la semana en que mi padre murió. Él se enteró porque se quedó en la casa de mi primo alivianado que me solapaba en todo porque era gay. No era hijo de los tíos jóvenes de Canadá, sino del tío que me comparaba con un vestido.

"La Muchacha" quería venir a la *shive*[1] a darme un abrazo y yo lo único que necesitaba en ese momento era llorar horas entre sus brazos, pero me negué, le dije a mi primo que ni se le ocurriera traerlo frente a toda la familia y la comunidad, por las preguntas que podían desatarse hacia ese rubio católico, o más bien ateo, y hippie. Dije que no.

Ahí estaba mi luna en Aries, la apasionada, impulsiva y demás, pero con mis dos Capricornio, el capataz de "eso no se puede" salió a relucir y despaché de mi vida sin lamentos a un hombre que verdaderamente me amó.

---

1 Es el nombre del duelo observado por los judíos. Los familiares de primer grado asumen el estatus de dolientes. En siete días se reúnen en la casa del fallecido a orar por su alma. Se reciben visitas durante toda la semana.

Teoría para principiantes

Odiaba la teoría del piano, odiaba los ejercicios de principiante. Yo quería la práctica, no la teoría. Yo quería las manos en el teclado, aprender de memoria cómo se engarzaban las notas y soltar la inspiración para tocar, interpretar, sentir la música y al compositor a través de mis dedos. No quería perder tiempo en las teorías. No estaba tan segura de querer aprender sobre las *whole, half and quarter notes*. Sabía que era importante, pero no me interesaba, me aburría. Estaba harta de todas ellas.

Peleaba con Santiago el punto, pero él tenía su método y no lo iba a cambiar. Me trataba de convencer de que era lo mejor para mí. Trataba de argumentar por qué sí tenía que saber eso, peleábamos hasta que cada uno cedía. "Empezamos con la teoría y nos la sacamos de encima", yo revoleaba los ojos, hastiada porque además los ejercicios para principiantes me parecían hasta infantiles; aunque el libro decía en la carátula *Adult piano for beginners* sentía pereza de tener que practicar aquellos ejercicios en mi teclado digital, pero me acordaba de él. Mi práctica comenzaba con el Hanon para calentar y después hacía a regañadientes los dos o tres ejercicios que me dejaba de tarea para "sacármelo de encima".

Me fascinaba la práctica cuando mis dedos se soltaban y me iba a dimensiones lejanas, a perderme, a dejarme ir. Odiaba con todas mis fuerzas todo lo que tenía que ver con las teorías.

El amor en los tiempos del *swipe*

Siempre he sido *overachiever*, la cabra doble y ambiciosa. Así que además de mi membresía en el club élite de solteros neoyorkinos, me suscribí a todos los sitios online para encontrar dates. A-to-dos.

Abrí mi perfil en OkCupid, porque dicen que ahí se encuentra gente más seria que no nada más quiere un *hook up*. Con todo y mis ciertas capacidades literarias, me fue imposible llenar el perfil con información que se pareciera en algo a mí. ¿Quién era? ¿Qué quería? ¿Por qué estaba aquí? No tenía idea, y me pasé cambiando ese perfil enemil veces. En mis filtros de búsqueda se encontraba casi exclusivamente que fuera judío. Y en este perfil era opcional hacer mención de ello. Así que en principio, cuando me metía a buscar, salían hombres que detallaban su religión, lo que quería decir que buscaban a una mujer judía.

Después me inscribí a JDate. No sé por qué lo hice, ya que detesto su estructura: relatar la biografía entera, cómo sería tu date ideal, qué esperas de tu vida cuando tengas hijos, cómo sería tu relación perfecta, las relaciones pasadas, lo que buscas en un hombre y miles de preguntas más. Me desesperaba. Supuse que más o menos así era mi perfil de Match.com, el que manejaba Deluxe Match y yo no podía ver. Llené solo algunas de las casillas, con el fin de cumplir mi objetivo. Una de las razones por las que odié JDate desde el principio es porque no era tan fácil de usar como los otros sitios y, especialmente, porque para siquiera ver mensajes de hombres interesados había que pagar una membresía. Una cantidad tonta, insignificante, pero aún así, me dio coraje que los creadores no pierden el tiempo para hacer dinero. Pagué por los seis meses que iba a estar aquí.

Luego me enteré de que existía una aplicación llamada Happn en la que básicamente el GPS rastrea a todos aquellos individuos con los que te has cruzado en la calle. Parece de película. Esa era la esperanza cuando me inscribí: transitar las mismas calles que el amor de mi vida, intercambiar una mirada retraída al avanzar cuando los semáforos se ponen en señor-caminante-blanco y, como por las prisas no habría oportunidad de hablar, reconocerlo en Happn y empezar una historia de amor, en la que la casualidad está bien encallada en la tecnología. O en el metro, imaginaba una y otra vez el inicio amoroso en algún vagón, sorbiendo cafecito, mirándonos hasta que alguno tuviera que desviar la mirada para hacerse el interesante y saber con certeza que Happn tendría la respuesta de quién era, cuál era su nombre, su edad y su trabajo. Este invento que ciertamente recoge las necesidades de los neoyorkinos es el *jackpot* del *online dating*. Solo que el GPS, tan sabio como es, no discrimina entre si uno avanza a pie, en metro o en taxi y entonces te lanza una lista enorme de gente con la que según esto te cruzaste. Por ejemplo, si recorres toda la Sexta Avenida, Happn enseñará a absolutamente todos los que se encuentren enrolados en la app. Meseros, cocineros, taxistas, conductores, transeúntes, comensales, hombres de oficina, financieros y toda la gama de profesiones. No discrimina, como debe ser. Entonces resulta que el del cruce de miradas a la mitad de una avenida y el del coqueteo en el metro no tienen Happn. Todos los demás sí. Y ahí se acaba el encanto.

Luego me enteré que lo mismo que pensaba de JDate, que ya no era un sitio que correspondía a la nueva generación de *online dating*, lo pensó e hizo realidad un hombre judío e inteligente menor que yo. Se le ocurrió crear un Tinder de judíos, *that's right*. En vez de todo el tedio de las miles de cosas que tienes que escribir de ti para que el perfil de JDate funcionara, aquí era fácil: fotos, nombre, edad, nivel de religiosidad, lugar de residencia, a veces de procedencia y si cuidas *kashrut*[2] o no. Aquí se da el veloz *swipe*: *right,* para los que te gustan, y *left,* para los que no. Simplísimo. Cuando *matcheas* con alguno, es decir, cuando tú das *right* y alguien también te lo da, el simpático JSwipe anuncia en la pantalla *"mazal tov,*[3] *it's a match"* y en la pantalla aparecen tres señoritos azules levantando a otro señorito en la tradicional silla de *mazal tov* y a este haciendo una marometa de la emoción. Me pone del mejor humor.

Tinder siempre ha tenido muy mala reputación. Las lenguas viperinas dicen que es solamente para *hook ups,* y yo, acordémonos bien, buscaba al padre de mis hijos, así que estar ahí no daría el mensaje correcto, supuse. Además, ¿cuántas más podía tener abiertas? La respuesta llegó a través de un guapo director de cine, mitad judío, que mi roommate encontró en Tinder, y que parecía querer con ella más que una noche de sexo. Yo, ni tarde ni perezosa, me inscribí a otro sitio más. Digo, uno qué sabe cómo las probabilidades existen, ¿verdad? Como JSwipe es una copia judía del modelo de Tinder, no me costó trabajo entenderle. Ahora bien, aquí no cabía la posibilidad de saber si alguien era judío. Solo dice nombre, edad y a cuántos kilómetros de distancia se encuentra. ¡Ah!, y para cuando ya se ha conocido a alguien interesante, para agregar un poco de paranoia al asunto, dice los minutos u horas que ha pasado sin revisar su perfil. Nada mal.

Por último, llegó a mis oídos la existencia de una app llamada Bumble creada por mujeres para que nosotras tengamos el control. *Awesome.* Normalmente, en todas estas apps escriben hombres indeseables, por no decir... horribles, o que de ninguna forma despertarían mi interés. Y a veces se presentan de una forma verdaderamente grotesca, como por ejemplo: *"Hi, remind me... why haven't we had sex yet?"* o *"Good evening. You are gorgeous, but you'd look even better with my d**k in your mouth",* y del estilo. Entonces las inteligentes creadoras de Bumble decidieron que había que ofrecer una plata-

---

2 Se refiere a los alimentos kosher que son aptos para ingerir por un judío, según los preceptos bíblicos. Aunque seguirlo tal cual es la ley, cada quien elige su nivel, de acuerdo a su estilo de vida y su conexión religiosa.
3 Procedente del hebreo. Locución que significa literalmente "buena suerte" y se utiliza a manera de "felicidades".

forma en donde solo las mujeres puedan escribir a los hombres, si se les da la gana, y en el caso de que hayan *matcheado*, es decir, otra vez, cuando los dos participantes del *match* han dado *swipe* a la derecha en la foto del otro. Bumble está representado por unas abejitas y cuentas solamente con 24 horas para contactar a tus *matches*, si no lo haces, expiran y ya no tienes la oportunidad de contactarlos. Nunca. La pelotita está en nuestra cancha: ¿cómo saludas? ¿Cómo te presentas? ¿Cómo le haces para no parecer estúpida? De pronto sentí que los hombres no la tienen fácil. Nada fácil.

En realidad, nadie. El *online dating* en Nueva York tiene un sinfín de posibilidades con todas estas plataformas para buscar y encontrar. El problema está en que uno se envicia y pasa muchas horas dedicándose a *swipear*. Era un trabajo de tiempo completo, y por un periodo me convertí en esclava del *online world*. *Swipeaba* tan rápido. No, no, no. *Left, left, left.* ¿Y este? A ver la otra foto, una más. Aquí se ve bien... *interesting...* ¿la siguiente? *No way,* no es el mismo. *Swipe left. Neeeeext!* Sí. *Right, right.* ¿Cómo? Él ya me había likeado a mí. *This is match!* El romance en los tiempos del amor desechable. *You hear? A maaattccchhhh!*

Y la verdad es que los *matches* se escurren con la misma velocidad con la que llegan. Hablas con varios al mismo tiempo dentro de una misma plataforma, y con tanta oferta de apps que visitar y dar *swipe* hasta provoca mareo y confusión de qué te escribes con cada hombre. Y probablemente no sabemos discernir y siempre se está a la caza. Porque Nueva York está habitada por la gran ilusión de que a la vuelta de la esquina, o al siguiente *swipe*, habrá algo mejor.

Mis días eran vacíos, muchas de las noches también. No tenía agenda llena como el resto de la gente; iba al gimnasio y daba pocas clases de yoga. Si no hacía algo, me volvería loca. Decidí empezar a escribir sobre mis dates solo para tener apiladas en papel mis memorias y algún día reír sin parar. También decidí que sería bueno llenar un diccionario con todo lo que creía que significaban ciertas palabras, el impacto brutal que tenían las ideas preconcebidas que había guardado con tanto cuidado y era quizá momento de desempolvar. Más bien, era imperativo, obligatorio, un llamado del más allá para poder vivir en el más acá liberada de tanto peso que alguien más recargó sobre mí. Empecé:

Breve diccionario de una que otra mentirilla

AMOR: Primero te casas y luego a ver si el amor llega. O, sensación placentera que uno siente cuando no ha experimentado otras cosas. Suele relacionarse con la infatuación.

BODA: Momento histórico en la vida de uno al que hay que llegar como se pueda y con quien se pueda.

COSAS COSTOSAS: ¡Cásate con un millonario!

CITAS A CIEGAS: Encuentro de dos solteros de un mismo círculo social, arreglado por casamenteros no profesionales del mismo círculo social. Ej. "Tengo una sobrina soltera, te la voy a presentar".

DINERO: No todos los judíos tienen dinero, aclaro. Se aparenta, se necesita tener un nivel, es un deseo que desangra carteras vacías. Es aspiracional, símbolo de estatus y poderío sobre quien no tiene dinero.

ESPOSO: "El Salvador".

MUJER: Cucaracha disminuida. Ser que se sabe existente a partir del matrimonio con un hombre. Ser no considerado dentro del ámbito social si no está emparejada. Ser que a pesar de su éxito personal compra la idea de que nunca será verdaderamente exitosa hasta tener una pareja y perpetuarse a través de los hijos.

SOLTERO: Que se la siga pasando bien, ¿cuál es la prisa? O, que se la pase bien mientras logra convertirse en "el proveedor".

SOLTERA (dependiente de los padres): Pobrecita de ti, ya pronto, ya pronto te llegará y vas a poder hacer tu vida.

SOLTERA (independiente): Prostituta que hace orgías en casa, para eso vive sola. "Corro a tomarle el brazo a mi marido y a sonreír como bruta cuando ella se acerca; como es soltera y mi hombre un dios del Olimpo griego, me lo va a bajar." Inmoral. Facilota para los casados que buscan aventura. Mujer soltera = _____ *(fill in the blank)*.

¿Sientes que es él?

Aprendí que un hombre judío no se hace hombre, como dice el ritual, a los 13 años cuando hace su *Bar-Mitzvah*.[4] Un hombre se hace hombre cuando un pariente varón mayor lo lleva al prostíbulo a que se "haga hombre".

A los hombres los enseñaron desde la adolescencia a separar el placer, la fantasía y el verdadero impulso sexual, del comportamiento "decente" para tratar a la noviecita con la que andaban de mano sudada. Porque ella debe llegar virgen al matrimonio o al menos al compromiso matrimonial. Las mujeres que esperen, que aguanten y nunca se muestren desenvueltas en la sexualidad porque ganan el temido título de "puta" y la condena de que nadie la tomará en serio. Y en consecuencia, nadie querrá casarse con ella. Porque no era virgen, porque era abiertamente sexual y libre de decidir qué hacer con su cuerpo. *No marriage for you, little lady.*

Crecí alrededor de varones y fui testigo de cómo se hacían hombres a los 13 años cuando los llevaban al burdel, proceso desagradable y grotesco, proceso que rompió el deseo natural de la sexualidad para practicarlo con la novia de la manita sudada o con quien quisiera. Pobres de aquellos hombres que, después de ser iniciados por pros-

---

4 "Hijo de los mandamientos", a los 13 años, según la ley judía, un hombre ha alcanzado la madurez personal frente a su comunidad, y está listo para hacerse responsable de sus actos. Puede participar y ser llamado a leer los textos sagrados frente a su congregación.

titutas, se acostaban con quienes pudieran para saciar fantasías que no podían siquiera reconocer que tenían porque no podrían consumarlas con la que sería su esposa, que debía ser un ente inerte, sin deseos, ni imaginación sexual. La desposada tenía que ser una mujer que hubiera aprendido bien a reprimir sus instintos, esconderlos bajo llave y aplacarlos bajo una nube de recato.

A mí nadie me habló de sexo. Bueno, excepto las clases de sexualidad de la escuela en las que dejé salir una risita nerviosa por oír al maestro decir la palabra "pene" y "vagina". Fuera de eso, el tema era tabú, había que esperar a ser la desposada o no entregarse si no era con alguien a quien se amara. Pero el amor adolescente es confuso. Si a mí un hombre me acariciaba el codo derecho, ese hombre merecía mi amor eterno. Así se formaron muchos matrimonios, pensando que una caricia atinada se llamaba amor.

Nunca entendí por qué no pude tener la misma libertad que los hombres. Me daba rabia saber que ellos podían disfrutar de los placeres del sexo, mientras yo tenía que ingeniármelas para entender qué diablos pasaba en mi cuerpo y cómo saciar ese fervor en mi entrepierna.

Aprendí a ser esa mujer sexualmente reprimida, calladita de mis instintos, explorando el sexo por debajo de donde pudiera sin que nadie me viera, sin que nadie imaginara que me masturbaba y tenía encuentros sexuales con hombres a los que veía por primera vez. Eso me hubiera dado el título de "puta", pero como bien pensaba mi familia, era tan inteligente que nunca dejé rastro de ninguna de mis movidas, y evité por completo a los hombres de la comunidad.

Dentro del parámetro social, como nadie me conoció un novio, no era casada; y como no era hombre, no había ninguna razón para pensar que el sexo me interesaba. Debía esperar cruzadita de piernas a que alguno de ellos me desposara y, con la misma sutileza que recibió de las prostitutas, me iniciara.

Ustedes tranquilos, aquí yo espero para darles mi virginidad, no se preocupen.

El sexo casual fue mi única puerta a la sexualidad. No me faltaba atención de los hombres y no tenía pena de acercarme; las primeras veces me daba pánico que el hombre de la noche se enterara de mi inexperiencia, pero después tomé confianza en los placeres del cuerpo y me deshinibí.

HIM: Howdy.

ME: Hi.

HIM: My profile didn't scare you?

Fue el primer mensaje que recibí en OkCupid.

Me gustó su foto porque parecía misterioso, tenía el pelo ondulado y largo, la frente grande y su mano tapaba la boca y la nariz. Me metí a indagar en su perfil: *Single white guy. Looking for NSA fun that is uncomplicated and respectful.*

ME: Nop. Why?

HIM: Oh, it is very direct and sexual, so I am just making sure.

ME: Is that what you are looking for?

HIM: Mostly :)

ME: You're funny!

HIM: I am honest. Also, I am Ethan, and you?

ME: I like honesty. Teresa, nice to meet you!

HIM: The pleasure is mine, Teresa. Jewish?

ME: Yes. You?

HIM: Of course. Syrian? ;)

ME: How do you know??? Ah, yeah... my big nose can talk.

HIM: Your user name says "ZC". I am also a Syrian Jew.

ME: I've never met a syrian jewish guy in USA...

HIM: Welcome :) We should definetely play.

Pregunté si era soltero. Dijo que sí. Divorciado hace un año. *"Kids?"* *"Yes, two"*. Intercambiamos información de a qué te dedicas, en dónde trabajas y no mucho más.

ME: Why do you keep visiting my profile? I'm new at this.

What is NSA fun? (english is not my first language).

HIM: Casual sex - No strings.

ME: NSA - No Strings Attached?

HIM: Yes

Duh para Teresa.

Ethan escribía todas las mañanas para preguntarme si había amanecido con ganas de jugar; siempre lo dudé. Finalmente, era un desconocido. Contesté con una oferta: conocernos para tomar un café o drink y ver qué pasaba. Inmediatamente respondió que podíamos vernos directo en su oficina y *get naughty*.

Me acordé de mi tío cuando habló conmigo antes de viajar a Nueva York: "No andes haciendo tus cosas, esos hombres están buscando a la mamá de sus hijos", se refería a los clientes Deluxe o "de la casa", que pagarían a la agencia por conocer a su esposa. Se refería también a que "tus cosas", como el sexo, no debía practicarse con alguien que te interesaba de verdad. O que ellos se dieran cuenta de que una mujer puede ser sexual, porque si no, pues... *so sorry*, porque no podrías interesarles de verdad.

Dejé de contestarle a Ethan. Preguntó si me ofendí. Habíamos quedado de tomar un café el viernes, se le complicó. *Bullshit*. Lo sabía. Me siguió buscando; había días en los que amanecía con ganas de buscarlo y aventurarme. Y otros, en que la princesa judía y reprimida con intenciones de formar una relación seria impedía que me encontrara con un tipo que finalmente lo único que buscaba era sexo sin compromisos. *Was I also looking for that?* Él por lo menos era honesto.

Y yo debía ser honesta con la misión, así que en vez de tomar un café con él, me entrevisté con otra casamentera, Karen, la *matchmaker* que encuentra a sus clientes en los andenes del metro de la ciudad. Resulta que Olga me embaucó con Deluxe Match porque ellas eran sus *matchmakers* de cabecera, pero también se había inscrito con Karen y fue a través de ella que Olga conoció a su hoy marido y padre de sus hijos.

Recibí un correo de ella, un lunes, en el que decía que había un hombre que se asemejaba a mi pedido del papel. Preguntó si estaba interesada en conocerlo. Obvio sí. El único día que él podía era el miércoles por la noche. Contesté a la *matchmaker* que era la única noche que no podía porque tenía clase de piano de ocho a nueve en Midtown. Karen sugirió que me encontrara con el candidato a marido a las 6:30 p.m. en Chelsea, *too tight*, tendría que salir a las 7:30 para llegar a clase, porque por absurdo que fuera, y aunque mi trabajo en Nueva York era el *multiple dating*, no estaba dispuesta a cancelar mi clase, ni a dejar de ver a Santiago, por un nuevo date. A Karen le pareció *kind of sexy* que me tuviera que ir. El martes nos mandó un correo a ambos, con BCC para que no nos pusiéramos en contacto:

Dearest Teresa & Scott,

Espero que este mensaje los encuentre bien y emocionados por su cita este miércoles, 19 de noviembre, a las 6:30 p.m. Como podrán ver, los he ocultado en BCC en este email porque es tan fácil y jodidamente tentador usar google/facebook/o-lo-que-usen, que, seamos sinceros, no es divertido.

Tery, Scott es *a tall and handsome drink of water* que vive en Brooklyn y trabaja como financiero. A pesar de tomar su trabajo seriamente, Scott tiene un lado rebelde y definitivamente sabe cómo divertirse. Tiene los pies en la tierra, es de mentalidad abierta y está más sintonizado con su *"wild side"* que el promedio de los hombres de negocios. Es buscador de aventuras, y le encanta viajar tan frecuentemente como puede. Scott, Teresa o "Tery" es *a sassy and sparkly spitfire newly transplanted to downtown NYC from Mexico*. En su hogar, en la Ciudad de México, es una empresaria de un negocio de té (dile que te enseñe cómo vigila el biz mientras está en NYC: confía en mí, es impresionante). Después del regalo fortuito de un piano de cola (otra historia increíble), decidió entregarse con devoción al piano de forma más seria, lo que la trae con nosotros hoy. Como tú, Scott, a Tery le gusta la vida sana y manterse activa con su otra carrera como maestra de yoga.

Lo más importante es que ambos tienen un maravilloso sentido del humor y no tienen miedo de reírse de sí mismos. Son increíblemente inteligentes, ingeniosos y con iniciativa. Y ambos son excelentes comunicadores/conversadores, así que no imagino que ninguno se quedará sin anécdotas que contar.

Para su cita, por favor, reúnanse a tomar una copa de vino en el acogedor bar Veloce, localizado en el 176 de la Séptima Avenida, entre la Calle 20 y 21, en Chelsea. Como es una cita a ciegas, favor de presentarse tan puntual como les sea posible, y para que se reconozcan, tengan en la mano sus *metrocards* claramente visibles.

Bonus points* si se toman una foto con esas *metrocards* y me la mandan para que yo vea que ya conectaron

Si algún problema surge, llamen o manden un texto para que pueda asistirlos.

Most importantly, have fun!!

xo

Okay. ¿Qué significaba ser un *tall drink of water*? Y, ¿qué demonios era *sassy and sparkly spitfire*? Le escribí a Olga, que además de ser la patrocinadora emocional de este viaje de *matchmakers* y *dating*, era traductora: es algo así como una locomotora ardiente. *Seriously, Karen?* Acudí al *Urban Dictionary* a hacer mis consultas. Un *tall drink of water* es *"similar to tall, dark and handsome. If you are a tall drink of water, you are a tall guy who is a good catch"*, mmm. Suena bien, era alto y se llamaba Scott. Era lo que sabía; no supe edad, apellido, de quién era hijo, de quién hermano, nada.

Un músico polaco que daría un concierto esa noche en el Carnegie Hall me detuvo mientras comía un pad thai en el Topaz; platicamos de música clásica y de la cubierta del piano, porque me cachó haciendo, de último minuto, la tarea de teoría, que tanto aborrecía. Me impidió llegar a tiempo con Scott.

Subí al metro cinco minutos tarde y sonó la voz de la tragedia: *"We are delayed because of train traffic. We apologize for any inconvenience"*. Magnífico, estaba retrasada y debía avisarle a un desconocido a través de otra mujer. Escribí a Karen un mensaje y rogué para que hubiera conexión en el metro y recibiera el texto. Leí que le dio *head ups* a Scott, suspiré y me rellené los labios con un *gloss* en tono rojo.

Llegué al bar Veloce siete minutos más tarde de la hora acordada. Me asomé desde la entrada y busqué al hombre que me esperaba. Estaba sentado al fondo, parecía ser él; me acerqué titubeante, pero vi la *metrocard* en su mano izquierda casi escondida en el extremo de la periquera. Yo traía la mía en el guante, llegué y se la mostré, ambos sonreímos y guardamos las tarjetas del metro donde correspondía. ¡Wow! Sí que era un *drink of water*. Qué guapo, Scott era alto, tan alto como me gustan, tenía la tez blanca y los ojos verde oscuro, la cabeza llena de pelo corto y negro y la nariz bastante aguileña. Vestía jeans, una camisa azul a cuadros, fajada, y un cinturón de piel; lo escudriñé mientras lentamente hice un striptease, y él me miró cuando me quité el abrigo, el sombrero, la bufanda y los guantes.

Pedimos una copa de vino y platicamos: la fantástica historia de Don Steinway; Williamsburg, su barrio, Alphabet City, el mío; *his favourite restaurant is in my neighbourhood; he wants to take me there!*, su trabajo en finanzas, los viajes, la familia. Lo vi enamorado de su sobrina bebé y sacó su celular para presumirla en fotos. *He is a catch*, verdaderamente, pero ya eran las 7:25 y me tenía que ir en cinco minutos. Se dio cuenta y nos levantamos. Me ayudó a ponerme el abrigo, el sombrero, la bufanda. Me pidió el teléfono. *"So I don't have to ask for it to Karen"*, y me guiñó un ojo. Salimos. Nos despedimos y me tomó por la cintura.

Caminé al metro complacida y llegué a mi clase de piano relajada y sonriente. Toqué inspirada. Santiago quería saber qué mosco me había picado. Él todavía no sabía nada de la verdadera misión. Yo sentí que la copa de vino me emborrachó y, claro, me gustó ese *tall drink of water* con quien la acompañé. Yo estaba sonriendo más de lo normal, pero Santiago inistía en saber la causa de mi inspiración y de mi sonrisa.

La pregunta de mi madre después de cada uno de mis *blind dates* era: "¿Y sentiste que es él?" Uffff, cero presión, hijita, cero presión. Se refería a si sentí que esa persona con la que fui a cenar sería mi esposo.

Todas las dates parecían idénticas. Eran citas a ciegas: el "muchacho" de la ocasión pasaba por mí en su coche, yo rezaba que no fuera un adefecio. Abría la puerta para encontrar el foco de la casa alumbrando una cara desconocida. Tenía que sonreír como si la calvicie o el físico no tuviera que importarme jamás, como si fuera una desalmada por mostrarme interesada en la atracción física. Decíamos: "¿Cómo estás?", como si toda la vida hubiéramos sido amigos, me acompañaba a la puerta del copiloto que abría con seguridad, yo abordaba rogando que no se me atorara ninguna parte de la vestimenta en ninguna parte del coche. Antes de que el caballero cerrara la puerta musitaba casi para mis adentros *gracias* y esos segundos mientras él rodeaba el cofre del coche eran un suplicio porque, en realidad, la gran mayoría de las veces me quería bajar corriendo y regresar a mi casa. Pero eso no se podía.

Había desafiado las reglas comunitarias de que al salir con un hombre debe pasar a tu casa, conocer/dejarse entrevistar por los padres, tomar un café turco y luego partir. Eso mero. Las primeras veces que salí en este tipo de citas frené a mi padre para que hiciera pasar al muchacho, porque no me sonaba lógico que lo conocieran en el mismo instante que yo. Muchas veces vi que mi prima, la que se casó siendo un vestido de moda, conocía a su date cuando mis tíos lo invitaban para conocerlo y que vieran con quién saldría su hija. Así, casual. Yo me negué rotundamente a una situación similar; era adolescente, pero aún así me parecía insólito. Así que cuando sonaba el timbre, le ganaba a las inquitudes de mi padre y corría a la puerta. Entonces, el foco alumbraba lo que tenía que alumbrar.

Preguntaba a dónde quería ir a cenar, la respuesta que me enseñaron a decir, como niña sumisa, linda y buena, era "a donde tú quieras", la respuesta que daba cuando empecé a tener voz era "a cualquier lugar de la Condesa". A veces, si el muchacho no tenía un lugar pensado y reservado, me complacía, si no, rezongaba: "¿Hasta allá?", refiriéndose a una colonia que estaba a 12 kilómetros de distancia y como era de noche, no había tráfico. Acabábamos yendo a donde ellos querían.

En el restaurante, las conversaciones eran tiesas, llenas de formalidades que no correspondían con nuestra edad. Yo tenía 17, 18, 19, 20, 21 o 22 años y me sentía muy despierta, curiosa, con ganas de explorar el mundo. Ellos, por su parte, ya estaban sumergidos en el rol del proveedor, preocupados por el trabajo, por cómo continuar con el legado del negocio familiar o de cómo empezar uno nuevo. Nunca me tocó alguien inquieto, deseoso de comerse la vida más que el rib eye del plato de enfrente. Las pláticas consistían en contestar y preguntar el cuestionario/entrevista de trabajo.

En una ocasión salí con un muchacho al que mi tío había dado mi teléfono. Salí tarde del trabajo y había tráfico, así que llamé para pedir media hora más de tiempo. Fuimos a un restaurante frente a mi casa, porque yo vivía en la Condesa, el barrio al que siempre quería ir a cenar, y ya vivía sola. El hombre era petulante, todo el valor de su vida era el dinero:

Él (no tengo idea cómo se llamaba): ¿Sabes qué me pasó la primera vez que fui a Las Vegas?

Yo: No sé, ¿qué te pasó?

Él: Aposté 100 dólares, gané 3 mil y fui al Forum y me compré como siete pares de jeans en Armani Exchange.

Yo: Qué padre.

Él: Y así, nada más jugando Blackjack, te lo juro.

Yo: Wow, pues la verdad qué suerte.

Él: ¿Y sabes qué me pasó la segunda vez que fui a Las Vegas?

A ver, ilústrame. Esa noche me la pasé fatal, como tantas otras noches. A primera hora de la mañana mi tío llamó para rezongar: "¿Cómo es posible que hiciste esperar al muchacho por estar dizque trabajando? Es un muchachazo. ¿Cómo te atreves?" Reinterpreté el *speech* de mi tío: Sobrina, ¿sí entiendes que tú eres una cucaracha en el mundo y él es un hombre? ¡Estabas dizque trabajando! Tu único trabajo es conseguirte a un marido que sí trabaje, ¿tu tienda de tés?, ¿qué? No, mi reina, de eso no vas a vivir. Lo importante es que te cases; tu dinerito déjalo para comprarte tus chicles.

De esas citas a ciegas siempre volví a mi casa sintiéndome como un insecto, con intenciones de meterme bajo las sábanas un año seguido y no salir nunca, o mudarme a un bosque encantado, o a una dimensión paralela donde no tuviera que pensar, ni contestar la pregunta absurda de mi madre, ¿sentí que era él? Dos horas con un hombre. Una cucaracha aplastada porque no sabía cómo expresar que no quería la vida prefabricada por los padres para que los hijos fuéramos a tomar su lugar cuando ellos dejaran este mundo y continuar el legado así *ad infinitum*.

Confundir "legado" con ser copias fotostáticas de la vida de nuestros padres, no cuestionar, *God forbid*, nada, a nadie; vivir dentro de la sociedad y para la sociedad, existir muy por encimita, por aquella paranoia del peligro, recluirse en la bandera de "así es la vida" y "así se hacen las cosas" y por eso tú también debes hacerlo así.

Yo no. Pero en Nueva York otra vez sí.

El mirreynato neoyorkino

Salvador era mi homónimo en masculino. Supo que yo me fui a Nueva York porque uno siempre sabe qué miembros de la comunidad se van al extranjero. Y, cuando llegas a un lugar nuevo, brotan las ganas de estar con los que se parecen a ti. Como cualquier otra cultura, siempre buscas a los tuyos.

Era raro que no nos conociéramos antes. Éramos de la misma edad, teníamos amigos en común y veníamos exactamente del mismo contexto. Era el soltero que se la pasaba bien, ese tipo de hombre envidiado por vivir en La Gran Manzana: "Con lana y con viejas". Salvador había fundado una pequeña compañía, pero era sabido que sus lujos, excentricidades, cenas y chupes para sus dates eran patrocinadas por su padre.

Le conté mi coartada del piano y la creyó. Sin embargo, como nuestra educación fue engendrada en el mismo sistema, estoy segura que intuyó que vine a otra cosa, pero nunca lo hablamos. Pasábamos mucho tiempo juntos porque a él no le gustaba estar solo. Íbamos a comer, a cenar, a tomar vino, y me contaba sus hazañas y lo diferente que era a México. Me invitaba con todos sus amigos para ver si se me hacía con alguno. Todos eran hombres judíos casaderos que habían llegado a Nueva York desde diferentes rincones del mundo. Estaban los israelíes, los irakíes, los rusos, los polacos y los sirios, como nosotros. Al conocerlos podía oler que todos eran mirreyes internacionales instalados en la gran ciudad.

Como buen *matchmaker amateur*, me instaba a "darle la oportunidad" a cualquiera que se le hiciera que podía ser, y se cercioraba de darme todos los detalles, como en Deluxe Match: "Es hijo de un petrolero", "este güey es un chingón, hizo su lana solo", "es buena persona, digo, está feo, pero ¿qué más te da? El físico no lo es todo, ¿eh?"

Los amigos de Salvador eran tan machos como él. Además eran tiesos y huecos. Se sentían dueños de las galaxias y caminaban con la altivez de quienes el aire a su paso debe rendirles pleitesía. La plática con alguno era superflua y ninguno me provocaba nada, salvo la misma pereza que me daba convivir con el mirreynato mexicano.

¡Contame!

Después de cada introducción de Deluxe Match, con alguno de los hombres "de la casa" enviaba el formulario de retroalimentación:

Fecha:

Nombre:

Tu presentación/cita (o sea, el nombre del galán de la noche):

1. ¿En qué fecha se reunieron y a dónde fueron?
2. ¿Estuviste contenta con esta presentación/galán y cómo resultó?
3. ¿Cuál fue tu primera impresión cuando lo viste? (atractivo/no atractivo, mi tipo perfecto, etc.)
4. ¿Cambió esta primera impresión después de 10-15 minutos de conversación?
5. ¿Hubo algún factor externo que pudo haber influido en tu reacción a esta persona/encuentro? (ej. estabas enferma, tuviste un día particularmente difícil, llegó tarde/temprano.)
6. ¿Qué cualidad fue la que más te gustó de él?
7. _____ Me gustaría seguir viendo a esta persona.

_____ No me gustaría seguir viendo a esta
persona.

_____ No estoy segura en este momento.

8. ¿En qué punto tomaste la decisión anterior?

9. ¿Hay algo que quisieras agregar?

10. En una escala del uno al diez (siendo diez el
más alto puntaje), ¿qué tan satisfecha estuviste con esta cita?

Este formulario me parecía frío, seco, como si estuviera llenando un trámite, los datos para la cita introductoria con el doctor.

Yo agregué una pregunta al cuestionario, y era: "¿Cuál es tu signo zodiacal?", misma que la mayoría de los hombres podía responder, y también preguntaba el ascendente, así podía checar qué compatibilidad astral había. Tuve que explicar qué era el ascendente y vi cómo ninguno sabía su hora de nacimiento, ¿cómo? Para mí esa información era básica, pero me divertí al ver cómo texteaban a la madre a mitad de la cena para que nos la proporcionara, y yo pudiera hacer una consulta en internet. *"4:40 at night and I remember it was a beautiful dawn in summer"*, respondió una presunta suegra. Después del encuentro, ya en casa, trataba de hacer lo de las compatibilidades, pero no me acordaba de la combinación de signo y ascendente.

Al cuestionario de Deluxe Match le faltaba alma, profundidad, y astrología, pero bueno ¿qué podía esperar de un servicio especializado en presentaciones amorosas? Eran organizadas y prácticas. Un día me regañaron porque no mandé el formulario en la misma cadena de correos del primero, es decir, ellas enviaban en el tema del correo *"Social referral #1"* y el nombre del sujeto. Yo debía contestar todo lo referente a esa persona en la misma cadena, pero el día que lo mandé en uno nuevo: Nombre del sujeto *feedback*, recibí una llamada de atención, porque no podían organizar sus archivos y las confundía. *"I'm sorry"*, escribí, *"I'll send it as you ask."* *Damn*, este era mi único trabajo en Nueva York, y al parecer no había aprendido a hacerlo bien. *Meanwhile*, la escala de *Do* progresaba, y la atracción con el maestro también.

Llegó una ráfaga de viento frío cuando salimos del edificio. No parecíamos alumna y maestro, sino un hombre y una mujer caminando. Aunque el cielo oscurece en otoño a las cinco de la tarde, pasaban de las nueve de la noche; se sentía la noche-noche. ¿Qué hacía aquí conmigo y no regresaba a su casa en New Jersey? "Sho tengo mi BMW, nena, y en 45 minutos shego a casa". ¡Wow! No tan diferente a un comentario que haría alguno de los buenos "muchachos".

Nos sentamos en la barra de un *irish pub* que encontramos cerca de la escuela. Podía ver el ajetreo de la Séptima Avenida, las luces blancas, gente saliendo de los teatros de Broadway y divagando por las calles anchas de la ciudad. Cada quien pidió una ensalada y una copa de vino. Me temblaban las manos, el piano ya no estaba frente a mí, pero el pianista sí.

"Contame", dijo mientras sorbía de su copa y me lanzó una mirada verde y coqueta, "¿a qué viniste a Nueva Shork?" Si a alguien no podía engañar con mi cubierta del estudio del piano clásico y mis supertalentos, era a él. Así que le conté todo. Una mezcla de risa, curiosidad y fascinación se le asomaban en la cara. "Tú y sho venimos de un lugar similar", dijo cuando dejó la copa sobre la barra y me miró aún más coqueto.

Nació en Buenos Aires en una familia judía y culta. Sus padres lo pusieron al piano desde temprana edad y continuó su carrera hasta llegar al grado de concertista. Ha tocado en lugares de renombre a nivel mundial. Con los contactos de sus padres conoció a artistas del calibre de Astor Piazzolla, quien le ayudó a escoger su primer piano. "¿Y qué haces siendo nada más maestro?", juzgué. La presión de los padres por alcanzar la perfección en su carrera lo orilló a perderse en los placeres de la vida, particularmente en una mujer argentina no-judía. Lo docheredaron, peleó con su familia, llegó a Nueva York, y aquí ganarse la vida no es fácil, así que hizo lo que mejor sabe hacer:

enseñar piano. Fanático de Beethoven, grabó sus 32 sonatas, tuvo un hijo y mil problemas al encarar la inmigración americana, se casó, se divorció y la exmujer se regresó a Buenos Aires con su niño cuando apenas había recibido la Greencard.

Dos semanas después de firmar los papeles del divorcio, conoció a una mujer americana, mayor que él, con dos hijos y la vida resuelta.

Yo llegué a Nueva York cuatro días después de su boda. Eran las diez de la noche y estaba tomando vino conmigo. "Esha se duerme a las nueve, trabaja mucho, se despierta temprano." Algo en esto me hacía sentir incómoda, era *newlywed* y estaba conmigo. Sonrió y como latino-judío pagó la cuenta de ambos. "Vos lo tenés todo, querida", dijo él, refiriéndose al golpe de suerte que me había llevado a la gran ciudad, a mi soltería, a mi libertad, quizás. Él volvió a clavar su mirada en la mía. "Sí, la verdad tengo todo, menos una cosa verde", empinó su copa de vino sin dejar de mirarme. Él decía que su historia y la mía eran similares, ¿no? Le vi los ojos verdes y claros: "la Greencard".

"Where do you meet all this guys?", preguntó Allie, mi roommate, cada que me veía salir arreglada para una date. "OkCupid", mentía. No le podía contar, qué pena. Ella, como casi todos, se tragaron la coartada de las clases de piano, ella que me veía encerrada en el cuarto un par de horas, diario, con los audífonos conectados al piano digital. Ella era testigo de que iba y venía, que pasaba poco tiempo en la casa, que estaba fuera, caminando en el frío, moviéndome a todos lados en metro, circulando. No me quedaba en el pequeño cuarto caliente a esperar la llamada de las *matchmakers* para la siguiente cita; nada de eso, salía y me encontraba con gente en todas partes.

Entonces, ¿qué es?

"Tegesa, vat is it with you det you atgact eazily this vandegful things that people fight all deyeg lifes fog them?", preguntó sonríente Tamir que tenía cara de caricatura. *Yeah, vat is it?*, me cuestioné.

En su perfil de OkCupid decía que uno podía adivinar de dónde era por cómo se veía: israelí, sin chistar. Y con ese nombre, digo, no había duda. Yo encontré a Tamir, supe que era chef, le gustaba el yoga y la meditación, vivía en Brooklyn.

Le di like y me dio like. Le mandé un mensaje simple, contestó con igual simpleza. Mencionó que le gustaba el chai y arrojó una lista de especias: cardamomo, canela, anís estrella, clavo y pimienta. Mmm, *close*, pero te falta el ingrediente más astringente y el socio mayoritario de mi mezcla: jengibre. *"Ahhhh, ginger"*, escribió *"Ginger it up! We should hang around Alphabet City."* Quedamos el miércoles, no intercambiamos teléfonos. El bar se llamaba Evelin, en la Calle Diez y la Avenida C.

Llegué a casa corriendo y seguí moviéndome deprisa: hice una ensalada en cuatro minutos y me la comí en el mismo tiempo. Me pinté una rayita negra dentro del ojo, más rubor y me cambié los tenis por unos botines. *Yallah,*[5] caminé de la siete a la diez atravesando el Tompkins Square Park, llegué exacto a la esquina y no encontré el

---

5 Término proveniente de la lengua árabe. Significa, literal, "vamos" o "apúrate". Se ha adaptado al idioma hebreo.

bar, en vez de buscar en Google Maps, escribí a Tamir mi locación. Dejé la necedad y abrí mis mapas, estaba a 20 pasos a mi izquierda. Fui caminando y escuché: *"Tegesa?"* Abrí los ojos. *"Hi"*, salió por mí. *"Ma shlomjá"*,[6] pregunté picaresca. No entendió por qué hablaba hebreo, parecía estupefacto con la idea de una mexicana hablando su idioma. El bar era lindo, Tamir también. Tenía el pelo largo hasta la barbilla, que lo recogió en una mini-colita, la tez aceitunada, los dientes chuecos y un look casual y relajado. Bebía un vaso de whisky mezclado con quién sabe qué. Vi la carta y pedí un coctel con mezcal y jalapeño, *whatever that means*.

Platiqué con Tamir en mi hebreo pobre, compartió que estaba desempleado y que le gustaba cocinar pasta porque le salía buenísima, disfrutaba practicar *Kripalu yoga* y aborrecía a los *Lululemon Yoguis*, *"that's not yoga"*, dijo y me dio un flashback a todos los años que he estado en salones de yoga con hombres y mujeres vestidos con ropa de la marca. Llegó un amigo de él y nos saludó en hebreo, le dije que no entendía del todo y que no podía hablarlo tan rápido. *Shit!*, de pronto el amigo de Tamir me pareció mucho más guapo e interesante. Nada que hacer, ¿verdad? Ni modo que le pida ahí su teléfono o su Facebook inventando alguna excusa para obtenerlo (nada que no haya hecho antes).

El amigo se fue, lo miré salir discretamente tras el ventanal y noté que en el edificio de enfrente había una *janukiyá*[7] enorme, reparé en que solamente tenía dos velas prendidas y el *shamash*.[8] La señalé: *"They are missing one"*. Tamir giró para ver. *"A ner a shloshit"*,[9] dije. Volvió a sonreír en su rostro caricaturesco, incrédulo de mi judaísmo versus mi nacionalidad, de mi hebreo, inglés y español. Preguntó si sabía alguna canción de *januká*.[10]

---

6 Del hebreo. Para preguntar en masculino "¿cómo estás?"
7 Candelabro de nueve velas que se usa en la fiesta de *Januká*.
8 Es una vela auxiliar con la que se encienden, noche por noche, las velas de la janukiyá. A pesar de cumplir con su función, no se apaga, se deja encendida junto con las demás velas.
9 La tercera vela.
10 Festividad judaica también conocida como las fiestas de las luces. Se celebra el milagro de la duración del aceite de oliva consagrado en la luminaria del templo. El aceite era suficiente para una noche, pero duró ocho días y ocho noches. De ahí que cada año se encienden las velas ocho noches.

Mi memoria regresó a los tiempos en que iba al kindergarden y comencé a cantar, pero no me acordé de toda la letra, así que él entró al quite y me ayudó a llenar los espacios en blanco. *Janukiya liesh porejet a la _____ve zajaliyá a _____ al _____ katán nehmad.*[11] Le pedí que cantara una, yo hacía los coros porque no me acordaba de toda la letra. Cuando terminamos de cantar me sentí como cuando era niña y la vida era tan simple que aprender canciones en hebreo era la cosa más dulce de las festividades, y de la vida. Ahí estaba, muchos años después, cantando lo equivalente a los villancicos en una *blind date. How sexy*, ¿no?

Le conté mi historia de cómo el negocio de té llegó a mí y de cómo apareció mágicamente Don Steinway en mi puerta. Su madre era maestra de piano, *by the way*, con *"zero passion"*, dijo.

"Teresa, ¿qué es lo que haces que atraes fácilmente estas cosas maravillosas por las que la gente lucha toda su vida?", preguntó son-riente Tamir, juntando el pulgar, el índice y el dedo medio mientras hablaba, haciendo el gesto israelí más singular de todos. Sí... *what is it?* Me tomé un segundo para viajar en el tiempo. Contesté que no sabía, pero creo que simplemente estaba abierta, y con la mirada en guardia. Sorbí el último trago del mezcal con jalapeño.

Tamir me pidió el teléfono. Salimos y fuimos de vuelta a la Diez y la Avenida C. Me dio un abrazo tibio y breve. Caminé por la Décima a la B y crucé por el parque, en menos de cinco minutos llegué a mi casa. *So, Teresa, vat is it?*

No volví a saber del hombre de la cara caricaturesca, pero sí de mi *tall drink of water.*

---

11 Canción típica de la festividad.

Eh… ¿aquí quién paga?

"Are you there?", texteé a Scott dos minutos después de la hora acordada. *"Yes, I'm here"*. Me puse una chamarra de piel sobre mi atuendo negro y mis leggins de Gatúbela caminaron rápido los 50 pasos hacia el restaurante favorito de Scott. No hacía frío y se sentía agradable estar afuera.

El hombre alto me esperaba en la puerta del Yuca Bar. Wow, no me acordaba de lo guapo que era. Noté cómo discretamente me recorrió el cuerpo con los ojos: *"You look nice"*. Yo devolví una sonrisa seductora. *"Would you like to eat outside with this lovely weather?"*, preguntó la mesera. Scott y yo asentimos al mismo tiempo. Mi calle era un atractivo *venue* de los mejores restaurantes, *coffee shops*, heladerías y bares. Supongo que es algo que diría cualquier persona que vive en esta ciudad sobre su calle y su barrio. Yo amo la Calle Siete y este restaurante está en una esquinota frente al parque, pero estoy de espaldas a él y frente a mí un hombre mira el menú y narra emocionado los platillos que come cuando visita este lugar.

Todo tenía carne o pollo y yo soy *pescatarian*. Hice como si leyera el menú, pero en realidad lo estaba auscultando mientras señalaba seriamente al *fish taco*, al *shrimp taco* y otras versiones de lo mismo. Le dije que compartía todo, pero necesitaba un guacamole de emergencia.

No sé cómo llegó una margarita al borde sur de la mesa, creo que no había visto una desde el año 2000. Brindamos y comimos guacamole. Scott habló del estrés de su trabajo en finanzas y de un número específico de calorías que su padre consumía todos los días en el desayuno, que consistía en yogur con granola; me contó repitiendo cada palabra el regaño a su madre por no ofrecer una opción más sana que no incluyera tan ridículo número de calorías. Mencionó que el padre era gordo y le desesperaba ver que no cuidaba su salud como él. La mitad de la comida seguía en los platos y Scott dejó el tenedor encima de la servilleta. Yo saqué el pescado de mi taquito y evité la tercera tortilla. Él puso atención en esto porque creo que le declaró la guerra a los carbohidratos.

Mastiqué lentamente mientras me dio un tour guiado por el laberinto de su mente en donde no hallaba el camino al aeropuerto. Tenía 15 días de vacaciones ahora que se acercaban las fiestas decembrinas; podría ir a Buenos Aires porque siempre había querido ir, o a Melbourne porque ahí vivía su amigo, pero no quería un cambio de huso horario tan drástico porque al regresar debía trabajar duro. No quería viajar solo y todos sus amigos estaban casados. *Welcome to my world,* pensé, pero recomendé algunos destinos que podía visitar como Chiapas y Oaxaca. Como no pudo salir del laberinto, cambió el tema.

No me acuerdo qué banalidad pregunté pero la respuesta fue: *"Didn't Karen told you that I was married before?"* Negué con la cabeza sonriendo y palpé aquel borde sur de la mesa para buscar mi margarita y atacarla a fondo. No supe a qué vino la declaración porque casi de inmediato dijo *"Anyway"*... pausó y sonrió. La mesera trajo la cuenta y Scott hurgó los bolsillos y sacó su cartera. Yo sonreí como mensa, me quedé inmóvil, hasta que discretamente estiré la mano para ponerla sobre la suya y poder decir: *"Thank you, everything was delicious"*. Tomó mi mano y la acarició mirando el parque tras de mí; así nos quedamos hasta que regresó la mesera y tuvo que soltar mi mano para firmar el váucher. Se le hacía tarde, pero me pidió cita para el sábado.

Nos levantamos de la terraza del Yuca Bar, Scott me besó la mejilla apresurado, se dio la media vuelta y enfiló al norte hacia la Primera

Avenida y ahí, giraría hacia el este para llegar a la Calle 14 y la línea L del metro. Yo giré hacia el sur, que fue donde estuve toda la noche; el clima seguía perfecto y las nueve de la noche apenas rozaba el espíritu de la Calle Siete.

Me dieron ganas de caminar sin rumbo y de, *suddenly*, vivir sin rumbo. La visita guiada a la mente de Scott me agotó. Y mis leggins de Gatúbela se la estaban pasando bien, así que los llevé a pasear un poco más. Llegué al Doc Holiday's, me senté en la barra, pedí una margarita y poco después me solté a bailar sin parar.

"Marjorie, I was wondering...", dije antes de que terminara esa primera junta en Deluxe Match, cuando miraba cómo se abría el cielo en Manhattan y resolvíamos dudas respecto al servicio. *"Should I offer to pay when I'm on a date?"*, mi tía se habría desmayado si Marjorie no hubiera contestado de inmediato *"Absolutely not"*, el color volvió a las mejillas de mi tía. *"If you go on a date, and the man asks you to pay, you open your wallet, pay your part. And never see this man again."* Eso aclaraba mis prejuicios porque antes del viaje mis primos que supieron de la misión real anticiparon: "Ahí sí vas a tener que pagar", infiriendo que "acá" entre los mexicanos, los judíos y los árabes, la cuenta nunca era un asunto que concerniera a la mujer.

Siempre me ha conflictuado esa área particular del *dating*. Las reglas rezan que un hombre debe pagar por todo lo de su mujer: su casa y ropa, sus cenas y viajes, las colegiaturas y los víveres, el servicio doméstico, sus manicuras, rayitos, frapuchinos y chicles. Todo. Incluso, si una mujer gana dinero, porque ya estamos en la modernidad y muchas lo hacen, eso es para ellas; para su ahorro y placer. Bueno, al menos eso es lo que me enseñaron, lo que sucede a puerta cerrada en cada hogar queda fuera de mis ojos. Pero nos educaron a ser mujeres completamente dependientes de los hombres: dependientes económica, emocional, sexual, intelectual y espiritualmente.

En lo que a mí respecta, cuando conocía hombres fuera del país, con naturalidad ofrecía pagar mi parte. Algunas ocasiones pagué la cuenta completa; otras, la mitad; otras, ponía lo correspondiente a la propina, e incluso había quien a pesar de mi ofrecimiento no me permitía pagar. Una amiga poeta escribió: "Que un hombre pague la cuenta no es obligación, es cortesía".

Se cede un poder cuando la mujer asume que le deben pagar solo por el rol de ser mujer. Se ponen las cartas sobre la mesa cuando ambos aceptan tal cortesía. Me halaga aceptar que un hombre pague la cuenta, me da vergüenza quedarme inmóvil con cara de bruta y pasar el momento incómodo en que él saca la cartera. Me gusta ofrecer y tentar mi bolsa, buscar la cartera y que ellos lo noten para que se abra el diálogo al respecto. Pero irónicamente, me alegra que no me dejen pagar.

Mi tía sonrió cuando Marjorie dijo "*You'll never see this man again*". Después llamamos a mi madre: "¡Por fin!", exclamó con alivio, "¿ya ves? Por fin alguien que no soy yo te lo dice", repitió mi madre. Pues sí, consentí en ello, porque también tenía que entender que mi cartera con pesos mexicanos y con la devaluación del dólar no aguantaría la mitad de una cena en un restaurante *high end* neoyorkino. "Es que así son las cosas, Tery, qué bueno que allá también así es. ¡Por fin!"

Y otra vez: no importaba todo el camino recorrido, mis pequeñas conquistas antes de llegar a Nueva York, me adaptaría a las reglas de la agencia. Buscaba marido, un cambio de vida y tenía muy poco tiempo para lograrlo, así que a trabajar.

McPato y mi novio imaginario

Llegué a un vestíbulo de techos altos y sillones elegantes en la Sexta Avenida y la Calle 24. Allí vivía McPato. Anuncié mi nombre al *doorman* y dijo que tomara asiento hasta que el señor bajara por mí. Estaba nerviosa. Me vestí con pantalones sueltos y blusa térmica de cuello alto, nada de leggins ajustados y playeritas. McPato se asomó al lobby y me llamó, me levanté del asiento y sentí su mirada clavada en mis piernas, después en mis chichis: "*You look great*", dijo, pero instintivamente me abracé los codos. Preguntó cómo había pasado *Thanksgiving* y fue el momento perfecto para hablarle de mi novio imaginario, que era un doctor que siempre estaba ocupadísimo: "*I didn't know you had a boyfriend*", dijo mientras subíamos en el elevador y siguió buscando grotescamente con la mirada la redondez de mis senos. "*Yes*", contesté.

Entramos al gimnasio del edificio en donde había muchas máquinas y, junto, un cuarto lleno de canastas con mancuernas de colores. Extendí de forma vertical un tapete de yoga, y desenvolví el mío lo más lejos que pude de él. Hablamos de la respiración, entendió la técnica *Ujayi Pranayama*[12] y la practicó con avidez. Hicimos pocas posturas de yoga; yo demostraba lo suficiente para que me copiara. Nunca lo corregí con mis manos, hice correcciones verbales, y nada más.

---

12 Del sánscrito. También referida como "victoriosa" o la respiración del océano, es una técnica de respiración que produce calor corporal. Es incluida en el texto *Hatha Yoga Pradipika*.

Me pagó 150 dólares por una hora de mi tiempo. Quería que me contratara al menos una vez a la semana para hacer dinero y que me recomendara con la gente de su oficina. ¡Lotería!, ya, un poco de incomodidad, un leve acoso, pero al final lo que yo buscaba: plata. McPato preguntó si tenía planes para cenar y asentí sonriente. Me "cenaría" a mi novio imaginario, que aunque no fuera en absoluto un médico, en ese momento se parecía a Scott.

En Manhattan me enteré de que si una mujer ofrece pagar la mitad de la cuenta e insiste en hacerlo, la señal inmediata que el hombre debe leer es: *Don't even dare to call me again.* Es truculento el asunto de las cuentas en las primeras salidas, mejor dejar de pensar en ello e ir al museo. Sola.

Cruzaba la sala egipcia del MET. Afuera todo era caos y confusión. El clima no sabía si llover o nevar, como cuando no sabes si reír o llorar y así, en ese *mood*, estábamos todos. Visitaba la sala de los sarcófagos cuando recibí un mensaje de Scott para vernos el sábado. El plan era museo (otro) y cena.

Primera parte:
Sentados en el metro. Muchas calles que recorrer y varias avenidas. Sentí el deseo palpitante de Scott de tocarme, me rozó el anillo de la mano derecha y dejó recargada su mano en mi mano. Salimos del tren y subimos las escaleras, el viento estaba fuerte y frío. Nos pusimos los guantes y de inmediato me llamó con su mano estirada para que la tomara y cruzáramos la calle. Mi guante y su guante se tocaron.

Segunda parte:
Subimos el edificio de belleza circular, vimos la exposición *Zero*. El

calor entre nosotros crecía y a medida que subíamos me abrazaba. Me tomó por la cintura, los hombros, las manos; fue al baño, al regresar me encontró sentada viendo un video. Se acercó a darme un beso, me acarició la espalda: *"I was thinking of doing that a long time ago"*. Subimos, nos besamos, miramos, contemplamos, nos abrazamos.

Tercera parte:
Moría de hambre, era la peor noticia. Miré el reloj. Eran las seis de la tarde y la reservación para la cena era hasta las ocho. Scott estaba emocionado de cenar en aquel restaurante de pescados. Fui al baño y busqué en mi bolsa las almendras de cocoa que llevo para una emergencia. No las encontré, pero había un amaranto redondo, orgánico, deshecho, aplastado. Guácala, no me atreví a comer eso en el baño. Me resigné, Scott parecía entusiasmado con el plan de caminar dos horas "para hacer hambre". ¡Iba a morir por desnutrición!

Cuarta parte:
Platicamos de una cosa y de la otra mientras bajamos por la Quinta Avenida desde la Calle 88, llegamos hasta Saks para ver los aparadores de luces, colores y sonidos navideños. Scott me abrazó desde su gran altura y eso se sintió bien. Echamos un vistazo al árbol de Rockefeller, todavía no lo encendían. Las calles estaban atiborradas de gente. Nosotros éramos solo dos personas en este universo grande. Tenía mis dudas si Scott podía formar parte exclusiva en mi universo. Volvimos a subir hasta la 67, ya no podía caminar del hambre, pero no dije nada. Llegamos a Fish Tail diez minutos antes de la reservación.

Quinta parte:
El restaurante era divino y la gente era canosa, arreglada y aristocrática; yo era la más chica de los comensales. Trajeron un pan

delicioso y lo devoré. Sentí la mirada envidiosa de Scott que no come carbohidratos. Bebimos vino blanco. Compartimos una sopa de langosta y un pescado. Quería pedir 20 panes más, pero apenas comí la mitad porque Scott volvió a contarme la cantidad exacta de calorías que su padre consume en el desayuno. Pregunté si sabía cocinar, dijo que sí y me invitó a su casa en Williamsburg a probar un platillo que le salía muy bien. Salimos del restaurante.

Sexta parte:
De vuelta en el metro, luego del museo, la caminata y la cena; ocho horas después de la primera vez. No había lugar para sentarnos. Nos besamos frente a las puertas, pero me daba pena. Yo me bajaría en First Avenue y él en Bedford. Quedamos que el jueves cruzaré a Brooklyn para cenar. Otro beso. Las mariposas de mi estómago estaban medio adormiladas, quizá se relajaron con el vino. No han revoloteado por mi tripa desde que conocí a Scott.

¿A qué suenan mis hombres?

"¿Y los chicos, qué tal?", insistía Santiago con verdadera curiosidad, pero también creo que con un toque de morbo. Me hastiaba que me hiciera esa pregunta casi como saludo, y cuando no estaba dispuesta a detallar, yo hacía una mueca y él la descifraba, como el buen intérprete que es. "Bueno, pasemos a otra cosa, ¿y el piano cómo va?", decía con el mismo tono, como eco de la pregunta anterior.

Y se me ocurrió la mejor idea del mundo para combinar mi universo experimental llamado "los chicos", o "los pibes", para el mejor entendimiento del *slang* argentino, y mi universo de aprendiz de teclas, bemoles y sostenidos, llamado piano.

Una mañana mientras transitaba el subterráneo, se me ocurrió que aquel documento que escribía acerca de mis dates podía traducirse a la escala musical, así que la siguiente sesión de piano abordé a mi maestro. "Entonces, ¿quieres saber con lujo de detalles cómo voy con los chicos? Estoy escribiendo mis experiencias con ellos; ¿por qué no componemos una pieza juntos que describa el sonido de cada uno?", dije, y vi la sonrisa de Santiago, un parpadeo incesante y una afirmación lenta con la cabeza donde se menearon, uno a uno, sus chinos castaños con todo y el mechón sexy de Pepe le Pew.

¿Cómo podía escucharse Craig, el abogado workaholic?, ¿cuál era la nota perfecta que describiría con exactitud la ingesta calórica del desayuno del padre de Scott?, ¿a qué suena el raboverdismo de McPato? "Por ahí va", le decía a Santiago mientras caminaba de un lado al otro en la pequeña galaxia de inspiración en la que podíamos dejarnos ser. Yo era la directora; Santiago, el músico que me daba placer: "¿Así te gustá?", y yo asentía o negaba según la vibración del sonido, según la vibración de lo que transmitía él acerca de mis hombres y según mi sentido musical que, en sus palabras, "era una veta para ser explorada". Y eso era precisamente lo que estábamos haciendo: explorarme.

Lady liberty: ¡le falta sal!

Scott vivía en Williamsburg, en la estación que seguía después de la mía, First Avenue, en el tren L. Se me hizo tarde y antes de correr a la estación, me detuve en la tienda de la esquina a comprar leche de soya: la mezcla de spices, el té y el azúcar ya estaban en mi bolsa.

Llegué al edificio de Scott, uno de los pocos edificios altos de la zona a la orilla del río. Me congelé las manos mientras bajé de la estación de Bedford por North 6 hasta llegar a Whythe Avenue.

Scott abrió la puerta, me disculpé por la tardanza: *"You are worth the wait"*, y me besó en los labios. El departamento consistía en una cocina moderna, enfrente de un baño y unos pasos más adelante una cama matrimonial vestida de azul con un sillón café de ante como guardapolvos, en la esquina derecha una ventana chica en la que se asomaba el río, el Empire State y otros edificios de Manhattan. A la misma altura que la ventana una mesa redonda y pequeña pegada a la pared; la mesa puesta con dos platos, un tenedor y una copa de vino de cada lado. *How cute.* Dos sillas esperando por nosotros y un chiste: *"I told you, my whole apartment was the size of your grand piano"*.

Me lavé las manos y pregunté en qué podía ayudar, me pidió opinión para especiar las espinacas. Saqué el comino sin chistar mientras Scott me abrazaba por detrás envolviendo mi cuello en un largo beso.

Sirvió el salmón y las verduras, la salsa de aguacate a un lado. Me senté, él subió el volumen a Pink Floyd. Brindamos y comimos.

Todo tenía buen sabor, aunque yo hubiera sazonado con más sal y comino. Volvió a contarme la ingesta calórica de su padre por cuarta vez desde que nos conocimos.

Me levanté a hacer chai y repitió la escena del beso mientras yo, con mi mano, revolvía la leche con las especias. No sentía nada de *spice* con este *dude*.

Nos recostamos en el sillón con tazas en la mano y me habló de su divorcio y de su exmujer; entendí que se casaron cuando eran muy jóvenes, y al crecer *they grew apart*. Scott aumentó la proximidad hacia mi cuerpo hasta los besos y un faje tranquilo, desapasionado, como la sal que le faltó a la comida. Después se levantó a hacer un postre de plátano congelado con fresas. Delicioso.

Seguimos intentando, pero creo que estaba claro, o al menos para mí, que faltaba química. Era momento de irme, él asintió y se preparó para acompañarme al lobby. Se puso una sudadera que sacó del clóset; eché un vistazo y pregunté cómo hacía para que todo cupiera perfectamente acomodado. *"I'm very good at organizing"*, dijo orgulloso, y cerró la puerta tras nosotros.

Salió conmigo hasta la banqueta y ahí nos despedimos con más besos. Scott regresó al interior del edificio, yo al aire frío que subía desde el río por la North 6. Caminé unos pasos en dirección a la estación de Bedford y me topé con una mujer negra cubierta con abrigo de plumas de pies a cabeza. Me sonrió y gritó hasta que la Estatua de la Libertad, lejísimos de ahí, escuchara: *"That looks like love, honey"*. Sonreí a la mujer, pero soplé mi secreto: *But it doesn't feel like love, Lady Liberty!* Le falta sal.

Allie preguntó/pidió/demandó: *"Can you not be home tomorrow morning?"* No era la primera vez que lo hacía; ella trabajaba en casa, que la promocionaba como estudio de trabajo, y aunque mi cuarto/caldera estaba aislado de todo lo demás, ella necesitaba confirmación de que no estaría divagando en pijama o tomando un baño cuando llegaran sus clientes. Accedí porque de todas formas tenía que dar una clase, pero me molestó que lo pidiera. La renta era ca-rí-si-ma para no tener el derecho de quedarme en calzones a rascarme la panza todo el día.

¡Ah! Pero en el mundo de Allie, ella me hacía el favor de recibirme como huésped, no como inquilina a la que había pedido un depósito de seguridad.

Volví al elegante vestíbulo de McPato para encontrarlo en el gimnasio del edificio. Otra vez me vestí como si tuviera que sortear un panal de abejas; completamente cubierta. Se repitió casi lo mismo de la clase anterior. Parecía como si McPato realmente disfrutara la clase de respiración y yoga. Volvió a decir cuánto podría beneficiar este método a sus estresados colegas del banco. Volvió a pagarme 150 dólares y a mirarme una y otra vez las chichis aplastadas con mi suéter de cuello de tortuga. Quedamos en encontrarnos otra vez después de sus múltiples viajes de negocio y de placer. Le envié un correo con la información escrita acerca de mis clases para que la pasara a sus *co-workers* y yo pudiera empezar a despegar económicamente. No encontré respuesta en mi bandeja de entrada con el nombre del Señor McPato.

Quizá nunca le interesó realmente la clase de una mujer cubierta de los talones al cuello. Quizá no le gustó tanto la clase. *Who knows?* Quizás, quizás, quizás. Pero yo no estaba dispuesta a darme tan rápido por vencida. McPato tenía que probar mi chai. O no sé, cualquier cosa para no dejar ir un cliente.

Mejor que se llame Romeo

Estrené mi vestido de lana Paola Hernández un viernes frío de di-
ciembre. Me encantan los viernes y era el último día de clases de
piano. Despedirme de Santiago fue difícil: me contó que venía su
hijo de Argentina y que iría con su esposa de vacaciones a Florida.
"Te voy a extrañar, querida", cerré las partituras y dije que también,
aunque me sentía extrañamente celosa. Pero, *back to my business*,
tenía date con Jackson.

Lo conocí en OkCupid y me cayó bien porque su perfil era enorme,
bastante bien escrito y con influencias shakesperianas. Me citó a las
seis de la tarde, cosa que me encantó porque si la pasábamos increíble, estaría de vuelta en casa entre nueve y diez de la noche. No
sé por qué pero me emocionaba la idea de salir, tomar alcohol, diver-
tirme, tener mi date del día y regresar a casa a dormir temprano. Odiaba desvelarme, quizás es una consecuencia natural de tener 30 años.

Nos encontramos en Wayland, un bar pequeño cuya descripción
en internet era *"ideal for a date"*. Lo mejor de todo era que estaba en
la Novena y la C, a dos calles de mi casa. Mi nuevo vestido de lana,
unas medias negras transparentes con una línea que cruzaba la mitad
de las pantorrillas y mis zapatillos hípsters de charol con agujetas y
tacón bajo. Llegué a Wayland diez minutos más tarde que él.

En la esquina derecha lo vi, ¡uy!, alto y masculino, de pelo oscuro
y chinos engomados hacia atrás, barba desaliñada, ojos grandes,

pestañas largas y un abrigo negro de pana con botones dorados estilo Beatles. Noté que balanceaba el cuerpo nerviosamente cuando me vio, nos saludamos de beso y propuso pedir algo de tomar en la barra. Parecía inquieto, traté de romper el hielo; mi chiste en español no se tradujo de la misma forma al inglés y acabé diciendo: "*Yes, let's get something unless we're expecting someone else*". Él escuchó quién sabe qué y afirmó: "*No. I'm not expecting someone else. It's definitely, definitely you*". Entonces fue mi cuerpo el que se balanceó nerviosamente. Se desocuparon dos lugares frente de la ventana, había un letrero chico que anunciaba que tendríamos servicio de mesero, qué maravilla. Mientras Jackson hacía señas a la mesera, yo no podía dejar de mirar sus labios gruesos, los ojos apacibles, azules o verdes, el pelito chino peinado hacia atrás.

Pedí una bebida con mezcal y chile; él, una con pepino, y compartimos un panecito con *burrata* y miel. La música sonaba, era una banda que tocaba en vivo canciones de James Blake y otras del estilo. La música era tan alta que tuve que sacrificarme y acercar mi boca a su oreja para que escuchara y, de igual forma, sentir sus labios y un ligero cosquilleo cerca de mi oreja.

Hablamos de su escritura y de la mía, él además era ilustrador y me enseñó su página web. Me gustó el librito que hizo sobre el año que vivió con su abuelo antes de morir. Era oscuro y denso: árboles deshojados, frío, invierno.

Por momentos recargué mi mano en su rodilla, luego, con movimientos lentos, la subía detrás de mi cuello hasta reacomodarme el pelo. Él siguió con la mirada atenta el recorrido de mi mano. ¿Cuánto tiempo había pasado? No sé, pero definitivamente no regresaría a casa a las nueve o diez como creí.

Propuso salir a caminar, asentí y lo miré ponerse el abrigo negro con botones dorados. Salimos del Wayland y dobló a la derecha por la C; no, nadie se mete a esa avenida por las noches. Conocía un poco mejor el vecindario, así que en la Calle 12 lo redirigí hacia la Avenida B. Hacía frío, frío como el de sus ilustraciones. La raya negra que dividía mi pantorrilla en dos tiritaba, y no traía calcetines. Jackson miró mis pies y dijo que le encantaban mis zapatos, *"They look like you are ready to dance"*. Bailé un poquito mientras esperábamos para cruzar la calle, para calentar un poco mi cuerpo, y el suyo.

Llegamos a Barber Shop en la Calle Diez y la Avenida B. Entramos al bar a través de una peluquería; era un bar más grande con una iluminación cálida, algunas mesas y sillones al fondo. Todo estaba ocupado, así que nos sentamos en la esquina de la barra frente a un barman malhumorado. Ordené un mezcal derecho y una sonrisa. No sé qué diablos hizo con el mezcal que lo *shakeó*[13] con algo, pero sabía bien; la sonrisa no estaba ni en la carta, ni en la propina. Le entregó de inmediato la cuenta a Jackson.

Mi guapo acompañante abrió su cartera, buscó y rebuscó: *"I think I just left my card in the other bar"*, se tentó todos los bolsillos hasta los que estaban en el abrigo de los botones dorados; mis ojos seguían lo que hacían sus manos. Sugerí que fuera por ella y yo lo esperaba ahí, estábamos muy cerca pero dijo que mejor fuéramos juntos después y entregó al barman otra tarjeta. Me explicó que no tenía fondos, pero haría una transferencia no sé de dónde y habría dinero.

Tomamos nuestra bebida y cuando hablábamos de la muerte de su abuelo y la de mi padre, en el momento más dramático, y seguro el más íntimo, Jackson se acercó a mis labios y me dio un beso mientras con la mano palpaba mi cintura.

Seguimos platicando y Shakespeare, sí, William Shakespeare irrumpió en nuestra date. Jackson lo conocía desde todos los ángulos, sabía dónde estaba cada coma en su literatura. Mencionó coqueto que si yo era como Rosalinda, me daba el anillo en ese momento. Sonreí y guiñé un ojo; no me acuerdo quién era Rosalinda, ni qué tendría que hacer para que me diera un anillo, pero lo investigaría. Shakespeare nos miró fluir en un beso largo y apasionado. Jackson me preguntó la hora. No sabía. Miró su iPhone y dijo: *"It's only 10:30 let's go to another place"*. *It's only 10:30*, nos encontramos a las 6:30. La cosa iba bien.

---

[13] Modalidad inventada que describe la mezcla del verbo en inglés "shake", con una terminación en español.

Jackson se excusó y dijo que no había sido posible transferir fondos. Era viernes a las 11 de la noche y llevaba cuatro tragos más que yo. Saqué mi tarjeta y se la di al barman malhumorado. Mientras firmaba el váucher, Jackson me llenó el cuello de besos, hasta creo que firmé con otro nombre, quizá puse Rosalinda.

Caminamos en dirección a Wayland a recoger la tarjeta de mi Romeo o de Orlando, que es el enamorado de Rosalinda; no, mejor que se llame Romeo. A mitad del camino, me detuvo por completo, me rodeó con sus brazos grandes y besó mis labios con romanticismo. Caminamos de la mano como si así hubiéramos caminado siempre. Recogimos la tarjeta y *googleó* un lugar para bailar y no sé por qué, ni cómo, pero acabamos en un *diner*.

Abrió su *sketchbook* y me enseñó dibujos de bailarinas de ballet moviéndose a través de la luna. Me encantó. Llegó Beethoven y se sentó a su lado; le compartí al músico ensalada César con salmón porque era enorme. Tratamos de hablar con él pero no nos escuchó, estaba ensimismado sacando los crutones de mi ensalada. Jackson habló por él y me platicó toda su vida, de su temperamento y sus amores, de sus composiciones, de la belleza de sus sinfonías y la complejidad de sus conciertos. Jackson pidió ver el video de mis ensayos de *Para Elisa*, qué pena, se daría cuenta de la farsa, pero reproduje el video. Beethoven se levantó y se fue. Obvio.

Llegó brevemente Rachmaninoff, mi Romeo me levantó el brazo y besó el dorso de mi mano. Rachmaninoff sonrió, me guiñó un ojo y salió. Pedimos la cuenta, pero Nina Simone atravesó el restaurante con esa personalidad arrolladora; se sentó, no nos movimos un ápice en su presencia. Jackson buscó en YouTube un video que quería que viera para observar cuál sería mi reacción. Qué *cute*. Sostuvo su teléfono frente a mis ojos mientras Nina Simone nos cantaba *My baby just cares for me*, la versión *Live at Montreaux*. Siete minutos y veinte segundos yo sonreí conmovida, especialmente al ver las manos de Nina sobre el piano. Jackson se enterneció de verme sonreír. "*I'll escort you to your house.*" Caminamos media cuadra, nos besamos diez minutos seguidos en la puerta del 158; no hizo ningún movimiento para entrar y yo tampoco para invitarlo, aunque en el fondo me hubiera encantado tenerlo en mi cama en ese instante y ver qué otros personajes nos acompañaban en el cuerpo a cuerpo. La regla no escrita en Nueva York es que no se tiene sexo la primera salida con alguien, sino hasta la cuarta o quinta cita.

Jackson se despidió diciendo que la próxima iríamos a una clase de tango. Sí, Romeo, nos faltó bailar con Astor Piazzolla. Entré a mi departamento complacida. Me mandó un mensaje diciendo lo bien que la pasó. Miré el reloj, era la 1:17 de la mañana, quise responder que regresara, estuvimos casi siete horas juntos en una *first blind date*, ¿este encuentro largo no contaba como cuatro o cinco? Lo deseaba. Me quité el Paola Hernández y me fui a la cama escuchando a Nina Simone tocar mi teclado eléctrico y cantando a mi oído *"Liz Taylor is not his style, and even Liberace smile, is something he can't see, my baby just cares for me"*. Mis manos encontraron la entrepierna mojada. *Damn!* ¿Por qué no lo invité a entrar? ¡Ay, Romeo, Romeo! Gemí.

Sin Romeo/Yago
y sin contador de calorías

Desperté pensando en Romeo, pero debía sacudir esos pensamientos fuera porque a las 12 tenía programado brunch con Scott.

Fuimos a Fonda, quería llevarme a un restaurante mexicano. Pedí huevos rancheros y escuché las actividades de Scott, sus fiestas de fin de año, la cantidad de trabajo que tuvo las semanas que no nos vimos; y yo platiqué del avance de mi práctica de piano.

Traté de profundizar con él; me atormentaba que la noche anterior en una primera date tuviera una plática gloriosa con Jackson, pero con Scott, que veía por sexta vez, no sentía que podía cruzar la barrera del *small talk*, de la sobrina que lo enloquecía y las calorías exactas del desayuno del padre. Pregunté si sabía qué eran las constelaciones familiares y abrí un poco el tema sobre los roles de cada cual en su sistema familiar. Dijo que en la suya todo estaba en perfecto orden. *Yeah, right.*

Salimos del brunch y caminamos por el barrio. Nos despedimos con un beso forzado. Él caminó hacia el tren L sobre la 14 y yo al F sobre Houston. Me quedé pensando qué pasaría si encontrara a Jackson, el de ayer, mientras caminaba con Scott, o viceversa; luego recordé que en *New York* esa probabilidad es casi nula por la infinidad de lugares, y el tiempo que se mueve esquizofrénico. Me subí al tren F y reflexioné en que un beso de Scott, una plática, seis encuentros y las 580 calorías del desayuno de su padre no me movían nada, ni un pelo. Se cerraron las puertas del tren y avancé hacia Midtown.

Salí del Regal Cinema en la 14 y Broadway esa misma noche. Mis ojos estaban húmedos porque *The theory of everything* me hizo llorar como hacía mucho no lloraba. Saqué un Marlboro Light de mi bolsa pero no tenía fuego, lo quería encender y fumar mientras caminaba a casa. Pedí fuego a una chica delgada que se dio cuenta de que hablaba español. Era venezolana y estaba con su hermano, pregunté por cortesía cómo iban las cosas en su país, lo que abrió una conversación política en la que ellos mentaron madres sobre Venezuela y aconsejaron una y otra vez: "No dejen que su país lo tomen los comunistas".

Llevábamos diez minutos platicando en la calle cuando de la nada creí ver pasar a mi Romeo detrás de la venezolana. El guapo hombre con el que había salido ayer caminaba con una mujer, ¿será la date del sábado? Dejé a la venezolana con su discurso político en la boca y seguí al traidor con la mirada; no sabía qué hacer, pero me pareció la escena de una película, ¿qué haría un personaje en esta situación? Los seguí unos metros y decidí que lo mejor sería que él me viera como si yo no supiera que estaba caminando detrás de mí, así que me adelanté unos pasos y caminé un poco más rápido que ellos y los rebasé sin voltear.

Ella tenía el pelo pintado de amarillo, parecía dibujado con un resaltador fosforescente, hablaba con acento inglés posh, y Romeo tenía su mano en el borde donde no se entiende si es cintura o es nalga. ¿Será que ella encarna a Rosalinda mejor que yo? Mejor que no se llame Romeo. Que se llame Yago, el traidor. Mis nervios no permitieron captar ni un pedazo de la conversación. Él me vio, yo giré y le vi un botón dorado y arriba su ojo izquierdo penetrante.

Doblé a la izquierda con intenciones de dejar ir el asunto. Yago y su resaltador fosforescente cruzaron la calle y caminamos paralelos, cada uno en su acera. Me dio un ataque de risa y los perdí de vista, aunque con ese color de pelo los hubiera podido seguir fácilmente varias cuadras. Reí los 25 minutos de camino a casa, pero también quería llorar, ¿qué chingadera era esta? Lo que temí por la mañana, cuando me despedí de Scott, eso mismo me pasó *randomly.* A tan solo 24 horas de lo que, pensé, había sido una gran date.

Sí, me dolió, porque entonces: ¿qué distingue una buena cita de una mala? La melodía de Romeo/Yago se empezó a escribir en mi cabeza. Tendría que ser algo romántico estilo cursi, muy cursi, pero después que rompiera con un tono fuerte, tipo mariachi: taaaa taaa-raaaaa ta tá.

No volví a saber de Jackson. Mi Romeo nunca volvió a escribir y ni siquiera fuimos a bailar tango con Piazzola. Scott me mandó un mensaje que decía que a su parecer extrañaba mucho a mi familia, la vida en el Distrito Federal, y que él había tenido suficiente con chicas indecisas. O algo así.

Me dolió el corazón, ¿eh?, no lo voy a negar, porque aunque Scott no me gustaba, pues era un buen partido, es decir, tenía todo lo que alguien debería tener en términos de religión, identidad y economía para que me gustara. Y además, me sentía tan sola que claro que me adulaba saber que había alguien ahí, alguien, quien fuera. Un poco lo mismo que con Matthew en México. Me dolió el ego. Pero lo que más dolió fue que no fui capaz de mandar ese mensaje yo primero: "Mira Scott, Karen la *matchmaker* tenía razón, sí eres un *tall drink of water* pero yo soy más que una locomotora ardiente: me gusta atiborrar todo de sal y especias, necesito sabor y candela. Amo comer pan y sinceramente me vale madres cuántas calorías se mete tu padre en el desayuno. *Take care*". Más que una locomotora ardiente, me sentí una locomotora ardida.

Y se acercaban reptando los monstruos.

¿Cuáles monstruos?

Entre el frío y los mini *break ups* con Scott y Jackson, y porque esa semana no había ningún hombre que me escribiera, sufrí un *breakdown*. El aire helado me daba cachetadas al tiempo que las noches largas de invierno eran incubadoras de todos los miedos sentidos y por sentir.

El ruido de los vagabundos hurgando en los botes de basura que estaban pegados a la ranura de mi ventana se incrementó. A las dos, tres o cuatro de la mañana, qué importaba, los coleccionistas de latas y de vidrios rescataban los reciclados para intercambiarlos por unos *pennies*. Como tengo el sueño bastante ligero, siempre despertaba, me sulfuraba y trataba de conciliar el sueño. Algunas veces levantaba la cabeza de la almohada y me asomaba para verle la cara al infame que osaba despertarme. Pobres, sentía compasión; eran hombres y mujeres mayores que recorrían las calles con un carrito de súper en el frío, en la nieve, en la madrugada. ¿Me podía quejar entonces? ¿Tenía el valor y el corazón para quejarme de mi santuario de calor después de verle la cara a alguno de estos pobres vagabundos?

Sí. Con la pena, pero sí. Mi insomnio era absurdo. Extrañaba a Cami. En México, cuando no podía dormir iba por ella, la cargaba en mis brazos y la llevaba a mi cama para que se acostara encima de las colchas junto a mí. Yo le daba la mano y ella me daba una de sus patas; cuando me tranquilizaba y dormía, como misionera reconfortante, Cami se iba. La extrañaba como a nadie.

De vuelta en Alphabet City, en esos largos espacios entre el despertador de las latas chocando, mis groserías no verbalizadas y el insomnio se acercaban reptando los monstruos. Mi caldera estaba muy cerca del East River donde están los puentes a Brooklyn.

Supongo que ahí viven los monstruos, en las patas de los puentes, haciendo bucitos, esperando el encuentro con sus dueños. Como si fueran mascotas maquiavélicas buscando el momento perfecto de arrastrarse hacia sus casas, hacia sus corazones, hacia su sueño.

Así me encontraron: entre el sonido de materiales reciclables, el aire helado y la intensa calefacción. Me mataron de un susto cuando llegaron a mi recámara la primera vez. Me tapé los párpados con la cobija como si con eso lograra que se fueran, o por lo menos que no me encontraran con la mirada bien abierta por el miedo. "¡Váyanse!", susurraba. "No sé quiénes son", bueno, sí tenía una vaga idea, pero mentía para ver si con eso los ahuyentaba, "no sé quiénes son", les decía, "ni qué quieren de mí, pero váyanse, por favor, quiero dormir y no quiero sentir, nada, ni placer, ni susto, ni dolor".

Así fueron varias madrugadas. Mi reacción fue la misma hasta que los monstruos en vez de arrastrarse por la puerta empezaron a llamar: *knock, knock*. "¿Quién es?", preguntaba petrificada. "Nosotros", contestaban. Como estaba más acostumbrada al llamado, una noche eché un vistazo a los botes de basura y no había latas moviéndose, me levanté de la cama y abrí la puerta.

"Solo queremos hablar", dijeron. ¿Solo? Mis manos temblaban, y uno de ellos la tomó y me dio una mirada que jamás olvidaré, decía en sus ojos "escúchame, solo necesito que escuches". Los invité a pasar, eran muchos, muchísimos.

Me excusé:

—Perdón lo tirado que está mi cuarto y que no hay aquí un sillón para que se sienten todos. ¿Quieren un té? —pregunté como fui educada para tratar a las visitas—. ¿O un chai?, yo hago el mejor chai de la ciudad. Puedo hacerlo con leche de almendra, por si alguno tiene alergias a la leche o a la soya, lo puedo hacer con *lemongrass* o *rooibos* porque son herbales y así todo el mundo puede dormir cuando acabemos. Además no tiene calorías, salvo un poco, un poquito de azúcar mascabado para endulzar; porque la vida es dulce, ¿cierto?

—Teresa...

—¿Qué? —contesté nerviosamente—, ¿mande?... disculpe usted.

—Escucha.

—Ok. ¿Ni un vaso con agua? Porque este cuarto es caliente.

—Escucha. Venimos a presentarnos. Nos conoces bien, pero nunca has querido realmente vernos, ni hacernos un espacio para hablar, para convivir.

"Hola", soy "nunca te vas a casar"; y yo, "no vas a tener hijos"; me llamo "vas a ser una vieja amargada que apenas puede moverse y vivirás con siete gatos"; soy "nunca eres suficiente para nada"; mi nombre es "no mereces amor"; el mío, "Teresa es símbolo de fracaso".

—Son muchos —les dije, y empecé a llorar.

"Estás sola", la monstruita que más se parecía a mí, se acercó con un Kleenex para secar suavemente mis mejillas antes de que las lágrimas cayeran a la sábana.

—Váyanse —lloriqueé—, váyanse, por favor.

—No —dijo "estás sola"—, míranos a los ojos. Conócenos.

—No quiero —y miré a la ventana, tratando de encontrar a algún vagabundo que buscara latas y me salvara con su sonido.

"Estás sola" me levantó la cara y clavó su mirada en mis ojos acuosos. Vi los suyos, los vi profundamente. Estaba tan asustada como yo, pero verla de frente me hizo sentir un poco más calmada, respiré profundo un tiempo largo. Después de un rato se levantaron erguidos, orgullosos y fueron saliendo uno a uno.

La última en irse fue "estás sola" y antes de cerrar la puerta dijo:

—La próxima vez sí te aceptamos el chai.

¿Habrá próxima vez? Mi cuerpo estaba rígido, ¿me estaba muriendo? Agarré el edredón con fuerza y sentí mis manos entumecidas.

¿Dónde estaba aquel hombre al que vine a buscar? ¿Dónde está alguno de los que me daban besos después de pocas horas de conocerme? ¿Dónde dormía el marido que me corresponde? ¿O mi soulmate? Ya no creía que marido y soulmate fueran necesariamente un sinónimo. Me sentía más triste, más sola y con más frío. El tiempo avanzaba y no lograba la misión.

El ruido de las latas comenzó a sonar, levanté la cortina de papel, allá afuera había un vagabundo. Los árboles del parque estaban completamente deshojados, la noche era tan silenciosa que se sentía vacía, como si el vagabundo, su dolor y yo fuéramos los únicos habitantes del universo. La fina nieve se precipitaba desordenada. Me calcé las botas, me puse el abrigo, un gorro sobre mi pelo perfectamente lacio y salí a la calle; sin decir una palabra, saqué latas de los botes de basura y las puse en el carrito del vagabundo para que terminara más rápido y yo pudiera dormir. El señor inclinó la cara, tenía una mirada parecida a la de mis monstruos.

Crucé la calle para ver de cerca el árbol, las últimas hojas del otoño habían caído al piso. Ver de frente a los demonios que tanto evadí me había aterrorizado, y después me causaron una extraña especie de ternura. Los monstruos estaban hechos de miedo infiltrado, aprendido, heredado. De tantas cosas que me habían dicho y que yo no nada más creí, sino que encarné. Los demonios parecían ser en realidad más aliados, que enemigos.

Regresé a casa, el vagabundo había desaparecido y se llevó mi insomnio con él. Cerré los ojos y concilié el sueño aquella madrugada cuando el otoño se convirtió en invierno.

WINTER

A.C. y D.C.

El verbo "casar" me congela como aquel día que llegué con las manos escarchadas por el frío y no tuve calor suficiente para quitarme un guante, sacar la llave de la bolsa y hacerla girar dentro de la cerradura. Era la forma del invierno de inmovilizarme hasta que logré, con las manos rojas y entumidas, girar la llave y entrar al viejo edificio. Así me inmoviliza la conjugación de ese verbo que me comprime y no me expande de amor como debería, si la idea del matrimonio es comprometerse a pasar la vida amando a alguien más.

Crecí escuchando miles de formas de usar y desambiguar el verbo, que se transformó en un monstruo tan espeluznante que en mi mente se activó una división tal como la de la era cristiana: A.C. Antes de Casarse y D.C. Después de Casarse. Sentía como si el día de la boda fuera a marcar un cambio radical en mi vida, en mis pensamientos y, sobre todo, en el comportamiento de "una señora refinada". Había una educación y un *modus operandi* implícito del A.C. y por supuesto, otra, al parecer muy diferente, en la era después del matrimonio. Me daba vértigo.

Un día, sentada en el asiento del copiloto del auto rojo de mi madre, mientras circulábamos por una colina pronunciada para ir a Interlomas, sentí el peor pánico que había sentido en mi vida: en ocho años tendría que estar casada. Tenía 12 y sabía que me quería casar a los 20, porque antes de los 20 era muy chica, pero después, muy grande. Mi madre se había casado a los 17 y me parecía demasiado joven; yo elegí a conciencia y voluntad la edad de 20 años.

Estuve a dos segundos de gritar, llorar o dejar de respirar solo por la sensación de asfixia que me daba pensar cuánto me faltaba para llegar al altar. El novio era lo de menos, estaba segura que eso sucedería porque "así tiene que ser". No compartí esta angustia con mi madre; por el contrario, la miré: su perfil perfecto y el pelo rojo pintado, cantando feliz y desentonada a Bonnie Tyler. Subí el volumen del estéreo del coche y me uní a su canto: *"Nothing I can say. A total eclipse of the heart"*.

En el invierno no dan ganas más que de estar dentro: ver series todo el día, tomar café, chocolate caliente y chai; comer *pad thai,* y hacer eso: ir hacia dentro sin la maniaca necesidad de socializar. Pero no podía darme ese lujo porque la misión era estar afuera, conocer gente, datear sin parar. Pero justo fue el frío el que me enseñó que llegué a Manhattan cargando bultos de ingenuidad. Ingenuidad heredada o ceguera elegida, no sé cuál de las dos era peor.

Si no conseguía marido en tres meses y medio, mi reputación, ordenada y perfeccionista, se quebraría. No lo podía permitir. Debía sentir que también en este proyecto sería tan exitosa como en todos los demás. ¿Cuál era la diferencia entre encontrar el vestido perfecto para la boda de una amiga y encontrar una persona para casarme? ¿Comprar unas botas para la nieve y colgarme de la manga de un hombre para que me cuide eternamente? Ninguna. ¿O hacer un negocio exitoso de té y encontrar a alguien que tuviera varios negocios exitosos y poder hablar de *business* sin sentirme ignorante de cómo funciona la economía? Siempre he sido *overachiever*, esto no sería diferente, ¿verdad? ¿Por qué habría de serlo?

Mis bultos de ingenuidad creyeron que tendría éxito, ¿no hay nadie aquí?, ¿nadie?, ¿en todo el estado de Nueva York?, ¿en Estados Unidos?, ¿en mi patria?, ¿hay alguien para mí en el mundo? Me di cuenta de que Deluxe Match no tenía una base de datos tan amplia como decían, las presentaciones eran bastante espaciadas, y se excusaban diciendo: *"We are working on your next match"*. ¿Qué tanto debían trabajar? No me puse tan exigente, debía ser un hombre judío entre 25 y 45 años. Creo que más bien no tenían a nadie a quien presentar.

El *online dating* me daba una respuesta desesperanzadora porque al parecer todas las mujeres buscaban hombres altos. De repente, me salí de todas las aplicaciones. No quería saber de más chats superficiales, *matches* con todo el mundo y nada de nada. Desaparecí mis perfiles unas semanas, pero la adicción era grande y la sensación de soledad en el invierno aumentaba. A veces, sentía confianza de que mi objetivo sería satisfecho y Dios me pagaría por tanto, tantísimo esfuerzo que ponía al proyecto.

Odiaba hablar de esto con los pocos amigos que sabían la historia, con mi familia. "¿No te estás poniendo muy exigente?" "¿No serás tú la del problema?" Me sentía culpable. La respuesta era: Sí y sí. Ningún hombre me había llevado a comer sushi. *Yet*.

Entre todas las aplicaciones he *matcheado* con _____ (no hay manera de contabilizar) hombres. Y mi corazón, congelado y en eclipse total.

¿A qué sueno sho?
A cuatro manos

"¿Cómo vas con los chicos?", preguntó Santiago una vez más mientras esperaba pacientemente a que me quitara el abrigo, la bufanda y los guantes. Estaba sentado al piano, del lado izquierdo del banquillo que compartíamos. Normalmente le contaba la anécdota de la semana, pero a veces le contaba ciertos detalles que me volvían loca, como la distancia física y emocional que aquí culturalmente es bien vista. Es tan ajena para los latinos, pero poco a poco nos vamos adaptando a ella.

Ese día había salido un grupo de cuatro mujeres del estudio al que entrábamos; saludé con ahínco y osé preguntar qué tal su ensayo. Ninguna contestó nada, y Santiago lo notó, me frotó la espalda y dijo: "¡Tranquila, Tery, así son acá! Tú recién shegaste y tenés una frescura que los neoshorkinos no aprecian más. ¿Me entendés?"

¿Cómo? ¿Me tenía que adaptar a eso? Santiago parecía muy cómodo con la frialdad de los americanos, me contaba que su esposa era igual. "Vos tenés que quedarte aquí. No pertenécs más a los países latinos de los que vinimos. Vos sos como sho", dijo después de que toqué mis ejercicios de calentamiento de Hanon. Escuchaba con atención mis relatos, como si fuera mi confidente de amores y me leía bastante bien, como a cualquier partitura, que leía y tocaba a primera vista.

Bueno... a mí no me tocaba. Bueno, sí, un poco; me sobaba la espalda alta y los hombros, pero, *you know*, hablo de otro tipo de toqueteo.

Después, tocábamos la pieza a cuatro manos. Era una cosa sencilla. Yo la practicaba en casa y sonaba decente. Pero al momento de que las manos de Santiago y las mías se cruzaban, perdía todo lo que había logrado en la práctica. Era tanta la electricidad que nos atravesaba cuando una mano mía estaba más de su lado que del mío, y una mano suya estaba más de mi lado que del suyo, que mis horas frente al teclado se iban por el caño. No me gustaba sentir esa frustración. No me gustaba no poder alcanzarlo, quedarme relegada, que mis dedos olvidaran todo lo que los había ejercitado para ese momento. Era como si el sonido en conjunto fuese el resultado de nuestra unión de cuerpos, que era de carne, hueso y alma. Me equivocaba. Santiago era benevolente conmigo: "Dale, bombonazo, respirá, que sha lo hacemos otra vez". Yo no podía escapar de los nervios, porque cuando nuestros dedos se escapaban juntos al mundo de la melodía y la inspiración, se sentía como una sublevación total, y esa exquisita sensación era intolerable. Yo la tenía que boicotear.

Pero después de eso, yo disfrutaba los sonidos de mis partituras. Me relajaba tanto que los últimos 15 o 20 minutos de clase, cuando componíamos la pieza de mis dates, estábamos en éxtasis. Era una sola pieza con diferentes inflexiones musicales; había melodías diversas y había también silencios, que a Santiago le parecían tan importantes como los sonidos.

"¿A qué sueno sho?", preguntó al entregarme el cuadernillo con signos musicales escritos a lápiz. Tomé la partitura y sonreí: "¿Tú?", dije al levantar una mirada picaresca, "tú no eres mi date, Santi", rematé, "Sos re-mala". Rio, antes de agregar: "Pero soy un hombre importante en tu vida. Andá haceme una historia".

"We'll see."

¡No, chicos! Ni que fuera su hummus

Fui a una cena de *Shabbat*[14] con jóvenes neoyorkinos en la que básicamente podía coquetear con todos. Inexplicablemente, ninguno me llamó la atención. Uno por ahí, más o menos: canoso, robusto y varonil. Tenía cara de israelí, la piel oscura, los ojos grandes, las cejas tupidas, los labios carnosos. Era una cena en un departamento grande de Astor Place, había taboule y jalá,[15] hummus con tibia música de salsa, vino y otras curiosidades.

Platicaba con Salvador en el sillón blanco, pero como él me invitó a esa cena me apuró a levantarme y convivir con sus amigos. Estaba agotada y malvestida. El clima me daba sueño. Fui a la esquina de los fumadores castigados y pedí un cigarro. Me senté en la rendija de la calefacción mientras miraba al grupo de hombres y mujeres, cada uno por su parte, sin interactuar.

El hombre canoso y varonil caminó hacia mí, se sentó a mi lado y dijo que se llamaba Aryeh; le compartí lumbre de mi cigarro. Preguntó a dónde iría después, contesté sin seducción que a dormir. Me invitó a bailar, pero estaba cansada y mi playera de cuello de tortuga tampoco me inspiraba a ir a un lugar trashumante y acalorado,

---

14 *Shabbat.* "Y en el séptimo día Dios terminó el trabajo que había hecho, y descansó". Es una celebración semanal que comienza el viernes al salir la tercera estrella y termina el sábado por la noche. Es un periodo de abstención de cualquier clase de trabajo, y está dentro de los mandamientos de la ley de Moisés. Tradicionalmente, son días de reunión de la familia.
15 Pan trenzado que se bendice antes de consumir en la fiesta judía semanal llamada *Shabbat.*

además de que él no me atraía lo suficiente para hacer el esfuerzo. Silencio. Ambos cigarros se consumieron.

Aryeh se levantó y se despidió de la concurrencia. Se puso el abrigo y regresó a la rendija donde yo seguía sentada, se arrodilló y acarició mi pantorrilla: *"Listen, I'm going to Paris next week but when I come back, we go out dancing, alright?"* Asentí: *"I already added you on Facebook"*. Perfecto.

Sonó una canción que me gustaba y me levanté de la rendija a bailar con Salvador, bailé la siguiente, y la siguiente también dejando a Aryeh ahí sentado o semiacostado en el sillón blanco, con las piernas abiertas y el semblante ocioso, hastiado. Se levantó y dijo: *"We didn't leave. Now I'm hungry"*, dejé de bailar y lo acompañé a que se sirviera hummus y keftas,[16] traté de hacer plática pero no fluyó, lo vi masticando de una forma tal que acabó con hummus embarrado hasta el cachete. *"And you suddenly felt like dancing..."*, me recriminó entre miradas flemáticas.

Aryeh quería invitarme a bailar la semana entrante o quizá resolver conmigo esa noche. Regresó a desparramarse en el sillón, exhalándome el humo claro de la indiferencia. Me puse el abrigo y caminé bailando hasta la puerta.

Nunca tuve algo relevante con un hombre judío. Era lo que siempre debía buscar para sentir que "sí podía" relacionarme, pero en esencia, los vínculos reales que tuve nunca acertaban a tener la casilla palomeada de la religión. No es algún tipo de auto-boicot porque como buena capricornio me enraizo en la tradición, y adoro las costumbres judaicas; sin embargo, en cuestión de relaciones desarrollé fascinación por cualquiera que tuviera un contexto opuesto al mío.

Eso, aunado a que cada vez que mi padre me veía platicando con alguno de los "muchachos" compañeros de la escuela (dije *compañeros*, no novios, no pretendientes, no amantes), él me hacía un interrogatorio

---

16 Alimento habitual del Oriente Medio que consta de diferentes preparaciones de carne picada.

como de "buscando al criminal que te embarazó" bastante repugnante. "¿Quién es?" "Moisés", contestaba yo. "¿Moisés, qué?", inquiría mi madre. "Cattan", replicaba con monosílabos. "¿Cattan, qué?", procedía mi padre.

Si el chico era un compañero de la misma generación, naturalmente sabía su segundo apellido. Pero si nada más era un compañero de la escuela, no sabía el segundo apellido, así que me encogía de hombros. "¿Cómo se llama su mamá?", insistía la mía. ¿Cómo podía saber eso? A ver... el problema es que a veces sí sabía porque la comunidad era chica y cuando sí sabía, mi madre reconocía a la progenitora de quien el único delito fue saludarme en Klein's, donde desayunábamos todos los domingos, la cafetería que tiene los mejores chilaquiles verdes de la historia.

Si de casualidad osaba no saber el segundo apellido del "sospechoso", mi padre rezongaba: "Te tienes que casar con alguien que venga de cinco generaciones de judíos puros". Esa cantaleta de mi padre, además de ser una tragedia *per se*, me parecía una tragedia peor cuando la sacaba a cuento después de que un "muchacho" se acercaba amablemente solo a decir "hola". No me estaba invitando a salir, ni a bailar, ni a un bar de mala muerte. Nada. Me hacía un gesto de cortesía, pero mis padres necesitaban saber quiénes eran los consuegros y si la de nuestros hijos sería la sexta generación de judíos perfectos y puros.

Quizá fue por eso que comencé a, inconscientemente, buscar lo opuesto. A hombres que no tuvieran una o media generación de sangre judía. Sobre todo cuando salía en los viajes, me daba cuenta de que yo también era una marciana en su mundo, en el mundo de quien a nadie a mi alrededor llamaba "muchacho", ni era necesario saber el nombre y apellido de la madre; era libre, anónima, independiente, y eso, por supuesto, representaba un peligro para mis padres.

Vivía en la contradicción: salía del perímetro mexicano y fluían encuentros y conexiones reales con los hombres, pero cuando regresaba a casa a buscar la familiaridad, o la comodidad que se siente al "conocer" a alguien procedente del mismo contexto, tenía, más por mandato que por convicción, que buscar al príncipe judío que fuera casi idéntico a mí.

Una noche entre semana fui con Salvador a un antro bastante fresa que estaba en un sótano. Pero no en cualquier sótano, sino el que corresponde a uno de los lugares más lujosos y emblemáticos de Nueva York: la Quinta Avenida con la Calle 58, a media cuadra del Hotel Plaza. Como tomé varias copas de vino blanco, me balanceaba para salir de Beautique. Llegó un hombre chaparrito, con los ojos hundidos, ojeras de mapache, cara de árabe y me plantó un beso en la mejilla. Yo jalaba la manga del suéter de Salvador para irnos, pero él platicó con el chaparrito. Ambos me barrieron al mismo tiempo.

"Le gustaste, ¿eh? Ya le di tu teléfono, si te habla sales con él, por favor. No manches, es dueño de gasolineras y trabaja con Pemex, es mucho, muy Rothschild", así nos referíamos a la gente que tiene mucho dinero, como el Barón de Rothschild. Salvador intuyó que estaba en Nueva York para conocer pretendientes a matrimonio. A mí, el chaparrito no me atrajo en lo absoluto en los breves minutos que lo conocí. Pero otra vez el mismo cuento: hay que pretender que la atracción física no es relevante, sobre todo porque el petrolero tenía los ojos bien verdes, de billetes verdes, por comerciar, lo que realmente hace que nos importe un bledo que sus ojos sean más oscuros que los míos. Pero eran verdes, verdes de putrimillionario, y en el mundo de Salvador, como el de muchos otros oriundos de mi comunidad, con eso bastaba.

Pero mis ojos, que no son verdes, ni de color ni de billetes, se me cerraban mientras el Uber transitaba las luces de la Quinta Avenida hacia el sur. Quise reclamar a Salvador que compartió mi número telefónico sin autorización. Lo hizo porque le dio la gana, porque así "son las cosas", y porque el petrolero era un hombre judío/iraquí.

Al día siguiente, el chaparrito texteó diciendo que nos habíamos conocido la noche anterior. Preguntó cuál era mi plan. Yo estaba en una cena con mis tíos, los patrocinadores de mi viaje, y no tenía planes. Me invitó a alcanzarlo en un bar, fui espontánea: *"I'm on my way"*.

Pero además de querer ser espontánea, quería que mis tíos vieran las ganas que le ponía al proyecto. Que fueran testigos de que era capaz de pararme de una mesa para ir a otra, con un desconocido solo porque este "muchacho" me lo había presentado el "buen muchacho" de Salvador. Que por cierto, obviamente preguntaron por qué no me lo ligaba: "Ándale, que te lo van a ganar".

Llegué a un lugar infestado de jamones colgantes, olía a cerdo ahumado, las luces eran bajas. Había varias mesas altas de madera con bancos y la única ocupada era en la que estaba sentado el iraquí con su amigo. Me acerqué a él y absorbió mi perfume, saludé casualmente al amigo; hablaban arrastrando las palabras, apestaban a alcohol.

Me enteré que el amigo se iría a vivir a no sé qué parte del mundo con su novia, y esta era la despedida. *Excuse me*, ¿yo qué vela tenía en el entierro? Antes de que el amigo partiera, se dieron un abrazo eterno pero ¿por qué me tocó verlo?, no conocía ni al que se iba ni al que se quedaba.

Los meseros paseaban frente a nosotros, me dolía la garganta, el iraquí me acariciaba la mano, luego me levantó del asiento: "*Let's dance*". Agucé el oído: "*There's no music*". Pero me atrajo hacia él y me dio un beso, o dos o tres. Besos de vino y jamón. Mi cadera y la suya estaban tan cerca que sentí el calor de su entrepierna; no creo que el iraquí se acordara de cómo me llamaba, ni cómo había llegado ahí. Los meseros subieron la luz del local hasta el amarillo fosforescente que te lamparea hasta que entiendes que *Get the hell out of here!*

Salimos del local y caminamos hacia Houston. "*Come to my place to have a cup of tea*". *Yeah, right!*, pensé, *cup of tea* a la medianoche. Me detuve en la banqueta y levanté la mano para detener un taxi, él me agarró del brazo e insistió que fuéramos a su casa y que allí tomara el taxi, pero mi mano había sido más rápida y el coche amarillo se detuvo frente a nosotros.

Mientras me sentaba en la parte trasera del auto lo escuché decir: "*Anyway, this could have never worked*", y cerró la puerta del taxi.

Me quedé atónita; *this*, repetí en mi cabeza, *this what?*, pensé. *This what?*

Dejé ir al petrolero/iraquí/judío/millonario. Mi abuela moriría otra vez: "Te cuesta el mismo trabajo enamorarte de un rico que de un pobre", pero aquí, ¿quién hablaba de amor?, ¿de riqueza o de pobreza? Abuela, el iraquí no me invitaba a salir, me ofrecía una taza de té y una lengua para la noche que sabía a jamón y alcohol.

This... this what?

El desamor en los tiempos del cólera

Fue mi cumpleaños y por primera vez lo iba a pasar sola, de no haber sido porque Salvador me llamó en la mañana y dijo: "¡Felicidades!, ¡vamos a correr!" Qué locura, había nevado y la temperatura era bajísima, yo jamás había corrido en la calle y pensé que no iba a aguantar ni 20 minutos. Me abrigué con todo lo que pude, mayoritariamente mil capas de ropa delgada térmica para no parecer botarga, y salí con Salvador. Corrimos por el East River hasta llegar a la Estatua de la Libertad, Ellis Island y subir mirando el Hudson por el parque en Tribeca, salir en Christopher Street y cruzar por West Broadway hasta Soho. Lo pude correr todo, una hora y quince minutos.

Cuando mis piernas así lo querían, rebasaba a Salvador, corría rápido y regresaba con él, feliz, extasiada por sentir el aire helado, ver la nieve bajo mis pies y no caerme. Recibí llamadas mientras corría, hablaba entrecortado, pero estaba como en un estado de plenitud que no había sentido en mucho tiempo. No sé si fue que corría en la calle, el frío, la nieve, la nueva edad o que podía correr más rápido que mi amigo. Pero ese día, a pesar de la melancolía de estar lejos y sola, en ese cumpleaños fui feliz, y empecé a correr regularmente en todas las calles de Nueva York.

Corría de mi casa, del East Village, a Midtown, donde mis tíos tenían un departamento al que iban cada dos o tres meses y donde estaba el gimnasio al que iba regularmente. Ahí me encontré con una propietaria africana; me vio haciendo algunas posturas de yoga, pidió mi teléfono y me contrató para darle clase a sus hijos. Dos varones adolescentes que se convirtieron en mi salvavidas económico de los siguientes meses.

Tenía también otro alumno, el amigo de un buen amigo mío. Nos veíamos dos veces a la semana en su departamento del Upper West Side; después de platicarnos toda nuestra vida desde la última clase, practicábamos saludos al sol, meditación y todas las técnicas que yo había acumulado en el transcurso de los años. Él era financiero y viajaba mucho, no teníamos días ni horas definidas. *We played it by ear*, esa es una gran diferencia entre lo latino y lo americano. Los americanos planean, más bien, sobreplanean absolutamente todo. Los latinos planean, pero fluyen, nos rendimos un poco más a la espontaneidad. Los viajes de mi alumno no le hacían gracia a mi cartera, pero me permitían no caer en ninguna clase de rutina.

En unas de esas idas y vueltas al edifcio de mis tíos, conocí a sus vecinos. Eran dos hombres mayores, uno muy alto y el otro muy chaparro: pianistas, pareja, judíos. Les conté mi cubierta del piano. Ellos tenían una fundación para jóvenes pianistas que se oía bastante exitosa; me hicieron mil preguntas acerca de mi maestro. ¿Cómo? ¿No conocen a Santiago? Pues deberían, porque es concertista, maestro virtuoso y está guapísimo. Contesté a las preguntas técnicas de mis clases de piano y fantaseé en que ellos serían mi *big break* para convertirme en la farsa de Mozart.

La pareja de pianistas me invitó a una gala a la que en ese momento no me podía comprometer porque era en primavera, justo cuando el minutero terminaba y marcaba el plazo de los seis meses. Me dediqué a hablar como perico y ellos a reír de mis ocurrencias.

Una noche que ayudé a mi tía a sacar la basura los encontré en pantuflas saliendo de su apartamento para ir a tirar la suya. El perico de mí les contó en menos de diez segundos que escribía una pieza musical con mis diferentes dates, y ellos, fascinados, me contaron que en el edificio vivía Andrew Lloyd Webber, y que su hija, otra judía soltera neoyorquina, había hecho un proyecto similar. Apuraron a entrar a su casa cuando el pianista alto dijo: "*There is a man, a board member, he is single, a pianist. He is shy, he doesn't talk like you do. Maybe we can introduce both of you*", pero el pianista chaparrito se quedó pensando sin estar convencido, y negó con la cabeza: "*He is much older than her*". Cuando escuché esto, imaginé a un cincuentón tirándole a los 60, porque ellos le tiraban a los 80: "*How old are you, darling?*" Había cumplido 31. "*He is... I believe like 34 or 35*" Arqueé la ceja. "*You look like 25, 26 tops, darling.*" Me deleité. *Another blind date... here we go!*

"*We will give him your number. His mother is Mexican. She will love you.*" Perfecto. ¿Qué más quisiera una mujer que saber de antemano que la madre la amará? "*Yes, give him my number*", dije mientras ellos caminaban lento al otro lado de la puerta, donde asomé curiosa y vi dos pianos de cola encontrados y enemil adornos de distintos tamaños. Parecía la casa de mis abuelos donde el espacio estaba retacado de cosas y de recuerdos. Cerraron la puerta y me olvidé del tema.

Correr en el clima helado me había hecho enfermar.

"Va a haber muchas opciones para ti", dijo Salvador, "no te lo puedes perder". Yo tosía, me revolcaba del dolor de garganta. Había quedado en cama los dos días anteriores casi inmovilizada, viendo en mi computadora por octava vez toda la serie de *Sex and the City*; verla en Manhattan me hacía sentir entendida. Mi vida se asemejaba a la de Carrie Bradshaw.

Ese día parecía más fantasma que Carrie. No tenía ánimos ni fuerzas. Pero no debía perder aquella gran oportunidad, ¿verdad, Salvador? Era una cena de *Shabbat* con judíos latinos solteros. ¿Habría algo más a la medida? Mi cuerpo decía no, pero la voluntad de lograr la misión y cumplir con expectativas familiares, sociales y propias me levantaron de esas sábanas pegadas, aclimatadas con sudor y malestar, junto a un buró lleno de mocos, trocitos de jengibre masticado y varias tazas con distintos líquidos. ¿Tylenol? ¿Advil? Pues uno y uno.

Me vestí arrastrando las piernas; además, osé ponerme un vestido. Estaba helando. Me iba a morir de gripe. Arreglé mi cara como pude y solo tenía que enfrentar un pequeñísimo problema: mi voz era un hilito fino casi inaudible. No me había percatado de aquella mínima dificultad porque no había hablado con nadie salvo unas llamadas cortas con mi madre, porque como niña, cada que enfermaba necesitaba notificarlo a mi mamá.

Salí a la calle y detuve un taxi. No podía caminar a la esquina. Mis piernas tiritaban de frío. Llegué al hotel y bajé unas escaleras para entrar al salón de usos múltiples. Habían más de 150 personas, jóvenes principalmente. Había comida, vino y un rabino cantando el *kidush*[17] del viernes.

Encontré a mi amigo y con la voz de hilo aún me las apañé para vacilar a todos con el dizque acento israelí con el que Salvador y yo montamos la escena de que soy su prima de Israel.

Comí un poco y me senté con los amigos de Salvador. Me quedé platicando una cantidad considerable de tiempo con uno de ellos. No tenía fuerzas para levantarme, echar un vistazo a todos los solteros y guiñar ojos. Llamé un Uber: "No te puedes ir, no me puedes dejar acá", dijo Salvador, pero me acerqué a darle un beso y caminé a la puerta del salón de usos múltiples enfundándome en el abrigo.

"*Hi, what's your name?*", preguntó un hombre alto y delgado con sonrisa Colgate. "Teresa", levanté la mirada y seguí caminando mientras me ponía los guantes. "*I wanted to talk to you all night but you were surrounded by men*", dijo y sonreí con halago, pero con prisa. "*Look, I don't feel well, I need to go.*" Pero me pidió el número de teléfono y cuando sacó su iPhone para teclear mi número: "*Not in front of the rabbi, I'll walk you to your car*", y me escoltó escaleras arriba mientras me contaba que era dentista.

Me subí al coche y todavía no anotaba el teléfono. Se subió después que yo. "*You don't look good. Let me take you home*", y accedí

---

17 Es una bendición sobre el vino que se hace en *Shabbat*.

porque el dolor de garganta y la gripa me nublaron la intuición y más bien traduje su acto como "qué ternura, qué lindo y qué caballero". No se me ocurrió ni por un momento que era la peor idea de este mundo, y del mundo venidero.

Durante el camino hablamos, yo con mi hilo de voz le platiqué de mi negocio de té chai y él me miraba asintiendo con su sonrisa perfecta. Pensé en el romanticismo de aquella primera ¿date?, en un Uber mientras el conductor manejaba por la FDR para llegar a la Calle Siete a través de la Avenida B. Me bajé del coche y me siguió, empecé a sentirme incómoda y las nubes de mi intuición despejaron y sus intenciones clarearon: quería entrar a mi casa.

Me detuve en la puerta y repetí que me sentía mal. Saqué las llaves y me quité el guante para abrir, mientras dije que otro día lo invitaba a pasar, pero me chantajeó: "*Are you leaving me here in the cold?*" Básicamente, sí, pero mi mano empezó a congelarse, así que abrí y nos quedamos parados detrás de la segunda puerta, junto a la calefacción de todo el edificio. "*Aren't you gonna make me a cup of your chai tea?*" "No", le dije, "toma tiempo hacerlo". "*Well, any other kind of tea*". "Me quiero dormir", contesté. Pero insistió: "*I am a doctor*", y el dolor de garganta revistió mis instintos: *You are a dentist*, pensé, y pasamos a la casa. Me di cuenta de que mi roommate estaba en su cuarto, y el dentista gritaba lo amplia que era la sala de estar. Yo quería que se callara y se fuera, pero más bien fui y me acosté en el sillón, necesitaba cerrar los ojos. Él se tumbó encima de mí y empezó a darme besos a los que no me negué. ¿Un dolor de garganta se cura con besos de un perfecto desconocido? Quizá, pero estaba contrariada, así que me levanté a hervir agua en el *kettle*.

El dentista vino detrás de mí y comenzó a palparme las caderas. "No", dije. "*Why not?*" "*I told you I don't feel well.*" Regresó abatido al sillón mientras yo ponía bolsitas de té (*Cold season, aka, I feel like shit*, pensé) en dos tazas separadas y las llevé a la mesita. Tomé mi bebida y la sostuve cerca de mi pecho como armazón, como defensa. Volvió a acercarse a darme un beso. Me negué y me levanté para ir a mi recámara a buscar otro Tylenol y otro Advil, porque habían pasado más de seis horas desde la última vez que tomé las pastillas, ¿verdad? "*Hold on, please stay here*", dije.

Cuando salí del cuarto con las pastillas en la mano, lo encontré en el pequeño pasillo husmeando en el anaquel de los archivos fotográficos de mi roommate, y levantando la voz sorprendido: "*Holy shit, how many of these do you have?*". Shhhhh, lo callé y él avanzó hacia mi cuarto. "*Let me take a look*", lo dejé que se asomara un segundo y después lo traté de jalar hacia la puerta, pero me fue empujando hacia la cama mientras trataba de besarme. Me arrojó ahí y después se subió encima de mí. "*Why not?*" Usé mi poca fuerza para aventarlo, pero él usó la suya para volverme a dejar caer en la cama. Me levanté como pude y lo agarré del brazo para salir del cuarto.

Las nubes que cubrían mi intuición despejaron el área y yo, con sensaciones múltiples y ganas de dormir, dije con mi voz de hilo: "*You need to leave, now!*" "*Why*", preguntó. "*You don't want me?*" Me besó a la fuerza. "*Not at all*", dije, y lo jalé por el pasillo de las fotos y luego al espacio angosto hacia la puerta. La abrí, pero él la bloqueó, la cerró, se bajó el ziper y me mostró su pene erecto. "*Do you want to touch it?*" Me dieron ganas de vomitar; abrí la puerta pero él la cerró con violencia, y entonces sentí miedo de no ser capaz de sacarlo.

"*I'm so hard, why not?*" Tuve que hacer aplomo de todas mis fuerzas y lanzarlo hacia afuera mientras él se subía la braqueta. "*You didn't give me your number*", dijo mientras yo azotaba la puerta frente a su estúpida sonrisa Colgate.

Allie, mi roommate, salió de su cuarto. "*What was that?*", y me recitó una letanía de lo peligroso que era traer desconocidos a la casa, y lo fatales que hubieran sido las consecuencias. "*I thought he was safe because I met him in the Jewish Latin Center*", apenas escuché salir esas palabras *and I coundn't help but wonder* si era la mujer más estúpida del mundo, y del mundo venidero. Mi roommate se atrevió a darme un ultimátum de que si volvía a ocurrir, tendría que irme de su casa. De su casa, yo que era la visita, no la arrendataria.

Me metí en las sábanas pegadas, junto a los Kleenex con mocos. Nunca debí de haber salido de allí. "Va a haber muchos chavos", recordé a Salvador. *So what?* Que se reúnan todos los solteros del mundo en un salón de usos múltiples, ni aunque estuviera Mr. Big *himself* volvería a salir de este perímetro de gérmenes y mocos.

En momentos así, cuando yo acumulaba frustración por el hombre de la noche, y tristeza a causa de la enfermedad, era imposible no imaginarme los dedos de Santiago en mi cuerpo. Era imposible verlo interpretar con una precisión tal y no sentir que yo podía ser su piano, para ser tocada con esa pasión. Un día, cuando llegamos al salón, se adelantó al banquillo a tocar una pieza de Chopin mientras yo sacaba las partituras y el lápiz. Si no mal recuerdo era la *Barcarola*. Me quedé perpleja; con los cuadernillos en la mano avancé hacia el piano de cola y hacia su mirada, que pendulaba entre las teclas y yo.

Me quedé de pie frente al piano, clavada en sus dedos, regordetes y ágiles con su argolla matrimonial color plata. ¿Cómo se sentirían esos dedos en mí?, ¿cómo se sentiría la pasión de ese hombre sobre mí?, ¿o debajo de mí?, ¿cómo? Esto era una especie de concierto privado, del concertista para mí, del maestro a su alumna, del hombre a una mujer.

Cuando terminó, sentí la cólera subiéndome a la cabeza, no sé por qué, o a lo mejor sí sé, pero no lo iba a reconocer. Miré el reloj de mi celular. Habían pasado diez minutos de clase y nos quedaban 50; mi cara cambió dramáticamente. Estaba enojada y él me leía bien: "Está bien, no vuelvo a tocarte una pieza para no robarte tiempo de clase". Asentí. "Esto es parte de tu aprendizaje", dijo molesto. Yo iba a las clases a aprender piano, no a verlo tocar. Yo iba a convertirme en Mozart, no en la fanática que se queda boquiabierta cuando escucha a su ídolo tocar. No, no te confundas Santi, porque yo no soy tu *groupie*.

Pero mi cólera era más profunda: la conexión se hacía más evidente, la intimidad aumentaba y no parecía que hubiera alguien en Nueva York que me moviera como él, que era casado y disfrutaba al endulzarme el oído con Chopin, en privado. No, no era enojo. Era el desamor en los tiempos del cólera.

Excuse me! No soy lesbiana

"Teresa, Teresa, ven!", llamó mi padre desde su recámara, usando mi nombre completo, la señal inequívoca de que estaba enojado; entré al cuarto, mi madre lloraba. Me quedé parada en el umbral de la puerta. Mi padre se quitó los lentes y los dejó en el buró a su lado: "¿Ya te volviste lesbiana?", preguntó colérico. *Whaaaaaat?* Hice una mueca de completo desconcierto. Mi padre continuó: "Esa mujer de la que tanto hablas, es tu novia, ¿verdad?"

Esa mujer era una compañera que había conocido en la formación para maestros de yoga en San Francisco. Esa mujer tenía la edad de mi madre, y un tipo de sabiduría que no había visto en ninguna otra mujer: "*Don't get married before 22*", me rogó en la carta de despedida Mahji. Esa mujer que mis padres pensaban que era mi pareja.

Convivimos un mes completo, dormíamos en la misma habitación junto con dos chicas japonesas que apenas hablaban inglés y una mujer/sirena, alta y rubia con rastas hasta la cintura. En Mahji me recargué; fue la única persona a quien confié de dónde provenía y cómo importunaba mi sociedad con las preguntas típicas: "¿Y para cuándo te casas?" "¿Tienes novio?" "¿Te presento a alguien?" "No te preocupes, mi vida, ya pronto te llegará un marido y vas a ser muy feliz". ¡Ay! La soñada vida del D.C.

No podía dejar de hablar de Mahji, porque me mostró una puertecita a otro tipo de feminidad, donde la mujer vive empoderada, en sus sentidos, en su cuerpo, en su economía, en el valor que se da como mujer. Ella tenía una relación con un hombre. Era un relación, no el epicentro de su vida. La miraba flotar por el salón de yoga, confiada, en total presencia, consciente de sí misma. Cultivamos un lazo tan especial que la nombré mi madre espiritual.

Mis padres no podían entender qué significaba para mí haber tocado la manija de esa puerta. En su mente era lógico mi presunto lesbianismo: nunca había llevado a un hombre a la casa, ni me conocían novio. En realidad, nunca había formado una relación duradera. ¿Con quién? ¿Con alguno de los buenos "muchachos" de la comunidad, de aquellos que perpetuaban ideas tan retrógradas como mis padres? ¿O con alguno de los hombres prohibidos? La razón por la que no me había casado era porque era lesbiana, ¡claaaaaro! ¿Cómo no lo pensaron antes?

"¿Entonces por qué traes chocolate en tu bolsa?", sollozó mi madre después de que salí colérica del cuarto de mis padres y ella me siguió hasta mi recámara. Nunca entendían nada: "Estás deprimida porque se dejaron. Tú nunca guardas chocolate en tu bolsa". "¡Mamá!", alcé el tono de voz, cabreada, "descubrí el chocolate oscuro, es antioxidante y delicioso, es una barra enorme y si me la como toda me voy a poner como vaca".

¿Cómo decirle? Mahji era la mujer que comenzaba a guiarme en un camino de libertad y decisión propia. Me mostraba la reivindicación de lo femenino que mi madre no podría imaginar. Tendría que desafiar enseñanzas que había recibido de ella, de mis tías, de mis abuelas, de la herencia ancestral que decía que para existir como mujer debes estar casada. *Oh God*, ¡en la que me voy a meter!, intuí. Esto tendrá peores consecuencias familiares y sociales que ser lesbiana.

Llegué a un bar de whisky en el West Village con Salvador y sus amigos: famélica, malhumorada, pensando que íbamos a cenar, no directamente a beber. "Vamos al Seven Eleven y te compras algo."

Le di la peor mirada asesina que encontré, no iba a inyectarme glutamato monosódico, ni a morder algo de dudosa procedencia. Un old fashion con la mitad de azúcar, así empezó todo.

Había poca gente. Las luces eran amarillas y apenas alumbraban los rostros, el guitarrista tocaba una especie de jazz. Sorbí mi primer trago cuando la *hostess* acomodó en la mesa de junto a una mujer bajita con un vestido negro corto, la piel árabe oscura, el pelo suelto y lacio, el maquillaje de ojos pronunciado con delineador negro. Me sonrió apenas llegó y se sentó junto a un hombre alto y fornido, rubio, nórdico, quizá. Salvador, que era todo un parlanchín, platicó con ellos. Me enteré de que la mujer era de Teherán; teníamos rasgos parecidos. Ella sonrió, él me miró, yo me pregunté si el cabello de ella era originalmente chino y lo había alaciado para salir.

El mesero se acercó. Salvador iba por el tercer vaso de old fashion; en la imprecisión de mi sentido del oído, alterado por el whisky, creí que me ordenó otro trago. "No, yo no puedo más", grité, pero los vecinos coquetos ordenaron al mesero uno idéntico al suyo, y cada uno me guiñó un ojo. ¿A ellos no podía gritarles, verdad? Los dos me miraban, él era seductor y ella más sutil. Yo estaba sentada en la esquina de la mesa, era la más alejada de ellos, no escuchaba su conversación y la verdad no me importaba, bailaba tranquilita en mi lugar hasta que me moví con el pretexto de ir al tocador.

Me levanté un poco mareada. Mi cuerpo se movía a un ritmo que yo interpreté como jazz flamenco y bailé un instante sola en mi lugar. Salvador me miró extrañado. Cerré los ojos y cuando los abrí la teheraní estaba parada frente a mí, ofreciéndome la mano para bailar.

Todos estaban sentados en ese bar, sumidos en charlas, tomando whisky en el ambiente apacible de las luces bajas. La chica sonrió, yo le di la mano. Bailé como flamenca, con la cadera, las piernas fuertes y las manos haciendo floreos; traté de dominarla, pero no se dejó y entonces permití que ella también me tomara la cintura y me palpara la cadera. Minifaldas negras, largas melenas oscuras, rasgos árabes, ojos grandes, tacones altos, muy altos. Mi pierna semidesnuda se entrelazó a la suya. ¿Qué era esta sensación?

Me sentí observada por Salvador, sus amigos y prácticamente todos los tomadores de whisky. Me dominó y la dominé. Cuando acabó la música, todos, los que vi y los que no vi estallaron el bar en calma en un sonoro aplauso.

"*Let's go smoke a cigarette*", le dije cuando el aplauso acabó y muerta de pena le tomé la mano para ir al cuartito contiguo. Pensé que algún hombre asomaría por ahí, pensé en Salvador, el nórdico o algún otro curioso. Estábamos sentadas sin cigarro, porque ella no fumaba y yo nunca compraba, pero necesitaba salir de ahí. "*I never felt that before*", dijo en una voz suave mientras acarició mi pierna semidesnuda de la rodilla hacia arriba. "*Me neither*", dije.

Éramos dos mujeres provenientes de culturas reprimidas. Había curiosidad, había inocencia y había deseo. La sonrisa de la teheraní se congeló y su cuerpo se impulsó hacia el mío, sus labios a los míos, la sensualidad se desató entre nuestras bocas. Su piel era suave. No había vellos arriba del labio superior, le toqué las mejillas, pulidas y brillantes, y sentí que el tiempo era interminable cuando la ilusión de la novedad nos hizo conscientes de nuevo. Éramos dos mujeres crecidas en la restricción, desnutridas de libertad para lo experimental.

"*I'm sorry, I'm sorry*", dijo apenada y se propulsó hacia la puerta con la misma avidez con la que se había impulsado hacia mí. La seguí sin saber qué hacer y salimos del cuartito de fumadores. La teheraní regresó con el nórdico fornido. Ella me miró, él me miró y yo los miré. ¿Había sido una propuesta para unirme? ¿Cómo saberlo?

Salvador me tomó del brazo y me lo apretó como si fuera un hermano, un primo o alguien a quien yo debiera algo, salvo un drink, porque el otro había sido cortesía de los guapos. "¿Qué fue eso?", regurgitó como si fuera el eco de muchas voces masculinas preguntándome siempre qué fue lo que hice. Y por qué. Con mi mano desaté el apretón de Salvador, sin contestarle, sin siquiera tomarme la molestia de mirarlo.

Yo estaba en otro estado, y todas las figuras de mi alrededor parecían entes pausados: me afané en no perder de vista a la teheraní y al nórdico cuando se levantaron de sus asientos. Pero tuve que responder al mesero que no quería otro old fashion. Seguía con el vaso que ellos me patrocinaron. Cuando terminé de articular la negativa al mesero, la pareja atractiva ya no estaba allí.

No había chocolate oscuro en la bolsa, ni me enamoré de ella, ni siquiera sentí más deseo de prolongar el beso. Fue lo que fue y me dejé ir en las sensaciones. Entonces... ¿era lesbiana? *Don't think so*, especialmente, *don't feel so*.

Variaciones en *D minor*, es decir, en *Re* menor

En el curso de siete días tuve llamadas y citas con tres hombres y variaciones del nombre Daniel. Todos eran recomendación de Deluxe Match en las diferentes modalidades que había. Dos llegaron a través de "los desconocidos de Match.com", el perfil en línea que jamás había visto y el tercero era cliente Deluxe, *"from the house"*. Llamé a Daniel y a Dan el domingo, que por políticas, el contacto inicial debía quedar en mis manos, pero no podía pasar del fin de semana porque el avatar de mí se comprometió en llamar. Y yo, no podía contradecirla.

Agendé a Daniel para una cita el miércoles por la noche. Dan no contestó el teléfono, mandó un texto desde el cine mientras veía una película eterna llamada *Interstellar*. El miércoles llamó Marjorie para leerme la cartilla de Daniil, un judío ruso cuyo nombre no podía pronunciar ni ella *"Dani...i...i... l. You are gonna love him. He is coming to spend the weekend in New York. Do you want to meet him?" "Sure"*, dije convencida de que el sábado no tenía plan. Dan, Daniel, Daniil. *The variation on the "D" name kind of week, D* que en la escala pianística americana se interpreta como *Re*, el tono oscuro y lúgubre de *Re* menor que me provocaba melancolía cuando practicaba en el teclado digital el *Preludio No. 5* de Bach.

En Nueva York la oferta de solteros y solteras es tan apabullante como la oferta de lugares para comer. Manhattan tiene 24 mil restaurantes. Es como si a un turista que visita la ciudad por una semana lo limitaran así: "Debes escoger un restaurante para una comida fuera, solo uno. Todos los desayunos, comidas y cenas restantes serán en el hotel. Buena comida, ¿eh? Hay que elegir un restaurante, uno entre 24 mil".

No sabría cuál, ¡qué presión!, ¿el que has probado antes?, ¿el nuevo?, ¿el que tiene mejores *reviews* en Trip Advisor?, ¿el que recomiendan tus conocidos?, ¿el más barato?, ¿el de la zona más *trendy*?, ¿el que tiene mejor ambiente?, ¿el de más estrellas Michelin[18]?, ¿el que cada año gana un Zagat[19]?, ¿el que se te antoja en ese momento?, ¿el que te agarra con hambre?, ¿el que va con tu corazonada? Y bueno, para qué meternos en el tipo de comida, etnicidad, subespecialidad por región o fusiones culinarias interesantes. Aquí lo hay todo. ¿Qué pasaría si el elegido resultó ser un fiasco y desperdiciaste la oportunidad en una comida mala? Para mí es una de las peores sensaciones del mundo.

La comida típica neoyorquina es la pizza. Pizza por aquí, pizza por allá. No soy fanática de la fusión italo-americana, pero hay rincones de pizza en cada esquina. ¿Cómo saber cuál es la buena? ¿Y si la muerdes y el queso se derrite por debajo de la comisura de los labios y a tu alrededor miras a alguien con una que tiene el doble de queso? No hay esperanza en este tipo de competencia.

Así el *dating* en Nueva York. Puedes probar los 24 mil restaurantes si tienes tiempo y dinero y puedes comer tres rebanadas de pizza en distintos lugares en una misma comida, pero la sensación imperante es que a la vuelta de la esquina habrá algo mejor.

Primera variación: Daniel.
Llegué al Experimental Club en Chrystie Street con el retraso habitual.

---

18 Cada año la compañía Michelin clasifica a nivel mundial a los restaurantes de acuerdo a su calidad, creatividad y cuidado que tienen con los platillos que ofrecen. La calificación es con base en tres estrellas, siendo que quien recibe tres se considera de una cocina excepcional. Es muy difícil obtener una.
19 Otros premios culinarios internacionales. Reconocen también a los restaurantes "promedio" y hacen una guía que es de prestigio en su género.

No encontré a Daniel hasta que un hombre bajito, de cuerpo enclenque, con lentes y un andar nervioso salió detrás de un árbol. *"Teresa?"*, preguntó y me extendió la mano para darme el típico apretón aguado.

Entramos a un bar oscuro con música de los ochenta y canciones que me daban ganas de bailar y cantar. Había poca gente. Daniel tartamudeaba antes de poder decir algo. Vi el reloj, eran las diez en punto. A las once cero cero me iría de allí. Mientras, me interesé por la vida de Daniel: nació en Israel y llegó a Estados Unidos cuando niño. Se tardó dos años en encontrar el departamento que rentaba en el Upper West Side. Era contador, le gustaba ir de vez en cuando al gimnasio, y practicaba un tipo de yoga de la que nunca había oído hablar.

Me gustó el coctel que pedimos, tenía pistache y huevo, huevo crudo, así que consideré mi proteína de la cena. 10:37 p.m. El mesero preguntó si queríamos otra bebida, Daniel dijo que no tomaría otra a menos que yo le acompañara y me apuré a decir que no; me excusé argumentando que apenas llevaba una hora de estudio de piano y me faltaba otra. Creyó la coartada y pidió vernos el domingo, pero inventé que tenía planes.

Caminé a casa completamente decepcionada. Deluxe Match no entendía mi gusto. Estuvo fatal. Daniel no percibió lo mismo y escribió al día siguiente para asegurar que estuviera libre el domingo. Contesté: *"I had a lovely time with you. I didn't feel the spark to continue. I thank you for the invitation and wish you the best* (emoji carita sonriendo).*"* Mensajeó al instante: *"I understand, can we still be friends?"* Dije más por compromiso que por convicción: *"Yeah"*.

"Cool, hit me up when you want to hang out again." No respondí. En este mundo del texto uno bien sabe cómo interpretar ese silencio.

Segunda variación: Dan
Dan no contestó el teléfono, así que pasamos al texto:
Domingo: *Hi Tery. Just tried to return your call. I'm headed into a movie soon so maybe we can talk later tonight or tomorrow if you're free*
Domingo: *Hey Dan. Don't worry. Call me when you can. Enjoy.*

Lunes: *I saw* Interstellar *last night. Great movie, somewhat confusing but very long!*

Tomé la delantera.
Lunes: *I want to see it. Tell me when is a good time to talk and I call you.*
Miércoles (sí, dije miércoles. Mi mensaje había sido el lunes): *I'm in Houston for work today but I can talk tonight if you're around.*
Miércoles: *Hey I can talk anytime before 8 pm tonight.*

Llamé y otra vez me fui al buzón.
Miércoles: *Apologies but looks like I missed you again. I'm at a conference for another 30 minutes or so. Maybe we can talk this weekend once I'm back in* NYC. *Might be easier since I'm running around all day.*

Recordé a Marjorie cuando dijo que era importante que, por seguridad, yo fuera quien iniciara el contacto con "los desconocidos de Match.com"

Miércoles: *Sure. Let me know when it's a good time* ☺
No supe nada. Angela me aconsejó insistir y como no quería ser acusada de negligencia, lo hice:

Domingo: *Hello! How are you? Let me know if you have some time to talk today.*

Dan, la segunda variación del nombre Daniel, jamás contestó. Y en este mundo del texto, uno bien sabe cómo interpretar ese silencio.

En México aprendí que cuando sales con alguien, sales única y exclusivamente con ese alguien. Es *exclusivity for the foul*. Cada salida es contabilizada como puntos a favor en la ruta hacia la formalización. Acá en Nueva York, ni una, ni otra; nadie sale en exclusiva con nadie hasta que es hablado y las salidas no son contabilizadas para ningún tipo de ruta. Mientras sales con uno, puedes ver a otro, o a otros. La poligamia en la modernidad romántica americana.

Tercera variación: Daniil.
"*His name is Dani...i..i..l Daniil, he is originally from Russia, Jewish, he does very well and lives in Virginia*". ¿Qué? ¿Y dónde es eso? "*He is coming this weekend to the city, would you like to meet him?*"
"*Sure*", contesté a Marjorie.

Daniil llamó un par de horas después, yo estaba en casa practicando piano. Nos reímos tanto que me dio esperanzas el encuentro. Como Marjorie le había dicho que yo estaba en Nueva York para estudiar piano bromeamos con que en nuestro date estaría invitado mi *grand piano* y se sentaría a la mesa con nosotros. Dije que lo llevaría en mi bolsa. Él, que mandaría una mudanza de Uhaul a recogerlo y nos seguiría hasta donde fuéramos la noche del sábado. O sea... puro *nonsense*. Quedó en pasar por mí a las nueve. Marjorie me había prevenido en que no permitiera que ningún hombre pasara por mí si no lo conocía, pero por ser recomendación de la agencia, hice la excepción.

Estaba tan nerviosa como cuando pasaban mis *blind dates* por mí en México. Apagué las luces de mi cuarto, me asomé por la ventana cuando lo vi llegar en el coche, bajarse y textearme.

Un hombre ruso, corpulento, rubio, guapo, con la piel rojiza por el frío. Guardé el piano en la bolsa y salí.

En el camino platicamos lo que hicimos previo a vernos: yo, escritura en el West Village y largas caminatas en la lluvia. Él, estaba crudísimo.

Llegamos al Fig & Olive de Meatpacking y nos mandaron al bar a esperar la mesa. Pedimos una copa de vino y una entradita. Se mostró interesado en la historia del piano, pero lo noté desesperado, incómodo, con ganas de salir corriendo.

Nos sentamos a la mesa y saqué un pianito que es en realidad un colgante navideño que tengo en mi altar, y lo puse ahí, para darle continuidad a la broma. Pedimos de comer, Daniil se quejaba. Me reprochó que no como carne roja, ni pollo: *"it's all food"*.

Llegó la comida, y el Fig & Olive se convirtió en antro, el decibel musical más apático para una primera date. Daniil casi no comió y se levantó al baño en repetidas ocasiones, probablemente a vomitar (lo asumo por comentarios asquerosos que no describiré).

No me escuchaba un carajo, y yo, cada que decía algo, tenía que inclinarme hacia el frente y él no hacía menor esfuerzo por despegarse del respaldo. Entonces, las dos horas que estuvimos ahí se trató de *I'm sorry I can't hear you* y diez versiones diferentes de *What did you say?* Negaba con la cabeza. Insistió en que yo siguiera comiendo aunque él no podía oler la comida. Compartiría postre conmigo, pedí un *apple crumble* al que yo le di tres cucharadas, él una y el resto se quedó en el plato mirando mi esfuerzo para que me escuchara y él haciendo señas de no oírme.

En la mesa de junto cenaban seis señoras que preguntaron qué hacía ese piano en la mesa y si era un nuevo teléfono u otro aparato innovador. Daniil hizo una broma y se volvió a levantar al baño. Yo me quedé pensando que sería fantástico que el piano tomara la forma de un teléfono y pudiera regresarnos a la primer llamada.

Las señoras me atacaron como si fueran tías de la comunidad: *"He is totally into you, he is so handsome"*. Les conté que era mi primer date, y que no la pasaba bien. De pronto, como si lo que dije fuera una señal de *I'm totally single* detonó una ráfaga de fotografías. Cada una desplegó una foto de algún soltero a su alrededor: hijo, sobrino, ahijado. Todos parecían menores de 25 años.

Noté lo bien maquillada que estaba la mujer junto a mí y le di un cumplido, ella se sonrojó y sacó un estuche con pinturas de Helena Rubinstein. Me lo dio para que lo viera, orgullosa de su compra del día. Yo saqué la brocha, el labial y el polvo compacto. Sonreí en aprobación y volví a poner todo en su lugar. Daniil regresó y lo puse al tanto de que las vecinas de mesa también lo eran de su zona geográfica. Hablaron de universidades, y nuevamente las señoras sacaron el tema de los mismos solteros de las fotos que acudieron a la misma facultad que mi date.

Antes de irse, dos de ellas me guiñaron el ojo reafirmando con sus pestañas pintadas de Helena Rubinstein: *Yeah, girl you got him!* ¡Ay, señoras!, ¿cómo les explico?

Daniil pidió un Uber, lo escuché gritar agresivo al conductor que estábamos en la puerta del lugar y con frío. Arqueé la ceja.

El camino de regreso fue silencioso. El ruso volvió a bajarse del auto y me despidió con un beso en la mejilla diciendo que la había pasado fenomenal. *Really?* Mandé mi retroalimentación a la agencia y no supe nada de él. Y en este mundo en el que el teléfono es el único auxiliar en la comunicación, uno sabe bien cómo interpretar ese silencio.

Ahí mismo terminó la semana de la variación de *D*, *Re* menor, D de Daniel, D de Dan, D de Daniil. Siete días de Desesperación y de *Serial Dater*. Ninguno me llamó la atención. D de Decepción, D de Desastre.

Sonaron los tres tan parecido. A ver, Santiago, tócame un arpegio en *Re*. Suena bonito, ¿no puede sonar un poco peor? Es demasiado hermoso el arpegio como para gastarlo en ellos, en cualquiera de los D de la semana. En el arpegio, tres notas hacen una melodía cadenciosa e íntima; con estos hombres, no. Entre los tres, ni uno suena a nada, pero vale, dejemos el arpegio en *Re*, como recordatorio de las tres variaciones, que no aportaron nada, del nombre Daniel.

Yo, como el coronel Aureliano Buendía "apenas si comprendí que el secreto de una buena vejez no es otra cosa que un pacto honrado con la soledad". La monstruo "estás sola" vino al acecho después de la semana con aquellos tres.

Semana silenciosa.

¿Hay emoticón de cállate?

Shhhhhhh.

Shhhhhhh.

Santi, ¿cuánto tiempo puede durar en el piano el silencio más largo?

"¿Vos pensás en mí?" Levanté los ojos de mi celular, estaba mandando un último mensaje antes de iniciar la clase. "Cuando no nos vemos... ¿pensás en mí?", repitió aún más fuerte sin dejar de mirarme. Me sentí acorralada. ¿Que estaba dispuesta a admitir? ¿Que sí? ¿Que todo el tiempo? ¿Qué comparaba nuestro vínculo con los hombres que conocía y nada me parecía suficiente?

"Obvio sí." Se le inflaron los cachetes de tanto sonreír. "Cuando practico piano, dos o tres horas al día, pienso en ti. Me acuerdo de lo que dices en clase. Porque eres mi maestro", dejé el celular en modo avión encima del atril, él lo tomó para abrir el metrónomo, pero no lo dejé indagar en mi mundo privado y yo activé la app. Comencé a calentar, él subía el tempo, y mis dedos, cada vez más ágiles y veloces podían alcanzar el *one, two, three, four* que cantaba él.

"¿Y tú?", me aventuré a regresarle la pregunta, "¿Piensas en mí?" Apagó el metrónomo y dejó el celular de mi lado; tuvo que estirarse y rozarme el hombro, el brazo y casi el seno para llegar. "Sí", regresó el torso a su lugar y abrió el libro de teoría que yo detestaba, "sobre todo en las noches cuando manejo a casa", mi corazón dio un salto, "pienso mucho en vos".

Ya dije, ¿no?, cuánto odio la teoría. A Santiago le parecía necesaria para entender las cosas. A mí no. Me gusta la práctica porque sucede fuera de la mente, es una exploración que queda fuera de lo intelectualizado. ¿Con qué fines teóricos formulaste la pregunta, Santi? Nada, tuve que aguantarme y hacer los ejercicios de la teoría, para, como decía él, pasar a otra cosa.

El teclado era mi novio, y yo, para tocarlo en las prácticas, me ponía los zapatos de tacón que usaba para mis dates. Era como vestirme elegante para un encuentro mágico, no sé por qué, pero me sentía con más prestigio y pensaba que dignificaba más el aprendizaje si usaba el pedal con un tacón, que con unos tenis, unas botas Uggs o descalza. No, nunca me atrevía a sentarme al piano descalza.

Además, todo esto era un preparativo para mi reencuentro con Don Steinway, el único al que podía llamar MÍO. Y como mi piano de tres cuartos de cola era de 1875 rebasaba por mucho los 40 años, y según Marjorie, una mujer debe calzar tacones de aguja para conquistar a un hombre en la cuarta década.

Esa era la cosa: "Mi pacto honrado con la soledad" se trataba de calzarme los tacones e ir al teclado, no a las *dating apps* de las que también me di un merecido descanso.

¿Por qué no han inventado el emoticón de cállate?

Shhhhhhh!

Beethoven dijo *Für Therese*

Necesitaba un *dating break* urgente. Estaba extenuada, tenía ojeras invernales por la calefacción y estaba frustrada de que ninguno de los hombres con los que había salido me pareciera particularmente más interesante o atractivo que el otro. ¿Estaba loca por salir en citas tan intensamente? Tenía una misión específica y el tiempo corría en mi contra. Conocí a mujeres desesperadas que buscaban con ahínco una compañía, una muleta para caminar, un hombre-bufanda para sortear este frío. Yo no. Solo quería que la misión triunfara. No estaba siendo nada fácil encontrar un marido en seis meses. Necesitaba una tregua, ¿malas dates y sin sexo?, ¿qué clase de *deal* era ese?

No quería salir de casa pero me costaba trabajo asumir el FOMO *(Fear Of Missing Out)* y pensar que perdía la oportunidad de estar afuera, en el frío, buscando plan, bar o amigos para salir y no cuajarme en la soledad de mi caldera personal. ¿Qué tenía de malo no salir? ¿De qué me perdía? Quizá allá afuera, en algún bar, en la mesa de junto a la de mis amigos, en el metro, en la calle; quizá ahí estaba mi futuro marido. *Fuck that!* Mejor pedí un pad thai a domicilio.

Una semana con ninguno. En silencio. Practicando una y otra vez *Para Elisa* en mi teclado digital. Tirarirari tararará tarirari tarirará, el recital era en una semana y mis dedos se engarrotaban entre nota y nota, el sonido se amplificaba como si estuviera taladrando las teclas, no tocándolas. Me sentía lejísimos de Mozart, o para tal caso, de Beethoven.

"*You will have the whole apartment to yourself*", dijo mi roommate antes de irse como si *"the whole apartment"* se tratara de una mansión que debía habitar al menos cinco minutos en cada cuarto para sentir que aprovechaba toda la casa en su ausencia. Pero tenía el baño para mí sola, *"the whooooole bathroom to myself"*. Lo que me gustó fue que podía pasear desnuda por el departamento mientras afuera nevaba. A ver, ¿qué necesidad de salir si se puede tomar un baño de tina acompañada de música suave y una copa de vino mientras la nieve blanca cubre las calles?

La bañera se llenaba. Recorrí el largo pasillo a mi cuarto para abrir el cajón de los calzones, sacar uno limpio y, *surprise!*, encontré el cigarro de marihuana que me había dado Allie, el que siempre tengo guardado para mis visitas. *For aaaaallll my guests.* Jamás fumaba sola porque solía malviajarme, pero necesitaba relajar el cuerpo y la estampida de pensamientos. Mi mente estaba retacada de presión social. También, necesitaba relajarme del miedo a perderme de algo increíble en las calles de Manhattan. Le di una fumada, luego otra y otra más, encendí una estación suave de Spotify Radio, bajé aún más las luces de toooooda la casa, prendí velas en el pequeño baño, llevé una copa de vino tinto y una botella de San Pellegrino fría.

Sonaba una canción de Al Greene: *"Let me say that since, baby, since we've been together. Loving you forever. Is what I neeeeeeeed"*. Con los dedos hacía chasquidos en el agua; los escuché lentos, extendiéndose de la bañera al cuarto de baño, a la cocina, los cuartos, al edificio, al barrio, a todo Manhattan, envolviendo *New York State*, el país, el continente, el planeta Tierra, la galaxia.

Sí. Estaba muy high. Entré a un mundo sensorial y empecé a tocar mi cuerpo: de la cabeza al cuello, del cuello al esternón por una cresta parecida a un valle, de ahí a los pechos, me pellizqué los senos y les di vuelta a mis pezones que se endurecieron, bajé una mano y encontré la protuberancia de mis costillas, el abdomen, el ombligo; curioseé con el meñique dentro del ombligo, luego bajé las dos manos a las piernas. *"Let me, be the one you come running to. I'll never be untrue."* Toqué mis nalgas, saqué una pierna del agua y la acaricié, la regresé al agua, sorbí un poco de vino y toqué mi clítoris, los labios dentro del pubis, mis dedos entraron en el canal vaginal. Sentía todo tan intenso, gemía audiblemente, quizá *the whooole building* podía escucharme. Usé las dos manos. Froté vigorosamente mi entrepierna y tuve un orgasmo mientras salpicaba agua fuera de la bañera.

Fue como si el éxtasis me llevara en reversa hasta ser un feto y flotar en las aguas de la placenta.

"Let's, let's stay together (gether). Lovin' you whether, whether. Times are good or bad, happy or sad", escuchaba tan clara la letra, como si la tuviera que cantar de mí hacia mí y lloré, lloré y canté, canté y lloré como lloran los bebés cuando nacen. El mensaje era transparente: el amor incondicional, *"I'll never be untrue"*, cantaba Al Green ¿Cuánto tiempo habría pasado?

El malviaje vino poco tiempo después, cuando sentí que por estar relajada y tranquila me iba a quedar dormida. Tan dormida que la cabeza resbalaría hacia el agua; me iba a ahogar y nadie sería testigo. No, no, no podía permitir que la calma me absorbiera tanto. Qué miedo vivir sola. ¿Así será para siempre? Okay, pensé, estoy muuuuy high. Resolví quedarme una canción más, así estaría enfocada y cuando la melodía terminara, el peligro de morir ahogada se esfumaría con la última nota de la canción. Tomé el resto de mi San Pellegrino cuando sonó una de Norah Jones: *"My heart is drenched in wine. But you'll be on my mind forever. Out across the endless sea. I would die in ecstasy. But I'll be a bag of bones, driving down the road alone"*, la lloré completita mientras apuré el vino. ¿También moriría en éxtasis, en ese orgasmo interminable?

Levanté la cadenita del tapón de la coladera con el dedo del pie, y me quedé acostada, sintiendo el desnivel del agua hasta que se arrastró por la parte posterior de mi cuerpo, desde el cuello, la espalda, las nalgas, los muslos, las rodillas, las piernas, los pies. Fue como si abandonara la placenta. El agua era tan espesa que succionaba hasta las creencias más ridículas. Me quedé tendida con los ojos cerrados sintiendo la presión jalando la última gota.

Me envolví en una bata y comí el pad thai tumbada en el sillón, mirando el parque totalmente blanco, tan blanco que reflejaba la luz clara de la noche. Regresé al teclado: tirarirari tararará tarirari tarirará, Santiago decía que la misma frase musical había que tocarla con diferente *feeling*, como cuando al hablar se enfatiza en algo porque la repetición dice algo distinto: tirarirari tararará tarirari tarirará.

Quise saber la historia de *Para Elisa* de Beethoven. Encontré que originalmente el compositor la había dedicado a una mujer llamada Teresa, su joven alumna de la que al parecer estaba enamorado. Había sido error de dedo en la transcripción por la que todos, incluido mi atractivo maestro, llamábamos a la bagatela *Para Elisa*, cuando realmente no era para ninguna Elisa.

Era *Für Therese*.

Cómo competir con una gacela

Mi coartada del estudio, y ejecución, de piano clásico y yo perdimos el tren a Nueva Jersey por cuatro minutos de tardanza. Llegué a Penn Station confiada en que podía llegar diez minutos antes, comprar mi boleto, ir al andén y subir al vagón en perfecto tiempo. No conté con que era domingo en la mañana y la fila para comprar boletos hizo que perdiera el tren. Iba al recital de piano en casa de Santiago. Me daba curiosidad conocer su casa y a su esposa.

En mi backpack llevaba la mezcla de especias para hacer chai y no llegar con las manos vacías, dar a conocer una deliciosa bebida y quizá empezar mi negocio aquí. Empaqué también una falda negra diminuta y los tacones de aguja que usaba para los dates con los "clientes de la casa" de Deluxe Match, y para mis prácticas de piano.

Cuando el tren partió, maldije al mundo, compré un café, una botella grande de agua y entré a todas las tiendas posibles de la estación para matar una hora de tiempo e irme en el siguiente tren.

El viaje a aquel pueblo de Nueva Jersey era de 60 minutos. La combinación de café y agua desencadenó una urgencia extrema y fatal de ir al baño para un número dos. Faltaban alrededor de 37 minutos para llegar. Pensé en bajarme en la siguiente estación y buscar ahí un baño, pero desde la ventana se veían solamente andenes desolados sin sombra de alguna terminal. No había visto baños, no había a quién preguntar.

Pensé que esto había sido un error: ir en domingo sola a un lugar que no conocía, tener el condenado gusto por el café y la absurda creencia de que si viajo a cualquier lugar necesito una botella de agua y estar preparada en caso de contingencia y por lo menos no morir de sed. También pensé que trasplantarme a una ciudad nueva y enérgica con el único motivo de encontrar a un hombre que me diera un anillo había sido la peor idea del mundo. Empecé a sudar de los nervios, me levanté del asiento con la backpack en la espalda y caminé apresurada por las cabinas. Crucé varios vagones con la cara roja, hirviendo, y nada. Maldito café.

Suspiré al ver a un señor panzón parado frente a una puerta donde había pegado un ícono de escusado y no me dio tiempo de sonreír de felicidad porque alguien salía, me limité a cruzar miradas con el señor y balbuceé: "*I can't...*", y por mi cara roja hirviente seguramente entendió y dijo precipitado: "*Yes, yes, go on*". Nunca había sentido tal felicidad de estar frente a un baño portátil.

Pasé el resto del tiempo con la frente en la ventana, mirando ciudades que parecían moverse lento. Tomé un taxi para llegar a una casa amarilla bastante amplia, con un porche que tenía una mesa de madera y dos sillas mecedoras, detrás una puerta de cristal y detrás el Steinway & Sons negro.

Santiago me recibió en la puerta, entre feliz de verme ahí y nervioso también, de verme ahí. Me hizo pasar a la cocina grande, limpia y luminosa: "¿Tenés todo lo que necesitás?", preguntó y señaló todo lo que pedí para preparar el chai. Me acercó dos ollas grandes, me lavé las manos en una tarja profundísima, blanca y con una manija que me dio la sensación de estar en un hogar donde el más mínimo detalle es cuidado a la perfección. Me arremangué la blusa y comencé a vaciar litros de leche en las ollas, encendí dos lumbres, medí y arrojé la mezcla de especias mientras Santiago miraba el movimiento de mis manos, hipnotizado como yo muchas veces había visto las suyas cuando tocaba piano.

Me escondí en la ebullición de la leche con especias al tiempo que Santiago recibía a los invitados. Su mujer apareció en la cocina deslizándose como gacela. Apuré hacia a ella para saludarla: "*Are you Teresa?*", preguntó. "*Yes*", dije, "*thanks for having me.*" "*No, thank you for making this chai for us. It smells delicious*". No pude evitar mirarla de arriba abajo mientras acomodó uvas en un platón: era rubia y alta, tenía el pelo lacio hasta la barbilla, unos leggins, botas de medio tacón hasta la rodilla y a pesar de usar un blusón ancho se veía que tenía un cuerpo escultural. Cami, mi perra, combinaba mejor con ella; ambas con sus pelos dorados, la correcta altura y el caminar elegante y femenino. Hicimos una sencilla *small talk* sobre las clases de piano, el clima y no mucho más.

La mujer de Santiago deslizaba platillos de la cocina a la mesa donde tenía todo el banquete puesto, la mujer perfecta, pensé y me empezó a atacar una sensación de envidia. Quería su cocina, los dos perros, a sus hijos que entraron y educadísimos me saludaron, el jardín con el pasto bien cortado. Quería su casa grande color amarillo claro y la camioneta BMW estacionada afuera. Quería su pulcritud, su belleza, su andar elegante de gacela. Quería a su marido. Quería ser ella. Y pronto.

Colé el té hacia otros recipientes, Santiago y su mujer llevaron el chai a la mesa con la demás comida mientras recogí mi desastre y remojé las ollas en agua caliente. Cuando empecé a lavarlas, apareció la mujer: "*Don't worry, I will scrub them later*", me dio más envidia aún. Su perfección me ofendía. Quise tener una cocina como la de ella, con los jabones bien acomodados y las esponjillas colgaditas y alineadas. Quería esos jabones con aroma a limpieza. De pronto, la pequeña conquista en la bañera unos días antes se volvió una *speck of dust*[20] en el universo, porque nadie la podía ver. Mis logros no tenían marca de coche, ni de ollas, ni dirección física, ni olor a verbena, ni una mesa grande donde exhibirlos con orgullo. Eran invisibles.

La mujer de Santiago era 15 años mayor que yo, pero en ese momento, comparando el departamentito rentado que compartía con otra mujer, el mini baño, la cocina donde no cabían mis cosas y el

---

20 Una partícula de polvo.

cuarto donde ni siquiera podía regular la temperatura a mi regalada gana, me sentí un milenio menor.

Le pedí a Santiago guiarme a un lugar donde pudiera cambiarme la ropa. "Así estás bien", dijo al mirarme de arriba abajo y sonreír discretamente. Yo quería lucir espectacular con la minifalda y los tacones de aguja, porque siempre iba con esos tacones al teclado, ¿cómo no lo haría para ir con el Joven Steinway? Subimos por unas escaleras que no eran las principales. El maestro me dio un tour por la casa sin poder esconder la sonrisa. Me dejó en la recámara número cuatro, la que ocupa su hijo cuando los visita, cerró la puerta y me pidió darme prisa. Él se adelantaría porque el recital comenzaba en cinco minutos.

Miré por la ventana: añoraba tener una casa, para empezar. Y para seguir, anhelaba una casa con hijos y con marido. Lo deseaba con el corazón mientras mis ojos divagaban en el papel tapiz azul y en las fotos del padre con el hijo, recargadas con estilo sobre la cómoda. Me cambié rápido para seguir husmeando; salí del cuarto y vi una sala con sillones blancos y alfombra también blanca. Todo pulcro, todo minuciosamente detallado. Había fotos de los niños, y de ella. Estaba la foto del día de la boda: Santiago y su gacela luciendo esplendorosos, brillando de amor y felicidad.

No sé cuánto tiempo pasó pero apuré a bajar por la escalera principal cuidando mucho de no hacer ruido con los tacones. El recital había empezado, así que me senté a esperar mi turno. Estaba nerviosa.

Durante el intermedio tomé chai, vino, quesos, uvas y todo lo que había. Santiago me presentó con otros alumnos, sentí su mirada en mis piernas y un susurro casi inaudible entre presentación y presentación: "Qué bonitos zapatitos". Sonreí discretamente.

Cuando fue mi turno le di el iPad a la mujer de Santiago para que tomara fotos, pedí al maestro apagar las luces brillantes y alejarse lo más posible de mí, porque con los demás intérpretes se había sentado en el banquillo a su lado. Lo quería lejos del teclado.

Toqué *Para Elisa* y me equivoqué cien veces, se me olvidó todo un compás, los dedos se entumecieron. Lo hice fatal. Sin embargo, la mujer de Santiago, tan perfecta ella, capturó una foto perfecta de mí, donde me veo guapa, con el pelo liso, que me había repasado por la mañana con la plancha, concentrada, con expresión de pianista y mis piernas bien delineadas.

Mandé a todos mis contactos, absolutamente a todos, esa foto: la prueba irrefutable de que mi coartada era exitosísima. "*Piano recital in New Jersey.*" La foto era bastante convincente.

Fui a cambiarme nuevamente de ropa en el baño de visitas, ya no me atreví a husmear en la planta alta. Allá afuera no podía estar con esa minifalda y esos tacones. Cuando salí, Santiago preguntó cómo llegaría a la estación de tren; contesté que en taxi. "No, sho te shevo." Anunció a su mujer desde la planta baja que saldría y pidió que se asomara para despedirse de mí. Ella, rubia, educada y perfecta se deslizó hasta el barandal: "*Thanks for coming and thanks for the delicious chai*". Contesté con varios thank yous y salí lo más rápido que pude de la casa. Que el maestro tuviera que darme *ride* me hizo sentir como adolescente que no sabe conducir, pero verlo avisar a su esposa me hizo sentir aún más minúscula.

Santiago salió al porche y dijo que no había encontrado las llaves de su BMW. Iríamos en la camioneta de su mujer, ¿por qué no? La camioneta gris y lujosa, con el perfume del éxito de que todo le sale bien.

En el camino hablé de lo espantosa que fue mi participación y narré en términos técnicos y de interpretación lo que me habían parecido las piezas de todos sus alumnos. Santiago no estaba interesado en el piano: "Y entonces, querida, ¿qué opinás de mi mujer?, ¿y de la casa?, ¿verdad que es re-linda?" "Sí", dije, "tu mujer es maravillosa, la casa es divina". Al llegar a la estación, se estacionó y apagó la camioneta. Sentí nerviosismo porque faltaban unos minutos para que llegara el tren. Desabroché el cinturón de seguridad para bajarme. "No", me dijo, "me quedo con vos para que no te dé frío".

Estábamos dentro del auto, afuera la oscuridad invernal y una luz amarilla lejana. Santiago me envolvió en un abrazo prolongado y me dio un beso en la frente. Casi siempre me dan ganas de llorar cuando alguien me besa en la frente. "Te quiero. Te quiero mucho." Asentí y tragué el nudo de lágrimas para que fuera el estómago el encargado de digerirlas. No fui capaz de responder nada. "Bueno, me tengo que volver porque si no mi mujer va a pensar que estamos haciendo algo." Me sacudí la sensación del nudo. "¿Qué podríamos estar haciendo?", pregunté pícaramente, él arqueó una ceja. Claro que fantaseé con un beso en los labios, pero mejor salí a la intemperie, lejos de su calor latino y lejos de la calefacción de la camioneta de su mujer.

Caminé de un lado al otro del andén para guardar el calor y llegué a la conclusión de que no quería ser la dueña de la camioneta, ni vivir en esa casa, cocinar en aquella estufa, educar a esos niños, pasear a esos perros, dormir con ese hombre. Parecía como si Santiago conectara conmigo de una manera orgánica, y con su esposa, no sé... algo así como Barbie Gacela. Santiago se mudó a la casa de ella; la mesa y los jabones estaban puestos.

¡Ah! Y tampoco quería ser rubia, ni que Cami combinara más con ella que conmigo. Santiago y su esposa tenían dos meses de haberse casado y él seducía a su alumna que era yo, tomaba una copa de vino entre semana a las once de la noche conmigo, me susurraba "qué bonitos zapatitos", decía que de haber aparecido antes de su casamiento me habría "tirado los galgos", se ruborizaba y sudaba frente a mí. Es humano sentir cosas por alguien más, pero algo en todo eso me perturbaba y no entendía por qué.

Nope. No quería eso. La perfecta foto del fiasco de mi recital daba vueltas por todas mis redes sociales. Quería llegar a aquel cuarto rentado donde ni siquiera podía regular la temperatura a mi antojo. Sesenta minutos en un tren, esa era mi vida, y quería llegar ya.

Cuando era niña le decía "cucu" a un caramelo mentolado llamado Halls. "Cucu" porque hacía la boquita así, de "cu" y "cu" me encantaba aquella sensación de astringencia. Me encantaba chupar ese cuadrito verde cuando me bañaba. Tomaba el baño con mis hermanos, dos varones mayores que yo; me sentaba en el suelo cerca de la regadera. Me acuerdo el día en que abrí la puerta corrediza y grité a Mariela para que viniera.

Mariela era mi nana, era la muchacha de la casa, era como una segunda madre que vivía con nosotros y solamente salía a ver a su familia los domingos. Aquel día grité con una vocecilla ahogada mientras corría el agua tibia en el cuerpo de alguno de mis hermanos: "Elaaaa, elaaaaa", era tan pequeña que no lograba decir Mariela. "Elaaaa, quiero cucu" reí y cerré la puerta corrediza. Mis hermanos rieron también. Mi nana trajo una Halls verde, le quitó la envoltura y me la puso en la boca. Fue el último recuerdo que tengo de aquellos baños con mis hermanos.

Compartí el cuarto donde uno se baña y atiende otras necesidades con mis hermanos durante la adolescencia, y tuve algunas dificultades como esperar turnos para entrar, ver pelos de la rasuradora eléctrica en el lavabo, caerme al escusado a mitad de la noche cuando dejaban la tapa levantada, soportar y contribuir con los olores, y envolver como si fueran momias petrificadas de papel higiénico mis desechos femeninos para que nadie nunca se diera cuenta de que "estaba en mis días". Sentía que debía esconder aquella sangre con todas mis fuerzas.

En la mesa sí debía destacar mis habilidades de mujer. Estaba obligada a poner platos y cubiertos, ayudar a mi madre a cocinar y recoger los platos cuando Mariela descansaba o no regresaba el lunes temprano, que para mi madre era una tragedia.

Los hombres con los que compartía el baño no estaban obligados a levantarse de sus tronos de reyes en lo absoluto. Aquí estaba su hermana/sirvienta para recogerles el plato sucio, como si no tuvieran piernas para levantarse y llevarlo a la cocina, así como si se les cayeran las manos.

Lo que más odiaba eran las palabras de mi padre recordándome, como si no supiera que esa era mi única labor en la vida, que me levantara a "ayudar", "recoger", "hacer". Debía estar bien entrenada para hacer lo mismo con mi futuro marido. Entonces quise ser hombre para no tener que levantarme, o quizá llegar a un acuerdo equitativo como pararnos todos. Pero en casa, nunca sucedió así.

Un día quedé cruzada de brazos desafiando a la costumbre. "¿No te vas a parar?", gritó mi padre. "¿Por qué yo sí y ellos no?", era una pregunta simple. "Porque tú eres mujer", era una respuesta aún más simple. Una respuesta que odiaba más que ver pelos de rasuradora en el lavabo. Me levanté cruzada de brazos, indispuesta a cargar un plato y llevarlo a la cocina, y subí a mi cuarto, busqué en el cajón una "cucu" que absorbiera la rabia y la puse en mi boca.

Quería ser hombre para no estar obligada a estar al servicio de los hombres y quería de una vez por todas no tener que momificar con pena mi sangre menstrual.

Soltera busca hombre con barba

"What do you want to talk about?", preguntó Angela cuando pedí una cita en las oficinas de Deluxe Match para clarificar ciertos asuntos. *"Can it be over the phone?"* "No". Necesitaba ir. *"We are very busy interviewing clients."* Claro, se me olvidaba qué tanto las *matchmakers* estaban ocupadas, igual que sus clientes que no tenían tiempo de contestar un mensaje de texto.

"We have half an hour". Sentí como si la reina de Inglaterra me hubiera concedido una audiencia para convencerla de perdonarme la vida. Llegué a la oficina con un termo de chai caliente y saqué mi iPad.

Abrí la cuenta de OkCupid para mostrar a Angela los perfiles de hombres que me llamaban la atención, lo que describían de sí mismos, sus fotos, sus intereses. *"So"*, dijo Angela al sorber el té hirviendo, *"you like facial hair"*. Nunca lo hubiera puesto de esa manera. No era algo que tuviera consciente hasta ese momento, pero pues sí. *"Oh, this chai is so good by the way. I could drink it everyday. You should sell it in New York."* Pues quizá debería, me ahorraría la pereza de tener que venir a esta oficina para buscar maridos ricos.

"Oh, we don't have any clients with facial hair at the moment. But we will keep looking for you." Abrí varios perfiles para que viera diferentes opciones y leyeran lo que me interesa. Entonces los criterios de búsqueda serían hombre con barba *meets* mujer a la que le gusta

la comida japonesa. *There you go*, miles de dólares para contratar a una *matchmaker* profesional.

Yo había firmado el contrato con Deluxe Match. ¿Pero quién era en realidad la clienta? ¿Mi tía? ¿Las expectativas familiares, sociales? ¿O las mías? Cada vez me parecía más claro: la clienta no era yo. Era un cúmulo de cargas ancestrales mezcladas con luces de esperanza.

Una noche llamó mi tía para preguntar cómo iban las cosas, y le conté que no había nadie que me hubiera gustado. Sentí que tenía que ampliar la explicación porque pues ella y mi tío habían sido los patrocinadores. "No puede ser. Te tienen que presentar a más. Se están tardando mucho", dijo y después inferí que me culpaba por no hacer un mejor esfuerzo en que alguien de verdad me gustara.

Entendí entonces que la clienta era ella, porque fue quien necesitaba el resultado. Porque fue quien pagó el servicio. Así que le di el teléfono de Marjorie y le pedí que cualquier queja la hablara con ella directamente. Yo no podía exigir mejores presentaciones, porque me salían con el cuento de que no tienen "clientes con barba"; pero quién sabe que habrá dicho mi tía.

Marjorie me acusó de negligencia, dijo que no quise salir con varios candidatos: "los desconocidos de Match.com" Pues no, claro que no. No tenía que decir que sí a todos, ¿verdad? Leía los perfiles de los chicos en línea. Se veían aburridísimos, pero decían que estaban listos para encontrar a *the one*, y por eso sugerían que los conociera. Soltero busca soltera. Soltera busca hombre con barba. Nunca entendería el procedimiento de Deluxe Match, o de cualquier persona, profesional o amateur, que tuviera filtros de búsqueda tan básicos.

Mi pelo comenzó a deshacerse de la keratina y se me veían mechones lacios en la raíz y de la parte media hasta las puntas se empezaron a asomar las ondas rizadas. Me gustaba este look. Mucho.

Te tenés que quedar

Mi pelo dejaba de ser falso, pero ¿podía existir una farsa más grande que la coartada del piano? ¿Que había venido a Nueva York con la única intención de estudiar piano clásico? Sí, según Santiago, sí. Me cayó mejor cuando vi que sus ocurrencias eran tanto o más absurdas que las mías.

"¡Vos no podés volver a México!", dijo una noche fría del invierno. Estábamos en mi clase nocturna intentando tocar la primera frase del *Nocturno No. 5* de Chopin. Estábamos en ese momento preciso cuando mostré dominio de la mano derecha, luego de la izquierda, para por fin escuchar la melodía con ambas manos.

"¿Por qué?", pregunté entre azorada y fascinada mientras repasaba casi inaudiblemente el compás de la mano izquierda, la mano que estaba más cerca de él. "¡Porque vos pertencés a Nueva Shork!"; no me lo había planteado. ¿Viviría allí para siempre? ¿Me gustaría? ¿O Santiago se proyectaba en mí? "Aquí hay algo para las personalidades grandes como la tusha." ¿De qué hablaba? Toqué con un poco más de sonido mientras él me miraba, y luego dijo, como si estuviera en otra dimensión: "Vos necesitás una visa". Lo miré con una sonrisita, él quería que yo repitiera su historia.

Asentí sin decir nada, lista para tocar con ambas manos; Santiago no caía en cuenta de que sus revelaciones acerca de mi futuro no podían suceder mientras estábamos en clase. Cada minuto de su valioso tiempo y experiencia me costaba 1.6 dólares, más la renta del estudio, no podía darme el lujo de darle bola a sus predicciones. Toqué con ambas manos y toqué bien, mejor de lo que esperé. Miré a Santiago pero estaba absorto, quizá pensó que *Goddamn Chopin* reencarnó en mí porque me sentí bastante confiada.

Asintió.

"Te tenés que quedar y sho te voy a ayudar." *Whatever that means.*

El curioso caso del mink

Hacía mucho frío en Nueva York. Yo veía las temperaturas en mi celular y me impactaba: menos 10 grados centígrados, pero por la intensidad del viento la sensación podía ser de menos 16. A pesar del clima, yo salía a la calle, iba a mis clases de piano, corría por el parque y hacía mi vida. Pero por supuesto que había días que quería quedarme debajo de la colcha todo el día, bueno, hasta las cuatro de la tarde que era cuando anochecía. A veces lo hacía. Y aparecían una vez más los monstruos.

A mi madre no le importó el invierno, y me visitó mientras yo luchaba contra mis demonios; cuando me hacía a la idea de que quizá me quedaría *forever alone*, tal vez ese era mi destino y ella debía enfrentarlo tan bien como lo hacía yo: llorando. Comíamos una pasta en El Lavo, yo estaba híper sensible y especialmente dramática.

"Mamá", dije con total solemnidad, "estoy pensando en congelar mis óvulos". Su cara se desencajó y yo empecé a evocar la plática de hacía meses: "Hablé con una chava del yoga, que ya está en sus 40, y me dijo que lo hiciera porque ella no lo hizo y ahora se arrepiente", soné convencida. Mi madre negó con la cabeza: "No dejes que te metan ideas a la cabeza". Entre el enojo y la tristeza me dejé ir, mi llanto no correspondía con el lugar, estábamos en uno de los *venues* más ruidosos de Manhattan; había bailarinas medio desnudas contoneándose encima de las mesas.

"Tú no entiendes que ya crecí, tengo 31 y quiero tener la posibilidad de tener hijos, me quiero quedar tranquila de que ahí estarán, si los uso o no, pues por lo menos me quedo en paz de que hice lo que tenía que hacer." Lloraba y lloraba mientras articulaba cada palabra. Mi madre se quedó en silencio, acompañando mi drama. La música estaba altísima, un bailarín se deslizó detrás de mí al tiempo que imaginé la refrigeración de mis óvulos. Era, sin lugar a dudas, el peor lugar para llorar.

Al principio guardé los teléfonos de todos en mi lista de contactos, los nombraba y sabía perfecto de quién se trataba. Después de un tiempo, cuando vi que el intercambio de teléfonos era interminable, dejé de prestar tanta atención, no guardaba el nombre y se acumularon decenas de números en mi bandeja de mensajes. ¿Para qué guardarlos? Teclear nombres de extraños que desaparecían antes del primer encuentro me pareció tan desalentador como sintomático de que me estaba mezclando con la sociedad neoyorquina, que se toca con pincitas, teme relacionarse de verdad y excusa cualquier acto de cobardía con dos palabras mágicas que justifican todo: *too busy*.

La desventaja práctica era que cuando recibía algún mensaje debía deslizar la conversación hacia arriba para releer, enterarme de quién era, y no equivocarme en contestar algo que tuviera que ver con el chat de otro número sin guardar.

Me preocupó ver cuántas posibilidades quedaban sin florecer. ¡Ay! La era del *swipe*. Muchos números, demasiada frialdad. En eso me convertí yo. Hacía mucho frío, tanto, que aprecié el cobijo de mi madre.

Usé el abrigo de mink de mi madre la semana que me visitó. Me impresionó lo caliente que era, casi era lo único que debía ponerme para recorrer juntas todo Manhattan a pie. Había recibido aquel abrigo hacía 38 años cuando se casó con mi padre. Era parte del ajuar de la novia que en la tradición judeo-damasquina le llaman "el bate" y consiste en una serie de regalos que incluye bolsas de marca, zapatos, diamantes, perlas y todo tipo de joyas finas, además del abrigo de mink.

Ese abrigo es un *must*. La cantidad de artículos del "bate" y su valor económico depende del acaudalamiento de la familia, pero estoy segura que incluso las familias que no tienen dinero suficiente desangran las carteras por esta costumbre, desangran su patrimonio para darle "gusto" a la novia y a su familia. Por su parte, la familia de la novia tiene la costumbre de pagar la boda. No ella, no el novio, son las familias las que arreglan los asuntos del dinero. Pareciera una obra de Shakespeare. Me acordé del Romeo con el que había salido. ¿Le hubiera gustado esta tradición? ¿La aplicaría con su resaltador fosforescente si es que seguían juntos?

Bueno, el punto es que todas mis amigas, primas y mujeres que conocía tenían un abrigo de mink. Yo no había ganado el derecho de abrigarme con la piel suave de un animal.

"¿Quién me va a regalar mi abrigo de mink?", le pregunté a mi madre mientras caminábamos de Soho a Midtown. "Tu suegra", respondió sin pensarlo. Le quise gritar, pero aguanté las ganas. Mi convicción de no matar animales para hacer de su piel mi abrigo "de bate" fue insulsa ante la rabia de que para tener ciertas cosas o, mejor dicho, cierto estatus, debía casarme. Era una furia que crecía y crecía, el abrigo era lo de menos, la circunstancia me insultaba. No quería matar animales, quería matar una creencia.

Mi madre y su abrigo regresaron a México. Yo me cubría con el abrigo/edredón de plumas que adoraba. Un domingo, después de desayunar con Olga por el Upper West Side, en Lalo, el local donde se filmó la película *You've got mail*. La película sucedía en la era donde el romance apenas asomaba sus narices por el correo electrónico, sin siquiera sospechar que entraríamos a la absorbente época del romance dentro del smartphone. Hacía frío pero se podía estar a la intemperie.

Encontramos un mercado de pulgas en un estacionamiento grande y entramos. Vimos un stand con muchos abrigos que atendía una

señora en sus sesenta, delgada, arreglada y alta. Nos probamos prendas como hacen dos amigas cuando están juntas, me ajusté una
chamarra de piel de conejo que se veía bastante juvenil, Olga una capa
retro negra con un increíble tejido bordado a mano que costaba 700
dólares. La señora presumió que lo que ella vendía sí era vintage de
verdad, no como las miles de tiendas que abundan en Nueva York
que se dicen vintage y venden ropa de Zara y de H&M de la temporada pasada.

¿Qué traía puesto ella? Me llamó la atención, era un abrigo de mink
corto. Me lo dio a probar, me vi en el espejo, la piel era suave, café
y hermosa. No me lo quería quitar, no me lo podía quitar. Costaba
300 dólares. Era vintage, yo quizá estaba en contra del mink pero
definitivamente estaba a favor de romper costumbres estúpidas.

Llamé a mi madre y le conté emocionada mi hallazgo. No sabía
si el abrigo era una ganga o una tomadura de pelo, parecía real. Le
mandé una foto, ella no estaba convencida, pero yo sí. Sentí una contradicción en mí, pero al final, caí del lado materialista para despedazar
una tradición. Firmé con mi tarjeta de crédito personal y sentí que
había ganado una batalla. Había podido adquirir una prenda que toda
la vida creí era exclusiva de las prometidas a casarse.

Me abrigué con mi piel ese día y esa noche, con miedo de que alguien me tirara un huevo encima en señal de recriminación. Quería
cambiarle el forro y estamparle mi nombre. Era mío. Lo quería mandar
a lavar y quitarle la energía que tenía de la persona que lo portó antes.
¿Quién habrá sido? ¿Una mujer libre? ¿Una mujer sumisa? Siempre
pienso en eso cuando compro artículos vintage y le doy mucha importancia al origen de las cosas.

Mandé el abrigo a México y mi madre dijo que estaba divino. Tuve
su aprobación. Lo mandó a pieles Hanson a cambiar el forro y a la-
varlo. El abrigo tenía polilla y debían hacerle un tratamiento especial
que acabó costando igual que la prenda. Mi madre pagó por ello.

Cuando lo tuve de vuelta, vi mi nombre en el forro y sonreí. Lo había pagado yo, lo había arreglado mi madre. Ninguna suegra estuvo
involucrada. Sentí una ridícula especie de triunfo.

¡Cásate con un millonario! O…

Volví a encontrarme a los vecinos pianistas. Dijeron que habían compartido mi teléfono al hombre de su *board*, cuya madre estaba emocionada de que su hijo y lo que le contaron de mí nos conoceríamos.

Me recordaba la vida comunitaria en las que las madres siempre pensaban en mí como la mejor futura esposa para sus hijos. Me adelantaron que era doctor y estaba súper *busy*, como todo aquel que tiene o aspira a una posición social en el competido mundo neoyorkino. ¡Wow! Un segundo, ¿dijo doctor? Todos sabemos que un doctor no nada más es un "buen muchacho", es una eminencia en el campo de la salud. Es, para los judíos, lo más cercano a un dios en la Tierra. Una mujer que se casa con un doctor es, sin duda, aún más reconocida en su círculo social. Por casarse con él, no por estudiar ella misma una carrera de medicina.

Un doctor/pianista/judío, sí, esto parecía un sueño. Las características externas que escuché de este simple mortal que aún no conocía se dibujaron en mi mente como el príncipe que esperaba. Aunque estaba consciente que no quería un príncipe y que las historias de Walt Disney eran absurdas, él parecía tener todas las casillas palomeadas. Me daba curiosidad y un poco de ilusión. Tal vez más ilusión de la que quise reconocer.

Mi diccionario cambiaba lento, como la velocidad de este invierno, pero cambiaba.

Breve diccionario de una que otra mentirilla

AMOR: A ver si el amor llega. Suele relacionarse con la infatuación o con las ganas de estar con alguien. Suele relacionarse también con asegurarse en las manos de alguien solo por miedo de no tener a nadie.

BODA: Momento histórico en la vida de uno al que hay que llegar como se pueda y con quien se pueda. ¿Y si no?

COSAS COSTOSAS: ¡Cásate con un millonario! O… ¿qué es lo que más te gusta hacer?

CITAS A CIEGAS: Encuentros y desencuentros. A veces hay un par de fotos y una breve descripción en línea. A veces no. Todas las veces me sudan un poco las manos antes de algún encuentro y casi siempre siento un pellizco lento después de algún desencuentro.

DINERO: El alimento de la sociedad neoyorquina. El precio de las rentas está desbordado. El dinero es el regente de la ciudad.

ESPOSO: "El Salvador." *Who knows?* No creo, la verdad.

MUJER: Cucaracha disminuida. Ser que se sabe existente a partir de la relación con un hombre. Ser no considerado dentro del ámbito social si no está emparejada. Ser que a pesar de su éxito personal compra la idea de que nunca será verdaderamente exitosa hasta tener una pareja y perpetuarse a través de los hijos.

SOLTERO: Que se la siga pasando bien, ¿cuál es la prisa? O, que se la pase bien mientras logra convertirse en "el proveedor".

SOLTERA (dependiente de los padres): Pobrecita de ti, ya pronto, ya pronto te llegará y vas a poder hacer tu vida.

SOLTERA (independiente): Prostituta que hace orgías en casa, para eso vive sola, "Corro a tomarle el brazo a mi marido y a sonreír como bruta cuando ella se acerca, como es soltera y mi hombre un dios del Olimpo griego, me lo va a bajar". Inmoral. Facilota para los casados que buscan aventura. Mujer soltera – _____ *(fill in the blank)*

La farsa de la visa

Santiago era de los pocos hombres que llamaban por teléfono. No le gustaba textear: mandaba mensajes de voz de letanía, o llamaba inmediatamente después de leer un mensaje mío. Decía que tenía mucho tiempo libre en el coche para hablar.

Una tarde de miércoles recibí una llamada de Santiago. Pensé que me iba a cancelar la clase, aunque jamás lo hacía. Creí que llegaría tarde, pero nunca lo vi llegar con más de dos minutos y medio de retraso.

"¡Escuchá, querida! Tengo una hora libre antes de nuestra clase. ¿Te parecé si nos tomamos una sopa?" Era obvio que la sopa sería la *matzo ball soup* del local de junto al estudio de piano. Acordamos vernos allí.

"¡Ya solucioné tu vida, bombonazo!"

Cada uno pedimos la porción de sopa que nos correspondía y una copa de vino tinto. "¡Bueno! ¿Y entonces?", pregunté impaciente después de que el mesero nos tomara la orden. Me acerqué al borde de la mesa para escucharlo con atención.

"La directora de la escuela de piano donde yo trabajo está buscando maestros", dijo con una sonrisa enorme como si a mí en algo me incumbiera, me ayudara en mi situación migratoria o financiera. Lo notó en mi cara y tronó la boca: "Decile que sos maestra de piano de niños. Esha, con que sepas un poco de piano y te gusten los niños, te va a contratar", dijo con absoluta certeza. Me recargué en mi asiento. Era lo más ridículo que había escuchado en mi vida.

"Mandale un email, decile que estás interesada en trabajar con esha", aseguró y me ofreció su copa para brindar. "¡Por vos, querida!", chocamos las copas y pensé que podía ser una buena idea, pero yo no era una maestra de piano, era una maestra de yoga. Ni siquiera pianista, era aprendiz. Y se lo dije.

"¡No te preocupés, vos conseguí el trabajo, y sho me encargo de hacerte una maestra de piano!", y se perdió en los sabores a caldo de pollo y una bola de masa, que no entiendo por qué, pero es un manjar. Enfilé el vino y lo miré, era tan exquisito; el maestro, no el vino, tanto, que hasta ver el caldo resbalar de la comisura del labio a la barba me pareció la cosa más sensual del planeta Tierra.

Su cubierta de que yo era una maestra de piano que podía trabajar en Nueva York dando clases a niños era infinitamente más caricaturesca que mi coartada de Don Steinway. Santiago no era nada más mi cómplice de la inspiración pianística y de la sangre latina judía; no era nada más el cómplice de mi verdadera misión en Nueva York y de encontrar la mejor nota para representar a cada uno de mis dates. Santiago, como yo, era testarudo, y ahora se convertía en mi cómplice de la ridiculez. Con todo y lo absurdo que sonaba, mandé el mail.

Escribí exactamente lo que sugirió, y me sentí la farsante más convincente del mundo:

Hello Ekaterina,

I hope you are well.
I wanted to offer you my services as a piano teacher for kids. I have been playing the piano since I was 6 and I'm familiar with music for Little Mozart's series and Hal Leonard student piano library methods. As well, I'm a writer and a yoga teacher and I combine the storytelling in the piano study for the little ones to get involved as well in the journey of imagination and music.

Best wishes!

Digo, no era algo completamente desfasado de la realidad, pero el acomodo de mis palabras sí lo fue. Yo no tenía idea de qué era el *Little Mozart's series*, pero bueno, la mujer rusa contestó de inmediato. Pidió que le mandara mi *resume* y mis tiempos libres para que me mandara un contrato a la brevedad. *Whaaaat?* Así, de buenas a primeras, sin hacerme siquiera una prueba quería enfilarme en su plantilla de profesores de piano. Santiago tenía razón en una cosa: Ekaterina, la rusa, estaba desesperada.

Inventé de volada un currículum que decía cosas reales, pero exageraba mi entrenamiento con niños. Ingenié cosas. Subrayé que tenía vasta experiencia en *babysitting*, así como en CPR para niños. Anexé una foto mía con Don Steinway al fondo, mandé todo el documento a Santiago para que lo revisara. Después de que lo aprobó, lo mandé sin chistar a Ekaterina.

The Mexican perfect match.
Tailored 4 U

Mientras que la esperanza del trabajo crecía, no logré contestar mensajes en OkCupid de hombres que tenían como seudónimo *Hachem1* y *Menorahboy*. Además, para hacer el mundo del *swipe* más impersonal, la *dating app* permitía el uso de apodos, en lugar del nombre real. Yo en todas me había inscrito como Teresa, porque si hubiera usado un seudónimo me habría puesto *"MexicanPerfectMatch.Tailored4U"*. Qué oso. Chequé sus perfiles, sus fotos, las descripciones de sí mismos y nada me llamó la atención y mucho menos aquellos *nicknames*. ¿Quién se atreve a llamarse *Dios1*? ¿O *Niño del candelabro*? Era un *big turn off*.

Con quien seguía un *big turn on* era con el de *No Strings Attach Sex* que insistía en el encuentro sexual sin antes conocernos. Logré citarlo en el Starbucks de la 56 y la Sexta Avenida. No habíamos intercambiado teléfonos, así que nos comunicábamos por el chat de OkCupid. Llegué antes, por primera vez, y me senté a leer. Tenía la mirada en *Americanah*, el libro que me tenía absorta, pero lo vi pasar frente a mí y luego salir por la puerta súbitamente. ¿Era él? Ethan: era muy alto, con rasgos árabes y el pelo largo en una cola.

Pensé que iba a regresar, pero escribió reclamando que no aparecí. Yo contesté con una descripción detallada de su físico, que no creyó. Le insistí en que regresara, pues ya estábamos los dos ahí. Contestó enojado que no era cierto que estaba sentada dentro del café, y que él ya sabía que no iba a aparecer.

¿Por qué el drama? Quise preguntar, pero no lo hice. Porque jamás lo había visto.

Quizá no me reconoció porque ya no estoy tan lacia como antes, y porque yo, como él, tenia el cabello ajustado en una cola. *"Maybe it's not meant to be"*, escribí en un texto. Regresé a mi libro, y me olvidé de él.

"Hi Tery, we have a man for you", fueron las primeras palabras que escuché decir a Angela cuando tomé la llamada mientras esquivaba nieve grisácea en el pavimento. *"We have a great feeling in the office about this one"*. Sin dejarme contestar algo, me leyó —porque siempre sentí que leía— la cartilla de este hombre: *"His name is Ben, he is 29 years, blue-eyed, Jewish. He is a salesman that works as a wine distributor, and girl, he is veeeeery good looking"*.

La llamada me encontró saliendo del gimnasio, mi cuerpo, pegado a la ropa por el sudor, pero mi pelo, mágicamente seco: debía pasar aire caliente por todo el cuero cabelludo después de sudar como puerco antes de regresar a casa a darme un baño. No me bañaba allí, me daba flojera empacar todas las capas de ropa, así que me secaba el pelo con el único fin de que no se volviera una maraña de estalactitas.

Me detuve a esperar el siga de la Segunda Avenida y la Calle Cuatro: *"He came in and we all laughed. He is tailored for you"*. No me emocioné tanto como debí al escuchar la enérgica voz de Angela; le di autorización para que compartiera mi teléfono y también comenté que pronto iría una semana al Distrito Federal. Angela se quedó unos instantes en silencio y después dijo que pensándolo bien no le daría mi número a Ben hasta que yo volviera, para que no se cortara la energía. Respondí con desgano que estaba bien, pero pensé: Ok. ¿saben qué? Hagan lo que quieran. Ya estoy hasta la madre de sus reglas y de la falta de espontaneidad. Faltaban dos semanas para que me fuera, pero... *Whatever*. Y seguí esquivando con mis superbotas la nieve negra del East Village.

Ya en casa recibí un correo de Ekaterina. *"We can only hire teachers who have a working visa."* Era perfectamente entendible, y esa fue mi respuesta. Mi sueño de ganar 35 dólares la hora por dar clases de piano a niños se fue por la coladera.

"¡Ánimo, querida! Sha verás cómo todo se arreglá", dijo Santiago cuando le escribí que nuestra farsa estuvo a un papel migratorio de distancia de volverse realidad. Él, como siempre, inmediatamente llamó para consolarme.

Había días bastante malos en los que mis monstruos me visitaban a cualquier hora. Normalmente tenía que ver con la ansiedad del teléfono. Sucedía cuando el "muchacho" de la semana con el que estuviera hablando desaparecía o se tardaba en contestar. ¿Así o más *needy*? Había también días en los que me preguntaba por qué quería estar en Nueva York. ¿Estaba huyendo? En México vivía sola, con independencia y libertad. Había días duros, pero yo, como los franceses: *"a la resistance"*, o como los neoyorkinos a la "voy derecho y no me quito". ¿Pero aquí iba a derecho a dónde?

No sabía. Diario me levantaba a recitar un nuevo mantra que sacaba de sus casillas a la planeadora que hay en mí, al Capataz Capricornio que quiere estar en control de todo: "No sé, no sé, no sé". Y con la certeza, con la única certeza de que entre los silencios y espacios entre un "no", un "sé" y un "no sé" había un camino que se iría revelando. Porque la incertidumbre, y todo lo que conlleva, me empezó a coquetear.

(El cielo se encargó de mí)

Tenía que volver a México a la fuerza. Debía salir de Estados Unidos por la cuestión de migración. No quería, no estaba lista para enfrentarme de golpe a la mirada interrogatoria de nadie. No estaba preparada para llegar con las manos vacías, sin ninguna historia que contar, o más bien, sin que nada de lo que había vivido hasta el momento pudiera ser tomado en cuenta, valorado, aprobado.

No tenía novio.

Ni prometido.

Ni visa.

Mucho menos, Greencard.

Se cumplían cinco meses de mi llegada. El invierno estaba en su momento más gélido y Deluxe Match me tenía guardado a un hombre hasta que volviera del viaje. *"If it goes well, you don't want to interrupt the flow, Tery."* ¡Fabuloso! El contrato con la agencia casi terminaba y ellas se reservaban a alguien que querían presentarme hasta que regresara. ¿Por qué no entienden que tengo prisa?

Antes de irme al aeropuerto, con una maleta cargada de desilusión y miedo por no cumplir las expectativas de nadie, llamé a mi madre y le conté del desgano de ir a México. No quería enfrentar a nadie, ni platicar qué hacía en Nueva York, ni cómo hacía para pagar

la vida tan cara. No tenía ningún interés en regresar a ver mi negocio, el departamento de las paredes rosas en la calle Ometusco y mi
negocio de té chai. No quería ver gente, ni contradecir mi historia en
redes sociales, de que en Manhattan yo era una mujer feliz. No lo era.
Estaba presionada por el tiempo, y me estaba empezando a sentir
restringida por el dinero.

Eran las diez de la noche —además abordaría un *red eye*[21] de
Interjet, y odio esos vuelos—, el taxi me esperaba en la puerta. Era
momento de ir a enfrentar las mismas preguntas silenciosas de
siempre: ¿Qué pasa con ella? Es guapa, inteligente, buena. ¡No lo
puedo creer! ¿Por qué no encuentra alguien con quién casarse? Ya
está grande. Ella es exigente, por lo tanto, culpable.

Había escuchado enemil veces el raciocinio externo acerca de
mi situación sentimental. Esto se salía de mi control, porque si en el
pasado podía culpar a la mente cerrada y a las pocas opciones que
habían en la pequeña comunidad, ahora, viviendo en una ciudad grande
donde la población judía es mayor a la de Israel y con un servicio
especializado para presentarme hombres casaderos, estos enunciados tomaban más fuerza porque el problema ya no era México, ni
los judíos-mexicanos. Era yo.

El monstruo "eres símbolo de fracaso" se apoderó de mí. Me sentía
abatida. No había consolidado nada con los hombres que me habían
presentado, y tampoco había corrido mejor suerte conociéndolos por
mi cuenta. Me negaba rotundamente a contestar silenciosamente:
¿qué pasa conmigo?

Y bueno, solo me tomó unas horas más presenciar el poder que
tengo para manifestar una realidad.

El cielo y sus vibraciones se encargaron de mí.

Titulares celestiales y movimientos astrales para todas aquellas personas nacidas el 11 de enero de 1984 a las 6:11 a.m. en la Ciudad de
México. De sexo femenino y de nombre Teresa, con apellidos ZC:

---

21 *Red eye flight*. Es un vuelo nocturno. Se le llama así porque los pasajeros llegarán a su destino con los ojos rojos
por no dormir adecuadamente durante la noche.

Mercurio está retrógrado y tiene una fijación con las personas nacidas en el día mencionado entre las 6:10 y las 6:12 de la mañana. El mensaje: Capricornio empedernido: no te muevas, no te muevas nada. El universo quiere que estés quieta y te lo va a hacer ver de todas las formas posibles. Si planeas viajar al Distrito Federal en las tres semanas que Mercurio está *retrocucko*,[22] espera tormentas de nieve, dormir en la sala de espera, compañeros de avión histéricos, mirar la noche desde los ventanales de JFK. Abordaje a la hora en que el vuelo tendría que haber aterrizado en México, 45 minutos dentro del avión hasta que se escuche un madrazo que despierte a todos los pasajeros menos a ti, porque estarás comiendo ensalada de edamames de los nervios. Y luego, la cancelación de tu vuelo, y que te bajen del avión cuando ya estaba por salir. Un total de 12 horas en el aeropuerto principal de Nueva York sin haber llegado a ningún lugar, excepto a un espejo ojeroso en la Calle Siete y la Avenida A.

Espera también cancelación de la clase de yoga del miércoles y si tienes antojo de un platillo crudivegano en particular, que claramente no se encuentra en todos lados, ni se te ocurra ir porque cerrarán Pure Food and Wine hasta nuevo aviso. Si intentas tomar un taxi el jueves, te quedarás esperando sobre la 66 y Madison porque todos estarán ocupados y sí, como en las películas, los dos libres te los van a ganar dos personas que no estén tiritando como tú. Camina Capricornio, ¿qué puede pasar con tus orejas y con tus manos entre el viento helado y la sensación térmica de menos 15 grados centígrados?

Cuídate particularmente del tiempo en el metro. La línea naranja estará en tal caos que el tren F se pasará de largo y luego tardará 20 minutos en llegar y tendrás que fluir con el hecho de que llegarás con ese retraso a tu clase de piano el viernes y otra tardanza ridícula para ir a dar clase de yoga el domingo. *Just sayin'.*

Pon especial atención a los cargos que haces con tu tarjeta de débito mexicana porque hay una grandísima probabilidad de que el

---

22 Término acuñado por la astróloga Sue Valencia para decir que un planeta está "retrógrado".

lunes te la clonen y alguien se agasaje con 7 mil 435 pesos de artículos en Target y con una cena de celebración en algún lugar caro donde el agasajado invite a sus compas a comer langosta, y tú invites su cuenta de 3 mil 700 pesos. El mensaje es que te detengas y no saques la tarjeta en ningún comercio. ¿Ves?

Pero no te achicopales y tomes todo como obstáculos para lograr tus metas, Capricornio del 11 de enero; por el contrario, esto es un llamado del universo para que desde la quietud veas y escuches lo que el gran misterio tiene preparado para ti. Ya sabes lo que dicen: todo pasa por algo. En todo este desajuste del temporal, ten certeza, mujer Teresa, que hay otro lado del tiempo con una cadencia diferente y desconocida para ti que se está alineando completamente a tu favor.

¿Cómo se escribe una fanfarria?

"I'm the only guy in the bar with a suit", leí en la pantalla del celular antes de entrar a un bar medio rascuacho en la Avenida A. Lo encontré rápido, le toqué el hombro y repetí coqueta: *"The only guy with a suit, uh?"* Sonrió fascinado y se levantó rápidamente para cederme el banquillo frente a la barra. No solo era el único hombre con traje de vestir, era el más guapo del lugar; sentí atracción instantánea. Era alto, no altísimo, con una mirada azul profunda, la barba recortada y el pelo castaño. *Nice job*, Deluxe Match, ¡por fin!

Me quedé sentada en el banquillo y él parado frente a mí hasta que vi una mesa vacía y apuramos hacia allá. Nos sentamos en el sillón, ambos recargando el brazo contrario sobre el respaldo, en señal de apertura y de que nuestras manos podrían acercarse en cualquier instante. Todo se sentía fácil, la plática fluía. Nos absorbimos tanto el uno en el otro, que pasaron 45 minutos antes de que me preguntara qué quería tomar. Le pedí que me escogiera un vino —él trabajaba en la industria vinatera, así que confié— antes de levantarse, se acercó a mi cara y me dio un beso en la mejilla.

Regresó con mi malbec y su cerveza en mano; se disculpó/preguntó si estaba bien besarme el cachete, y si sentí que fue demasiado rápido. Negué. Entre más hablábamos más creíamos que habíamos encontrado la panacea para curar de raíz el desamor de ambos. Me miraba a los ojos, desde el azul profundo meneaba la cabeza, entre emocionado e incrédulo: *"You are amazing"*, dijo y me ruboricé. *"You are amazing too."* Besó ambas mejillas y después bajó con los labios a mi cuello. Me miraba como si hubiera descubierto América, como si entre sus manos hubiera un tesoro para mimar. Me miraba como siempre he querido que alguien lo hiciera: como si fuera mi hombre y yo, su mujer.

Así de intensas fueron las primeras tres horas de nuestra vida juntos. A la segunda hora, el pequeño Ben rozó mis labios con los suyos; los besos fueron explosivos, como si con las bocas sin voz pudiéramos decir que América jamás ha sido un continente, sino un cuerpo, o dos, explorándose y ganando territorio con rapidez.

Ben negaba con la cabeza sin cesar y sonreía *"You are too much"*. Cerraba los ojos azules y se estancaba en mi cuello con sus besos, luego la mejilla y después la frente. Me recordó aquel beso de Santiago después del recital. Otra vez, afortunadamente, no lloré, sino que me dejé sentir deseada como nunca.

Pregunté a Ben si tenía hambre, contestó que es de los que siempre puede comer. Eso sí que es el *match* perfecto para mí, que disfruto enormemente la comida. Hablé a Pylos y pregunté si todavía había servicio. Nos abrigamos para cruzar siete cuadras y un viento que daba la sensación de menos 19 grados. Ben me tomó de la mano, la entrelazó a la suya y cobijó ambas dentro de su bolsillo.

En el restaurante hicimos el *deal* de que él se encargaría de escoger el vino y yo la comida, y se lo hizo saber al mesero: *"She is the boss"*, y me guiñó un ojo. Pedí lo de siempre: *"Fried zucchinni with tzatziki, horyatiki salad and the poached salmon, please"*. Comimos y seguimos platicando como si estuviéramos planeando un futuro lleno de viajes, vino y platillos exóticos. La comida no se acabó, yo no suelo comer mucho cuando realmente me gusta alguien.

Lo llamé a sentarse junto a mí y seguimos intoxicándonos de besos. *"I can't believe you"*, decía, *"Where did you come from?"* Su negación con la cabeza fue tan frecuente que me empecé a asustar, ¿qué es lo que no creía de mí? Quizá yo era la primera date que le presentaban en la agencia, casi lo podría apostar, y a lo mejor pensó que le saldría una gorda, bigotona, sin chispa, ni sentido del humor y eso es lo que no podía creer. *Maybe*.

Los meseros caminaban en círculos alrededor de la mesa porque ya se querían ir. Cuando llegó la cuenta, la llevó de su lado sin siquiera dejarme ver y la pagó. Antes de salir, entre la cortina y la puerta, lo jalé contra mí para besarlo y, por primera vez en mucho tiempo, sentí algo además de deseo.

Insistió en acompañarme a casa. Debíamos cruzar un semáforo para llegar al 158 de la Calle Siete. Nos despedimos después de cinco horas de interacción impoluta, con el deseo burbujeando en los cuerpos. Yo floté los siete escalones para llegar a la puerta del A4, con la sensación de que había descubierto el amor en los Estados Unidos de América.

Cuando abrí la puerta de mi casa, Allie estaba tendida en el sillón, contemplando la resplandeciente luz nocturna del Tompkins Park nevado. Llegué un poco entonada por el vino, le hice una seña para que recorriera un poco los pies y me hiciera lugar para sentarme a su lado. Como siempre, ella nada más me dio un pedazo de sillón; como la invitada que era, ¿no? "*It's him*", cerré los ojos y recordé la química, su abrazo, su forma de verme. "*I'm sure, it's him.*"

Ben tenía diez de calificación: fue presentación de Deluxe Match, entonces, absolutamente confiable, guapo, totalmente judío, le iba bien económicamente, o al menos así lo inferí porque pagar la cuota anual de la agencia, pues digamos que es para quien ya tiene los gastos básicos cubiertos. Era dos años más joven que yo, me atraía físicamente y... toda la noche habló de que quería acompañarme a México en las próximas semanas cuando fuera al *Brith Mila*[23] del hijo de mi prima, lo dijo expresamente: "*I want to meet your family*". Esto sí que era "pegarle al gordo".

Perfección absoluta. Además dijo todo esto exactamente una hora y 15 minutos después de vernos la cara por primera vez. La vocecilla de mi madre resonaba: "¿Sentiste que es él?" Claro, no cabía

---

[23] Del hebreo "el pacto de la circunsición". Es un ritual de circunsición practicado al octavo día del nacimiento de un varón judío.

duda. Por fin entendí a mi progenitora como mujer, y no como madre. Era él, era definitivamente él.

Me puse la pijama, desmaquillé mis ojos con aceite de coco, me lavé la cara con agua caliente y el jabón verde de todas las mañanas y todas las noches, salvo que esta noche era especial. La espuma no lavaba mi sonrisa, una sonrisa victoriosa, casi maléfica.

Me acosté en la cama a mirar desde la ventana el parque nevado y a contemplar el revoloteo de mi mente. No imaginaba aún una vida con él, imaginaba la entrada triunfal al evento social. ¿Cómo se escribe una fanfarria? ¿La canción de la victoria de *Star Wars*? Algo así: tan, taaaan ta ta ta ta ta, taaaan tata tata. Ojo, no estoy escribiendo la melodía nupcial que sería algo así: taratataaaaaán, taratataaaaaán, tara ta tán, tara ta tán, tara ta tán, tararararará. La mía era la sensación de gloria máxima.

Imaginaba la melodía de *Star Wars* y mi cuerpo envuelto en algún vestido que debía escoger bien porque seguro llamaría la atención, sería la primera vez que iría a un evento en México con alguien y además entraría a una fiesta familiar del brazo de un cuero neoyorkino *with all the buttons pushed*. El bebé de mi prima todavía no nacía, el hombre casi había comprado su boleto de avión para acompañarme y yo planeaba con lujo de detalles cómo sería la velada en la que por fin mi valor de mujer sería reconocido, aplaudido y quizá envidiado. Qué genial, ¡ah! y había pasado con él solamente cinco horas de mi vida.

Cuando desperté pensé que mi date con Ben había sido un sueño. Llamé a Angela para contar las minucias de la cita. Ella estaba tan emocionada, que se dejó ir en la misma fantasía. Yo estaba histérica porque mi futuro esposo no había telefoneado, ni mensajeado en todo el día. Tenía el celular en la mano, no iba al baño sin él para que cuando recibiera el mensaje, me hiciera la mujer interesante que hay que ser acá y tener dos horas para planear el mensaje de regreso. Pero mientras eso sucedía, mi ansiedad se agudizaba.

Angela me tranquilizó y reforzó aún más toda la escena de mi imaginación de la noche anterior: *"He will contact you, we spoke to him. I can't tell you what he said, but dear, in 10 years when you are married to him you will want me to remember you this conversation".* O sea, no me podía decir qué había hablado con él, pero con las palabras mágicas "en diez años" me lo decía todo. ¿No?

Después de unas horas, mi futuro flamante esposo, a quien no le conocía siquiera el apellido, apareció con un mensaje de texto diciendo lo bien que la pasó y contando sus planes del fin de semana. Antes de contestarle debía cumplir con una chamba pendiente que tenía con la agencia.

Entonces.

Llamé a Ron, uno de "los desconocidos de Match.com", el perfil que tiene toda mi información y platica como si fuera yo. La plataforma con el avatar que nunca había visto. El perfil en línea al que no tenía, ni tendré acceso. Angela lo manejaba y hablaba por mí. Recibí un correo con una foto y un perfil que me parecía interesante. Tenía que apostar, porque había descartado a varios que me habían enviado, porque... no tenían barba. No es cierto, esos perfiles me parecían aburridísimos y este me llamó un poco la atención.

Yo debía hacer la primer llamada. La verdad no entiendo por qué solo mandan una foto; en mi experiencia con las plataformas en línea una o dos fotos no dicen mucho. Todos sabemos posar para la cámara y poner filtros de Instagram o Snapchat para vernos con la piel lisa.

Llamé al mediodía porque este era mi trabajo y me presenté. *"I'm running to an executive meeting. Can I call you back later?" "Sure"*, contesté. Me olvidé del asunto hasta la noche siguiente. Era viernes, nueve de la noche. Estaba a punto de responder el mensaje de mi flamante esposo Ben y no tenía interés de que me volvieran a acusar de negligencia. Así que texteé a Ron:

> T: Hey, this is Teresa.

> R: Hi. Just got home not too long ago. How are you?

T: I'm good! At home also.

R: I'm SO TIRED.

T: Why?

R: I'm up at 5 am every morning. Head to the gym. Then work till 7 pm ;)

Pregunté a qué hora entraba a trabajar. Respondió. Como no sé que más seguía en la conversación, pregunté cuánto tiempo pasaba en el gym. Llamó por FaceTime. Wow, *hold your horses mister*; así de buenas a primeras ya quiere ver mi cara de "tirada como res" en el sillón.

R: I just tried calling you. Says your number is not reachable.

Me hice la mensa e inventé que estaba escribiendo y no era el mejor momento (en Nueva York esa es una de las frases más utilizadas en el mundo del *dating*) "*We could talk tomorrow*".

R: Sure, I just have a question.

Shoot it, sentí intriga, extrañeza y hasta un poco de ansiedad. ¿Qué cosa podría ser tan importante entre un desconocido y una desconocida que no pudiera esperar unas horas?

R: In your profile you wrote something that sort of turned me off. That's why I did not reach out to you in the first place.

Shit! Jamás había visto ese perfil, no tenía idea de qué fotos habían subido, qué se decía de mí y la conversación previa que tuvo mi avatar con él. Mi curiosidad aumentó, y era una buena oportunidad para tener un *sneak peek* de cómo ven aquellos hombres de Match. com ese perfil invisible para mí.

> R: Even though I make well, your requirement states for
> a man, the fact that you have that one there made me feel
> like you may be like every other girl I meet in this city.

Me sentí igual de ciega y *clueless*. No entendí de qué se trataba la queja, así que salí en mi defensa, aunque podría estar contradiciendo a la Teresa del perfil. Arriesgué.

> T: I'm not like the girls you meet ☺ But I still don't
> know at what part of the profile you are referring to.

> R: $$$ That's just a turn off.

¡Madres! Ahora sí estaba en problemas, ¿cómo le haría saber que la del perfil y yo no éramos la misma?, y peor aún, ¿cómo aclaro que jamás pondría como requerimiento una cifra de ningún tipo? Sentí ganas de llamar a Deluxe Match y exigir una explicación, más bien quería mentarles la madre, pero no era hora laboral. Me tenía que zafar de esta:

> T: Mmm. I didn't pay much attention to that, because is not
> what I'm looking for. Guys with $$$$ are around me all the
> time, but I'm looking for a human connection beyond and
> above everything else. Sorry if that confused you.

No supe más de él la noche del viernes. A la mañana siguiente:

> R: Thanks for clarifying. Sorry I
> passed out last night, just saw this.

En la tarde del sábado llamó por teléfono. No entendí la mitad de la conversación, más que buscaba a una mujer conectada a la religión judía de una manera en la que yo no estaba. Él había vivido en *yeshivot*[24] y aunque no era religioso, sí buscaba eso en una chica. *Wonderful!*

Entre que, por alguna razón, no oía o hablaba muy rápido o muy raro, entendí que nada más quería verme por si acaso podríamos ser amigos. Y luego me contó un pasaje de la Biblia en el que explicaba la relevancia del papel de la mujer judía dentro de la religión. No entendí nada, así que para defenderme y no seguir respondiendo *aha, yes, I know, I understand* a lo bruto, le dije que era mejor hablar frente a frente.

Quedamos en que le haría saber cuando regresara de México para encontrarnos. Colgué el teléfono, vi el reloj, noté que era sábado y que todavía estábamos en *Shabbat*. Encogí los hombros y pensé *What the fuck*. Este hombre no era religioso, no cuidaba *Shabbat*, pero busca a una mujer que lo sea.

Al otro día vi una llamada perdida de él, pero era yo quien se sentía perdida en esta conversación. Devolví la llamada, hicimos *small talk* acerca del frío, la nieve, las actividades del domingo y luego preguntó para qué había llamado. Contesté que solo regresaba la llamada. Parece que fue su nalga la que quería hablar conmigo, o con el avatar del perfil en línea.

Nunca supe más de él y tampoco supe si después de la enfática mentada de madre que escribí al correo de Deluxe Match por explicitar una cifra económica como requisito, modificaron el perfil, o si Ron siguió hablando con Teresa de Match.com, que físicamente se asemejaba a mí, pero no parecía tener las mismas aspiraciones que yo.

Ben, el flamante hombre estuvo presente con mensajes, pero había días en que no contestaba. *He is a player*, era lo único que me venía a la cabeza, como intuición; lo externé con Angela. *"If he didn't come from you, and you didn't know him, I would think he really is a player"*, dije. Pero yo seguía cantando la fanfarria del éxito.

---

[24] *Yeshivot* es el plural en hebreo de *Yeshiva*, que es un centro de estudios generalmente dirigido a varones dentro del judaísmo ortodoxo.

Phone detox

El mundo dentro de mi celular era a veces tan patético que desarrollé un hábito no menos conmovedor: abandonar el aparato con sus mensajes y notificaciones por muchas horas; es decir, inventé una desintoxicación de todo lo que me ponía ansiosa del celular. *Phone detox.* Este hábito era particularmente necesario cuando el hombre en turno, en este caso Ben, tardaba más de diez horas en contestar un mensaje.

Ese tiempo es permisible en una cultura como esta; ese tiempo es absolutamente normal, como lo es no contestar un ridículo mensajito de texto por dos o tres días, quizá algún caso aislado en que la respuesta tardara una semana con la misma excusa: *"I've been so busy".* No la compro, ¿para qué escribir estupideces? Todo el mundo tiene su teléfono en las manos, no sé cuál es el promedio real de horas por día, pero son muchas, así que estar *too busy* para contestar un mensaje es absurdo, porque uno puede tomarse 30 segundos, por ejemplo, cuando va al baño, mientras toma un trago de café, antes de encontrarse con su date del día, no sé, hay tantas variables.

Quizá la excusa menos usada era la mía: *"I wanted to disconnect from iMessage, Whatsapp, Instagram, Twitter, Facebook, Linkedin, Snapchat. Forever. So I didn't have an anxiety attack when I didn't hear from you for 78 hours, but I couldn't resist to check my phone 15 hours after airplane mode was on. I saw your message and decided to take my time to answer. What's new in the last month?"*, porque aprendí a contestar los mensajes con el tiempo totalmente desfasado, no porque estuviera *too busy*, sino porque decidí jugar y cuando se me pasó ese afán, se sentía delicioso contestar un mensaje o contactar a alguien cuando se me diera la regalada gana.

Como en ese momento el causante de mis angustias telefónicas era Ben, y no habíamos agendado otro encuentro, una noche me atreví a ir sola a un evento de JSwipe en el que básicamente estarían todos los judíos que veo en las fotos y les doy *swipe right* o *swipe left*. Era una fiesta grande. Llegué al *venue* en el Lower East Side, era un lugar muy amplio de dos pisos. Subí inmediatamente al de arriba porque el de abajo estaba muy vacío. Recorrí el espacio, haciendo la primera vuelta de reconocimiento para ver quién estaba y me senté en una esquina. Desde ahí pude ver a un cadenero y a varias personas bailando dentro de ese espacio, separado de donde estábamos los demás.

Volví a caminar entre la gente. Nadie me llamaba la atención, ni hombre para ligar, ni mujer para platicar. Bajé nuevamente y pedí en el bar un vaso de agua, me senté en una mesa sola y se empezaron a acercar solteros que de inmediato preguntaban si quería ir a cenar. La verdad no quería. Necesitaba ir al baño.

Llegó a la mesa un hombre de mediana estatura, de pelo negro, barba negra, de corpulento a medio gordito. Me miró y dijo que sonriera, y sonreí. Platicamos y me enteré de que era de Rusia, ¿cómo? No lo parecía, parecía más árabe que ruso. Me dijo que estaba en la mesa VIP con el creador de JSwipe que era un chico inteligentísimo de Miami, y que si yo quería, me lo podía presentar. ¡Claro que sí! Lo había visto en foto y era guapísimo, y sí, debía ser bastante inteligente.

Anuncié que iría al baño, pero él pensó que me iba a escapar. Le prometí encontrarlo ahí mismo en cinco minutos para subir juntos al segundo piso; al lugar al que un cadenero debía inspeccionar si en efecto eras *Very Important People* o no.

Llegamos y nos sentamos en el booth. El ruso me sirvió un vodka con jugo de arándano, sorbimos un poco y seguimos platicando. Me enteré de que era judío religioso, de familia jasídica y residente de Boston. El creador de JSwipe se acercó y el ruso me lo presentó. Platiqué con él un momento y dije que me interesaría colaborar de alguna manera en su proyecto. Para ese entonces ya me sentía una experta en *matchmaking*, ¿cierto? Y porque me di cuenta de que necesitaba un trabajo, una visa y estaba dispuesta a hacer lo que fuera, como ser *matchmaker*. Entre mi experiencia en Nueva York y mis genes de *matchmaker amateur*, podría cobrar mucho. Además, si podía reclutar solteros de Nueva York con solteros mexicanos, *there was my millionaire business!* Era claro que los judíos latinos estaban dispuestos a pagar por un buen matrimonio de sus hijos/sobrinos/nietos.

Todo eso pensé y por eso quería seguir platicando con el de Miami, pero él, entre tanta emoción, iba y venía. Le pedí su email cuando el ruso fue al baño, y después de dármelo se fue a atender a sus invitados.

Regresó el ruso, platicamos un poco más y noté que estaba bastante borracho. Me llamó la atención, porque era un hombre ortodoxo, y tengo entendido que en la religión no se debe emborrachar, salvo en ciertas ocasiones especificadas en la Biblia.

Cuando llegó el momento de irme, él se quiso interponer y me sirvió otro vodka con el jugo de quién sabe que, le di dos o tres sorbitos y me levanté para irme. El *matchmaker* de Miami estaba ocupado en una sesión de fotos. El ruso insistió en acompañarme hasta la calle que estaba llena de borrachitos y de parejas que se habían formado en la fiesta. También estaban los "rabinos" tratando de ensartar un pedazo de Biblia, un pedazo de libro de rezo en nuestras manos, para que a cambio sacáramos un poco de *cash*. Eran las dos de la mañana. ¿Qué hacían los "rabinos" allí?

El ruso me pidió, arrastrando las palabras, mi teléfono, pero ni me dio tiempo de negárselo, cuando me plantó un beso embriagado. Fue un beso demasiado alenguetado que no me esperaba. Me despedí y caminé hacia la avenida, cuando escuché el sonido triunfal del vómito. Giré por curiosa. Era el ruso jasídico, vomitando después de besarme y cerca, muy cerca de los pies de quien vendía los rezos. En vez de tomarme personal su vómito después de mi beso, crucé Delancey Avenue repitiendo la escena en mi cabeza y la paradoja del hombre religioso haciendo todo lo que no debía: besar a una mujer con quien no se ha casado y expulsando todo lo que su estómago no podía digerir en los pies de quien en sus manos cargaba las palabras sagradas de su rezo. *Swipe left* para el ruso.

Yo rezaba que mi flamante esposo no se echara para atrás y me acompañara a México a satisfacer los ojos de mi sociedad. Y a ese pensamiento le di *swipe right*.

La regla de la quinta cita

Diez días después de la primera cita finalmente me encontré con Ben, que me citó en un *sports bar* en Midtown East, y desde que llegué noté que algo andaba raro. Se comportaba distante, movía la pierna derecha nerviosamente. Hablamos de su fin de semana y del mío, planes para el resto de la semana y para el próximo fin. Hablamos de la cartelera de cine; yo quería ver *Birdman* y *Whiplash*. Él había visto *Birdman* y no parecía entusiasmado con el trabajo de González Iñárritu. No parecía entusiasmado con nada. Sugirió que quizá podríamos ver juntos *Whiplash* el domingo y utilizó una expresión que no entendí, pero en su explicación era "ya veremos". "*Ah, so we play it by ear, no?*", pregunté y afirmó desganado.

Me pareció raro. Aquí todos *bookean* a otros con varios días/semanas *in advance*, y aunque prefiero los planes espontáneos, me alarmó su *non-booking*. Me alarmó, más que nada, la inapetencia contraria a la primera vez que devoraba planes a futuro.

Apuré mi copa de vino y empezó la interacción física. Ben besaba apasionadamente, yo me entregué a ese lugar íntimo en el que desaparecía el miedo al "qué va a pasar", el temor del pasado, y me permití tocar y ser tocada en ese espacio donde sentí que me decía con la boca que todo iba a salir bien. "*What I love about you is that you smile all the time*", dijo. Sonreí halagada, seguro tenía los dientes morados por el vino y los labios hinchados por sus pequeños mordiscos. "*I will always find reasons to make you smile. Always*".

Ben planeaba hacerme sonreír siempre como planeando un futuro lejano, pero no sabía si el domingo iríamos al cine o no. *I'm not getting it*, ni la sequedad inicial, la elección de bar donde había diez televisiones con programación deportiva que lo distraían. Estaba confundida. Entonces bebí más vino.

Tomé en total tres copas, y nos fuimos después de un par de horas. Compartimos un taxi al sur de la Segunda Avenida. El camino lo pasamos de largo entre besos lo suficientemente apasionados como para que me dejara deseosa. Se bajó del taxi amarillo y buscó su cartera, hice con las manos un ademán de que no recibiría dinero y sonrió, entró al taxi de nuevo a besarme y susurró: "*I can't wait for us to be on the fifth date to have you in my bedroom*". ¿Y por qué no ahora, o la siguiente? ¿Por qué no en la sexta o la décima? ¿Por qué no cuando se dé y tengamos ganas? Si la regla, que ya había escuchado, era que una pareja normalmente se acuesta a la quinta date, los gringos que piensan así están jodidos, los gringos que piensan así no fluyen, *therefore*, los gringos que piensan así no son para mí. Pero él sí era para mí porque tenía diez de calificación. Pidió que mandara un texto al llegar a casa y me dio un último beso. Estaba borrachita, calientita y feliz.

> Home!

> Good! Thanks again beautiful. I always have fun with you.

Desperté los siguientes tres días sin texto o palabra de Ben. América ya estaba descubierta antes de nosotros. *He is just* más de lo mismo. Un *player:* yo estaba exhausta. Aunque provenía de la agencia, aunque había pagado miles de dólares para *settle down*, aunque Angela y compañía lo negaran, Ben sabía jugar y no me quedó más remedio que entrar al juego con él.

"Yo no entiendo por qué estás allí sufriendo", decía mi amigo gay, con quien hablaba a menudo. El amigo con el que mi familia quería que me casara porque nos llevamos bien. Aunque fuera gay. "Por lo que pagas aquí, allá puedes vivir en una mansión." Él conocía mi situación al derecho y al revés. Vivía con poco dinero, pero vivía en Nueva York. Claro que con estas rentas absurdas podía vivir en un palacio mexicano con ama de llaves, mayordomo y tres choferes, pero el Distrito Federal no era Nueva York. Había algo en la energía de este lugar que me movía a la confrontación, a vivir "incómoda", a triturar mi identidad para reconstruirla y a buscar extender mi estancia.

Me encantaría ser conformista. Mi vida sería mucho más fácil. Soy demasiado exigente, sobre todo conmigo. Capataz Capricornio doble, *remember?* No sufría, como decía mi amigo. Claro que era *challenging*, era un desafío a mi pasado y al cuento aprendido de cómo debía ser la vida. Nueva York era la plataforma para pulverizar viejas costumbres. Regresar para vivir en una mansión mexicana, enclaustrada en manías cultivadas miles de años antes y una sociedad que no me hacía sentir tranquila, libre y normal, tampoco. No por el momento.

Más bien, me dediqué a buscar alternativas para trabajar, legal e ilegalmente. Abrí mi email para escribir dos correos y me encontré en mi bandeja de entrada con el que había enviado la rusa Ekaterina: *"Sorry we can't hire teachers without a working visa"*. ¡Ashhhh! Ya me había olvidado de aquella lucecita de esperanza que me entregaba un poder especial para que con mis pininos escalara la ladera infinita de *"If you can make it here..."*. Con el sueldo de maestra de piano para niños necesitaba dar 15 clases a la semana, 58 clases al mes solo para pagar mi renta. Sin una sola comida, ni pasaje del metro, ni nada de nada. ¿Hubiera tenido Ekaterina esa clase de demanda para que yo pudiera cubrirla?

¿Qué importaba ya? No tenía visa. Ni trabajo.

Escribí dos correos: uno a McPato, para insistir que regresara a sus clases de respiración y movimiento, pues ya habían pasado muchos meses desde que no recibí respuesta al último correo. Era un fastidio siquiera pensar en sus miradas raboverdosas y en mi traje de buzo/astronauta, pero yo necesitaba dinero y dar clases de yoga era lo que sabía hacer.

El segundo correo lo dirigí al *matchmaker* de Miami. Quería trabajar en su empresa y en el *online dating*, poner todos mis conocimientos a prueba y hacer dinero. Porque me empecé a preocupar demasiado por mi situación económica.

Haría lo que fuera: incomodarme cada que McPato me viera y hacer un trabajo de casamentera en el que en realidad no creía. Pero sabía muy bien cómo hacer ambas cosas: estar perfectamente irritada sin que nadie lo notara y pretender que yo sabía lo que dos personas querían, o sabían del amor.

El mantra No-Sé

No sé qué me dolió más: si haber ignorado mi intuición o haber depositado millones de expectativas en Ben, que cumplía con los requisitos del papel y se hacía para atrás cuando faltaba poco para mi viaje a México.

Llamé todos los días a Angela, desesperada por saber si había escuchado algo, y si teníamos otra respuesta además del silencio. Después de cinco o seis días de llamadas diarias, yo lloraba y me retorcía de coraje, narrando a Angela todos los detalles de la última conversación. ¿Qué dije? ¿Sonreí demasiado? Él siempre habló de mi sonrisa, sí, debió ser eso.

"Tery, we spoke to him and he says you never replied his text. You have to reply!" Me desconcerté. Fui yo quien mandó un mensaje diciendo "gracias, la pasé fenomenal" y demás, y él había contestado que siempre la pasaba bien conmigo. Vi la mensajería del teléfono haciendo una mueca. ¿Cuándo se acaba la conversación?

"Text him and invite him to do something." Seguí instrucciones. Hablamos por teléfono. Ben sonaba emocionado de ir al concierto de Billy Joel esa noche con un amigo, y más aún, que había conseguido boletos en una ganga; me habría encantado ir pero no me invitó. Quedamos para el viernes. *I'm back in the game, fiu!*

El viernes por la mañana apareció en un texto diciendo que se sentía mal y que por supuesto no quería contagiarme, que reagendáramos el encuentro. Contesté *"Get well soon"* y dijo gracias. Llamé a Angela: *"He cancelled the plans, now you have to wait until he contacts you"*. Esperé en vano.

El hijo de mi prima había nacido y era momento de viajar a México con las manos vacías. No sé qué me daba más rabia, si haber intuido al *player* y haberlo disfrazado, porque era un cliente Deluxe, o que se disipaban abruptamente las ilusiones de entrar al evento familiar colgada de su manga, de él o de quien fuera, qué importaba.

Tuve que llenar mi maleta con toda la desilusión que cabía en mí y volar al Distrito Federal a enfrentarme con preguntas para las que no tenía respuesta.

Tampoco tuve respuesta de McPato. Y el *matchmaker* de Miami me dio largas para reunirnos en sus oficinas de Williamsburg. Mi intranquilidad iba *in crescendo*.

Mi tiempo en Nueva York se quedaba sin oxígeno. Necesitaba un plan C. Porque el B era el de convertirme en Mozart y también estaba fracasando. La cartera se vaciaba, en poco tiempo saldría el sol de la primavera, pronto se derretiría la nieve y yo aspiraba a quedarme allí por siempre, pero antes debía sacudir los sueños vacíos e ir a confrontar un hilo incesante de preguntas.

¿Cuándo regresas? No-Sé.

¿Cuántas veces escuché esa pregunta? Innumerables.

¿Cuándo vienes? No-Sé.

¿Cuál es tu plan? Ni idea.

¿Y el n-o-v-i? La pregunta no se verbalizaba. Porque yo estaba dispuesta a matar con una mirada.

El sistema de creencias
es intravenoso

La incertidumbre me daba ansiedad. Fui a Nueva York por seis meses a encontrar un marido adecuado a mis expectativas. El tiempo corría y no tenía pretendiente. Quería quedarme en Nueva York y familiares y amigos querían saber cuándo regresaba, cuál era el gran plan, cómo le iba a hacer, con qué dinero viviría, qué seguiría.

No sé, no sé y no sé. No voy a hacer nada, no voy a decidir más que a dónde iré hoy. Los días se pasan rapidísimo en esta ciudad, las horas corren, los meses levitan, el tiempo vuela y no haces nada. Eso no se puede en Nueva York, aquí respirar cuesta caro y vivir en el presente sin planes a largo plazo cuesta dinero y salud emocional, pero da otras cosas como libertad de movimiento. La incertidumbre es de todos, está en la vida; no se puede hacer de lo incierto una promesa "para siempre". No hay certezas para nadie, no solo para los que vagamos por la vida sin ver más allá del plan de seis meses.

Y lo que decidí hacer ese día fue ir a comprar una ensalada de cous-cous y un hummus en la tienda de la Avenida C y la Calle Nueve en preparación a mi viaje a México.

Regresé a casa con una bolsa y dos tuppers de plástico y a regañadientes arrastré la maleta por el pasillo. No quería ir al aeropuerto. El taxi llegó por mí a las diez de la noche. Rechiné los dientes y me acordé, todo el camino a JFK, de un tío que se casó "muy grande". Creo que tenía 37 años; no pude dejar de pensar en lo absurdo de todo aquello.

Entre más grande te casas, es peor. Te vuelves más exigente y es más difícil encontrar a tu esposo(a). Escuché infinidad de versiones distintas de eso. Por eso no lo pongo entre comillas, por eso no cito a nadie, ni le doy crédito a alguna persona en particular. Está en el inconsciente colectivo. Entre más grande seas, menor probabilidad tienes de contraer matrimonio o encontrar el amor.

¿Así o más estúpido? El problema es que esa frase se me metió en la piel desde que era chica porque cuando mi tío tenía 35 o 36 años y no se había casado, yo tenía 19 o 20 y también era mi turno. Pero la atención estaba en él, o sea... *What's wrong with him?* ¿Es gay? ¿Está en drogas? Debe ser un marihuano si vive en la Condesa solo. Así los rumores.

Mi tío finalmente se casó a los 37 años. Muy, muy "grande". Se casó con una mujer judía, mexicana, amiga mía. Además de casarse, probó ante todos que no era gay, ni un pacheco sin causa. Ah, ¡qué tranquilidad para la familia!

Él es hombre. Las diferencias entre hombres y mujeres en una sociedad machista, sexista y demás son abismales. Soy mujer en sus *early 30s*, los rumores deben de ser exquisitos: que soy lesbiana, que tengo un novio que no es judío, que ya me quedé para vestir santos, o que soy puta.

No sé si alguien advierte que entre más grande seas, más creces internamente, más te das cuenta de quién eres y qué quieres. Menos te apresuras a casarte "por casarte" y "por salirte de casa de tus papás", por cierto, la idea más ridícula que vi ejecutarse ante mis narices no una, sino muchas, muchas veces. Entre más grande, menos dejas caer tu mente en el abismo de la presión social.

El problema más interesante de "ser grande" y no estar casada era para mí la expulsión del sistema. ¿Con quién me identificaría? ¿Quién era si la tribu que me crio de un momento a otro me despreciaba? Era un meollo de identidad pero, sobre todo, de pertenencia. Qué miedo más intolerable no saberme parte de aquellas creencias que me insuflaron vida, y de hacer un golpe de Estado a todo lo que no funciona con mi verdadera esencia.

¿Quién era yo entonces? ¿Cómo le haría para abrirme al libre fluir? ¿Cómo reclamaría la individualidad? ¿Cómo encarno el lema "Si la vida te da limones, haz limonada"? Pues la vida me ha dado una larga soltería, y yo he hecho de ella lo que me ha venido en gana.

Mi tío... Me acuerdo lo que sufría con este tema; aunque él sea hombre y yo mujer, este sistema de creencias es intravenoso, y aunque estemos conscientes, rebelarse es traicionar al sistema, y como dice el refrán: "La sangre es más espesa que el agua".

Todo eso pensé en el camino oscuro de Alphabet City a JFK.

No puedo, sí puedo...
Cami: ¡vámonos!

Los *red eye flights* son tortuosos y desgastantes. No puedo dormir, no puedo moverme, no puedo pensar por el cansancio, me da hambre, me da frío, me da sueño. Siempre he odiado a la gente que duerme profundo en el avión, aunque afortunadamente me tocó la fila 22 para mí sola. Saqué el cous-cous y el hummus que había comprado y los comí desde el pequeño recipiente de plástico. No me los terminé porque eran como las dos de la mañana y mi apetito no era vasto.

Vi la ventana, escribí frases insulsas en las notas de mi iPhone y me empecé a marear. Dejé el celular en el compartimento frente a mí y vi la bolsa para el vómito. Me acosté en los tres asientos de mi fila y traté de respirar; el mareo se intensificó al punto de sentir que me iba a desmayar. Me levanté como pude solo para tocar el botón y llamar a la sobrecargo.

"Me siento muy...", susurré retorciéndome en los asientos. "Señorita, está usted pálida; muy pálida", dijo la sobrecargo y enseguida llamó a la otra. Entendí que necesitaba ir al baño con urgencia; me ayudaron a levantarme y tomaron mis manos para que pudiera caminar por el angosto pasillo hacia el baño trasero. Tenía diarrea. Regresé a mi lugar y me acosté, pero no me sentí mejor.

Las sobrecargos iban y regresaban: me trajeron agua, una Coca-Cola con las burbujas más desmayadas que yo y un algodón empapado con alcohol. Casi todos los demás pasajeros dormían. Faltaba media hora para aterrizar.

El personal del avión tomó la decisión de llevarme a la primera fila. Estaba a punto de caerme. Me preguntaron diez veces seguidas: "¿Cómo se siente?"; y una sola vez: "¿No estará embarazada?" La quise matar porque, uno, ella no podía estar contribuyendo a la presión que ya de por sí sentía y, dos, no había tenido sexo desde que había llegado a Nueva York. No pude contestar cómo me sentía, pero negué con la cabeza cuando escuché lo del embarazo. Escuché que una dijo a la otra: "Es que sigue muy pálida". Casi todos los pasajeros habían despertado y miraban hacia la primera fila donde mi drama sucedía.

Les rogué que me dejaran ir al baño, pero estábamos a diez minutos de aterrizar. Decían que la negativa era por mi seguridad, pero me levanté y se resignaron a acompañarme, no aseguré la puerta, en caso de que si algo más serio pasaba, pudieran entrar a rescatarme. Volví a tener diarrea. ¿Era el cous-cous y el hummus? No había comido ni carne, ni pollo, ni pescado en las últimas 72 horas.

Aterrizamos y escuché cómo llamaron al servicio médico, pero en ese instante supe qué hacer y sin preguntar me acosté en el piso de la primera fila y subí los pies contra la pared. Cupe en el pequeño espacio por todos los años que llevo practicando yoga. Los pasajeros fueron saliendo de uno en uno. El personal del avión resolvió que necesitaba una silla de ruedas para salir. Seguí oliendo alcohol. Me empecé a sentir mejor.

El servicio médico jamás llegó. Me llevaron en silla de ruedas hacia las maletas, y de ahí salí a tomar un taxi. Apenas amanecía en el Distrito Federal, no tenía SIM mexicana para llamar a mi madre. Me tomó 50 minutos llegar a su casa.

Llegué al poniente de la ciudad arrastrándome como bulto, le platiqué a mi madre lo que pasó en el avión. Me dormí en el sillón de la tele muchas horas, mi madre me tapó con una cobija gruesa y la certeza maternal de que todo estaría bien. Desperté y seguí sintiéndome mal. Me ofreció ir al doctor, pero no acepté. Atribuí mi malestar a los nervios de venir a México. Acepto, a veces soy hipocondriaca, pero también sé reconocer cuando algo es meramente una somatización.

Al día siguiente fui a recoger a Cami. Me urgía verla, abrazarla y besarla. Me vio y vino a escalar mis piernas, de las rodillas a los muslos, como si estuviera pataleándome. Eso fue todo y luego se fue a ignorarme. Estaba enojada; con toda la razón. Ella, que es mi familia más cercana, debía venir conmigo a Nueva York, debía ser parte de esta aventura, porque ella es mi hija adoptiva, y yo, que soy la adoptada de su corazón, la necesitaba junto a mí, mucho, todo el tiempo.

Los días pasaron, y como no me sentí mejor acepté ir al médico. El doctor Seluani era el médico familiar por excelencia, conocía a todos los miembros de la familia, y quizá de la comunidad judeo-damasquina. Él era miembro de la comunidad judía proveniente de Alepo. En México, la separación entre comunidades es vergonzosa; nos separamos por lugar de origen. Una comunidad de 40 mil miembros se divide en cinco comunidades. Antes, en la época en que mi madre se casó, no era bien visto casarse entre miembros de diferentes comunidades. Tenían que ser de la misma.

El doctor me examinó. Mi panza estaba inflamadísima. "A ver, respira profundo, relájate un poco y ahorita regreso." Volvió y vi preocupación en sus ojos: "¿Es cáncer?", pregunté como lo hago siempre después de que mi padre murió. El doctor me miró, entrecerró los ojos, movió la cabeza de un lado al otro con una media sonrisa. Cuando me senté frente a su escritorio, vi que escribió siete diferentes estudios de sangre para identificar qué pasaba conmigo.

Mi madre, que estaba sentada en la silla de junto, dijo: "Cuéntale a Natán a qué te fuiste a Nueva York y por qué estás tan estresada". Comencé a narrar la historia del piano, pero mi madre, que ya no preguntaba "¿es él?" y no sentía la prisa de que yo me casara como antes de que mi padre muriera, me miró con el rabillo del ojo, me quedé inmóvil y conté al doctor los detalles de la historia real.

El doctor Seluani rompió frente a mi cara la receta con los siete estudios, me prescribió un antibiótico y dijo: "Vete a Nueva York a tocar piano, a ser feliz y a hacer lo que quieras. No te dejes llevar por la presión".

Desconfié un poco del doctor, o sea, de siete estudios a nada. El médico pensó que lo mío era solamente emocional, psicosomático. Mi madre pensaba lo mismo. El doctor no nos cobró la consulta. Me prescribió un antibiótico y que fuera capaz de soltar todos los nervios que se acumulaban en mi estómago.

De ahí mi madre y yo fuimos a tomar un café al nuevo Magnolia Bakery, recién abierto en Polanco. Bueno, yo tomé un té herbal. Le compramos unos cupcakes al médico para dárselos en agradecimiento. De pronto, me entró pánico de encontrarme a Matthew, que había desistido de escribir cuando cambié mi Whatsapp al celular americano. ¿Y si lo veía? Él dijo que quizá estaría embarazada cuando nos viéramos la siguiente vez. Yo no estaba ni cerca de tener una barriga de ese tipo. Solamente la panza de mis nervios, curados por el "permiso" que me daba el doctor de mandar al carajo la presión.

Recibí un correo por parte de los señores/vecinos pianistas: había un evento esa noche al que otro doctor, el doctor/pianista asistiría y querían aprovechar la oportunidad para presentármelo ahí.

Llamé para decir que estaba en México; me volvieron a recordar de la gala de la fundación a finales de abril. Confirmé mi asistencia porque sabía que por lo menos me quedaría en la Gran Manzana en la primavera. Colgué y empecé a sentir ánimos. Algo excitante me esperaba en Nueva York.

Fui a la fiesta de mi prima, la que se casó siendo un vestido de moda, y que ahora celebraba la llegada de su cuarto hijo. Yo, siempre, iba sola a cualquier evento social. La mujer fracasada en el amor. Dentro de la comunidad nadie acostumbra ir a bodas y fiestas acompañados de un amigo, amiga o date, porque si no, ¿cómo se van a identificar los solteros con las solteras? Casi había que cargar con una bandera de soltería para que "los muchachos" te vieran. Era un fastidio.

En una ocasión, años antes de irme a Nueva York, le pedí a Zach, un amigo gringo que vivía en la Ciudad de México con el que a veces salía, un hombre un poco mayor que yo, castaño, moreno, de ojos grandes seductores y un lunar sexy muy cerca de la fosa nasal derecha, que me acompañara a una boda. Estaba harta de ir sola. Mis amigos y los esposos de mis amigas se dedicaron a emborracharlo, y yo a contestar las preguntas de las mujeres:

—¿Es tu novio?
—No, es mi amigo.
—¿Es paisano?
—Sí.
—¿De mamá y papá?
—No sé, creo que sí.
—Se ven muy bien juntos... ¿va a ser tu novio?
—No creo.
—Bueno, ¿ya te lo cogiste? Está bien guapo.
—Nope.
—¿Y qué esperas?
—No me dan ganas. Es mi amigo.

Claro que mis amigas no entendían nada. ¿Cómo era posible que un hombre y una mujer solteros no fueran novios ni amantes? Por un lado, me arrepentí de llevar a Zach, exponerlo y exponerme así. Pero por el otro, me dejé de ver como víctima de la circunstancia y expuse algo que para mí era real: salía con muchos, y unos nada más eran buenos amigos y los podía invitar a una boda, a una cena o a un viaje. Sin tanto análisis, *It is what it is.* Las cosas se dan o no se dan.

De vuelta al evento de mi prima, utilicé la coartada del piano para los asistentes que solo eran conocidos o amigos, obvio. A la familia le dije que en Estados Unidos las cosas funcionaban diferente; les conté de las reglas de no exclusividad y vi cómo se levantaban cejas de incredulidad "es que los gringos están locos".

"Pues ya regrésate para acá", dijo mi tío, el patrocinador del viaje. El que siempre me comparaba con un vestido. Le hice una mueca y luego me aventuré a decir: "Ya no me importa pasar de moda. ¿Y sabes qué? Tampoco fui, ni seré nunca una simple prenda de vestir". A mi tío le importó un sorbete lo que le dije y repitió su propio mantra: "Pues te vas a quedar sola, yo sé lo que te digo". Después me miró desafiante, como si estuviéramos en una lucha de poderes por ver quién tendría la razón. Me fui. Tenía mucho por hacer.

Fui al departamento de Ometusco. Saqué todas mis cosas, lo dejé vacío en unas horas. Puse a la venta mi negocio de té chai en aquella concurrida esquina. Llamé a los especialistas en pianos que me habían traído a Don Steinway de la casona de la otra Teresa y lo mudé a casa de mi madre.

Cuando el piano estaba instalado, lo toqué. Me sabía todas las piezas de memoria, porque no sabía leer bien y, además, mis partituras estaban en Nueva York. No me podía despegar de Don Steinway. Tirarirai tararará, tarirari tarirará. Y también el nocturno de Chopin, el preludio de Bach y la introducción de la *Fantasía* de Mozart.

Llamé a Deluxe Match sentada en el banquillo del piano. Les pedí que me congelaran la membresía y que les avisaría cuándo habilitarla de nuevo por el tiempo que no la había usado. Marjorie me había dado esa opción desde el día que llegué y después de mi sesión de piano pensé que era lo mejor.

Escribí a Santiago mi proeza de haber memorizado todo pero, como su costumbre era llamar por teléfono, me llamó por Facetime y le mostré a Don Steinway, y reproduje para él, que conducía a Manhattan, todo mi ínfimo repertorio. Santiago aplaudió en medio del caos de lo que intuí era el tráfico de la isla.

Mi vitalidad regresó. Tenía que sacar a relucir una fuerza que no creía tener. Entendí que si quería reclamar mi libertad, debía quedarme en Nueva York con otro propósito: soltar de una buena vez la carga familiar.

Saqué del banco todos mis ahorros. Me alcanzaba para cinco meses más de renta. Se sentía tan diferente poder irme así, sin deberle nada a nadie. Con Cami viajando en el maletero cuatro horas y media, le tendría que dar una sobredosis de gotas de Bach para que estuviera tranquila, y administrarme yo otra sobredosis.

El frío pronto se iría al sur del Trópico de Capricornio y me tocaría ver el deshielo. Como si todo antes hubiera estado congelado, atrapado en el tiempo, en el espacio y en antiguas creencias que había que dejar morir.

Debía buscar un trabajo, una visa y una forma de quedarme eternamente en Nueva York. Hacer el negocio de chai en la ciudad más desafiante del mundo. El piano y Mozart ya no serían la coartada. Ahora iba a "hacerla" y no solo a que me fuera bien, no nada más a convertirme en una mujer acaudalada. Porque si no me iba bien económicamente, si no la hacía, tendría que regresar a una vida que no me gustaba en el Distrito Federal. Me hastiaba el tráfico, la contaminación, la inseguridad y la comunidad a la que pertenecía, tanto o más, que la aburridísima socialité mexicana.

Como si fuera la contraparte del fracaso amoroso, tenía todo el tiempo en mis manos, porque no tenía esposo e hijos que atender. Como mi enfoque no estaba más en la búsqueda de un hombre que me mantuviera, más me valdría cumplir con la nueva meta del viaje: ser millonaria.

Porque siempre hay dos vertientes en la vida de una mujer proveniente de un círculo tradicional: o ser la ama de casa que no tiene el tiempo para dedicarse a lo suyo, o depositarse en su trabajo y carrera como la única ruta de salvación. Como si con eso pagara al mundo la vergüenza de su triste fallo como "mujer".

Decidí no repasarme con keratina el pelo. Ya no quería ser lacia. Y viajé de regreso a mi cuarto/caldera cargando únicamente el kennel de Cami. Sin llevarme de vuelta expectativas ridículas.

O al menos, lo intenté.

SPRING

¡Vaya tormentita!

Manhattan me recibió unos días antes de que cayera otra tormenta de nieve, una diferente a la que no me había dejado viajar a México. Estaba helando, y las calles estaban apesadumbradas de tanto interminable invierno. De Blasio, el regente de la ciudad, mandaba *tweets* y mensajes previniendo a la población para comprar víveres y artículos que salvarían su vida en caso de catástrofe. La exageración americana con sus entonadas voces de alarmismo. Me inmiscuí como cualquier otra habitante y compré linterna, pilas, comida enlatada y agua. Los anaqueles de los supermercados estaban semivacíos, listos para dejar al pánico cundir.

Cami era nueva en el pavimento helado. Mi roommate no estaba en casa y otra vez tenía *the whoooooole apartment to myself*. Cayó la noche y las calles de Manhattan se vaciaron. Presenciar eso fue insólito: una ciudad con tanto movimiento de pronto se convirtió en un simple pueblo fantasma. Todos estábamos dentro de nuestras casas, aislados. Aunque estaba acompañada de mi rubia perrita, era imposible no sentir desamparo. La nieve cayó y cayó toda la noche llenando las calles de blancura que parecía espejear toda la luz del universo y alumbraba una vez más la raíz de todos mis miedos.

¿Por qué? ¿Por qué estoy sola cenando en mi departamento? ¿Por qué no puedo ser como aquellos dos que salen tomados de la mano, carcajeándose por no lograr desenterrar sus rodillas de la nieve? ¿O como las tres mujeres que toman fotos a las vías vacías, a sí mismas, en plan selfie pero acompañadas? Yo veo nieve pegada a mi ventanal formando estalactitas, estoy en una cueva recóndita. ¿Soy una cueva? ¿Soy la mujer que ruega por más aislamiento dentro de la infalible soledad? ¿Es eso posible? ¿Soy posible? El regente nos mandó a encerrar, y yo que soy isla y cueva nunca he tenido problema para acatar una orden así.

La rápida acumulación de hielo solo me provocó apetito; cosas calientes, sopas, huevos y la mayor cantidad de café, té chai, chocolatito caliente. Me sentí capaz de vender mi reino, que en ese momento ascendía a un par de maletas con ropa térmica, un teclado digital, varios libros con partituras para principiantes, un kennel y un perro, por un buen chocolate caliente; en mi alacena había cacao y leche de almendra. No lograría el espesor de atole que deseaba como doloroso acompañante.

Esa sensación me angustió. Era como quedarse atrapada en un solo pensamiento, recurrente y aterrador de que esto es y así será por siempre; que nada cambiará mi situación, aunque siga siendo una gitana del mundo, cambiando de direcciones, de ciudades y de países. Esta sensación se encajaba profundamente en el corazón y mi soledad crecería con cada minuto más de vida.

¿Por qué tiemblas así, Cami? ¿Qué te duele? ¿Por qué no puedes hablar? Habla conmigo, dime qué sientes, dime cómo te ayudo; ven, chiquita, ven aquí bonita, te abrazo. Si pudieras hablar, ¿me darías un consejo, Cami? ¿Dirías que todo estará bien?, ¿que seguiremos en la búsqueda. ¿Tú y yo, solas, venciendo tus malestares?, ¿adoptando, como si fueran parte de nuestra pequeña familia, a mis monstruos?

Estaba tan sola que hablaba con un perro. ¿Sola o loca?, al final da lo mismo porque no hay testigo, no hay quien con ojos juzgue la diferencia entre demencia o desamparo. Es lo que se siente, tan intenso y desgarrador mientras estalactitas de hielo se formaban en mi cara para el gusto de la cueva, de mis miedos, del monstruito "estás sola", que pasa tardes y noches tomando bebidas calientes conmigo. "Dale, vieja amiga, tráeme un chocolate caliente, ¿no ves que la nieve no me deja salir? ¿Ni entrar? No me permite el contacto con el exterior, ni con el interior." Es que el hielo me paraliza, no el miedo; la nieve es tan blanca que me apanica con su falso deslumbramiento. Mañana el planeta amanecerá divino para que al primer contacto con el ser humano se vuelva asqueroso, lleno de charcos con banquetas de nieve grisácea y montañas de hielo con profundidades no especificadas.

¿Por qué tiemblas tanto bonita mía? No te vayas, Cami, quédate en mis brazos; al menos tu cuerpo trémulo me da fe en que existen otras vidas que no son la mía, en que hay algo más que las nubes de pensamientos que me atacan con la misma fuerza de esta tormenta de nieve. ¿Era eso? Excremento diarreico con sangre. ¿Sangre?. En el piso helado y blanco, sangre de perro, la fría realidad. No hay forma de salir a la calle y la pobre no llega. Dos, tres, cuatro veces. Caca líquida y sangre. No se te ocurra morir esta noche, Cami, ni la siguiente, ni nunca. Tú eres el único otro ser que escucho respirar, quien me levanta poniendo su carita en el colchón y mueve la cola cada que despego mi cuerpo de las sábanas. No te desangres, por favor.

Moría por un chocolate caliente, como si fuera una droga, porque en verdad me faltaban adicciones. No uso ninguna sustancia para adormecer un poco los dolores, estas sensaciones tan inmensas. ¿Por qué no he comprado *cacao nibs*? Podría preparar una versión vegana y quizá un poco insípida de un chocolate estilo Abuelita. ¡Maldición!, ¡quisiera una abuela que me abrace!, una mujer mayor que me refuerce que este no es un camino tan malo. Que el sentimiento que ocupa mis células es pasajero, impermanente como todo, como cualquier cosa o energía de esta vida.

¡Cami, tú eres eterna! No te desintegres, por favor. No, todavía no. ¡Ay, tormenta! Pasé horas en Facebook ocupándome en ver videos de deliciosas recetas que llevan mucha crema y azúcar blanca, los muros de amigos que ni conozco, ni me importa qué están haciendo en esta tormenta, gente que he conocido durante este tiempo subiendo fotos de la cuantiosa nieve.

Dormí con Cami en mis brazos, y a la mañana siguiente empeoró. ¿Un veterinario?, pues creo que sí; a lidiar con la enfermedad, con la diarrea, con la sangre en el piso blanco y helado, con mi fría realidad. *"I can't go out, is the bleeding normal? That is very far, how am I supposed to get there?"* Y me solté a llorar cuando uno de los ocho veterinarios, uno mexicano, sin el alarmismo norteamericano, dijo que si no llevaba a Cami a revisar su condición, podría ser crítica, y hasta mortal. ¡No, Cami, tú eres eterna!

Mi gran chamarra de plumas y las botas largas de plástico para lluvia, ¿por qué dejé en México mis botas de nieve? Me congelé los pies y la voluntad, pero mi rubia flor de manzanilla era más importante. Cami, ¡no tiembles así! Caca con sangre en la nieve blanca. Lloré, lloré mucho. Quisiera compartir esto con alguien, que me acompañe al veterinario, que me diga si estoy siendo exagerada por salir así de casa. ¡Anda, bonita, camina! Esos ojos tuyos me van a matar de angustia. Te cargo. ¿Consideraría tener un hijo sola? *Ufff, I don't think so*. Ese pensamiento me hizo llorar más que la hemorragia de Cami.

Emergencias para animales. ¡Ah!, solo una gastroenteritis por quizá tragar la sal que esparcen antes de que la nieve caiga. *How much?, Oh no, I can't spend that much*. No sean exagerados, por favor, ¿549 dólares por revisión y medicamentos? No, no quiero que le hagan chequeo de sangre, tampoco que le hagan protocultivo, lo menos posible. ¿Ah, tengo descuento por ser mi primera visita? Qué maravilla. Sí, 152 dólares está bien, carísimo aún para el estándar de la medicina veterinaria mexicana, pero mejor que 549 dólares, *for sure*. Procedamos. Respiré mientras se llevaban a Cami, la eterna llama de amor y compañía de mi corazón a inyectar el agua que perdió.

Salí y junto a la clínica de emergencias para animales había un anuncio grande, una foto pomposa de un chocolate caliente espeso. ¡Ay, tormentita! *One dark hot chocolate with almond milk, please*. Me costó casi igual que la consulta de Cami, que mejoró al instante, y con mi chocolate caliente, también yo. Pronto llegará la primavera, pero mientras tanto Cami y yo andamos entre la nieve y nos tomamos fotos, en plan selfie, pero acompañadas.

Nadie debería morir en primavera

Mis días se embellecieron anhelando el sol de la primavera, la frescura del ambiente y la renovada visión de mi vida en esta ciudad. Buscando qué hacer, cómo hacerle y, sobre todo, para qué. Pensaba que las flores brotarían cuando oficialmente entrara la estación que toda la ciudad necesitaba urgentemente sentir en la piel. Pero no. La naturaleza tiene su propio ritmo y no estamos para planear qué ropa usar dependiendo de la fecha. No había nevado desde aquella tormenta que le dio la bienvenida a Cami.

La transición a la primavera fue una ridícula contradicción. El 21 de marzo, el día del equinoccio, las calles de Nueva York amanecieron nevadas y la nieve siguió cayendo hasta la tarde cuando Mahji exhaló por última vez.

Nieve y muerte el día que debiera ser florecimiento y vida. Copo y transición contra brote y nacimiento. Todo es al final lo mismo, solo que con distintos matices. Estaba devastada, otra vez. No sé si era la blancura de la nieve y la sensación fría; volver a salir a la calle con las malditas botas de todos los días y el abrigo/edredón que no me quitaba en meses, o que me dolía el alma y me tocaba el corazón saber que Mahji partía. Una mujer joven, madre de un adolescente, bella como las ninfas, la puerta a una feminidad distinta a la que conocía, mi roommate en San Francisco por un mes, mi querida amiga.

Toda la mañana la pasé contemplando la caída de la nieve, tan desordenada y caótica, no tenía sentido que nevara el día de la primavera. Miré el árbol del parque Tompkins frente a mi cuarto: las ramas vacías y frágiles cargando la espesura blanca mientras se anunciaba la pronta partida de Mahji. Me contactó uno de nuestros compañeros de San Francisco para contarme de la súbita enfermedad y la inminente partida. No tiene sentido, nada tenía sentido ese día.

Toda la ridiculez del universo se concentró frente a mis ojos: no podía nevar así y no podía ella morir así. No podía revelarnos con su partida que somos mortales, no podía ser tan contundente como para recordarnos que estamos en esta vida por poco tiempo y la existencia no nos la garantiza la edad, la práctica de yoga, las vitaminas, la proteína, el veganismo, el paleo, la meditación y el buen cuidar del cuerpo. No podía ser ella la que me daba ese mensaje, ¿o sí? Madre espiritual, maestra de vida. Me dolía el cuerpo. Soy mortal y tengo frío.

Las nubes dejaron de precipitar su incongruencia helada y blanca por la tarde. Salí a dar un paseo por el parque, después de que se anunciara la última respiración de Mahji. Lloré 25 minutos sin parar. Esa mujer había sido una de las más influyentes en mi camino. Comencé a sentir calor de inmediato, era urgente disimular que unas horas antes había caído una tormenta de nieve; me quedé inmóvil en una banca del Tompkins Square Park viendo cómo la nieve se derretía y el concreto succionaba la humedad hasta que no quedó ni el más pequeño rastro de que aquel día nevó en Nueva York. Igual que la muerte de un ser querido cuando, de pronto, el universo lo succiona y permanece frente a la mirada atónita toda su esencia, pero desaparece por completo el rastro de su presencia física.

La nieve y la muerte, ¿es eso lo que significa cambiar a la primavera?, ¿dejar morir todo para florecer?, ¿es renacer?, ¿es llenar la tierra de aquel hielo fino dos minutos antes de hacerla reverdecer?

Qué ridículos los que mueren en primavera. Como mi padre que escogió un día cuando las jacarandas eran lilas, abundantes y magnánimas; un día en que llovió y salió el arcoíris; cuando las nubes eran góticas y espesas, casi negras, en medio de un cielo claro y abierto.

Qué absurdo. No debería morir la gente cuando tantos pájaros cantan al mismo tiempo. La gente solo debe morir cuando las hojas caen y el viento es gélido, cuando hay que salir batallando con las botas de nieve y los edredones puestos. Nadie debería morir en primavera cuando la belleza del florecimiento es inexplicable y cuando la tierra nos enseña con cachetadas coloridas a los ojos lo que es realmente la naturaleza de la vida. ¡Qué tristeza!

Algo en mí moría aquel día. Algo en mí se aligeraba, se despojaba del edredón, del espesor del suéter, de la delgada ropa térmica. Caminaba por el parque mientras se deslizaba la ropa pesada y se absorbía en el suelo junto con la nieve del 21 de marzo. Qué espectáculo. Qué ridículo espectáculo. No podía ser más intolerable la belleza del dolor, el hilo frágil del que pendía mi pequeña existencia.

Quise meterme debajo de las cobijas blancas de mi cuarto frente al parque a deglutir la noticia, pero en su lugar me puse los zapatos de tacón y fui al consuelo de mi novio y, con las manos convulsas, medio toqué el *Preludio No. 5* de Bach, una pieza que siempre me ha parecido una lucha contra la vida hasta al final rendirse y encarar con gracia y tranquilidad la muerte. Se la dediqué a Mahji, a mi padre y a todos los que habían muerto en primavera.

¿Qué importaba si encontraba o no esposo?, ¿o si lograba convertirme en *self made millionaire*? Me quería quedar en Nueva York indefinidamente. Quería ver cómo el árbol frente a mí cambiaba de botoncitos rosas a copa completamente rosada, y luego a verde de plantas abundantes. Quería ver todos los personajes extravagantes que caminan por las banquetas. Quería pagar la renta como pudiera, leer bajo un árbol y caminar por las largas avenidas; andar con Cami entre las luces blancas de la ciudad, hasta perder el rumbo y reencontrarlo sin prisa muchas horas después. O años después. ¿Por qué la tendencia a acelerar todos los procesos?

Quería absorber Nueva York con todos los sentidos y quería quedarme bien plantada en mi vida. Mi corazón me dolió pero algo se aligeró, un tono colorido y nuevo se abrió dentro de mí el día en que Mahji murió.

A florecer como
cherry blossom

Seguí atentamente la transformación del árbol que tenía frente al cuarto: las ramas vacías, los primeros botones rosas hasta el nacimiento de la copa verde y frondosa. Qué fascinante cómo de la ausencia total brota, en calma y a tiempo, la vida y la belleza. Miraba ese árbol desde la ventana, en la caminata a 9th Street Espresso por mi café y el paseo matutino de Cami, cuando cruzaba el parque para ir al metro o cuando regresaba a casa de cualquier lugar, analizaba los cambios de las ramas por hora y por día como si fuera una experta. Era lo más impactante que había visto; extraía toda la información que podía, como si el árbol fuera yo, que también tenía pequeños cambios, por minuto, por hora, por día. Y como si la primavera fuera la ciudad de Nueva York:

Yo, un *cherry blossom*, un pequeño *sakura*, que en Japón simboliza la esperanza, el amor y la pasión, brotaba así:

1. Mi primer botón de cambio fue la reafirmación de que en Nueva York podía darle rienda suelta al individualismo. Ser egoísta sin arrepentimiento. Brotar anónimamente en la sociedad como una flor más.
2. Estaba dispuesta a hacer lo que fuera para lograr el cometido del punto número uno. Es redundante, pero así es la vida que

crece en los árboles, un botoncito de flor parece idéntico al anterior, aunque no lo es.

3. Estaba aterrada de intentarlo. Como los botones que se quedan más tiempo cerrados y se mueven a su propio ritmo para abrirse.

4. La misión de encontrar el matrimonio perfecto en seis meses era como la rama calva, y ahora aparecía vida nueva. *If you can make it here, you can make it anywhere.* La nueva misión era encontrar un árbol con dólares colgantes.

5. El que más sentí florecer era el único botón que tenía un lugar específico en mi cuerpo: el clítoris. No sé qué hacía la primavera; el verdor, la polinización, las flores rosas que caían sin morir en el momento de máximo esplendor, lo ilustrativo-fálico de los capullos. Sentía la sexualidad floreciendo en la piel.

6. Desactivar el botón de la casilla "judío" de los requisitos en OkCupid, y desaparecer mi cuenta de JDate, o más bien, dejar de pagar la membresía.

7. Y lo hice.

No sé qué tanto estaba dispuesta a admitirlo. Aquello o cualquier otra cosa que las flores rosas dentro de mí comunicaban. Nunca había presenciado la entrada de la primavera tan vívidamente, e inhalado el aroma exuberante de lo que nace. Qué caliente, qué calor.

¿Quieres… jugar?

Reapareció Ethan, el de OkCupid que llegó a nuestro famoso encuentro en Starbucks y de inmediato se fue. Quería lo mismo: venir a mi casa a la mitad del día. Por lo que sabía de él, trabajaba en la industria joyera de la Calle 47, a mi parecer, el lugar más aburrido de la ciudad. *No wonder* por qué podía salir a la hora que quisiera de la oficina.

> Wanna play?

Lejos de ofenderme porque jamás llegó a tomar el café conmigo, comencé a pensar seriamente su propuesta. ¿Podría tener sexo con alguien que jamás hubiera visto en mi vida? ¿Que nada más hubiera visto en una foto donde sale con la mitad de la cara tapada? ¿O en aquel breve vistazo que le eché en el café cuando pasó frente a mí antes de irse? Algo de eso me prendía. *What's wrong with me?*

La respuesta es que sí podría, pero seguí con la misma oferta: vernos antes para ver si había "onda", "energía" o cualquier cosa que me convenciera de que no estaba por cometer una locura.

Ethan se negaba rotundamente a aceptar mi oferta. Él quería evitar cualquier otro encuentro que no fuera el sexual. ¿Estará casado? *Who knows?* El hombre judeosirio divorciado afirmaba que no, pero diario texteaba: *"Play time?"*

Estuve dispuesta a fijar una fecha exacta para darme por vencida. Es decir, si el hombre de mi vida no asomaba sus narices antes del plazo elegido, tendría un hijo sola. *That's it!*

Pero a lo mejor no taaaaan sola. Había hablado con mi amigo gay sobre esta posibilidad. Nuestras familias aprobarían el trato. Pero no me tenía que casar y crear toda una faramalla para tener un hijo con él. "Ustedes ténganlo, yo se los cuido mientras se van a hacer sus películas", decía la madre de él, "yo lo cuido cuando vayan a ganar sus premios a Cannes". Ella hablaba en serio, yo lo pensaba como una alternativa interesante, porque además dentro del plan no iríamos a Cannes a asolearnos y comer *Croque Monsieur* frente al mar, iríamos a ganar premios. *How tempting!*

Esta idea fue creciendo en mí, lo del bebé con mi amigo gay y, por supuesto, lo de Cannes. Lo que no sé es por qué la compartí con mi primo menor que visitaba la ciudad. Él se había casado a los 22 con su novia de 17. "Es una excelente idea", dijo mientras masticábamos pedazos de atún *toro* y sashimi de *salmon belly*. "¿Pero, cómo?", pensó un momento mientras el pescado se derretía en mi boca y yo experimentaba un pequeño orgasmo en las papilas gustativas: "¿Piensan vivir juntos?, ¿casarse?" No, no, no. No iba a permitir que ese verbo conjugado cuando comía sushi me arrancara el festín de sabores en mi lengua.

"Claro que no", dije cuando la mantequilla del pescado se había absorbido y daba un traguito a mi sake. "Es importante que el niño crezca con su papá y su mamá; que despierte un domingo y pueda ir corriendo a su cama." Tosí para no reírme.

Pobre de mi hijo, entre la abuela que lo cuidaría mientras sus padres iban a ganar premios, y el primo que quiere que monte la escena dominical para que el niño desayune todos los días, especialmente los fines de semana, unos *pancakes* con un kilo de miel y otro de mentiras, mejor no traerlo al mundo.

Hablando de hijos, conseguí un trabajo de niñera. Debía presentarme en su casa dos veces a la semana. Me pagaban 20 dólares la hora. Los niños eran de diferentes edades: la de ocho y el de uno y medio. La grande sabía todos los secretos para calmar al niño. Me encantaba pasar tiempo con ellos. Me recordaba a mis sobrinos. Me recordaba las ganas que me daba ser madre. Pero a comparación de lo que cobraba por una hora de clase de yoga particular, entre 100 y 150 dólares, dependiendo el caso, el salario de niñera me parecía una burla. Necesitaba más clientes de yoga, ¿cómo le iba a hacer? Era un pensamiento que me estresaba.

Allie me dio prórroga para quedarme en el departamento hasta que pudiera mudarme a Chelsea. Lo encontré con una amiga de Salvador. Aunque a él ya no lo frecuentaba, porque salir con él era un golpe a mi cartera y me recordaba tanto a los mirreyes mexicanos, siempre tenía algún conocido que podía salvarme la vida. En este caso, ella tenía un cuarto libre en su departamento que anunció en Facebook. Decidí ir a conocerlo y, por supuesto, quedarme en él.

Mi nuevo edificio era contiguo a un minicementerio judío-portugués bien cuidado de la Calle 21 esquina con la Sexta Avenida. El *upgrade* fue notorio: el departamento era más chico; de hecho, era un *one bedroom apartment*, pero hicieron que la sala se convirtiera en un pequeñísimo cuarto al ponerle una tablaroca divisoria. El edificio era uno de los nuevos de la zona de Chelsea, había elevador, *doorman* y carrito para subir las cosas. Podía regular la temperatura a mi antojo y tenía tanto espacio en la cocina que me dieron ganas de retacar todos los cajones y entrepaños con comida miscelánea y especias. El baño era bastante más grande que el otro y estaba a seis pasos de mi cuarto.

El clóset estaba afuera del baño, era espacioso, cabían todas mis cosas tan holgadamente que crucé a *Bed Bath and Beyond* para comprar ganchos de terciopelo delgados y beige para acomodar la ropa por color y longitud y se viera pulcro. Como estaba celebrando, compré cien ganchos. Ciento uno, para ser exactos. En el cuartito había un clóset mini en el que nada más colgué las chamarras que usaba para salir a correr y todas las cosas que nunca sé dónde poner como tarjetas, promociones, el reloj que mide la frecuencia cardiaca, el tapete de yoga, todos los artículos para el pelo y una decena de barnices nuevos que casi nunca usaba.

Me mudé un sábado. Adela, mi nueva roommate, no estaba en la casa. Era una mujer colombiana judía de 22 años, bajita, de faccio- nes finas con cabello castaño, lacio y delgado. Hablaba hasta por los codos, trabajaba de nueve a cinco en una oficina cerca de la casa y tenía un novio judío/millonario/latino con el que se quería casar. Sentí que me había mudado con una prima menor.

Llegué con las dos maletas medianas con las que vine a Nueva York, más tres maletas chiquitas, bultos con distintas cosas, el kennel y bolsas de tela reciclada de Steve Madden o Lululemon con todo lo que tenía de comida. Aunque tenía más cosas, me sentía más ligera porque ya no venía cargando a los monstruos en el equipaje; habíamos aprendido a caminar juntos.

Llegué al edificio nuevo y el *doorman* me ayudó a bajar las cosas, y en lugar de cerciorarme de que todos mis triques estuvieran fuera del Uber, Cami me jaló a la jardinera para hacer pipí y yo no logré despegar la mirada del minicementerio de al lado. Cementerio que pa- recía parte arquitectónica de mi nuevo edificio. Afortunadamente, el *doorman* no se distrajo como yo, iuf, qué diferencia cuando hay un ser humano que te ayuda! Pusimos todo en un carrito tipo *bellboy* y subí en el elevador al cuarto piso.

El departamento estaba al final del pasillo del lado izquierdo. Es- taba algo oscuro porque el muro de tablaroca bloqueaba la luz que entraba por las dos grandes ventanas. Mi cuartito acaparaba toda la luz del departamento y tenía también cortinas con las que podía disfrutar del *black out*. Era un *upgrade* total. Había una cama doble, que no era matrimonial, con un *duvet* blanco y unos cojines pla- teados y dorados bastante femeninos; junto, un pequeño buró del lado izquierdo y una lámpara de luz blanca. Frente a la cama una cómoda nueva con cuatro cajones amplios y encima una televisión. Hacía años que no tenía televisión en el cuarto. Entre la cómoda y la ventana cupo a duras penas el teclado digital.

Era un cuarto minúsculo, pero era un *upgrade*. No era Alphabet City, era Chelsea.

Short & Sweet

Como en la primavera todo reverdece, con el cambio de casa la buena fortuna me seguiría. Yo planeaba mi futuro apostando a mi negocio de chai. Mi enfoque era migrar a Estados Unidos como empresaria, pero recibí un mail, *short and sweet*, que podía hacer todo más sencillo. Era un correo de Ekaterina, la directora rusa de la escuela de piano: *"Do you now have a working visa?"*

Y yo también fui breve: *"Not yet. It has been a slow process and I still don't have a sponsor, but I'm working on getting one"*.

Su respuesta me dejó perpleja: *"We can help by signing some papers for you"*; es decir, lo que estaba diciendo era que ella podía patrocinarme la visa. Llamé de inmediato a una abogada, que era una mujer india que me había recomendado Salvador cuando todavía éramos cercanos "por si algún día se te ofrece", había dicho.

La llamé para ver cómo podíamos solucionar un asunto. El caso más convincente para la migración americana era la visa O-1, que es la visa artística, pero tenía varios inconvenientes: el primero, que necesitaba a alguien que me contratara como escritora, exclusivamente, y el segundo, que costaba cerca de siete mil dólares preparar el caso.

Por el TLCAN había una variante interesante para los mexicanos: la visa TN. Era bastante fácil de procesar, la respuesta no tardaba más de dos meses, y casi siempre era positiva. Había un solo inconveniente: nada de lo que sabía hacer cuadraba con las ofertas de esa visa.

Pero la abogada sabía hacer su trabajo. *"We can bring you here as a Technical Publishing Writer, and you can offer to write piano manuals, and everything that is very technical."* Entre mi coartada incial, la ocurrencia de Santiago de convertirme en una maestra de piano infantil y el puesto que mi abogada pelearía en migración, éramos el trío perfecto. Va, *Technical Writer*. Ekaterina estuvo de acuerdo en seguir con la falacia y me preguntó si podía escribir artículos para la prensa, además de dar clases de piano. Obvio, eso sí era mi mero mole.

Hubo un solo problema técnico: dicha posición tenía que ser de tiempo completo, y la rusa solo ofrecía *part time*, y era indiscutible. Pero la audacia de la abogada no quedó ahí, que releyó mi currículum y se le ocurrió algo aún más bizarro. Para cobrar un salario de medio tiempo debía ser a modo de consultoría, así que me mostró mi nuevo trabajo: *Manager Consultant*. Resulta que, en mi defensa, yo podría dar consultoría a la escuela de piano sobre técnicas de relajación, respiración y yoga para alumnos y maestros. No sonaba mal, ¿cierto?

Lo comenté con quien sería mi jefa y escribió en otro correo, tan *short and sweet* como todos los demás: *"Proceed with the paperwork and I will sign it for you"*. Esto era más gratificante que una propuesta de matrimonio.

Le conté a Santiago. "Qué alegría por vos, querida. Sha verás cómo te hago la mejor maestra de piano de Niu Shork."

La rusa Ekaterina no quería verme la cara: estaba otorgando visa y trabajo a una mujer que jamás había visto, ni conocía sus habilidades para corroborar si era capaz de hacer lo que me ofrecía.

Si fuera uno de mis dates: ¿a qué podría sonar la rusa? A hombre que quería casarse conmigo porque en el papel sonaba como un buen partido. *I proceeded with the paperwork*, pero me pareció rarísima su negativa a reunirse conmigo sin dar más explicaciones, dispuesta a mentir al gobierno estadounidense del que ella, como migrante, también pendía de un hilo fino. Pero Ekaterina era rusa, aprendió de la mafia y siguió presionando con mi trámite migratorio para que yo fuera una simple maestra de piano trabajando legalmente en la ciudad más competida del mundo.

El príncipe y yo

Fui con Santiago a comer a otro *irish pub*. Necesitaba hablar con él. Era St. Patrick's Day, así que bebimos cerveza. Le planteé mi nueva situación y dijo: "Bravo, Tery, sos grande". Pero también me sinceré con los cambios a los que me tenía que ajustar para gozar de una economía propia para quedarme. Redujimos las clases a una sesión semanal, y acordamos que la sesión sería en casa, en el teclado, porque no me alcanzaba para la renta del estudio. Él me hizo un precio especial, porque se negó a que dejara las clases de tajo.

Aprendizaje de piano en mi nuevo departamento, ¡qué nervios! Junto a aquel pequeño cementerio. El espacio en el cuarto era muy reducido y Santiago era un tipo grande. El teclado digital y la cama estaban casi pegados.

Llegó la gala de piano. Mandé a traer de México el vestido que usé en la boda de mi hermano; era largo, morado tornasol, con un poco de cola; era el momento ideal para lucirlo aunque no estaba segura si me cerraría porque mi hermano se había casado hacía siete años, y bueno, digamos que el cuerpo cambia después de los 30. Me arriesgué.

Intuí que este evento era mi entrada a la sociedad cultural de Nueva York, como si asistir a la gala fuera el inicio de una nueva vida, bien merecida, donde finalmente sería reconocida como ¿pianista?, ¿escritora?, ¿empresaria? Mi negocio de México seguía vivo, aunque estaba a la venta y ahora estaba emprendiendo el de Nueva York. O sería reconocida como la futura esposa de alguien. No era ninguna de las tres, pero de alguna forma me emocionaba que el salón estuviera lleno de gente de la industria, los de Steinway and Sons, que no sé cómo no les zumbaban los oídos cada que contaba la historia de mi piano, mi dulce cubierta, de cómo Don Steinway llegó a mi vida y había decidido darme seis meses para recordar el enorme talento que seguramente venía arrastrando de otras vidas.

Mi primo menor, el mismo con quien había comido sushi unos días antes, es un gran entusiasta del piano y también estaba invitado junto con su esposa. Cuando vio el programa, siendo fanático de la *Polonesa* de Chopin, decidió que valdría la pena pagar para asistir al evento de beneficencia de una sociedad que no conocíamos. Mi primo vistió de esmoquin, su esposa de negro y yo de morado tornasol. Caminamos la Quinta Avenida desde la casa de mis tíos al lujoso University Club de la Calle 54 tomándonos fotos, un poco apenados porque la gente nos miraba desfilar como si estuviéramos en la alfombra roja para ir a los premios Oscar; a pesar del bochorno, logramos una muy buena foto que compartimos en las redes sociales.

El edificio parecía palacio italiano renacentista, con columnas del periodo romano, candiles vistosos y ventanales enormes. Entramos los tres; yo estaba un poco nerviosa, todos los asistentes bebían champaña y tomaban canapés en la antesala, esperando para entrar al *ballroom*. Casi a la entrada me topé con uno de los pianistas, el chaparrito, le di un beso, un abrazo y le presenté a mi primo y a su esposa.

El señor dejó hablando solos a sus interlocutores, tomó mi mano y susurró: *"Come on, I want you to meet him now"*. Los tres lo seguimos hasta donde habían unas periqueras y alrededor cinco personas más. *"Teresa, this is Jacob"*, y apenas el pianista chaparrito vio que nos saludamos, se esfumó. Junto a él estaba su madre, Remedios, y su padre, Henry. Yo les presenté a mis primos, que se pusieron nerviosos porque les cuesta trabajo entablar conversaciones con

gente nueva, y yo soy lo opuesto, así que cuando me vieron enca-
rrilada, con una sonrisa retrocedieron dejándome sola.

El doctor era alto, alto como me gusta, de pelo negro, ojos oscuros, tez blanca y labios grandes, no necesariamente carnosos y de-
seables. Era rara la forma de su boca, como si no estuviera bien
delimitada dónde acababa. Se parecía a la boca del Guasón. Tenía la
sonrisa bonita con dientes juntos, una voz suave y queda. De primera
impresión sí, un tanto tímido.

Estábamos parados frente a las periqueras él, yo y la madre, que
era de Guadalajara. "¿A qué vino a Nueva York originalmente, Remedios?", me caché hablando el lenguaje formal. "¿Yo? Yo vine a casarme",
contestó sin pestañear. Si ella lo podía admitir así tan fácil y sencillo,
así sin falsas cubiertas, así sin tapujos, ¿por qué yo nunca pude?

De pronto quise ser Remedios, la maestra de español de Henry
en la Universidad de Guadalajara donde él estudiaba medicina, la
maestra de quien el doctor se enamoró y vinieron juntos a vivir a
Estados Unidos, establecer una práctica privada de medicina y vivir
en ese mundo de columnas, candiles y ventanales. "¿Y tú, a qué viniste
a Nueva York?", preguntó ella. "Yo vine a aprender piano clásico.
¿Tocas, Remedios?" "Yo no", afirmó inmediatamente, "pero Jacob y
mi esposo tocan muy bien, son profesionales". El doctor me tomó del
brazo: *"Come with me, let me introduce you to some other friends"*, y
caminé con él a conocer a sus colegas doctores y a sus esposas.
Me mantuve firme y plantada en mi cubierta, aunque agregué que
vine a hacer mi negocio de té chai. Todos sonreíamos entre falsedad
y curiosidad hasta que apagaron las luces de los candiles y las volvieron a encender, la señal de lujo de que un evento está por comenzar. El doctor me pidió en ese instante mi número telefónico.

Fui a sentarme con mis primos en una mesa decorada con man-
tel blanco, flores, velas y toda la pomposidad que habíamos visto
siempre en nuestros eventos. Jacob estaba sentado en la mesa de
al lado, con su familia, sus colegas y amigos. Estaba sentado completamente de espaldas y aún así giraba la cabeza 180 grados para
mirarme, mientras el pianista, un joven asiático dotado de manos

ágiles, tocaba la *Polonesa*. "Le gustaste", dijo mi primo mientras su esposa contestaba a regañadientes las preguntas de un hombre que no entendía por qué mi primo venía con dos dates.

"Two sessions with me and I can teach you how to play like that", leí un mensaje del doctor. *"We will see"*, contesté por texto e inmediatamente giró la cabeza hacia mí. El hombre que no dejaba de interrogar a la esposa de mi primo se dio cuenta y levantó la voz: *"Someone likes you, girl"*.

Cuando el concierto terminó y vimos que éramos los más jóvenes del salón y los menos interesados en la subasta y las siguientes actividades de la fundación, nos levantamos para irnos a cenar de verdad. La cena había sido una típica mala cena de banquete y teníamos reservación en el Lavo. Tratamos de salir lo más sigilosamente posible, excepto que decidí detenerme en la mesa del doctor y le di un beso a todos los que estaban sentados allí. Mi salida no fue lo discreta que pensé, nadie esperaba que me tomara el tiempo de rodear la mesa y besar uno a uno. En esta cultura, la gente apenas se toca.

De regreso al lobby renacentista discutíamos si ir a la casa a cambiarnos de ropa o no, cuando recibí un mensaje del doctor preguntando si me podía ver esa noche. Contesté que íbamos a estar en ese lugar y podía alcanzarnos. Fuimos al departamento y mis primos se cambiaron, yo no tenía otro atuendo, así que me fui en vestido de noche a un restaurante/bar/antro muy ruidoso.

Cuando llegamos, el doctor nos esperaba en la barra, él vestido de esmoquin, yo en morado tornasol. Nos sentamos los cuatro, comimos pescado, pizza y bebimos martini sucio. De pronto el cierre del vestido de la boda de mi hermano no pudo más y se tronó. La esposa de mi primo no logró subirlo, así que el doctor dijo que se encargaría *"with my surgeon hands"*. Trató de arreglarlo, y no pudo pero sí tocó mi espalda desnuda, en ese momento mis primos se levantaron a dar una vuelta. Cuando regresaron, el doctor tenía mi mano entre la suya, recargando ambas apaciblemente sobre la mesa: *"My mother liked you, and, you know... she is tough"*. Mi primo pagó la cuenta de todos y el doctor se asombró tanto que, más tarde, cuando llegó a su casa, me mandó un mensaje larguísimo diciendo lo bien que la había pasado y lo generoso que había sido mi primo con él.

La madre de Jacob no era judía, el padre sí, por lo tanto, según las reglas, el doctor no era judío. "Eso no importa. Como dice mi papá, tienes que cerrar un ojo", dijo mi primo, pero jamás imaginé que él diría algo similar, que el ojo que tenía o que podía cerrar era el ojo que me había enseñado a mirarme diferente y a buscar con ahínco a alguien de la religión para pertenecer a la tribu.

Después del comentario de mi primo, que más que acotación percibí como si me diera permiso, a pesar de ser menor que yo, vislumbré la posibilidad real de encontrar un esposo. *Here we go again* con la misma cantaleta. Tenía una ventaja indiscutible: la madre ya me había aprobado *and... she is tough*.

Cuando teníamos 16, 17 o 18 años mis amigas y yo estudiábamos juntas para exámenes de la preparatoria, nos distraíamos del objeto de estudio y en pijamas, después de cenar pan árabe con queso oaxaca, aguacate y salsa, nos dedicábamos a fantasear sobre cuándo conoceríamos a nuestro esposo.

Teníamos un código interno que nos hacía idealizar el tiempo y la vida. Era el clásico y bien amado "si lo conozco hoy". Aquella frase significaba que si en ese momento salíamos con algún muchacho de nuestra comunidad y las cosas iban, digamos bien en un año, o quizá un poco menos, estaríamos comprometidas. ¿Alguien quiere un poco de presión social encima de su pan árabe para digerir a gusto? ¿No? ¿Nadie?

Algo en esas conversaciones me ponía incómoda. Todas éramos vírgenes, vivíamos en la era del A.C. y hablábamos de comprometernos y casarnos sin tener la menor idea de quiénes éramos o qué se requería para realmente estar en una relación duradera que floreciera hacia un matrimonio. Pero si de buenas a primeras decíamos "si lo conozco hoy" y lo asociábamos enseguida con el verbo "casar", pues era exacto lo que iba a pasar.

Estudiábamos una materia que ellas odiaban y yo explicaba muy bien: *tanaj*, la Biblia, que además debíamos memorizar en hebreo. No íbamos a una escuela religiosa, pero sí a una privada a la que asistíamos solamente miembros de nuestra comunidad. Mientras explicaba sobre Deborah, a quien yo admiraba profundamente por ser una de las pocas profetisas del pueblo de Israel y la única jueza, mis amigas se distraían porque una se la pasaba hablando por teléfono con su novio con el que seguramente se casaría (y se casó). Me interrumpían, y yo las detestaba por estar más inmiscuidas en sus novios que en la historia de este mujerón.

De seis amigas en ese grupo, cuatro se casaron antes de cumplir los 21 años, la quinta seguía soltera y compartí con ella parte de mi soltería. Se casó a los 25 y me quedé sola, juntándome con nuevas amigas solteras hasta que todas se hicieron parte de la exclusividad del D.C. Cada una de ellas a la fecha tiene tres o cuatro hijos, una casa propia, y algunas una segunda casa de fin de semana.

Ya no ceno pan con queso, aguacate, salsa y presión social. Sigo viviendo con roommates, y no tengo la más remota idea de qué sería de mí o de algún hombre si nos conociéramos hoy.

A menos que el doctor/pianista a cuya madre le caí bien se pusiera las pilas. Hoy.

¿Cuánto mármol tiene el principado? Parte 1

Toda la semana estuvimos mensajeándonos. Jacob narraba con lujo de detalle en textos larguísimos lo que haría en su día: manejar a la clínica, ver alrededor de 50 pacientes y después hacer sus rondas en el hospital. Su lenguaje era demasiado formal. Me llamó un par de veces en la semana, era dadivoso con el tiempo. Compartió conmigo una situación familiar que sabía su madre, su hermana, el cuñado y yo, que todavía no salíamos ni una sola vez pero me había ganado el derecho a la exclusiva. Al padre le habían diagnosticado una enfermedad degenerativa. Por ser médico, no quería tomar tratamiento de ningún tipo. Ni quería que nadie más en el mundo supiera. Pero yo... supe.

Quedamos de vernos el viernes; quería también invitarme a un concierto de piano el sábado, y aunque no tenía planes, dije que no. El doctor agendaba actividades como si ya nos gustáramos y todavía no habíamos pasado juntos ni una hora seguida. Mi sano juicio retrocedió un poco; mi sano juicio que después, al poco tiempo, habría de abandonar la sanidad para reengancharse a una fantasía.

"I still have a reservation for two set for the tour which includes champagne and oysters after", escribió el doctor en un texto. El tour era en un club en el que era miembro; en el mensaje no entendí a dónde iríamos. ¿Un club privado? ¿Una membresía? ¿Champaña y ostras? Eso sí entendí y hasta salivé. Confirmé, pero también dejé

claro de que a las siete de la noche tendría que dar una clase en la Calle 70 y Central Park West.

Nos encontramos en la Calle 66, junto al Central Park del Este, la zona de Manhattan conocida por la abundancia de narices respingadas, tiendas de lujo y transeúntes refinados. Vi al doctor vestido de traje frente a las escaleras de una casona con balcones franceses, se veía bien. "*You look nice*", dijo, pero sentí que me había vestido sin la debida elegancia del renacentismo que me esperaba dentro.

Subimos unas escaleras cubiertas con tapete rojo y llegamos a un salón con una mesa grande y un grupo de personas sentado a la mesa. Hombres en traje y corbata, mujeres con vestidos, peinados de salón y anillos vistosos. "*Good afternoon*", dije, y me senté en la cabecera junto al doctor.

El tour consistía en cruzar todos los pasillos, entrar a los salones y entender quién, por qué y para qué había construido aquel club de caballeros que inició en 1870 y se trasladó en 1947 a esa mansión como sede de exclusivas actividades literarias, periodísticas y artísticas.

Fuimos recorriendo los cuatro pisos casi sin hacer ruido. "*My sister's wedding shower was held in this room,*" susurró el doctor a mi oído en lo que era un cuarto con sillones victorianos, chimenea, piso de parquet, tapete persa, cortinas plegadas, rojas y gruesas. ¡Dios mío!, ¿por qué no abren las cortinas? No hay luz, hay ventanales y acceso a la luz, pero las cortinas delgadas la tapan toda. "*She is not a member of the club, neither is my mother; but since me and my father are members, she could have it here.*" Imaginé perfecto a la madre Remedios sentada en uno de esos sillones, tomando té con su hija y con las invitadas. Supuse que también me dijo eso por si mi imaginación quería merodear la vaga idea de que allí sería mi *shower*, y perfectamente lo hice: dibujé a mi madre, a mis tías y primas, a Remedios, a la cuñada que no conocía y a mis propias invitadas sentaditas con las piernas juntas, con vestidos de seda, zapatos de tacón y joyas exquisitas sosteniendo con perfecta elegancia una taza con té negro y *macaroons* importados de París.

Avanzamos por los diferentes cuartos, el doctor recargó sus manos en mis hombros mientras nos adentrábamos en un cuarto forrado de rojo que tenía pegados unos manuscritos antiguos. Estaba parada donde alguna vez lo estuvo el mismísimo Mark Twain, Eisenhower, Tennyson, Plácido Domingo. El cuarto rojo es donde los caballeros se sientan a discutir temas importantes de política y arte. El doctor bajó sus manos a mi espalda alta.

Después de un siglo de abrir sus puertas, fue hasta 1977 que el Lotos Club dio acceso a las mujeres para que fueran miembros, ¡bravo!, o se casaran con quienes lo fueran —caso del doctor y compañía—. Llegamos a la librería: fantástica, espléndida, divina y... oscura. Nos aguardaban unos platos altos con ostras y meseros sirviéndonos champaña. Nos sentamos en una esquina y platicamos de algo sin importancia. Yo veía el reloj, pronto tendría que estar exactamente del otro lado del parque. "*I want you to come to my apartment so you can see it*", dijo, pero fruncí el ceño porque no había tiempo suficiente: "*it's very close to where you are going*", afirmó convincentemente, asentí y salimos de la casona para tomar un taxi.

Entramos por un luminoso y amplio vestíbulo de la Calle 70 y Riverside Boulevard, un complejo del señor Trump; al abordar el elevador, el doctor me tomó de la mano y presionó el botón número 46. Al salir señaló una puerta: "*Here is the apartment of the brasilian ambassador*", dijo con una sonrisa engreída. "*Really? I thought ambassadors live in embassies*", contesté y lo seguí hasta la puerta donde una polvareda me humeó la cara. El departamento estaba en obra negra, la vista era magnífica; se veía el parque completo, del otro lado Midtown, Times Square y la imponencia de tantísimos rascacielos juntos; desde lo que sería su recámara, se veía fluir con determinación el río Hudson.

Me narró, mientras avanzábamos metro por metro, qué iría en cada lugar: el mármol que importaría desde Carrara, los pisos italianos, la cocina de granito, la biblioteca, la madera de quién sabe dónde, un tipo de mármol que es como espejo del otro y que es tan caro que solo recubriría la pared del baño, y bueno, me describió exactamente dónde iría el piano y el plafón con el tipo de luz específica que lo alumbraría. Perfecto, lujosísimo, nada discreto.

"*I gotta go*", dije, e insistió en llevarme en taxi unas cuadras al este donde era mi clase. "*I will meet you down here in an hour*", dijo. Entré al edificio, escalé los cuatro pisos sintiéndome halagada por dejarme en la puerta, así como con los buenos muchachos, "como debía ser".

En mi bolsa grande traía el cambio de ropa para dar clase de yoga y otro cambio, un poco más elegante, para ir a la cena. Correcto, la cita no había terminado, solo era una pausa.

Después de la sesión de yoga, fui al baño del departamento de mi alumno, me delineé los párpados, me puse un pantalón negro —como el doctor no venía referido por Marjorie, hice caso omiso a lo del vestido, porque además la primera vez que me vio yo estaba enfundada en el vestido de la boda de mi hermano. *It can't get better than that*—. Sí calcé los zapatos de tacón de aguja, una camisa de encaje y un saco. Toda de negro.

Cuando abrí la puerta del edificio, el doctor estaba de pie, esperando con las manos en los bolsillos. "*You look so beautiful*", dijo mientras miró con detenimiento el tacón de mis *stilettos*; yo era feliz de que con los diez centímetros de altura extra, el doctor seguía siendo más alto que yo.

En el taxi me entró una llamada que debía contestar; mientras el taxista daba una vuelta pronunciada de esas que hacen que el cuerpo se incline hacia un lado, el doctor me tomó del brazo ligeramente para que mi torso no cayera por la inclinación. Me pareció un gesto atento, una acción más refinada que el mármol que viajaba desde Italia hasta la Calle 70 y Riverside Boulevard. El doctor me empezaba a gustar.

Salimos del taxi frente a las rejas de un palacio blanco y brillante en la Calle 60 y la Quinta Avenida, The Metropolitan Club, otro lugar exclusivo de membresías al que el doctor también pertenecía. En la entrada, un guardia mayor lo saludó con enjundia, mientras él, como mago, sacó de la bolsa de su saco un paquete de viagra, y me miró un poco apenado mientras avanzamos hacia el elevador: "*I bring him his viagra every once in a while*".

Entré al restaurante tomando su brazo, mientras el personal se inclinaba al verlo pasar "*Welcome, doctor. It's a pleasure to see you again*", y como caminábamos entre pasillos lujosos, sentí que más que un doctor, este hombre era un príncipe, de los de verdad. Nos sentamos en una mesa con vista a la oscuridad del parque, los otros comensales eran mil años más grandes que yo y que él, que apenas tenía 34 años pero parecía que rozaba los 50. Las mujeres de pelo blanco estaban enjoyadas con perlas y diamantes; yo, con un brazalete de oro que me regaló mi abuela cuando nací y en el que pequeños diamantes formaban mi nombre: Tery. Bebimos un vino exquisito, comimos *burrata* como entremés. "*So, tell me the story of how you acquired your piano*". Uf, qué flojera, pero bueno, *Let's do it once more, Don Steinway!*

Mi historia duró desde la *burrata* con un pan delicioso hasta el *branzino* que se me derretía en la boca. Los seis meses para encontrar marido terminaban *as we speak*, y en el plan original era momento de volver a casa. Pero le conté que había decidido quedarme a hacer un negocio millonario con mi té chai y solo estaba configurando los cómo.

El doctor preguntó hasta cuándo tenía planeado quedarme en Nueva York. "*Until I can pay for the rent*", dije sin pena sabiendo que mis finanzas personales me daban para unos meses más. "*Well*", se limpió los labios con la servilleta, "*I have plenty of space in my house in Long Island, so don't worry about it*". Pero claro que me preocupaba, y por supuesto se me hizo raro el comentario, pero seguí hablando de los planes para obtener una visa de trabajo. No ahondé en detalles porque me daba vergüenza mi farsa de la visa.

Él me tomó la mano que no estaba ocupada en llevar bocados de *branzino* a mi paladar y dijo "*You don't have to worry about it, I can take care of your visa situation*", no habían pasado cinco minutos desde el comentario anterior. Esto sonaba a propuesta de matrimonio, no cabía duda. Además, después de un rato y antes de comer el postre agregó con una sonrisa: "*I know all the people in Steinway, so I can bring your piano here*". *Mazal tov!*

Mientras comíamos profiteroles, que eran un éxtasis, me contó que un amigo le abrió e instó a utilizar una cuenta en Match.com para conocer a alguien porque con tanto trabajo no tenía tiempo para el *dating*. ¡Qué oso!, ¿qué haría si supiera de mí, de mis *matchmakers*, de todas las historias que he vivido? ¿Qué haría si supiera que escribo una pieza musical que representa los sonidos de mis citas con los hombres? Obvio no compartí más información, como el que yo sí tenía una cuenta en esa aplicación, de la que prefería no hablar. Me escudé en la distancia americana para compartir o no información con aquello de "*talking about this makes me feel uncomfortable*", sin verbalizarlo. Me puse nerviosa porque jamás había visto mi perfil de Match.com y rogué que el doctor no me hubiera encontrado por esos lares porque no podría decir nada al respecto. Luego imaginé que quizá el doctor no pasó el filtro de Angela y por eso no me lo presentaron ellas primero como uno de "los desconocidos de Match.com".

Salí del restaurante tomada de la mano del doctor. Mi caminar era zigzagueante porque había tomado tres copas de vino, pero debía mantener el balance, ya que no podía verme como una borracha ridícula entre tanta alcurnia. ¿O sí? Especialmente porque todos parecían conocerlo. Recorrimos todos los cuartos, mis zapatitos de tacón sonaron por todos los *ballrooms*, me llevó de uno en uno, más lujoso que el club de la tarde, con mayor cantidad de mármol, espacioso y de una blancura reluciente.

Nos detuvimos en el tercer piso, que era el mirador de las escaleras más monumentales que he visto en mi vida. Eran dos y se encontraban en un descanso, después se volvían a abrir formando una grandiosa X; el barandal era calado con la insignia M, rodeada de hojas color oro, y el pasamanos revestido de una oscura madera cara. Las escaleras estaban forradas de rojo velvel, rojo alcurnia, rojo realeza. Ni una cantidad absurda de dinero podía comprar membresía en el club, era para *old money*. No aceptaban a los *new rich kids on the block*.

"*My sister's wedding was here*", señaló el descanso donde imaginé a la hermana con un vestido amplio de princesa en medio de las dos lámparas que asemejaban árboles y cuyos frutos eran 15 focos redondos/amarillos/oro. Mi imaginación no pudo hacer otra cosa que volar lejos: "*My father walked her down the stairs*", sonreí y dije wow varias veces, procurando no fantasear demasiado con la imagen de mi cuerpo vestido de negro con ropa de Zara transformarse en un atuendo blanco y pomposo, con hilos de oro, deslizándome del brazo de mi hermano mayor y sonriendo como soberana. Porque después de tantos años de estar soltera y ser malentendida, había encontrado el final de princesa que merecía dentro de la nobleza neoyorquina.

Entramos después a un salón donde el doctor/pianista había dado un recital hacía unos años. Me mostró dónde estaba posicionado el piano, dónde las sillas, dónde estaba sentada la madre Remedios y me enumeró las piezas del repertorio. Sacó su celular del bolsillo y reprodujo lo que aquella noche sus manos tocaron. Me abrazó por debajo del saco y yo me impulsé a su pecho y pegué mi oreja izquierda a su corazón, así nos quedamos, inmóviles y silentes, los siete minutos y medio que duró la *Bacarole* de Beethoven. Mis emociones empezaron a despertar.

Fuimos a la biblioteca, que era enorme, el salón con libros más bellos en el que he estado. Fui recorriendo títulos con los dedos. Me asomé por la ventana por donde se veían las rejas del palacio y los arcos de oro por donde habíamos entrado. "*I saw Gwyneth Paltrow once on a benefit event*", volví a decir wow, después regresé a los estantes a seguir recorriendo libros con los ojos.

El doctor me alcanzó y se acercó a mis labios para darme un beso con esa boca parecida a la del Guasón. Un beso suave, tímido, neutral, pero en un contexto inmejorable.

Pensé en lo segura que me sentía con él. No sé si era porque en todos los lugares a donde habíamos ido me sentía como en un fuerte de mármol donde nada podía pasarme, o si porque él era doctor, y yo, hipocondriaca. Si me desmayaba de emoción él sabría qué hacer, o si un día mi cancerofobia cambiaba de lugar en mi cuerpo, él sabría cómo tratar mi enfermedad, o mi locura.

Me podía dejar ir, soltar todo mi peso y que él lo cargase; que me cargue, que sostenga con sus manos quirúrgicas mis bultos, que se haga cargo de acallar a mis monstruos nocturnos, que haga una fiesta en mi honor en el Lotos Club, que transporte mi piano de tres cuartos de cola de México a Long Island, que pague mi *branzino*, la *burrata*, el vino y el mármol de Carrara de nuestra casa. Podía no responsabilizarme por mí y por mi vida, tenía luz verde para recargarme. Todo era perfecto. Todo.

Bajamos por las escaleras de alfombra roja, yo ensayaba mi momento en el futuro y caminé derecha y sonriente como si abajo me esperara el pueblo para saludarme, o todos los invitados de mi boda. Entramos a otro cuarto con un piano de concierto. El doctor/pianista se sentó y tocó a Billy Joel: *I love you the way you are*, que había sido el vals de la boda de sus padres, Remedios y Henry. Yo me senté y toqué atropelladamente mi *Fantasía*, demostrando con toda vulnerabilidad que mis pretensiones de ser como Mozart estaban fuera de lugar. "*I will arrange you some piano lessons with my teacher. He is fantastic*", ¿y el mío no? A sus oídos no. ¡Uy, príncipe! No te metas con mi profesor, porque no sabes lo que es Santiago para mí. Y obvio, no lo sabrás. Caminamos a la entrada donde las rejas y los arcos de oro; el guardia apuró a estrechar la mano de Jacob y a hacerme una pequeña reverencia.

Jacob detuvo un taxi en la Quinta Avenida y se tentó los bolsillos para sacar su cartera, pero le sostuve la mano y lo miré a los ojos: "*I get this*", y me dio un beso parco después de decirme que la había pasado muy bien. Me subí al taxi y mientras recorrí la avenida más famosa de la ciudad, mi cuerpo proclamaba la victoria y me pregunté qué tanto había pasado en esta primera cita que inició a las cuatro de la tarde y de la que nos despedíamos pasada la medianoche. El hombre, el doctor, el pianista había dejado de ser todo aquello para llamarse "el príncipe de mármol".

"*Ok. So Billy Joel is playing on my taxi now*", escribió mientras yo lo renombraba en mi mente. "*Lucky you. I get to hear melanoma adds and jeopardy games*", contesté. "*I had such a wonderful night with you. I haven't had such an amazing time in a long long time.*" Muchos "gracias por todo". Leí en mi teléfono y tecleé: "Gracias a ti por enseñarme tus clubs. *You are an amazing pianist, I'm looking forward to hear you play more*". Y contestó: "*Ok. Fair deal, if I get to hold your hand again, I'd play for as long as you like*". Qué lindo comentario. Tan romántico, tan de otra época. Qué comodidad depositarse así en alguien, ¿cómo no lo había hecho antes?

Mientras el taxi daba vuelta en Washington Square Park me autoproclamé la mujer de este príncipe doctor; no sentía mariposas en el estómago por él, pero definitivamente sentía miles de mariposas revoloteando mis fantasías por ser "su alteza" en aquellos clubes renacentistas, y pronto ser coronada "la princesa de mármol".

¡Te hablo a ti, mentirilla disfrazada!

Algo en mi cuerpo no se sentía bien después de la cita eterna con el doctor. Al llegar a casa, saqué a Cami a su paseo de antes de dormir. Pasamos frente al minicementerio y nos detuvimos. ¿Por qué me daba tanta paz ese lugar tan minúsculo? ¿Quién estaba enterrado ahí? ¿Qué era lo que después de ese encuentro se sentía tan mal?

Antes de dormir empecé a sentir un punto en la garganta. Al levantarme carraspeé. La tenía completamente cerrada, pero aún así salí a correr en la lluvia y me evadí. No estaba dispuesta a escuchar cualquier cosa que mi cuerpo quisiera informarme acerca de todo el mármol que me esperaba en el futuro cercano. Mandé un mensaje a la mamá de los niños que cuidaba y, obvio, no quiso que fuera a trabajar. ¿Qué me decía el dolor de garganta? ¿Qué decía mi cuerpo? ¿Tan inmediata es una respuesta biológica?

No sé, lo único que sabía era que deliberadamente ignoraría esa sensación, ese punto en la garganta, esa voz acallada. No estaba dispuesta a que ningún dolorcito viniera a manifestar algo malo en lo que había pasado ayer, ¿eh? Te hablo a ti mentirilla disfrazada de "yo-ya-no-estoy-aquí-para-casarme". ¡Te caché!

Vivir con Adela era divertido. Se sentía esa familiaridad latina, alegre y espontánea, pero me hacía sentir presionada. Ella tenía una relación seria y comentaba con frecuencia las ganas que tenía de casarse con él. Llevaban saliendo poco menos de un año, pero antes había tenido una relación con un hombre bangladesí no judío. Él había sido su amor, pero quería casarse con el actual porque era perfecto para ella, y ella, perfecta para él.

Hablar con ella del amor me provocaba dolor. El bangladesí la había tratado pésimo pero me daba la sensación de que seguía enamorada de él. Era una mujer joven muy inteligente que sabía lo que quería, le preocupaba su cuerpo y hacía dietas locas de tres días. Era movida y nunca vi a alguien hacer *shopping online* tan eficiente como ella. Siempre estaba comprando y diario llegaban paquetes de cosas con el *doorman* del edificio.

Había días que cenábamos en casa, cocinábamos unos filetes de tilapia con *string beans* y veíamos capítulos de *Seinfeld*. La quería como a una prima, pero me angustiaba ver su urgencia por casarse. Le dio ansiedad y un ataque de llanto al contarme que había conocido a los padres del novio. Fue rarísimo. No parecía haber un detalle que se saliera de contexto. ¿Habrá sonreído tanto durante la cena, tratando de impresionar a los suegros, que cuando llegó a casa se desplomó? Estaba devastada y la invité a mi cuarto para abrazarla y ver juntas una chickflick. La veía emocionada al mensajearse con quien sería la cuñada. Era una historia que había visto repetirse mil veces, pero esta historia vivía en mi casa, en Nueva York, reflejando a través de ella quién era yo y de dónde venía.

¿Seguía siendo esa mujer de 22 años con el sueño de casarse y actuar pulcramente para que no se cayera el *deal*?

En esos días mandé todos los papeles que me había preparado la abogada india a la rusa Ekaterina, quien solo debía firmarlos y callarse la boca. Tardó más de lo normal en contestar el correo. Me llamó por primera vez desde que empezó la interacción electrónica. La escuché del otro lado del auricular, yo caminaba del Hudson a mi casa después de mi corrida matutina. Se oía la voz imponente, con un acento marcado, pero por alguna razón yo no oía bien. Cambié mil veces de oreja el auricular, pegando la bocina a mi tímpano.

Logré captar lo que decía (*short and sweet*):

"*I want to hire a piano teacher, not a yoga instructor. I can't help you with this visa.*"

En ese momento sí que escuché el timbre agudo de su voz a la perfección, pero ella no había entendido nada desde el principio. Yo no tenía credenciales suficientes para trabajar como maestra de piano, pero las tenía para trabajar como escritora o instructora de yoga. Teníamos que jugar con la descripción del trabajo para ser convincentes. No sé qué leyó. O qué entendió.

Llamé a la abogada india para que detuviera el proceso: "*I'm sorry Teresa, I really am*". ¡Qué barbaridad! Comparé la situación con la de Ben, que quería viajar a conocer a mi familia sin haberme conocido. ¡Carajo, Ekaterina! Claro que no soy maestra de piano, pero si al menos me hubieras concedido la gracia de verme a la cara, de escuchar, aunque fuera por cinco minutos mi voz suplicante, si te hubieras enterado de por qué necesitaba tanto esa visa, y ese trabajo, lo hubieras hecho diferente. Porque como dije a Marjorie en aquella llamada cuando no cedía en darme un contrato solo por seis meses: "*Bring me there and my magic will do the rest*". ¿Dónde estaba mi magia ahora? ¡Carajo, Ekaterina, carajo!

"*If you need any medical assistance, let me know*", escribió el doctor cuando dije que tenía dolor de garganta. ¡Aquí estaba mi magia! ¿Lo ves, Ekaterina? Alguien más se encargará de mi visa, después de la Greencard, de mi principado, y muy pronto, de mi vida.

No. ¡No soy kosher!

Había un hombre que aparecía en todas mis *online dating apps*, en todititas. Era guapo, israelí y la verdad no me acuerdo cómo se llamaba. Pero sí recuerdo que fue una muy mala date. Después de intercambiar mensajes a través de todas las apps, lo encontré en Happn, la del radar que informa quién pasa a tu alrededor. Yo salía de cuidar a los niños del Upper, muy Upper West Side, me senté en el restaurante de enfrente a lidiar con el antojo de comida mexicana y comía quinoa con frijoles negros, aguacate y la salsa más picosa que encontraron en la cocina. Scrolleaba y lo vi. Ataqué: "*What are you doing on the UWS?*" Respuesta inmediata: "*I have a job here*".

Me acordaba que era *locksmith*; siempre imaginé que tenía una empresa de puertas, manijas o llaves y tenía a varios cerrajeros trabajando en su compañía: "*I need to open a door*". ¡Ah!, él era quien se presentaba físicamente a abrir las puertas. Yo soy niñera y la vieja más materialista por decepcionarme de su trabajo. Intenté que este detalle no me distrajera y acordamos en vernos en un bar cerca de mi casa la noche siguiente.

Nos vimos. Los cuatro primeros minutos fueron buenos. Platicamos de cómo habían sido nuestros días. Me pidió un tarro enorme de cerveza, yo la pedí oscura, pero estaba oscurísima, casi intomable, así que daba pequeños sorbos y él me regañó. No me acuerdo de ninguna cosa en particular de nuestra conversación. Salió a fumar un cigarro y yo me quedé en el bar viendo mi celular. El doctor había llamado, le escribí que en una hora le devolvía la llamada.

El israelí regresó y miró con desdén mi vaso de cerveza: *"I'm not a big drinker"*, me excusé. Dijo que tenía hambre, pero que era kosher, y preguntó si no conocía un restaurante kosher cerca. *"I'm afraid I don't know."* Y me echó una mirada colérica tipo: ¿cómo es que eres judía y no eres kosher? ¿Cómo es que te dices judía y no sabes de restaurantes kosher en tu barrio?

Pero me acordé de algo que podría funcionar, así que giré el cuerpo hacia la puerta y señalé el comercio frente al bar, una tienda que vendía productos israelíes: *"They sell burekas"*.[25] Se levantó y fue, yo seguí divagando en mi celular.

El israelí volvió con una bolsita de plástico y me dio con la mano una *bureka* tibia, me la comí y mientras masticaba, él hacía lo mismo y con la boca llena dijo: *"Why aren't you kosher?"* Y no tenía una respuesta muy convincente. *"I don't know, I guess it's not my thing."* No dijo nada, sacó otra *bureka* y me la ofreció, yo negué con la cabeza y di un sorbo grande a mi cerveza. Él comió otra rapidísimo, se levantó sin decir una palabra y salió nuevamente a fumar.

Vi mi teléfono. Quería hablar con el doctor y me la estaba pasando mal; me levanté y salí. El israelí estaba sentado en la jardinera y fumaba rápido, pero parecía como si su mente estuviera en la playa. *"I'm gonna go"*, dije, y él asintió con la cabeza: *"Thank you for the beer and for the bureka"*, y volvió a asentir sin murmurar palabra.

Caminé a casa tranquila de que el cerrajero no pudiera abrir ninguna de mis puertas. Cami me recibió moviendo la cola y trepándose a mis rodillas. Al fin de cuentas, me emocionaba atracar la puerta de mi cuarto para hablar por teléfono con el príncipe de mármol.

Cuando colgué, abrí mi cuaderno de citas para hacer de esta historia la adaptación pianística. "No creo que deba tener sonido", escribí, pero inmediatamente imaginé el perfeccionismo y precisión de San-

---

[25] Término originario de los judíos turcos. Las burekas son empanadas de queso rebozadas en sésamo.

tiago: "Tenés que ser fiel al proshecto". Entiendo, pero a ver, ¿cómo suena en piano un regaño por llevar la religión a mi manera?, pensé. "Además", escribí, "este es el final de la pieza". Sonreí triunfante. Había pensado que el proyecto terminaría cuando encontrara a *the one*. En la partitura solo podían participar las historias que terminaran, y los hombres que no podía tomar tan en serio, porque yo había conseguido mi final de princesa.

Más te vale, ¿eh?

Me encontré con el príncipe Jacob en la Calle 72; salí del metro en Central Park West y caminé por la acera para encontrarlo. Yo vestía una falda negra corta con una camisita beige rayada y unas plataformas negras. Él vestía traje, caminaba como si necesitara aparentar más altura, sonrió al verme, nos encontramos y me besó la mejilla. Tomó mi mano para caminar juntos hacia el restaurante. Era una tarde alegre, el clima estaba entre templado y caluroso, había gente en la calle y los pájaros sobrevolaban cantando sobre el Central Park.

Nos tomó unas cuadras llegar, pero mientras caminábamos, sentí una paranoia extraña de que algo no se veía bien entre nosotros; noté que los transeúntes volteaban a vernos. ¿Estaba mi falda muy corta? ¿Nos veíamos muy disparejos? ¿Su distinción principesca me arrasaba?

El restaurante estaba decorado como si estuviéramos buceando en el fondo del mar. *"Look at the starfish."* Vi las estrellas de mar y también vi que la concurrencia era gente mayor que nosotros. *"It's the favourite place of my parents"*, dijo. Obvio, pensé, *no wonder*. Era un lugar lujoso de manteles largos y cristalería pesada. Ordenó dos martinis y la mesera pidió ver mi identificación, lo que me hizo ruborizar y hacer chistes de cómo alguien pudiera pensar que tengo menos de 21 años. El intercambio con la mesera no le cayó nada en gracia al doctor, que no se rio con nosotras mientras le enseñaba a ella cómo descifrar mi edad en la IFE.

Comimos ostras grandes y chicas, pescados blancos y suaves, bebimos martinis y vino blanco seco: "*I have a nice special invitation for you*", dijo al tomar mi mano. El 21 de junio era el cumpleaños de su padre y la familia me quería invitar a cenar y a ver el musical de *Ana y el Rey* con ellos. Acepté, por supuesto, aunque apenas empezaba mayo y era la segunda vez que salíamos. También me invitó a la fiesta del 4 de julio en su casa en Long Island a la que iría su hermana adorada, con su esposo e hija. La hermana a quien le hablaba de mí y quien tenía ganas de conocerme. ¿Tan pronto? Yo no había platicado de la existencia del doctor ni a mi madre, o a las *matchmakers*. A nadie.

Caminamos de regreso a su casa de la Calle 70 y Riverside Boulevard, "*Come see my apartment*". Sí, el mismo que había visto unos días antes, pero insistió en regresar para que viera la vista nocturna, las luces de Manhattan iluminando con tanta claridad, porque quería quedarme a vivir allí.

Había llegado una parte del piso que estaba apilado en la puerta de la entrada, quise abrir el papel de cartón para ver las piezas pero no lo logré, entonces me perdí en la vista mientras él me contaba por segunda vez en la noche que tuvo que pedir dinero a sus padres, dinero que él mismo producía con su arduo trabajo. Veinte mil dólares en piso traído de Italia.

Bajamos nuevamente al lobby y me dio un tour por el gimnasio: "*Is this gym enough for you?*", preguntó. Mi cabeza giraba, ¿me está invitando a vivir con él?, ¿o a pasar la noche en una residencia en obra negra? Era la segunda vez que salíamos, no nos conocíamos nada, pero la pregunta nutría perfectamente mi fantasía. "*Yes, I guess it's enough*", contesté.

Cruzamos la calle hacia el departamento de los padres, que también estaba en la 70 y también era un edificio del Sr. Trump. Me mostró el gimnasio de ahí y agregó que si el de "nuestro" edificio no era suficiente, también podría ir a ejercitarme allí. Subimos a un piso que no era el 46 pero estaba frente al río Hudson.

El príncipe se quedaba en casa de sus padres cuando iba a Manhattan. De momento vivía en Long Island en la mansión familiar. Ese departamento, al que íbamos, lo usaban los padres quizá una o dos veces al mes. ¿Era un departamento? Sentí que estaba entrando a un museo, a un delicado lugar donde si miraba algo, se rompería, así que me limité a no tocar nada. Ahí estaba también el mármol de Carrara y el lujoso piso. El doctor me enseñaba la decoración de aquel lugar como una referencia a la suya, aunque decía que la de él era un poco menos recargada. Quizá se refería a que en su departamento no habría la pared de pinturas impresionistas originales conseguidas a través de subastas en el MET, o una cantidad inmensa de almohadas y cojines de distintos tamaños sobre la cama, o el piano más caro del mundo.

El doctor me acercó al banquillo del piano y me pidió que lo tocara. Qué pena, *no way*. Es un Bossendorfr, mucho sonido para tan inseguras manos; pero insistió. Me daba miedo romper las teclas perfectas con mis manos escurridizas. Le dije que tocaba si no me veía, entonces se metió al cuarto de sus padres mientras yo interpretaba con mucha dificultad el *Preludio No.* 5 de Bach y después la introducción de la *Fantasía* de Mozart. Salió del cuarto aplaudiendo y con menos ropa. Qué sexy, pensé, pero nada más se había quitado el saco, la corbata, la camisa y el cinturón, pero seguía con una playera blanca bien fajada dentro del pantalón. Llegó hasta el banquillo donde yo contemplaba la madera fina del piano.

El doctor me pidió que abriera la boca y sacara la lengua. ¡Uy, qué atrevido!, ¡me gusta! Sacó el teléfono y encendió la linterna para ver el fondo de mi garganta: irritada, roja, pero no infectada. "*My witch remedies work*", le dije con una sonrisa, y me levanté del banco para darle un beso por aquel gesto de novio/doctor preocupado por mi salud. Me tomó de la mano y caminamos hacia el cuarto. Cerró las cortinas con un control remoto, mismo con el que encendió la tele y bajó las luces. La cantidad inmensa de cojines sobre la cama se había reducido mágicamente a dos almohadas, pero mi nerviosismo aumentaba. No estaba lista para compartir con él ningún tipo de cama.

Me dijo: "*Come here, let's watch a movie*", y esa frase la conocía bien. Alguna vez, en mi casita de la Condesa invité a un joven guapo diez años menor que yo a ver una película. El joven llegó con una bolsa de Ziploc con palomitas hechas en casa para ver 20 minutos de una película que enseguida llevó a otras cosas. Esa noche me sentí súper *cougar*, y fui feliz porque los hombres jóvenes ven a las mujeres mayores con las que se acuestan como diosas y musas, aunque la experiencia sexual no fuera satisfactoria porque aquel muchacho pues... no aguantó. Pero dijo: "Ahorita lo hacemos otra vez. Acuérdate que tengo 19 años".

El doctor dio play a una película que sucedía en la Distrito Federal de la que no había oído hablar; era de secuestros, asesinatos y narcos. Qué hueva. Nos metimos en las sábanas completamente vestidos, yo con mi faldita y camisa; él, con su pantalón y la blancura perfecta de su playera fajada. Aunque yo sentía el pulso sexual porque era la primavera y no había tenido sexo desde que había llegado a Nueva York, las ganas no se despertaron.

Pasaron cuatro minutos de la película cuando empecé a escuchar ronquidos. Me pareció un momento ideal para huir; algo me hacía sentir muy incómoda. No sé si era que dormíamos en la cama de sus padres o que estábamos en posición horizontal sin haber siquiera dominado un cierto grado de intimidad en posición vertical. Me giré hacia un lado y él me siguió en un abrazo, me besó la mejilla y susurró: "*I am so happy I found you*", apreté los ojos con fuerza para pretender que estaba dormida porque no tenía una respuesta. Era la segunda vez que nos veíamos, me emocionaron profundamente sus palabras porque cumplían con exactitud mis sueños de niña, la falsa certeza y la voz que susurraba palabras más grandes para algo que apenas comenzaba.

Me sentí halagada, por supuesto; sin embargo, cuando dijo "*found you*", ¿a qué se refería? ¿Qué parte de mí había conocido? ¿La que se veía bien en un vestido de gala? ¿La educadísima niña que se despidió de beso de toda su familia y amigos? ¿La que compartía la misma nacionalidad que su madre y la misma religión que su padre? ¿La que se veía bonita caminando de su brazo en los lujosos clubs? ¿Qué parte de mí había encontrado en la segunda vez que salíamos como para expresar tanta felicidad? Claro que me sentía halagada: mi ego se infló regocijado por el comentario, pero la parte intuitiva de mí no se lo creía. Quizá porque era el príncipe que esperaba y no lo podía creer, o porque verdaderamente me parecía prematuro que a la segunda salida conociera el departamento donde viviría y estuviera acostada en la cama de los suegros. O quizá el príncipe era un romántico y yo una bruta por dejar ir mi cabeza a merodear a tantos rincones.

A las dos de la mañana, después de un par de horas intensas de escuchar mis dudas y sus ronquidos, me levanté para irme. Cami me esperaba en casa. Él se despertó y me pidió un Uber, bajó conmigo al lobby, abrió la puerta del auto, me dio un beso en los labios. *"Remember, with Uber you don't have to pay anything or give a tip. It's my treat"*. Yo abordé el coche y él cerró la puerta. *"Let me know when you are safe in your casa"*, dijo y se quedó parado frente a la puerta del lujoso edificio, y permaneció inmóvil hasta que lo perdí de vista.

No solo era la profesión, la vocación artística y el dinero de un príncipe; también, los gestos de un caballero, de un buen hombre... un gran partido. Mi abuela diría: "¡Qué muchachazo! ¡No lo sueltes, no lo sueltes nunca!" Más me valía enamorarme de él, porque me costaba el mismo trabajo enamorarme del príncipe que del no-príncipe. "Sí, a ti te hablo, ¿eh? Tery Teresa, o la tontita que anda cuestionándose todo, o como te llames, más te vale."

Si los astros se alinean

Conocí al rescatador de princesas judías a través de JDate, cuando todavía tenía la membresía activa. Fue el único que me interesó en esa aplicación. Era un hombre más grande, de la vieja escuela, que después de que le diera mi teléfono en el sitio de internet, para no estar comunicándonos a través de JDate, llamó sin mandar mensaje. Qué genialidad; hace años que nadie hace eso. Platicamos lo suficiente como para saber que queríamos vernos, pero no lo habíamos logrado. Entre sus compromisos de trabajo, y mis citas con el príncipe, nuestro encuentro se había postergado demasiado. *"Maybe if the stars align we can meet Wednesday"*, y los astros se alinearon en un espacio de ansiedad porque no tenía planes con el doctor hasta el viernes, así que vi al rescatador el miércoles en Miss Lily's.

Sonaba la música jamaiquina y había poca gente. En la barra estaba sentado un hombre de pelo castaño y ojos claros brillantes, flaco y de estatura media. Se levantó del asiento, me besó la mejilla de inmediato y sonrió como si hubiera encontrado un raudal de oro. *"You smell so good"*, dijo después de pasar un tiempo eterno olfateando mi pelo.

Nos sentamos frente a la barra. Él bebía de un popote. *"It's a delicious ginger tea, you got to try it"*, asentí para que la barista me viera. Ella, de piel negra azabache, tenía una cara redonda con las facciones perfectamente definidas, llevaba poco maquillaje y una mascada azul rey con blanco envolviendo todo su pelo: *"You are gorgeous, I love your look"*, dije porque nunca había visto tan de cerca esa mezcla de elegancia, ligereza y fuerza. Ella me guiñó el ojo, sonrió y sirvió hielos en un vaso.

Mi JDate y yo hablamos sinceramente de todo. *"It must have been so hard for you"* y me rodeó la espalda con sus brazos, apretaba mi cuerpo con fuerza y permanecía en silencio, mirando mis ojos y sonriendo. Me contó de su camino espiritual, del yoga, de los tratamientos de una clínica ayurveda; pero contestaba la simple pregunta de a qué se dedicaba con *"I rescue Mexican Jewish princesses"*. La primera vez me pareció *cute*, la segunda y tercera vez me exasperé, porque aunque al parecer yo todavía necesitaba a un príncipe rescatador, escucharlo así de crudo me irritó. Me cayó gordo que en ningún momento de la noche contestara. Pero yo sí: *"I'm not a Jewish princess"*; sin embargo, él tenía toda la razón en algo: aquel té de jengibre era lo más delicioso que había probado.

Fue su turno de sincerarse, había estado casado y *"Surprise!"*, exclamó con cero entusiasmo, *"I have two children"*. ¿De cuántos años? Pregunté mientras yo tragaba una buena cantidad de saliva. *"A 10 year old boy, and an 8 year girl."* Dije ¡wow! No me lo esperaba para nada y menos aún su honestidad: los niños vivían con él y la cosa con la ex estaba muy, muy mal.

La plática siguió sobre cómo se encargaba de los niños y cómo balanceaba el resto de sus actividades. *"And your work?"*, insistí. *"I rescue princesses"*, dijo con una sonrisa de príncipe encantador. Revoleé los ojos, no tanto por él sino porque yo pronto tomaría posesión de mi principado de mármol con el doctor.

Salimos a la calle, me miró a los ojos como si en ellos buscara su propia inmortalidad... *"Can I give you a hug?"* Asentí, aceptando el abrazo y aceptando también que siempre habrá quien pide permiso para acercarse físicamente, por más desesperante que sea. Siempre existirán hombres que anuncian lo que van a hacer y no nada más lo hacen: *"So now I'm going to hug you"*, *"and now I'm going to kiss you"*, pero no, no me besó. Nos abrazamos y así nos despedimos.

Es que el chai es muuuy sensible… ¡ajá!

Empecé a sentirme la "esposa del doctor". Una mujer que debe ser comprensiva con el trabajo de su hombre. El príncipe Jacob y yo habíamos quedado en que vendría a mi casa a probar mi magnífico chai y después iríamos a otro restaurante favorito de los padres. Para variar y no perder la costumbre de tener la insignia de los padres en nuestras citas. El horario pendía del hilo quirúrgico y de la estabilidad de los enfermos del hospital. Me preparé: hice limpieza profunda de la casa, es decir, aspiré y trapeé, acomodé todo el desorden y como Adela no estaba en la ciudad, orden y caos eran toda mi responsabilidad.

Compré queso, un buen vino, fresas y pérsimos. Hice el chai y lo vertí en el termo para que se mantuviera hirviendo. Encendí velas por toda la casa y compré flores. El panorama del médico no se veía bien: tuvo dos emergencias, así que venía un poco retrasado. Recalenté el chai y me senté a perder el tiempo en Facebook. En realidad quería ver OkCupid, que era la única que había sobrevivido a la fumigación de *dating apps*, pero "la esposa del doctor" ya no puede dar *swipes*. Las velas se consumían. ¡Oh, no!, hubo un accidente de coche en la Long Island Expressway y no tenía ni para cuándo llegar.

El doctor llamó desde su auto y dijo que la carretera se había despejado, primero tendría que ir a su casa de la Calle 70 *to clean up* y ya no daría tiempo para que viniera a la mía. Yo entendí que tenía que ir a limpiar la casa de los padres, en la que no podía nunca haber rastro de presencia y suciedad humana. *"I don't understand why do you have to go to you parents and not come straight here"*, dije, liberando a la mujer loca, impaciente, la recién casada con el doctor, la que no entiende que el que se tiene que limpiar es él, y no la casa. *"Can we drink chai after dinner?"*, preguntó hastiado por mi pequeño drama. *"This chai is a sensitive beverage"*, dije por la cantidad de veces que lo había visto echarse a perder. Pero fue más un impulso inconsciente para no reconocer que *I'm a sensitive little creature.* Luego respondí: *"Sure, it will be fine after dinner"*. Tomé un taxi y fui a la Sexta Avenida.

Llegué al restaurante japonés favorito de la familia. Por fin, un hombre me llevaba a comer sushi. El chef, Soto, era amigo de ellos, así que nos sentamos en la barra donde él nos servía. Tomamos cerveza japonesa y un sake frío que entró y comenzó a instalarse en las venas de toda mi inseguridad. No hablamos mucho durante la cena porque mi paladar y yo estábamos extasiados con los sabores. Ni vi el menú: comería todo lo que no fuera carne o pollo. Pagó la cuenta, agradecí 20 veces seguidas, luego visitamos en la cocina a la esposa de Soto, Akemi, quien estaba muy deprimida porque uno de los empleados los había demandado y tendrían que pagar una gran suma, y harta de la burocracia gringa, Akemi consideraba regresar a Japón: *"Oh no, Akemi, no"*, gemía el príncipe Jacob para animarla. Salimos a la Sexta Avenida para buscar un taxi.

Jacob se recostó en mi pecho durante el camino, exhausto y borracho, yo lo abracé. Dirigí al taxista y llegamos a mi casa rápido. Cami me siguió por la casa mientras serví el chai medio frío y encendí solo las velas de mi cuarto. El doctor sorbió un poco de té y se acostó en la cama. Cinco minutos después estaba dormido.

Me quedé paralizada, sin saber si ir a la cama a dormir o ir a la ventana del cuarto de Adela a llorar en silencio porque nuestro único contacto había sido el de su cabeza borracha recargada en mi pecho. Pero más bien abrí la puerta del pequeño armario y saqué mi bata de seda, me la puse y apagué la luz de la mesa de noche para que el príncipe durmiera tranquilo. Cargué a Cami y la abracé para sentir su compañía, mi dulce tónico tan similar a la flor de manzanilla.

Deambulé con Cami en mis brazos por la sala, no fui a llorar, sino a pensar y eso abrió la llave para que mis monstruos corrieran a mí: ¿Me veía fea? ¿Estaba gorda? ¿Era indeseable? ¿Me había puesto demasiado maquillaje? ¿O insuficiente? ¿Me faltaba algo, me sobraba algo? ¿Qué era? Quizá el doctor estaba agotado y su franca respuesta no tenía que ver conmigo sino con su cansancio. Más tarde fui al cuarto y lo vi ahí tendido, desacomodado, con la cabeza chueca. Me dio ansiedad y ganas de sacar una de las almohadas de tajo para que ajustara su posición, pero me dio vergüenza, esencialmente, porque no tenía confianza con él.

Me acosté del otro lado de la cama y me indigné porque ese no era mi lado. Mi lugar estaba invadido por un hombre que roncaba como locomotora, y eso, aunado a todo lo demás, hizo que cerrara los ojos y me encontrara de frente con el insomnio. Por momentos abría los ojos y veía mi cuerpo por debajo de la bata de seda, con lencería de encaje negra; tenía que reafirmarme que el problema no estaba en mi cuerpo, pero no lo logré.

Dormité como pude y a las seis de la mañana del domingo sonó el teléfono del doctor. Menté madres para mis adentros, pero como ya era, o me sentía, "la esposa del doctor" no tuve más remedio que abrir los ojos, sonreír y escuchar la conversación. "*This nurses... they don't check the doctor's notes*", dijo al colgar el teléfono y me contó la historia de aquel paciente. Luego me abrazó y comenzó a mover las caderas hacia mí, el drama de las horas anteriores se fue diluyendo. El doctor me tocaba las piernas como osteópata que es (también), y no como hombre. Pero yo a él sí, de mujer a hombre, y bajé mis manos a su entrepierna y con el trabajo de mis manos y boca su cara comenzó a sudar y de su voz salían finos hilos entrecortados de placer. Yo para él, no existí.

Nos vestimos y salimos con Cami a comprar un café. A las nueve de la mañana el doctor abordó un taxi en la Primera Avenida. Era 10 de mayo, una fecha en la que yo casi siempre lloraba porque era la fecha en que había muerto mi abuela víctima de cáncer de mama. Recibí un mensaje.

> I just wished my sister happy Mother's Day, she was asking all about you! She wanted to see a picture of you but I told her I don't have one. Is there any possibility you might be able to send that beautiful picture on your phone that you showed me the other day?

Se refería a la foto de la Quinta Avenida donde posaba con mi vestido de gala el día que lo conocí. La mandé y vacilé diciendo que el día que conociera a la hermana no tendría puesto ese vestido morado tornasol.

Llamé a mi madre, y de regalo, le di esta historia. La relación por fuera sonaba a un compromiso capaz de llegar al matrimonio. Estaba feliz, por fin recibía lo que siempre había merecido. Lloré de felicidad al contarle de Jacob, el príncipe, el doctor, el pianista, el osteópata judío y millonario.

Lloré mucho ese día, según yo de felicidad, pero quizá era de tristeza porque me estaba entregando a la idea de una relación donde todo era hacia afuera, y por dentro, un hombre que no me deseaba, y al que parecía no despertar pasión. Ni él a mí. Parecía como si yo le avivara la idea de su esposa perfecta y comprensiva; y yo, lo mismo. Me estaba conformando a no sentir nada por él para abrir mis brazos y recibir las comodidades de mármol frío, y no la calidez de un corazón reconfortante donde pudiera ser por completo yo misma, con mis inseguridades y locuras, y no la imagen de la mujer recatada y pulcra que él buscaba. No sé si era eso, o la felicidad, pero lloré tanto esa mañana que después, a plena luz de un domingo de mayo, dormí sin parar.

No era de Mozart esta Fantasía

"Un día vas a hacer algo tan grande que vas a dejar boquiabiertos a todos, che", dijo Santiago, pero de inmediato corrigió: "Bombonazo, quise decir, no che". Nunca me decía che, porque yo para él no era su compa, era su "querida" o su "bombonazo". Y ese comentario llegó a mi casa después de que abrí la puerta, cabizbaja y pensativa, y que él, exudando alegría por haber estado viajando con su esposa gacela, notara mi tristeza. No habíamos tenido clase para que le contara del nuevo estatus de la visa y no iba a irrumpir su escapada romántica con una cosa así. "¿Te peleaste con el chico en turno?", casi lo escuché murmurar antes de que yo respondiera, porque no estaba de humor para esa pregunta. "Ekaterina se echó para atrás con la visa", dije después de que con los ojos verdes me preguntara ahora qué rayos me pasaba.

Pasó del otro lado de la puerta y me estrujó lento como *adagio*, dulce como *pianissimo*, tan amoroso como vals. Santiago, y toda la sensibilidad que vivía dentro de él. Me rendí en sus brazos. Me reacomodó un brazo que, a su juicio, no estaba bien integrado al abrazo, y lo permití.

"Acordate de mí. Vos vas a hacer algo muy grande; vas a estar cashadita, pero cuando sea el momento, vas a reventar con algo grande", repitió. Él veía un tipo de grandeza en mí que no sé a qué se refería. ¿Cuál de todas? ¿La que no podía obtener una visa? ¿La que no sostenía una relación con nadie? ¿La que no tenía idea cómo salir adelante en un lugar como este? No me sentía grande, por el contrario, me sentía taaan pequeña.

Serví chai en dos tazas y nos sentamos en las periqueras frente a la barra de mi cocina. Aquí sí podíamos perder el tiempo, porque ya no me costaba la renta del estudio; aquí las tentaciones tenían las manos más largas. Bebimos un poco. "Está re-bueno." Se refería al chai. Cada que venía, yo le tenía preparado su brebaje, pero cuando no lo hacía por andar a las carreras, me lo restregaba: "¿Y sha no me querés? ¿O por qué no me hacés chai?".

Iniciamos la clase, que ocurría al borde de mi cama. Toqué la introducción de la *Fantasía* de Mozart. No cabíamos en ese espacio tan reducido entre el colchón, la pared, el teclado y nosotros. Ni siquiera había silla para él. Yo me sentaba en el banquito miniatura que venía con el teclado, y él en un puff que no tenía respaldo y su figura larga ese día en particular estaba más comprimida de lo normal, pero no podía ofrecer algo diferente, porque no había sillas en mi casa: había dos periqueras en la barra de la cocina, el sillón de dos plazas en el que me sentaba con Adela a ver *Seinfeld*, y que estaba del otro lado de mi pared de tablaroca; en mi habitación, mi pequeño banco, aquel puff y la cama. Esas eran las opciones; ambos miramos al mismo tiempo la cama, porque, aunque todos los muebles estaban demasiado cerca por el reducido tamaño del departamento, mi cama estaba a una nalga de distancia. Se quedó mirando la cama, acerqué una mano a su rodilla. Se sonrojó, mi corazón estaba *prestissimo*, tanto, que pudo haber explotado. O no.

"Acordate de mí."

Santiago y mi cama, del otro lado de la tablaroca, Santiago y mi sillón. Santiago dentro de mi cama; Santiago sentado en mi sillón. Yo cabalgando su cuerpo, el teclado encendido; Santiago gimiendo, con la espalda empapada, recaí gado en mi sillón.

No. No era de Mozart esta *Fantasia*. Era mía, muy mía: sus manos de pianista, los rizos alborotados de mi cabeza, Su espalda ancha. Mi sillón.

No te casas con quien mejor coges

Fui a comer con Olga, que ya tenía seis meses de embarazo. En su caso todo había sido un éxito total: conoció al marido, se enamoraron, él le pidió matrimonio a las dos semanas, planearon una boda, se casaron y meses después estaba embarazada. Había pasado un año y medio desde que Karen, la *matchmaker*, los había presentado.

Me había distanciado de ella durante el invierno, porque su versión en la era del D.C. Me parecía altanera y aburrida; como si tuviera todas las respuestas del mundo por haber encontrado a *the one*. Se sentía como mi consejera de cabecera. Comimos hindú vegetariano en la zona conocida como *curry hill*: "Estoy haciendo lo posible por quedarme acá". Preguntó qué estaba haciendo para ganar dinero. "Cuido niños." "¿Pero te pagan bien?" "Sí", contesté. Y ella pagó mi cuenta.

Casi cuando salíamos le platiqué del príncipe. "¿Pero te gusta?", preguntó como eco de la cuestión anterior. Sí, o sea, me siento tranquila, sin ansias, y comencé a relatarle nuestras dates narrando ciertos detalles, pero sobre todo enfatizando en lo que él me decía. "Este hombre suena serio y suena a que quiere casarse contigo." Asentí. Y después le conté del cerrajero israelí que me encontré en todas las apps y del rescatador de princesas de JDate, como parte de mis aventuras.

"Tienes que dejar de hacer eso", me regañó y aconsejó que le hablara al rescatador de princesas y le diera las gracias para concentrarme en avanzar hacia el altar de la mano del príncipe. Mi cabeza voló mientras cruzábamos el Madison Square Park.

La idea no sonaba descabellada, en mi educación y cultura, una persona, tradicionalmente, salía con una a la vez, no había esta dimensión poliamorosa. "No me despierta mucha pasión, la verdad", me sinceré al mirar las curvas del Flat Iron Building. Mi amiga se tocó la panza protuberante. "El hombre con el que te casas no es necesariamente con el que mejor coges." Encogí los hombros y con una mano le acaricié la barriga.

Quería su historia, casi idéntica, por eso había venido inicialmente, aunque me negaba a reconocer que seguía aquí con aquella misión. Le vi la panza y me imaginé sentada en esa misma banca un año después sorbiendo una gorda malteada de chocolate de Shake Shack, sobando mi vientre y sonriendo con ternura al sentir las primeras patadas de vida. Pero ahora no era eso, había comido demasiado curry, tenía que correr al baño más cercano y cuidar muy bien de no desechar también la fantasía que crecía rápidamente dentro de mí.

El príncipe/doctor quería presentarme con todos sus conocidos y amigos, con su hermana, y deseaba que conviviera con los padres. Empecé a sentir inquietud, porque en el lugar de donde yo venía, cuando conocías a alguien que parecía que era el adecuado, todo avanzaba a una velocidad vertiginosa. Muchas parejas a mi alrededor se habían comprometido apenas seis meses después de conocerse. Ellos dicen que "cuando sabes, sabes".

Al mismo tiempo, el doctor se abría camino apresuradamente con tantos comentarios respecto del futuro, entregándome en las manos el sueño de ser la princesa rescatada, y mi única labor era aprender a actuar en ese personaje.

Me citó para cenar con sus amigos el viernes. Era lunes. ¿Hasta el viernes? Mi cabeza empezó a dislocarse. ¿No se supone que las parejas se ven dos o tres veces a la semana? Algo no andaba bien. Empecé a entrar en la intranquilidad del teléfono con sus pocos mensajes y llamadas. El doctor estaba muy ocupado y vivía en Long Island; "nuestro" palacio de Manhattan todavía no estaba listo. Algo no andaba bien.

To ghost or not to ghost

El rescatador de princesas de JDate siguió en contacto, a veces con más presencia que el príncipe de mármol. Preguntaba qué había sido de mi día, cómo me sentía, en qué *mood* estaba y me mandaba una canción acorde, como *Where will I be*, de Emmylou Harris; también me narraba con entusiasmo detalles de su día. Por ejemplo, el tratamiento ayurvédico digno de la realeza. No sé si se me antojaba el tratamiento y podría sentirme como una reina con mantequilla clarificada caliente en mis orejas, pero su lindura me hacía sentir bien y no quería que dejara de escribir. Para nada. Pero tenía que armarme de valor a cambio de la estabilidad del príncipe/doctor en quien debía poner toda mi energía, de acuerdo a los consejos de mi amiga y, claro, a la sensatez de lo que en toda mi vida había aprendido.

Lo logré una tarde/noche mientras caminaba de la cocina al cuarto, y del cuarto a la cocina, con Cami siguiéndome de un lado al otro: *"Can I call you?"* Dijo que sí. Con una mano en el teléfono y la otra dándole un premio a Cami, después de platicar acerca de nuestros días y de que él dijera *"Maybe if the stars align you could teach me a yoga class"*, me armé de valor y expliqué que para empezar una historia con alguien era fundamental que hubiera atracción y buena plática, que según nuestra primera interacción la había; después seguía el *timing* que debía ser perfecto y en este momento no era el ideal para mí. No tuve que dar más explicaciones.

Me agradeció la llamada diciendo que nadie se comporta así en nuestros días, que las mujeres solo dejan de contestar y hay que asumir que perdieron el interés. Sentí feíto de hacerlo, pero creo que siempre es mejor ser honestos con alguien que ser buena onda. Aunque haya sido una sola salida, una muy buena date, no importa. Merecemos un "hasta luego, ya me voy, muchas gracias por participar" para no quedarnos pensando que la otra persona no contesta debido a los siguientes escenarios fatalistas: "se le cayó el teléfono al escusado", "se fue de viaje y no entra la señal", "ay no, ¡pobrecito! ¡Se murió!"

Me despedí del rescatador de princesas judías con un nudo en la garganta para dejarme ir a los brazos del príncipe/doctor que ya me había rescatado. Tenía que concentrarme y olvidarme de las cosas lindas que las otras ranas ofrecían y procurar cerrar el *deal*. Estaba determinada a triunfar.

Bueno... *if the stars align.*

María la del Barrio
meets Pretty Woman

"Que venga a la casa a tomar una copa y con mi tequila lo convenzo", dijo mi tío aludiendo a que con su tequila, que era el mejor del mundo, podía convencer a Jacob de que nos casáramos. Así escalaría todo a un matrimonio casi arreglado como él insistía que debía ser mi futuro. Mis tíos habían llegado a Nueva York y salí con ellos a cenar. Les conté todo lo que sabía del doctor. Era mi turno. "Ese niño es un príncipe", dijo mi tía complacida. Había salido con él solo tres veces y, entre la insistencia del príncipe de presentarme con todos sus familiares y conocidos, y el anacronismo de mis tíos que ya escuchaban las campanas nupciales, cedí y lo invité a tomar un tequila antes de encontrarnos ese viernes.

Jacob debía consultar su agenda para ver a qué hora podría llegar con nosotros. Me sentí victoriosa, por fin, podía presentar a un hombre a mi familia. Lo estaba logrando, y muy bien, hasta que el príncipe confirmó que no llegaría, y yo como esposa de doctor, lo entendí. Me citó afuera de la Iglesia de Juilliard para un recital de piano con sus amigos, y después irnos a cenar.

Llegué haciendo mi ruidito característico con los tacones afuera de la Shepard Faith Presbyterian Church; ahí estaba Jacob, con su traje, altura y distinción. Me vio llegar, sonrió y me tomó de la cintura para besarme suavemente la mejilla. Me presentó con una pareja que había conocido en los tiempos en que vivía en California y visitaban Nueva York ese fin de semana. Me sonrieron mucho, como aprobándome, y no tuvimos mucho tiempo para platicar porque el concierto estaba empezando.

Jacob me tomó de la mano y caminé de puntillas a nuestros asientos. El lugar estaba medio vacío, pero el pianista era dinámico, preciso, asiático y cadencioso. Recargué una mano en la rodilla de Jacob, él la tomó entre la suya y acarició los dedos. Empecé a volar. Entre la belleza de la música y el momento con él, quería congelar el tiempo. Pero comencé a sentir un miedo terrible de que algo me arrebataría el sueño de formar una relación con él.

Supongo que fue aquel preciso segundo en que empecé a actuar a favor de la fantasía y apreté fuerte su mano, sintiendo un profundísimo pesar de que si algún día se le ocurría soltarla, mis piernas no me sostendrían y caería de bruces rompiéndome toda la cara.

Hubo un intermedio. Le señalé a Jacob, unas filas más adelante que nosotros, a la pareja de pianistas que nos había presentado. Avancé hacia ellos mientras mi hombre le daba el preámbulo a sus amigos de quiénes eran. Llegué primero y los abracé a ambos, con una sonrisa; el más alto y el que tienes menos pelo dijo sorprendido: *"Teresa! What are you doing here?"* Giré hacia atrás y dije: *"I came with him"*, mostrando una sonrisa de complicidad. Ellos se dirigieron a Jacob, excluyéndome de la conversación y le dijeron que querían cenar con él para hablar de algo, solos, y repitieron: *"Just you"*.

Regresamos a nuestros lugares y mis oídos, en vez de escuchar la música, escucharon una pequeña voz de tragedia *"Just you"*. Apenas hacía cuatro días el doctor me había comentado de una reunión de los miembros del consejo de la fundación con aquellos pianistas. Que lo quisieran ver a solas quizá no tenía que ver con cuestiones de trabajo, sino conmigo. Traté de no escuchar cómo retumbaban esos miedos en mis oídos, y cerré los ojos con fuerza para intentar tomarle la mano a la vibración de la música.

Salimos un poco antes de las diez. Supuse que la noche sería larga, así que llamé a la casa de mis tíos. Contestó mi tío. Pregunté si podía llegar a dormir porque el restaurante estaba cerca de su casa y al otro día daba una clase de yoga temprano por el área. Contestó que sí, y preguntó a qué hora llegaría. "Bueno... si llego", propuse una variable. "No, chula, si aquí no es hotel", dijo en ese tono que me recordaba a la adolescencia. "Ahora llegas... Acá te espero", y colgó.

Desde el taxi llamé a mi roommate para encargarle a Cami. La verdad no veía muchos planes del doctor para hacer una pijamada. Repetía que estaba agotado y que al siguiente día tenía que estar temprano de camino a la clínica en Long Island. Supe un poco más de los amigos en el taxi. Él era un amigo de la carrera de medicina, ella era enfermera. Sus sonrisas se quedaban pasmadas cada que yo hablaba; como si me aprobaran. Le daban a entender a Jacob que sí, tenía permiso para ponerse las pilas.

Llegamos a un restaurante de carnes en la Calle 57 y nos sentamos en medio círculo. El príncipe pidió una botella de vino de lujo, y cuando llegó el momento de ordenar, me dijo emocionado que pediría para mí el mejor pescado *dover sole* y accedí cerrando el menú que pesaba media tonelada.

La cena transcurrió en una plática donde los amigos querían saber "todo de mí". "*Jacob is coming to LA soon, tell him to take you with him*", dijo su amigo con una sonrisa latina, pícara. "*How is your dover sole?*", preguntó el doctor con voz tan queda que se escuchó como un diminutivo suave. "*Yum, mmm, do you want to try?*", le corté un pedazo y lo puse en su plato. Dijo: "*Thank you very much*", y apreté la mano pianística del doctor.

Antes de irnos pasé al tocador; dije *tocador* porque para pertenecer al mundo del príncipe no podía decir baño o escusado, ¿verdad? Jacob fue a buscarme y cuando salí, me fijé que nadie nos viera, y me lancé a darle un beso en sus labios de Guasón, pero lo sentí sobrio, seco, desprovisto de emoción, como si estuviera importunándolo. Salimos y nos despedimos de la otra pareja. Les caí tan bien a ellos que pidieron mi teléfono y correo para estar en contacto. ¡Fiu!, ya podía palomear la casilla de los amigos.

Caminamos tomados de la mano hablando simplemente de lo que había sucedido en la cena. "*So, how was your dover sole?*", preguntó.

"*Amazing*", contesté y traté de desviar el tema a otra cosa que no fueran los amigos californianos y la dicha tan grande que me había dado comer ese pescado.

Seguimos caminando y aprovechó para gruñir sobre su horario de trabajo, el cansancio acumulado, la falta de tiempo, la mala instalación del piso italiano con valor de 20 mil dólares. Me iba a morir de aburrición. "*So, how did you enjoyed YOUR dover sole?*", repitió, sin darse cuenta de que me sulfura cuando alguien me restriega en la cara lo que hace por mí, o lo que me da. Integré a mi voz la mayor elegancia y acomodé en las manos unos guantes blancos imaginarios hasta el antebrazo: "*I enjoyed very much my dover sole, but I enjoyed even more your company*", dije deteniéndolo un poco con la mano y mirándolo a los ojos. No tuvo más remedio que asentir.

Me dejó en la puerta del edificio de la Trump Tower, donde el magnate tenía su residencia. Era tan absurdamente pesada la puerta que siempre había un hombre que la abría y cerraba. El príncipe se despidió una vez más con un beso sin beso y crucé el pequeño vestíbulo hasta topar con el elevador y llegar al piso de mis tíos.

Me costó trabajo conciliar el sueño. ¿Qué querían hablar los pianistas con él? ¿Por qué me importaba un pepino? "*You owe me much more besos*", escribí coqueta para asegurarme de que yo seguía *on top of my game*. "*Agreed*", leí y luego vi muchos emoticones con ojos de corazones dentro, pero era yo la que siempre tomaba la iniciativa física hacia lo sexy, a desatar una chispa, y no nada más regocijarme de ir a los restaurantes favoritos de sus padres. "*I had a wonderful time. Thanks for everything*", escribí. Pero en realidad no estuvo tan *wonderful*. No es tan interesante ir a que los amigos te conozcan cuando apenas estás conociendo a alguien. Yo aprovecharía más el tiempo para explorar y sentir que hay un hombre que se muere de ganas de que su poco tiempo libre sea para platicar, agarrar a besos a su chica, querer saber todo del otro. Y no para que sus amigos me pidieran teléfono, email y fueran ellos los que querían saber "*all about me*". Era muy pronto.

Me tardé en dormir y desperté agobiada. Fui a la sala, donde estaban mis tíos, y me esperaba un magnífico café *lavazza*, y sus oídos expectantes de saber la historia de la noche anterior, como en mis años de *blind dater* adolescente. Preparé mi reporte y lo narré saltándome todas las partes de mi incomodidad.

"Me preocupa lo que puedan decir los pianistas a Jacob", me sinceré con mi tía mientras tomaba mi primer sorbo de café. Mi tío se había ido a bañar y ella danzaba de la cocina a la sala con platos de toronja en gajos, galletas de arroz y fresas sin rabillo. "¿Qué le pueden decir? Si ellos te lo presentaron", contestó relajada. Pero mi locura y paranoia era más grande que su tranquilidad. Le enumeré una lista de miedos y ella actuó como el paréntesis de mis propias respuestas:

1. Que le digan que no tengo dinero. (Ellos saben, él sabe, ¿eso qué?)
2. Que le digan que en realidad no soy pianista. (¡Ay, Tery! Él sabe, no es tonto.)
3. Que le digan que yo, como la hija de Andrew Lloyd Webber, también escribo y que ahora hago un proyecto sobre mis dates. A lo mejor lo quieren prevenir de que sea uno de mis personajes. (¿A él qué le importa?)
4. Que le digan que solo quiero salir con él para casarme y tener la Greencard. (¡Estás loca!)

Tomé dos gajos de toronja, y aunque son suaves y jugosos por poco se me atoran en el pescuezo:

5. Me siento como María la del Barrio tratando de conquistar al ricachón de la mansión de Long Island, y que no se siente a su "nivel". (¡Ay, ya Tery, de veras... Mejor vete a bañar!)

Y en la regadera, el chorro de agua caliente se transformó en un miedo aún más profundo: El hombre no me gustaba, repito, no me gustaba. Lo sentí desde el principio; claro que iba ganando puntos a favor por muchas razones incluidos detalles y palabras. Pero los puntos los arrasaban las casillas palomeadas, pero él, en esencia, no me atraía física, mental, espiritual o emocionalmente. Me parecía tiesísimo. Las lágrimas de María la del Barrio nos enseñaban sus sentimientos por el ricachón. Yo nada. Llevábamos poco tiempo de salir pero los clics con alguien se dan o no se dan. No hay necesidad de indagar tanto.

Además, me dio la sensación de que tenía que dejar a un lado a quien yo era para complacerlo. Yo, que creía en astrología, que tengo al menos un quinteto de chamanes con los que hablo de la energía, que hago rituales de luna llena y me quiebro ante la magia y el tarot. Que practico yoga antes de que Lululemon abriera sus puertas en Vancouver, que medito a diario, y que escribo todo lo que me pasa. ¡Ah, pero creo que debía renunciar a escribir una palabra!, o todas. Porque a veces, mis reflexiones suelen ser incómodas, para mí, y para quienes las leen. Y la controversia es un lujo que una princesa no se puede permitir.

Jacob pensaba que era como María la del Barrio cuando dijo que me arreglaría clases de piano con su maestro, cuando creyó que soy tan plebeya para no saber que si él pidió el Uber desde su celular, yo no tengo que pagar nada. Jacob no se interesaba realmente en conocerme, ni ver a la Vivian Ward en mí. Yo tampoco tenía interés en mostrarme. Era el *deal* perfecto de soltero busca soltera. Jacob no me gustaba, tenía los labios tan grandes y deformes al puro estilo del Guasón. Me aburría tremendo con él. Pero me gustaba que siguiera dando pie a una fantasía; por fuera era todo tan perfecto. En serio, tontita, ¿qué más quieres?

El jabón de verbena resbaló por mi cuerpo. Necesitaba tomar el control para llevar esto a buen puerto y dejarme de tonterías. Como decían las mujeres con las que crecí: "Los hombres son la cabeza, pero la mujer es el cuello". Es la invitación perfecta para no dejar que las cosas fluyan y para controlar, apretar y mover las tuercas para el ensamblaje de la vida ideal. Esto era pan comido para la Capataz Capricornio. Y eso era exactamente lo que iba a hacer.

¿Y si me quito los tacones?

Angela llamó: "*Tery, we have a match for you*". Teníamos tiempo de no hablar. Mi membresía seguía en reposo y yo no quería rehabilitarla, pero Angela me explicó que debía retomar el tiempo que me faltaba porque se vencía el plazo que podía estar "congelada". "*Okey*", le dije, y ella continúo con la verborrea de siempre: nombre, edad, color de ojos, situación capilar, ocupación, ocupación de los padres, lugar de nacimiento, lugar de residencia. "Angela", la interrumpí, "*I don't want to meet him*". Escuché un silencio de unos segundos. "Mmm", balbuceó, "*Why not? What's wrong?*" Me dejé ir con mi confidente de amores y aunque este *match* no había sido labor de la agencia, y aunque no habíamos estado en contacto desde que regresé de México, era de su interés saber detalles de mi vida romántica.

"*I'm dating someone*", dije, y ella me pidió los pormenores. Se los narré; cuando terminé le dije: "*I really want to put all my energy to make this work*". Y escuché del otro lado la voz de Marjorie: "*But how long have they been going out?*" Angela repitió la misma pregunta sin entender que podía escuchar la otra voz: "Cinco semanas", contesté. Marjorie se puso al auricular. "*No. You don't ever want to put all your eggs in one basket*". ¿Cómo?, ahora sí que *excuse me*? ¿No era justo el punto de todo esto?, ¿entregarse, arriesgar, apostar? "*Oh, no! It's too soon for that. Have you had the exclusivity talk?*"

Nope. Desde que había conocido al príncipe había salido con el cerrajero israelí y con el rescatador de princesas. Eran mis travesuras que había hecho antes de tomar el control y la decisión de poner toda la leña al asador con el príncipe/doctor. Además, ¿no se suponía que el trabajo de la agencia era buscar a dos personas que pusieran todos sus huevos en la misma canasta? *Unbelievable.*

"The... what?" Contesté. Yo lo practicaba naturalmente desde que llegué a Nueva York, pero no pensé que fuera así con quien sales "seriamente". *"There is an unspoken rule that unless you have the exclusivity talk, you can still date as many people as you want."* No había tenido esa plática con el príncipe, pero hablábamos de cosas menos relevantes como que podía vivir en su casa cuando no pudiera pagar renta, que se encargaría de mi visa y de cerciorarse que me gustara el gimnasio de su (nuestra) casa.

"You should go out with Mike." Lo pensé un instante. *"I really encourage you to do that"*, remató Marjorie. *"Fine"*, dije. Me pasó de nuevo a Angela: *"Will you be available May 21th?"* ¿Cómo podía saberlo? Faltaban más de dos semanas. *"He doesn't live in town but he will be on that date... He is up for moving to New York if he finds the right person".* (Cero presión, claro.) Revoleé los ojos y acepté estar libre el 21 de mayo. Ella procedió a leerme otra vez la cartilla con el entusiasmo de siempre. *"He is in his forties."* No indicó la edad exacta, pero lo dijo quizá para que no me olvidara de los tacones. *"Do you want us to release your number?"*, continuó con el protocolo. *"Yes"*, contesté hastiada.

> Hey, Mike here. Looking forward to mtg u nxt Thurs nite. Agency told me you "hung the Moon". I can't compete in your domain of lunar suspension, but my parents tell people I'm a great guy. Put enough medication in their oatmeal and they'll say anything.

Me imaginé perfecto a un desconocido poniendo polvo de medicina a sus padres en un plato de avena alumbrado por el sol de la mañana y me reí. Tuve que recurrir a mi *Urban Dictionary*. ¿Qué era *"hung the Moon"*? *There aren't any definitions for hung the Moon yet.*

Tratemos *"hang the Moon"*: Cuando un hombre mete su escroto dentro del ano de otro hombre, luego lo saca creando un sonido pop y salpicando mierda por todos lados. Entonces él sube a la cara del otro hombre y sostiene el escroto sobre su boca como una luna llena. El escroto se queda ahí. El hombre recostado se sienta y estira el cuello para envolver por completo el escroto.

¿Es decir... qué?

Tratemos Google: Si te refieres a alguien que *"hung the Moon"*, piensas que son extremadamente maravillosos, increíbles o buenos.

Okey, en esta ocasión me quedaré con la segunda y para la próxima habrá que dudar de la seriedad de *Urban Dictionary*. *"Shit splatters everywhere?"*, qué asco. Prefiero la versión nada modesta de *"extremely wonderful"*, al menos por ahora.

> Want me to call u to set our rendezvous time/place or keep things more mysterious and stick w/ txts like all the cool kids to arrange our initial encounter?

No sé por qué yo estaba tan ocupada, bueno, estaba intentando crear mi empresa de té chai en Nueva York y también estaba realmente ocupada volviéndome loca con la historia del príncipe. Estaba pensando cómo haría para vender mi mezcla de especias al mayoreo. Me la pasaba en el teléfono hablando con todos los contactos de mis contactos. Las especias estaban al triple de precio que en México. ¿Y si producía allá? Así le hacen todos, ¿no?

Todos los mensajes que intercambié con Mike decían que llamaría después, pero nunca lo hice. Quedamos en la hora y el lugar mediante un *text*, como todos los *cool kids*.

Aquí las respuestas oficiales que envié a la agencia después de la primera date. En paréntesis mis respuestas extraoficiales.

```
Date: May 21, 2015
Name: Teresa Zaga
Your Introduction: Mike
```

1) We met for dinner at 9:30 pm at The Blue Water Grill on Union Square. May 21, 2015

   (Un hombre completamente calvo me esperaba sentado, vestido en traje oscuro, se veía pulcro y concienzudo. Yo llevaba un vestido negro corto y unos tacones de aguja... "You should wear shorter skirts with older men, specially in their 40s", retumbaba la voz de Marjorie. Ahí estaba la faldita. Llegué a la mesa, lo reconocí porque antes del encuentro me mandó dos fotos, cosa que no había hecho ningún otro cliente Deluxe o "de la casa". Mike se levantó, me sostuvo de los codos y me dio un beso en la mejilla. Nos sentamos.)

2) Yes. I was pleased with the introduction and the way it turned out.

   (Hablamos de muchas cosas. Él y su familia son coleccionistas serios de arte. Me enseñó algunas piezas que hay en su casa, entre ellos un cuarto inmenso de distintos tipos de ajedrez. Tiene uno de Pedro Friedeberg, un artista mexicano. También me platicó de su trabajo: es dueño de varias empresas y se dedica a invertir en grandes negocios como Estée Lauder.)

3) My first impression when I saw him was that he
is attractive and very clean. Also very formal,
he asked me if he could take his tie off.

(Quizá Mike me vio más relajada de lo que
había visto en sus citas anteriores. Quizá
se dio cuenta de que en realidad me valía un
comino más la mitad de un pergamino si estaba vestido de traje o no. Aunque sentí que
la cosa estaba pareja si a mí me pedían llevar vestido y tacones. La solicitud para
quitarse la corbata fue muy formal: se la
empezó a desajustar, luego dijo que tenía
mucho calor, que había estado todo el día con
la corbata puesta y finalmente preguntó solemne si me molestaba que se la quitara. ¿Me
habría de molestar? Bueno, si pudiera quitarme los tacones estaríamos even, pero eso
nada más lo pensé porque solo me molestan
para caminar horas por la calle, no para estar sentada. Se la quitó. Por su forma de
hablar y los grandes gestos que hacía con las
manos lo sentí un poco amanerado. Pero no sé,
tal vez yo estaba bajo la influencia de que
nada más hacía esto para quedar bien con la
agencia, porque ya tenía una relación formal
con el príncipe y solo buscaba pretextos para
descartar a Mike.)

4) No. My impression didn't change after the
10-15 minutes after meeting him.

(Es decir, durante las dos horas que pasamos
juntos me pareció atractivo, súper limpio,

que cuida de sí mismo y hasta simpático. En
realidad me cayó bastante bien.)

5) Yes, there was an extraneous factor: There
was a baseball match that he wanted to watch
so by the end of dinner he was kind of rus-
hing to go and when we couldn't find any
taxis in the street, he was very upset.

(Estaba histérico más bien. Nunca me había
pasado que en Union Square no pasara un taxi
disponible en 15 minutos. Parecía insólito, y no
necesitábamos un taxi, sino dos. Mike me apuró
a salir del restaurante, aunque no podía darme
prisa porque traía los zapatos con tacón de
aguja, remember? Le dimos la vuelta a la plaza,
tratando de pararnos frente a la avenida más
transitada en ambas direcciones. Ofrecí que el
taxi que llegara primero lo tomara él. Ya estaba
enojado. Su limpio semblante se desencajaba con
cada segundo que avanzaba el minutero de
Union Square. Finalmente llegó uno y se subió
excusándose mil veces. Yo esperé tranquilamente el mío, hubiera caminado feliz a la casa,
pero no tenía el sencillo privilegio de solo
quitarme la corbata. Caminar era siempre una
opción; caminar con esos trituradores de pies,
o descalza, no. Me subí al taxi.)

6) The quality that I liked the best about him
was that he was putting attention to the
conversation. I like his smile.

(Eso no necesita mucho paréntesis, ¿verdad?)

7) Yes. I am not sure at this point.

(A la pregunta de si quisiera seguir viendo a esta persona. Además ya se iba al otro día, no vivía en Nueva York, la última parte de la date fue rarísima, la prisa... el baseball. Podría seguir mensajeando con él, porque es lindo e interesante. Además, al final de la cena le pedí consejos como de Dragon's Den para mi nuevo negocio. Digo, hay que tomar las oportunidades que se presentan.)

8) I made my decision that I'm not sure if I wanted to see him again by the middle of the date. He was weird with the food situation. For example, we ordered burrata and a caesar salad to share and when it came he told me he won't eat any of that because he doesn't eat cheese or cream. But we agreed on what we wanted to share. I believe I will keep seeing him, but I don't know in what terms.

(Eso de la comida fue un poco raro. Dijo que no bebía para nada y se ve que se cuidaba mucho, pero entonces ¿para qué ordenar platillos que no quiere o no puede comer?, ¿para darme gusto? Qué lindo. Pero qué raro, ya no sentí que soy la única que pasa por encima de sí misma para gustar a alguien más. Me comí toda la burrata yo sola. Estaba deliciosa, al otro día tendría dos kilos de más.)

9) No. There's nothing I would like to add.

10) It was 8, on a scale of one to ten satisfied
    with this introduction.

    (Ocho no está mal. No sé si lo sobrecalifi-
    qué. La pasé bien, pero nada más. Si llegara
    a la casa familiar y mi madre me preguntara
    si había sentido que era él, mi respuesta se-
    ría no. La calificación era ocho, y sí, qui-
    zá podría encontrarme con él otra vez.)

Porque cualquier distracción de lo que estaba sintiendo con el príncipe de mármol era mejor que realmente sentir lo que había de fondo.
Las semanas siguientes las pasé navegando en las aguas profundas
de la ansiedad. Todo se me removía, todo el temor y la inseguridad
salieron a la superficie. En vez de relajarme y permitir que la situación con el doctor/príncipe Jacob tomara el rumbo que debía, yo, con
"el deber ser" bien puesto me estresaba por el poco tiempo que el
príncipe me dedicaba.

No sé qué pasó con Jacob esas semanas, a lo mejor sí estaba tan
ocupado como decía en sus mensajes, eternamente formales. Yo le
escribía en español "guapo" y él siempre contestaba con su alegórico
"Buenos días, Teresa", *"Good night, Teresa"*. Y como yo era como la
de *Runaway bride*, que decía que sus huevos preferidos eran como
los de su pareja en turno, terminé mandando mensajes idénticos
a los de mi hombre del momento. Contestaba imitándolo en formalidad y longitud, sin expresarme por escrito como normalmente hago.

Me presioné para decirle a mi madre: "Aquí las cosas son diferentes, yo pues me tengo que dejar ir, y ser paciente", pero evidentemen-
te, no me estaba dejando ir. Me estaba volviendo loca. ¿Por qué ya
no me escribía con la misma frecuencia? ¿Por qué me decía que me
llamaría por la noche y no lo hacía? ¿Por qué, si íbamos avanzando
en el tiempo, decrecíamos en encuentros y en intimidad?

Como él estaba tan ocupado, y yo me adaptaba a la idea de ser "la
esposa del doctor", inventaba en mi comunicación con él que estaba

tan atareada, aprendiendo la mano izquierda del *alegretto* de la *Fantasía* de Mozart, dando muchas clases de yoga, encontrando la manera de hacer enorme mi negocio de té chai. La realidad era que estaba histérica. Ya habían hablado los pianistas con él, ¿verdad? Soy muy intuitiva o me sobraba imaginación. ¿Cuál de todos mis miedos se materializaba?

No supe distinguir. No escribía una palabra, me daba pánico. Había abandonado mi proyecto de escribir acerca de mis dates porque había llegado a mi destino final, y ya no podía seguir "haciendo esas cosas". Fui encarnando la piel de alguien que no soy y al mismo tiempo siempre quise ser. Mi príncipe se comunicaba poco, y la "esposa del doctor" no era más que un manojo de estrés.

¡Ponte una t-shirt! *Featuring*: ¿Cuánto mármol tiene el principado? Parte 2

Yo vestía una camisa transparente y unos jeans. Santiago tocó la puerta de mi casa e interpretó mi camisa como una provocación. Estaba tan enojada por lo que estaba ocurriendo con el príncipe, que cuando el maestro llegó a mi casa para la clase y no dejaba de mirarme las tetas, lo miré desafiante: "¿Qué? ¿Me pongo una t-shirt?" Él contestó: "No, no, querida, es que vos estás muy…" Lo dejé hablando solo y antes de hacerlo pasar fui al pequeño cuarto, cerré la puerta y me cambié por la playera más holgada y antisexy que encontré.

Santiago había aprendido a leerme bien. Era dulce y sensible, y a pesar de mis malos humores, siempre trataba de tranquilizarme. "Contame… ¿qué pasa, bombonazo?" "¿Te conté que estoy feliz de estar saliendo con un pianista?"

Lo noté celoso, y más aún de que "mi novio" fuera pianista profesional. "Salgamos una noche los cuatro, tú y yo, mi esposa y él." Asentí y me puse a tocar el *alegretto* de la *Fantasía* de Mozart, aunque la mía no se sentía tan alegre. Cami se acostó encima de los cables del teclado digital y del pedal. Tuve que tocar mis pies, las piernas largas de Santiago, sortear el calor de mi cara roja y ver la suya enrojecida también mientras cargaba a Cami para que se acostara en otro lado: en ese diminuto espacio no cabíamos los tres. Lejos de mi fantasía de que el maestro me tomara entre sus brazos y por fin me besara…

¡Hush! No, no, eso no. Si no te comportas, deseo-por-este-hombre, te voy a tener que amarrar con la correa de Cami.

Era intolerable sentirme más conectada en corazón, espíritu e intelecto al maestro, que al hombre con el que salía.

Más que intolerable.

Injusto, insostenible, absurdo.

Fui a Penn Station a tomar el Long Island Rail Road para ir a la estación de Huntington. Me desperté temprano, hice chai y lo puse en un termo. Me vestí casual: jeans, camisa blanca de lino, zapatos caqui de tacón, un saco beige y una mascada verde con calaveras. Me maquillé, ligera pero arreglada, y traté de estar lo más entera que pude para el sopor que se sentía en Manhattan. Le di un beso a Cami en la cabecita y me miró con esos ojos de "no te vayas nunca", pero de todas maneras me fui. Y con prisa.

Se me hizo tardísimo, así que tuve que tomar un taxi a la estación; compré mi boleto y fui por una botella de agua. ¿Iba a llegar solo con el chai? No podía. Mi sistema femenino generacional lo impedía, así que encontré unos chocolates Lindt rojos, los que son como unas pelotillas de éxtasis, y los compré. En el tren me senté junto a la ventana. En realidad, no hay ninguna otra opción para mí. Todo el viaje pensé en lo afortunada que era y lo nerviosa que estaba. Era la primera vez que hacía una cosa así. Esto es serio, pensaba, en México es una de las primeras cosas que suceden, pero aquí no. Esto dice algo. ¿Qué dice? Algo serio.

Llegué a la estación. El príncipe me esperaba del otro lado de los andenes, yo bajé por la escalera; nos vimos, me besó una mejilla, abrió la puerta del BMW azul marino y la cerró después de que me senté. Me preguntó si tenía hambre y mientras conducía me contaba datos técnicos del pueblo. Decía que en Long Island vivían muchos judíos y que básicamente uno sabía la procedencia y casi posición social dependiendo de la geografía: South of Huntington los no tan ricos; North of Huntington, las casas multimillonarias que salen en las películas como *Great Gatsby* y todas en las que sale Leonardo Di-Caprio cuando interpreta a excéntricos millonarios.

Nos bajamos del coche a una pizzería llamada Little Vincent's y comimos un pedazo de una maravilla llamada *cold cheese pizza*, de masa delgada y con una montaña de queso mozzarella rallado y frío encima. De vuelta al auto azul marino mencionó que sus padres no estarían muy contentos de saber que comimos pizza antes de la comida. ¡Wow, era como en la preparatoria cuando había que esconderse para hacer travesuras! Yo estaba puesta para otro tipo de travesuras, *but that's me*, pero bueno, él era feliz infringiendo el reglamento comiendo un pedazo de pizza.

Me dio un tour en coche por este lugar que parecía un bosque encantado en medio de montañas verdes, junto al eterno movimiento del mar. Pasamos por el lugar donde la madre Remedios compraba el pescado para la familia, y después paramos en otro lugar, a la orilla del agua, a tomar un trago, comer ostras y sentir el viento fresco. Qué calor, la máscara intentaba derretirse pero logré mantenerla pegada a mi cara. No hubo nada interesante en esa plática, salvo que me recordaba qué tan abrumado estaba. Yo le mostré fotos de mi madre y de mis sobrinos, porque él siempre sacaba alguna nueva foto de su sobrina, de mejillas redondas y ojos oscuros adorables, me la enseñaba orgulloso sin jamás pedir ver a los míos. Yo no le interesaba en realidad, sino lo que representaba para él.

Regresamos al coche, abrí la ventana y sentí cómo el viento detuvo mis ganas de ser libre para seguir haciendo planes a largo plazo con él. Hablábamos de la nueva obra de Larry David que queríamos ver, un concierto de la sinfónica de Nueva York con música de Tim Burton y otras actividades culturales que programábamos. Por momentos, me tomaba la mano mientras manejaba.

Verde y agua. Belleza abundante e infinita. Pasamos al estacionamiento de lo que fue su escuela primaria y me señaló algunos recovecos de su infancia. Manejó un tiempo incalculable entre árboles y tranquilidad, no había un solo comercio alrededor. Claro que podría vivir ahí. Fácilmente.

El príncipe me mostró varias propiedades que sus padres querían comprar antes de decidirse por la que adquirieron; mansiones espaciosas con nada alrededor más que agua, árboles y flores de todos los colores. Claro que podría vivir ahí. Después me mostró una casa inmensa frente a la bahía, de cuatro o cinco recámaras; se detuvo para decir que la iba a comprar por el mismo precio del departamento de dos recámaras de la Calle 70 y Riverside Boulevard, como sus padres, para que crecieran sus hijos como lo hizo él. O sea... no solo me imaginé viviendo ahí, me vi.

El BMW avanzó por Cold Spring Harbor Laboratory. Pasamos frente a las casitas donde residían los inteligentes, donde se había desarrollado la biología molecular, donde Watson y su pandilla descubrieron que los genes estaban formados por ADN, y no por proteína. Era un lugar importante para la historia de la humanidad, y yo estaba ahí, dispuesta a ocupar mi lugar como la princesa de mármol.

Casi subiendo a la colina que llevaba a la casa familiar, el príncipe se detuvo frente a la puerta de lo que fue la casa de Billy Joel, uno de nuestros vecinos, y luego subió toda la calle hasta donde no había salida. Vi la mansión en la que vivió Robin Gibb de los Bee Gees, y sonreí porque mi tía los adora. Mi victoria era contundente. La casa de mis suegros se localizaba en el mismo barrio que la casa que le perteneció a uno de los músicos más importantes de la historia. En la puerta de entrada había una *B* y una *G* por el nombre de la banda, pero yo recibí un mensaje del más allá: *Behave Good*.

Llegamos por fin a la casona de los padres. Empezó el tour guiado por la casita de los huéspedes donde ahora vivía y dormía mi amorcito: una cama matrimonial y un Steinway de un cuarto de cola embarrado como supositorio a la orilla derecha de la cama, una fotografía familiar de la boda de la hermana, mucho sol, un clóset lleno de camisas Carolina Herrera, un baño grande, unas escaleras, una planta alta con sala, escritorio, televisión y otro sillón ¿amarillo?, ¿era amarillo?, ¿o le entraba mucho el sol? Un balcón listo para salir en bata cuando viniera con mariachi a cantarme "novia mía, novia mía", shhhh, ¡no vueles, Teresa! Bajando la mirada había una cancha de tenis, junto una alberca con un árbol cruzado como si fuera un arco, a la derecha una mesa, una sombrilla y sillas de jardín; un hombre de pelo blanco y buena pinta saludándome con la mano. "*Oh, Hi Mr. Henry!*", una señora vestida impecable, ¿de blanco?, ¿de amarillo? "Hola Remedios, ¿cómo estás?"

Salimos de la casita de huéspedes a un pasillo lleno de orquídeas y la *master bedroom*, la de los suegros, amplia y rebosante de muebles renacentistas, con un tapanco y máquinas para hacer ejercicio para que el padre del príncipe hiciera sus rutinas. La sala con muebles victorianos, un piano inmenso, este sí creo que era un *grand piano*, una pared llena de cuadros de verdad. Me detuve a ver aquella larga pared y a perderme en recuerdos de mi clase de historia del arte. "*Hi Teresa*", Herr Henry me extendió la mano para saludar, pero yo no sé saludar así, me acerqué y lo saludé de beso; detrás de él, pequeña, morena, de pelo corto y en zapatitos *flat* la madre Remedios me abrazó. "*Nice to see you again*", me dijo en inglés la oriunda de Guadalajara.

"*Do you guys want some wine?*", preguntó Herr Henry. "*It's nice out, and the wine is cold.*" Asentimos. Caminamos a la cocina. No entendí dónde estaba nada. Todo estaba escondido, el refrigerador cubierto por un mueble, las parrillas casi no se notaban, y un mini lavatrastes sin indicio de haber un escurridor o algo que delatara una residencia en uso, y no un museo. En la cocina había una mesa redonda muy cerca de la ventana que daba al jardín, y en la pared más cuadros de verdad. Salimos por la puerta de vidrio a la mesa de afuera con la sombrilla, nos acomodamos de tal manera que el príncipe y yo teníamos el sol pegándonos en la piel.

Herr Henry nos sirvió una copa a cada uno y preguntó a dónde habíamos ido, qué habíamos hecho, qué habíamos comido. Jacob confesó la travesura de la pizza. "*That's not good for you*", contestó el padre, que era judío alemán. "*This is beautiful*", dije refiriéndome a toda la casa, a la lujosa experiencia y, sobre todo, al futuro que me aguardaba. Otra vez me sentí una pordiosera que nunca había visto una pieza de mármol. Me contaban que a la nietecita le encantaba el agua de la alberca, pero nadie se animaba a nadar con ella. "*When you come on the 4th of July bring your bathing suit*", aconsejó la madre Remedios. No sé por qué pero me molestaba que me hablara en inglés. Herr Henry hablaba perfecto español, el príncipe lo entendía y ella era mexicana.

Herr Henry entró a la casa para traer algo que quería que yo viera (¡qué lindo!) Mientras tanto, mi cara impregnada de sol empezaba a sudar y a notarse (¡aquí no, sudor!) A la madre Remedios no se le movía un pelo con el calor. Si yo quería ser como ella debía aprender a no sudar. Herr Henry me puso en las manos unas fotos recientes de ellos con Plácido Domingo en una velada en el Lotos Club. Me hablaron de lo sencillo que era el señor Domingo, y Remedios dijo que la esposa, una mujer mexicana, era inteligente y encantadora, como nosotras, ¿verdad? Me daba miedo manchar las esquinas de las fotos con el sudor de mis manos. Todo ahí se veía reluciente e inmejorable. Herr Henry preguntó a su hijo si había terminado de darme el tour por la casa, y él, visiblemente fatigado, negó con la cabeza. *"It's so hard"*, gimió directamente hacia mí la madre Remedios. *"They work so much"*, se quejó. Yo hice una mueca de comprensión casi imitando la suya, como diciendo "Yo apoyo sus horas de trabajo porque seré como tú, Remedios, la esposa del doctor". *"It's nice to be out, we haven't had a day off in so long"*, dijo el padre, que era director de la clínica y jefe de mi príncipe.

Nos levantamos y recorrimos todo el jardín. Era enorme. Pasamos la alberca y el kiosco, fuimos hasta un caminito de piedras. Desde ahí fijé la mirada en la casa completa, en Herr Henry y en la madre Remedios, que seguían sentados en el lugar donde yo había sudado; claro que me interesaba pertenecer a esa familia, a esa casa, a esos suegros. Había un círculo con unas bancas donde me quería sentar, pero parecía haber prisa para seguir recorriendo la mansión. Rodeamos la cancha de tenis y volvimos a entrar a la casa.

Pasamos por la oficina de la madre. *"What does she do?"*, pregunté mientras miraba el cuarto grande con el escritorio victoriano. *"Well"*, respondió orgulloso el hijo, *"she takes care of the administration of the house"*. Ama de casa, ¡está cool! Me fijé en una cruz enorme que estaba encima del escritorio. La madre era católica, por consiguiente, el hijo también. Ya no me importaba. Jacob era exactamente la definición estadounidense de un judío cultural: de sangre, pero no de costumbres. "Es que allá les vale la religión, todo mundo se asimila", escuché el eco de voces de mi sociedad que había escuchado mil veces. Como si "acá" nos ganáramos el cielo por ir al templo dos veces al año.

Volvimos a pasar por la sala y los cuadros. El príncipe me dijo que varios de ellos los habían adquirido en las subastas del MET; claro, por algo se me hacían conocidos. Después vimos el cuarto de la hermana que ya no vivía ahí, los artículos de la bebé y unas escaleras hacia el sótano, bodega, otro piano, cosas antiguas, instrumentos diversos, recuerdos familiares, una especie de cuarto de juegos y de memorias, de títulos, diplomas y una cava con más de 300 botellas caras de vino. El doctor me enseñó con la que brindaron el día que se graduó de la Medical School, que era la que sacaban en ocasiones especiales. Me pregunté si en mi honor se había descorchado alguna de esas botellas de lujo.

De regreso a la planta baja, cerca de la cocina, subimos otras escaleras. Había un piano de pared en el descanso de las escaleras y luego un cuarto de tele que se hacía cine. El príncipe apagó todas las luces y creó una atmósfera romántica, encendiendo la televisión con la película que estaba puesta que era *Avatar* en quinta dimensión. Aproveché para acercarme un poco a su cuerpo, pero no recibió con tanto entusiasmo mi cercanía. Acordamos que cuando los padres salieran de viaje la semana entrante, iría a una pijamada, veríamos películas y... consumaríamos nuestro matrimonio. *"Don't tell my parents that you are coming for a sleepover"*, y asentí, sintiendo que más que la conciencia abierta y liberada de un avatar, este hombre tenía la de un chico reprimido de la preparatoria. Apagó pronto la televisión.

De vuelta a la cocina, entramos a un lugar rarísimo. Originalmente era el garaje, pero lo adaptaron con una estufa para ahí cocinar. Había ollas colgadas, ollas doradas, de acero; todo el equipo de cocina estaba ahí, custodiado por un Aston Martin descapotable y un Rolls Royce. Del otro lado de las ollas, un clóset con miles de trajes y corbatas: *"My father has more clothes than my mother"*, dijo mientras acariciaba el trasero del Aston Martin. *"I had just driven this car once in my life."*

Regresamos a la sala donde ya se habían movido los padres. Herr Henry, que era jazzista profesional, tocaba con fluidez y perspicacia. Me quedé de pie frente al Steinway, perpleja por el sonido. La madre Remedios estaba sentada en una silla junto a él, sin ver su teléfono, sin estar distraída en otras cosas, completamente atenta de cada sonido, mirando a su hombre como si fuera la primera vez que lo veía. Yo quería ser ella y entregarme con tal avidez a un momento, a una persona. Se me hizo bellísima la escena. Me senté en el sillón y escuché la música que llenaba todo el lugar, llenaba mi expectativa y las ganas de quedarme en esa casa toda mi vida.

Herr Henry dejó de tocar y regresamos a la cocina donde todo estaba escondido. Saqué mi termo de chai y se lo di a Jacob para que lo recalentara y también saqué las pelotillas de chocolate Lindt. Se los di a la madre Remedios. Jacob fue al otro cuarto por una cacerola pequeña y me maravillé de ver cómo funcionaba aquella otra estufa que no parecía serlo. Mientras, Herr Henry me acercó una lupa y señaló uno de los cuadros de verdad, una pieza chiquita con millones de mosaicos. Me acerqué y con la lupa miré los detalles del cuadro. Todos me miraban en silencio. Jacob sirvió el chai, limpió la olla y la desapareció del área.

"¿Te podemos decir Teresita?", preguntó mi suegro en español. Mis ojos pudieron haber explotado de tanta felicidad y aproveché: "¿Y ustedes, cómo quieren que les diga?" "A mí, Henry", dijo él. "A mí, Remedios", dijo ella. Nos sentamos a platicar y los doctores comentaron de una paciente con un cáncer muy raro. "¿Cómo se ve un cáncer?", pregunté con genuina curiosidad y Jacob me enseñó una imagen. Les conté la historia de la enfermedad de mi padre y su posterior muerte: *"So sad, so young"*, gemía la madre Remedios, perpleja. *"You were very young to handle that"*, replicó Herr Henry. Sí y sí. Jacob estaba un poco callado, se veía cansado, harto, desesperado. Y debía regresar al hospital.

Nos calzamos los zapatos donde el corredor de orquídeas. Mis zapatos estaban un poco mojados por la caminata en el jardín. La madre Remedios lo notó, y también notó la altura de mi tacón. Me abrazó por la cintura, el gesto indiscutible de que la madre ya me aprobó... *and do you remember? She is tough.*

"Those shoes are so high, how can you walk?", preguntó. Y yo, victoriosa dije: *"Your son is so tall, he has the perfect height for me"*, sin decir que también cumplía con otras cualidades tan perfectas para mí: su profesión, sus manos pianísticas, su herencia, la mitad de su religión, la mitad de su nacionalidad, los dos departamentos de Manhattan, los lujosos clubs de los que era miembro, su posición, la cercanía con su familia, mi fantasía hecha realidad, la posibilidad de pasar tantas tardes tomando vino frente a la alberca, sus ganas de que yo fuera incluida casi de inmediato en todos los aspectos de su vida. ¡Ah, no!, esas no eran cualidades humanas, ¿verdad? Todo era perfecto para mí. A excepción de él.

El príncipe me dejó en la estación y no se fue hasta que abordé el tren. Se despidió de mí con un beso y un agradecimiento de que fui hasta allá. Frente a la ventana del vagón pasé una hora llorando de felicidad y agradecimiento. Reproduje unas 35 veces seguidas a Mercedes Sosa en *Gracias a la vida*. Llegué a casa y vi un mensaje proveniente del principado en Long Island: *"Hi, Teresita, thanks again for coming. I hope you are safe in your* casa". Llamé a mi madre y le conté. Ella dijo que quería venir a verme. Yo era feliz.

El príncipe de cobre

Los padres de Jacob salieron de viaje. Eso significaba que atender la clínica era su responsabilidad por completo, por tanto, quedamos en que yo iría a Long Island a pasar un día y una noche con él. En sus palabras, podría quedarme todo el día practicando piano y esperarlo para después cenar juntos. Me urgía ese plan. La semana posterior a la visita en casa de los padres, su regularidad en la comunicación había decrecido considerablemente. Cada texto comenzaba con: *"Hi Teresa, I'm so sorry for not being in better touch"*, *"I'm so sorry for replying so late"*, es decir, se refería a 24, 36, 72 horas *later*, como si yo fuera su paciente y tuviera que esperar a que el antibiótico me hiciera efecto.

Mis nervios se comían los intestinos y la piel; se comían todo lo que podían de mí. ¿Qué estaba pasando? Claro que entendía que estaba ocupadísimo; sin embargo, nada más era cuestión de mandar un mensaje, de estar en contacto y de no hacerme sentir desesperada. ¿Qué pudo haber salido mal en la reunión con los padres? ¿Fue el chai? ¿Debí haber llevado café? ¿Por qué todo cambió tan abruptamente después de que fui a la casa de Long Island?

Estaba furiosa y dedicaba todos los días a buscar razones por las que se estaba alejando así: *"It seems like he is loosing his interest and I don't know why"*, dije a Angela, a quien mantenía informada. *"I'm so sorry to tell you this. But in my personal and profesional experience with men here, it seems like that*", contestó ella. "¿Pero cómo?", pregunté. Había pasado menos de una semana desde aquella visita a la mansión donde me nombraron cariñosamente Teresita.

Hubo mensajes esporádicos en los que decía que llamaría después y no lo hacía. Qué desesperación, qué coraje. El sábado le mandé un mensaje platicándole de mi semana y pregunté si quería hablar. No recibí respuesta hasta el lunes por la mañana, cuando se volvió a disculpar por no estar en contacto y diciendo que ya que los padres habían regresado, tendría más tiempo para los planes en la ciudad a los que quería que lo acompañara.

Escribí que mi madre llegaría de visita y pregunté si le gustaría hacer algo con ella. Yo había visto a los padres dos veces, a los amigos, a su mundo. Contestó: "*I would love to*" y que confirmaría qué día le iba mejor. Hubo silencio por su parte y muchas lágrimas por la mía. Mi madre jamás me había visto tan frágil, tan dolida, tan triste, porque yo siempre me escudaba en el disfraz de una mujer fuerte que no se vulneraba por esas pequeñeces de la vida.

"*Tell him that you want to see him, just you and him*", me aconsejó nuevamente Angela. Así lo hice y dijo que buscaríamos un tiempo el fin de semana. Yo estaba expectante al teléfono, a su llamado, a su mensaje; cuando recibía algo, me tardaba en contestar. Entonces la comunicación era tediosa; un mensaje por día cuando me iba bien y todos, absolutamente todos los de él empezaban con una disculpa formal.

Estaba harta. ¿Cómo que el príncipe estaba perdiendo el interés? Si a mí nunca me gustó, ¿él me estaba bateando a mí? Así parecía, y no sé si me daba más coraje eso o el hecho de que estaba perdiendo mi principado, el matrimonio feliz, la expectativa dorada.

Le llamé el viernes para ver si hacíamos un plan. No contestó hasta muy tarde diciendo que perdón la tardanza, que fue a ver un show con *a medical school friend*. Un *friend* en inglés no se sabe si es amigo, amiga, date, *lover* o qué. Me dijo que podía cenar el domingo. Dije que sí a regañadientes porque normalmente nos veíamos viernes y/o sábado. ¿Qué estaba pasando?

El domingo texteó que me llamaría por la tarde para quedar a la hora exacta y el lugar donde nos encontraríamos. Dos horas antes del encuentro, mensajeó que si podía tomar un tren e ir a una ciudad intermedia entre Manhattan y Long Island. Iba a decir que sí inmediatamente, así estaba mi desesperación. Mi madre me frenó y dijo: "Yo no iría, si quiere verte, que él venga; además tendrías que irte ahorita al tren". Le respondí que como mi madre estaba en la ciudad no quería tomar tanto tiempo en ir y venir a Manhattan. Él aprovechó la situación y dijo astutamente: "*I don't want to keep you away from your mother on her last day*". Y yo contesté igual de inteligente: "*My mom made plans when she knew I had a plan with you*". Y no tuvo más remedio que decir que me llamaría saliendo del hospital para ver qué hacíamos.

Tenía el teléfono en la mano, apretándolo entre la palma como si eso salvara la situación. Llamó justo cuando estaba en el baño y la llamada no entró. Le devolví la llamada apresurada y no contestó: "Él ya sintió que cumplió. No te va a contestar", auguró mi madre.

Mandó un mensaje para decir que la conexión estaba fatal en el hospital y quedamos en que no sería posible la cena. Estaba del peor humor del mundo. Caminaba con mi madre por las calles, sintiendo rabia y desesperación. Llamó justo cuando entré a mi casa: escuché por 15 minutos quejidos de que si no entregaba treinta y tantos reportes médicos lo suspenderían del hospital, que estaba tan estresado, que una paciente se estaba muriendo y no sabía por qué, que estaba tan cansado, que tenía la remodelación del departamento encima, que casi no comía, que dormía poco, que necesitaba unos días de no escuchar a nadie, de no ver a nadie. También dijo que sus amigos los doctores preguntaban cómo iba lo nuestro y que él había contestado: "*It's going great, I just wish I could see her more*". *It's going great?* Eso pensaba él.

Yo era mil nervios cocidos en el vientre. Comentó que los doctores contestaron: "*We are sure she understands*". ¿Qué es lo que tenía que entender?, ¿qué parte de esto tenía que ser más comprensiva?, ¿que no se podía tomar ni dos minutos cuando iba al baño para mandar un mensaje?, ¿que no podía llamar desde el coche cuando manejaba 45 minutos de ida y regreso a la clínica?, ¿debía entender eso? Entendía que estaba estresado y ocupado, no que no pudiera mantener contacto.

Dijo que había planes para el siguiente fin de semana y muchos eventos a los que quería que lo acompañara, incluido el cumpleaños de su padre. Entró a aquella calle serpenteante que está de camino a su casa, en la que nunca había señal de teléfono y dijo que me llamaría apenas llegara.

No lo hizo, tampoco mandó un mensaje para decir que no podría seguir con la conversación. Pero quise personificar lo que dijeron los doctores amigos (*"she understands"*), entonces deduje que si no entregaba los no sé cuántos reportes médicos, lo suspenderían y no hice drama. El lunes seguí igual de comprensiva, el martes menos de la mitad, el miércoles casi nada, hasta que llamé el jueves por la tarde. No contestó. Mandó un mensaje disculpándose por no haber contestado: *"Here is stressful as usual"* y preguntando qué había sido de mi semana. Es decir, en ninguna parte de él había el entendimiento de que esto se desplomaba o, quizá hacia allá estaba empujando. Escribió que llamaría el viernes por la tarde cuando estuviera más desahogado de trabajo; contesté que era importante para mí la llamada.

Viernes en la tarde, nada. Sábado a cualquier hora, nada. Domingo, lo mismo. El lunes lo había soltado, o eso creí. El príncipe de mármol sacaba el cobre. El lunes a las diez de la noche apenas devolvió el mensaje del viernes por la mañana: *"Hi Teresa, I'm sorry I haven't called u. Was away this weekend and got back to a ton of work. I should be home soon and after dinner I'll give you a call. Hope all has been going well"*. Todo estaba primero; llegar a casa, cenar cómodamente, y después de la medianoche tendría tiempo para llamar. Qué descaro. No contesté al mensaje permitiendo que cumpliera la promesa y llamara. Pero no llamó.

Al otro día me desperté con tanto dolor, que me dio risa. Esto era el colmo, era el cobre reluciente de un príncipe de mármol que no tenía educación o valentía para simplemente decir que no.

Cargué a Cami, me senté en una flor de loto, ella acomodó su nariz alargada en una rodilla y las patas traseras en la otra. Encajábamos perfecto. Ella era mi amor incondicional. La acaricié y después escribí un texto: *"Hi Jacob, I tried to reach you. I liked the attention and the effort you put at the beginning. It's not a matter of quantity of time but a quality in the attention for making this work."* Esperaba algún tipo de respuesta, siquiera una reacción, algo, algo. Cobre y silencio recibí. Nada de texto, nada de nada. Se esfumó como fantasma.

El doctor, el príncipe, el futuro marido, el pianista, no tenía las agallas de ser un hombre, dar la cara, crecer y cerrar algo con una persona a la que en la segunda cita le ofrecía casa, visa, ostras y gimnasio. El príncipe de piedra helada, el frío hombre que sacó el cobre. ¡Cómo dolió!, porque fracturó mi mármol, despedazó mis expectativas, le rompió el corazón a mi ego. Se fue sin explicaciones el único con el que podía sentir que podía ser una esposa, aunque no fuera una mujer. Se fue de quien me colgaba para idealizar mi vida. *And on top of that, I was ghosted.* Y eso no se lo podría perdonar. No sé si a él, o a mí.

Tenía que escribir algo para trasladarlo al sonido. Maldije mi proyecto y la cara estúpida que Santiago puso cuando le conté que el príncipe pianista podía pasar a ser parte de nuestra pieza, porque en la vida real la fantasía había acabado. Jacob sonaba a mármol, a desinterés, a frialdad, a que estaba controlado por sus padres. Sonaba a que para él una travesura era comer *Cold cheese pizza*. Se escuchaba como a besos del Guasón, en vez de besos de un hombre.

"No, no va tan animado", regañé a Santiago. ¿A qué suena una relación vacía? Solo construida en la idea que uno hace por el otro sin realmente ver a la persona de enfrente. "Por ahí va."

Él dejó de tocar un instante y me miró caminar sin parar de un lado al otro: "Lo siento, querida". Pero yo no necesitaba su compasión, ni la de nadie. "¡Santi!", me detuve de súbito, "¿cómo suena en piano un hombre gay?, ¿de clóset?"

La excepción a la regla

Era cumpleaños de Santiago. Le llamé para felicitarlo, y desde mi teclado le toqué el *Happy Birthday* que me había enseñado. Habíamos acordado cómo festejaríamos juntos.

Después de la clase, subimos al *rooftop*; él sacó de su bolsa un paquete de Marlboro Light. Los dos éramos fumadores sociales, y cuando estábamos juntos siempre nos daban ganas de fumar y nunca teníamos. Chocamos los cigarrillos antes de encenderlos.

Mientras los cigarros se consumían, Santiago me dio a leer un poema de Manuel Bandeira titulado *Teresa*.

—Muchas Teresas las de Bandeira.

—Seguro estaba enamorado de vos.

Di una fumada y me quedé pensativa.

—Ya quisiera... tanto como quisiera que algún día un poeta escriba sobre mí.

—Algún día sucederá, no perdás las esperanzas.

—Quién sabe. No sé si pasaré la vida escribiendo de mis amores, y si algún día al amor se le ocurrirá escribir sobre mí.

—La probabilística está de tu lado.

—Cuéntame cómo.

—Que en toda regla hay excepciones. Alguno de tus amantes va a ser la excepción

—*I really hope so.*

Breve instante de una que otra travesurilla

Mis ánimos estaban en el suelo después de la experiencia con el príncipe de cobre; tan desanimada, que sentí que había enfermado. Cualquier dolor que aparecía en mi cuerpo yo me apanicaba de que fuera cáncer. Por ejemplo, si uno de mis dedos no tronaba, pues algo debería de estar mal y se manifestaba el cáncer de falange del dedo medio de la mano derecha, y así sucesivamente.

Dejé a Cami encargada en la casa con Adela y fui unos días a Miami con mi familia, ya que llevaban a mi abuelo al doctor. Aproveché la situación y me aseguré de hacer un drama para que me sacaran estudios de sangre y confirmar dónde estaba eso que me mataría. Al siguiente día llamó el doctor de mi abuelo, que era geriatra, y me dijo: "Estás perfecta". Y yo pregunté: "Entonces, ¿por qué tengo cansancio crónico, mareos, sensación de vacío, poco apetito?" Y dijo que no sabía, pero mi salud era perfecta. *In your face, damn cancer!* Y en ese momento, solté ese ridículo miedo.

Bueno, por si las dudas, en unos meses me haría el espeluznante perfil hormonal. Toda la locura de una mujer puede ser curada cuando le echa la culpa indiscriminadamente a sus hormonas.

Yo estaba perfecta. Mi abuelo tenía demencia senil, y avanzaba rápido. Muy rápido. Quizá El Rey no le dijo a mis padres cuando nací: "Que la veamos novia". Porque al parecer, mi abuelo, ni con los 10 mil dólares que había ofrecido, viviría para verlo.

En el viajé a Miami tuve una confrontación familiar fuerte: lloré, me enojé, hice berrinche y al final rompí un ciclo que me tenía atada. Ya no podía pensar que algún miembro de mi familia se tenía que encargar de mí o de mi economía. Hubo un suceso en el que, de pronto, yo no tuve cama para dormir. Habíamos planeado cómo nos acomodaríamos en los departamentos. Había tensión en mi familia. Pero yo no tenía por qué dormir en un sillón. La verdad es que no tengo problemas en dormir en sillones, casas de campaña, colchones viejos o lo que sea, lo que cuenta aquí es la manera en que me consideraron/desconsideraron.

Así que me valí por mí misma y puse un alto: me fui sola a un hotel. El acto me enorgulleció y dio la pauta para luchar por una independencia financiera, emocional, mental y espiritual sin precedentes. Eso logró modificaciones interesantes en mi diccionario.

Breve diccionario de una que otra mentirilla

AMOR: A ver si el gran amor llega. Si no, pues que llegue el gran sexo.

BODA: Momento histórico que marca el antes y el después de una pareja. Antes del Casamiento y Después del Casamiento. Ilusión principesca que incluye grandes bloques de mármol italiano.

COSAS COSTOSAS: ¿Qué es lo que más te gusta hacer? Quizá eso en algún momento te permita comprar aquellas cosas costosas.

CITAS A CIEGAS: ¡Qué cansancio! ¡Ya! ¡Por favor! Todas las *online dating apps* fuera del celular, que no ocupen más espacio en el almacenamiento del iPhone.

DINERO: Lo que tengo que comer, fabricar o excretar para quedarme a vivir en Nueva York.

ESPOSO: *Who knows?* Solo si tiene todas las cualidades de pareja y no nada más los atributos externos del perfecto esposo de la fotografía.

MUJER: Cucaracha sobreviviendo la fumigación. Empieza a mover las patitas, y a estirar el cuerpo en todas direcciones.

SOLTERO: ¿Es gay? ¿O por qué no se ha casado? Bueno, lo importante es que puede tener hijos cuando él quiera.

SOLTERA (dependiente de los padres): Se te va el tren.

SOLTERA (independiente): Dejaste ir a un príncipe. ¡Oh sí! A ti también se te va el tren.

Antes de regresar a Nueva York, tomé una sesión con una mujer que me hizo un masaje de dos horas. Cuando acabó, yo estaba con la cabeza aceitosa, los ojos a media asta y una sonrisita de plenitud absoluta. Al otro día volé de regreso. El calor era insoportable, igual o más húmedo que el de Miami. Debía ir a Lincoln Center a recoger un boleto para ver la musicalización de Danny Elfman de las películas de Tim Burton. Era un concierto al que originalmente iba a ir con el príncipe, pero como igual tenía ganas de verlo, fui sola.

En el taxi me mordí las uñas hasta encontrar la carne y morder los dedos. No podía dejar de sentir una sensación punzante en la vagina, un cosquilleo desesperante y urgente. Decidí que llegaría a Lincoln Center directo al baño a encargarme del asunto, pero había tráfico y todavía estábamos lejos. ¿Podría hacerlo en el taxi sin que el conductor se diera cuenta?

Acomodé la bolsa encima de las piernas mientras miraba el espejo retrovisor que a veces se encontraba con sus ojos. ¿El señor tenía idea de lo que estaba haciendo? Él conducía sin titubeos, atravesando el tráfico. Traté de no cambiar ni por un instante el gesto y me cuidé de no emitir ni medio gemido. Me dio vergüenza pensar que el conductor podía verme, y hasta prenderse con mi acto desenfadado. Yo me toqué por encima del calzón porque traía falda, y se sintió muy bien. Abrí la ventana para ser más disimulada y proseguí. No fui tímida y acudí al llamado de mi cuerpo. Me sentí como una diablilla. Cruzábamos el puente a Midtown mientras el aire pegaba en mi piel, que era una mezcla de orgasmo y seguridad en mí.

Bajé del taxi frente a la sinfónica del Lincoln Center y el conductor me gritó, y por poco me da un infarto. Gritó porque no le pareció lo que le dejé de propina. ¡Fiu! Rodé el equipaje por la rampa mientras el señor manoteaba sobre el volante y desaparecía de mi vista.

No me había cortado el pelo desde que era lacia. Desde que regresé de México después del invierno, ya se había ondulado bastante. Fui a la estética y pareció como si la estilista me metiera en una máquina del tiempo y me regresara al cabello chino natural como lo tenía antes de la keratina. Se sentía como regresar a mí.

Escribí a la mujer que me hizo el masaje, que era una sanadora: *"What did you do to me? I'm so, so horny after the session"*. Y me mandó emoticones de diablillo morado con sonrisa malévola. Hablamos por teléfono y dijo que desbloqueó mucha energía que estaba atorada ahí. *"I need a lover"*, le dije y se carcajeó, pero después me dijo: *"You need to explore your own sexuality"*. Y contesté o pensé, ya no me acuerdo si lo dije en alto, que estaba muy en contacto con mi sexualidad, lo había estado por años. O eso pensaba hasta conocerlo a él.

"Wanna play?" Escribió una vez más Ethan, el hombre que apareció desde el otoño y que se negaba a conocerme en cualquier otro lugar que no fuera mi cama. Yo seguía montada en mi caballo del rotundo no, no sin antes verle la cara, sentir si había al menos un rayo de química.

El brote de mi sexualidad me nublaba la cabeza. Intercambiábamos mensajes de alto contenido sexual, fantasías ilimitadas, fotos explícitas, videos inenarrables. Me divertía pero me cercioré de que nunca se me viera la cara; me daba pánico pensar que de repente mi cuerpo estuviera en algún *porn site*, y más pánico me daba que no tuviera buen rating o muchas *views*. Bueno, soy millennial.

Me gustaba jugar con fuego. *"Want me to come over now?"*, escribía él a las 11 de la mañana o a la una de la tarde, a todas las horas, menos en las horas de la noche. Era ideal. Adela trabajaba de nueve a cinco, así que en ese tiempo podía hacer lo que quisiera y ella no se enteraría.

El clima era soporífero, me sudaban las manos al textearle. ¿Sería lo más irresponsable que hiciera en mi vida? Abrir la puerta a un desconocido para tener sexo. *"First let's go for coffee"*, contesté con las manos temblorosas. El joyero no cedía.

Pasaron días de estira y afloja; sus mensajes me prendían mucho. *"Let's go to an hotel"*, sugerí pensando que quizá estaría más segura yendo a otro lugar a que viniera a mi casa e hiciera preguntas personales que no estaba dispuesta a contestar. Me daría más anonimato y eso me prendía más, la calentura escalaba y escalaba. *"Why can't I come to your place?"*, rezongaba Ethan, y así nos la pasamos hasta que en la noche hice un poco de investigación y al otro día actué determinada.

¡Es él!

La tienda abría a las 11 de la mañana. Tuve que ir al gimnasio a descargar un poco de energía con levantamiento de pesas. Pero ninguna energía se descargó y más bien todo se intensificó. Salí del gimnasio y caminé lento hacia la tienda que estaba a dos cuadras de mi casa, me puse lentes oscuros que me tapaban toda la cara, cerciorándome de que nadie me reconociera, como si a alguien le importara un bledo.

La tienda no había abierto, así que me senté en el porche a tres edificios de distancia a ver mi celular y matar diez o quince minutos de tiempo. Vi cuando los vendedores entraron, me esperé tantito y me levanté. Entré a la tienda como si estuviera paseando por el vecindario, como si nada más estuviera merodeando por ahí y no supiera lo que iba a comprar.

¿Dónde estaban los vibradores? Nunca había tenido uno. Me urgía uno. Encontré el anaquel. Había hecho la investigación y quería el *rabbit,* pero había varios modelos distintos. El vendedor se acercó a verificar si se ofrecía algo, yo quería gritarle que se fuera y me diera privacidad porque ¡qué oso! Pero más bien me relajé y con mis manos señalé distintos aparatos para que me explicara la diferencia y el funcionamiento de cada uno.

El vendedor era un hombre de mediana estatura, con bigote de motociclista hardcore, de esos que bajan por las comisuras de los labios hasta la barbilla, completamente calvo y con un paliacate rodeándole la cabeza, vestía con un chaleco de piel y unos pantalones también de cuero *fake*. En sus manos sostenía los dos vibradores que yo saqué del anaquel y me explicaba sus funciones.

What the fuck? Pensé e hice una pregunta media torpe y tonta que tenía que ver con las partes de la anatomía femenina, porque las orejitas del *rabbit* masajean el clítoris mientras la imitación del glande penetra la vagina. Mi pregunta iba por ahí, pero quizá, entre mis nervios e ineptitud, no la formulé bien. *"Well, I guess you can stick it in your ass"*, contestó pensativo y acertado. Me iba a explotar la cara de tanto rubor. *"You would just want to wash it very well first"*, y se acercó a mi oído, *"and use a good lub"*.

Con la cara roja y ardiente y el espíritu aventurero me dejé llevar: *"I like coconut oil"*, y asintió con una sonrisa para después decir: *"I love things that I can eat and also put in my ass"*. Era gay, me lo confirmó un guiño que me hizo mientras se alejaba del anaquel y yo veía los dos modelos como si fuera un mecánico analizando las partes de un avión. Los colores eran horrendos: azul o rosa en tonos pasteles. Me fui por el rosa.

"What kind of batteries does it need?", me acerqué a el que estaba en la parte donde hay todo tipo de vestimentas para disfrazarse y hacer *role play*. Otro día vendría a comprar un par de trapitos sexy. El vendedor tomó la caja para leer el instructivo. *"Oh just two batteries AA"*, y se volvió a acercar a mi oído tapándose la boca para que la cajera no viera: *"But don't buy them here, they are one dollar each"*. Y se alejó sonriendo: *"Unless you want to go use it now, a thursday at 11 a.m."*, gritó desde los *racks* donde estaban los disfraces.

Pagué 68 dólares, más dos pilas. No podía siquiera pensar en detenerme en comprar las baterías, necesitaba estrenar a Mr. Rabbit en ese instante, un jueves de primavera antes de que el reloj marcara las doce de la tarde.

SUMMER

Brooklyn: where pigs don't sweat

El verano en Nueva York puede ser un infiernillo de colores dorados, sudores largos y pasiones ardientes. La ciudadanía espera con ansiedad la estación más caliente del año. Yo no. Serían unos meses de calor insoportable y días de sol eterno.

Todavía no es el equinoccio y ya sudo. Sé sudar como lo hacen los cerdos: *"But pigs don't sweat, Tery"*, decía hace años "La Muchacha", mi hombre canadiense, en un clima similar a este. Tenía muy presente a aquel hombre y lo busqué por todos lados. Le quería decir que viniera conmigo a Nueva York, que ya estaba lista para tener un hijo con él, como lo había propuesto en una de sus visitas a México. Que ya estaba lista para recibir su amor. Pero "La Muchacha" era un hombre que se desprendía de todo y de todos. No estaba en Facebook o en alguna otra red social; hacía años había perdido su teléfono y a todos los correos enviados mi bandeja de entrada de Gmail tenía la misma respuesta: *"Delivery to the following recipient failed permanently"*.

Solo con "La Muchacha" no me daba pena sudar, porque así lo conocí, pero con todos los demás quería ocultar las abundantes declaraciones líquidas de que tengo calor. Me encanta sudar en los contextos adecuados y me sigue dando un poco de vergüenza sudar cuando, por ejemplo, bailo desenvuelta en un antro y mi cuerpo no entiende la diferencia entre un baile sexy y una clase de aerobics con *steps* de los 80. Pero bueno, es lo que es.

Lo que pasa también en el verano es que la gente anda casi desnuda; la elegancia y pulcritud de los looks otoñales/invernales se derriten en una ciudad donde los andenes del metro son tan vaporosos que hay quienes juegan a que es un sauna y ofrecen un masaje profesional. Es en serio. Los lugares cerrados huelen a la mezcla tan única como la de culturas, de distintos grados de acidez del sudor, las pieles gradualmente toman el color de los camarones y se nota con claridad quién estuvo un minuto, un día o una hora al sol. Yo soy de las que enrojece y por lo general, enfurece de tanto calor.

"Sho sha lo hice una vez", dijo Santiago al tapearse con un pañuelo el sudor de la frente, unos momentos después de un silencio incómodo cuando toqué por segunda vez el inicio de la *Fantasía* de Mozart. La primera vez todas las notas salieron a la perfección, pero según él, no le imprimía *feeling*; estaba tocando mecánicamente y él me pedía que interpretara. Me pedía que escuchara los sonidos y que sintiera la música, que conectara con la vibración, con la melancolía de *D minor*, con lo que Mozart quería expresar.

La segunda vez, las notas se tocaron solas y yo permití que se expresaran a través de mí. *Goddamn* Mozart y ningún aficionado reencarnó en mí por una milésima de segundo. Hubo un silencio que no tuvo que ser llenado con palabras, sino con miradas. Estuvimos a dos segundos de irnos a llenar el silencio con labios y lenguas; pero en otra milésima de segundo, el silencio se volvió incómodo. Recargué una mano en mi rodilla y la otra en la octava aguda tecleando algo sin sentido. Él hizo lo mismo, pero en la octava que estaba de su lado, la de los sonidos graves y también balbuceó algo con las teclas blancas.

"Sho ya lo hice una vez, querida", dijo en un tono quedo pero contundente, "sho sha estuve casado y pinté el cuerno y pues, no, no. ¿Crees que no quiero un buen par de tetas?", me miró, casi se asomó a mi entreseno, que estaba al descubierto porque yo vestía una *tank top* sencilla. Hacía demasiado calor. Hacía tanto calor que, a pesar del aire acondicionado junto a nosotros, sudábamos los dos.

Terminó el *lease* del departamento de Chelsea y no lo renovaríamos. Le subieron un porcentaje ridículo al precio de la renta. Un piso de una recámara costaría 4 mil 600 dólares. Yo no lo iba a pagar y Adela tampoco. Dudé si me quería quedar más tiempo en Nueva York y más bien dejé la cuestión del departamento al azar; si encontraba un espacio lindo y por menos o igual que el de Chelsea, me quedaría. Entonces me moví. Más bien, un amigo se movió y mandó un *listing* de Airbnb: "*Our pimp apartment in Brooklyn*". Lo vi en fotos, estaba segura de que no me alcanzaría. De todas formas hice una cita para verlo y conocer a Deepika.

La gitana de los 101 ganchos

Subí a mis redes sociales una foto donde salía con un hombre guapo; la subí porque me veía bastante bien y porque me acordé de aquel buen momento que pasé con él. No suelo postear fotos con hombres porque se presta a interpretaciones y preguntas: "¿Ya tienes novio?", "danos los tips de cómo tener tantos galanes".

Una ocasión cuando mi amigo gay visitaba Nueva York, me besó en los labios, juguetón y travieso, y la subió a sus redes sin que me enterara de que me etiquetó. Llovieron preguntas y reclamos de mi gente cercana porque no les había dado la buena nueva. Le pedí a mi amigo que me desetiquetara de las fotos. No quería dar explicaciones.

La foto que sí me atreví a subir, en la que mi amigo y yo salíamos abrazados por la espalda sobre la Quinta Avenida con el Empire State de fondo, tuvo muchos likes. Más allá de eso emergió una conversación con una de mis amigas de la escuela, del grupo que fantaseaba con el "si lo conozco hoy", y con quien no había hablado en meses; apenas la foto subió, leí en Whatsapp:

> **Amiga:**
> Explícame… ¿quién es el chavo con el que sales en la foto?
> Un tal (y dijo su nombre).

No contesté en un rato porque estaba ocupada, pero a ella le urgía saber.

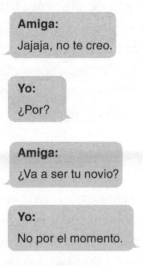

Amiga:
Teeerrrrrrryyyyyyyyyy.

Yo:
Es uno de mis lovers.

Debí haber dicho *fue*; pero era más interesante que fuera en tiempo presente.)

Amiga:
Jajaja, no te creo.

Yo:
¿Por?

Amiga:
¿Va a ser tu novio?

Yo:
No por el momento.

Mi amiga no contestó; solo necesitaba saber aquello. Me quedé pensando si esta libertad de hacer y decir lo que me viene en gana le molesta a la demás gente, especialmente con la que crecí, porque al final de cuentas nos educaron de igual forma. Yo también debí escandalizarme cuando alguna amiga estuviera "descarrilada" y nada más no sentara cabeza, pero por el contrario, escogí ser la amiga que escandalizaba con fotos en Facebook.

Y peor aún, soy la amiguita que describe con flechas, puntos y comas de ese descarriar al que no le encuentro un sinónimo lógico; el diccionario solo dice "extraviarse, perderse, descaminarse, desorientarse" y ninguna de ellas me hace sentir lo que "descarriar o descarrilar" es, simplemente decir que un *lover* no necesariamente será un novio y, bueno, pues también significa no transitar el carril común.

Subí a la superficie de la calle North 7 desde las profundidades sub-terráneas de Bedford Avenue. Me costaba trabajo entender cómo el metro pasaba tan rápido debajo del río. No poseo la habilidad de entender cómo funcionan las cosas.

Usé Google Maps porque tampoco sé ubicar el norte del sur; iba a la calle North 10, entonces había que ir al norte. Avancé sobre Bedford. Era viernes por la noche. Había gente caminando: hombres con bigotito, algunos con moño estilo esmoquin de diferentes patro-nes y mucho *facial hair* (si este era el parámetro de búsqueda que habían hecho en Deluxe Match, creo que por fin había dado con el lugar correcto). Mujeres con zapatos tipo mocasines, ropa vintage, shorts a la cintura con crop tops y suéteres hasta las rodillas; accesorios como sombreros y plumas. La mayoría eran jóvenes. Claro que me gustaría mudarme allí.

Doblé a la derecha en la calle North 10 y me encontré con un edi-ficio nuevo, retacado de mosaicos verde claro. Me tardé un tiempo absurdo en dilucidar cómo funcionaba el timbre para llamar al 4D; logré abrir la puerta de cristal, cruzar un vestíbulo minúsculo y subir por el elevador. Me abrió la puerta una mujer un poco más alta que yo, de facciones duras, pelo negro y lacio, con flequillo hasta las cejas y unas *boobs* enormes. *"Welcome"*, dijo, e hizo un ademán con la mano para que pasara. Junto a la puerta estaba la cocina, amplia y nueva; un hombre calvo, bajito y regordete me saludó con la mano aguada y se quedó sentado en el banco de la barra de la cocina. Junto, había un sillón azul marino grande con una televisión enfrente, después, ventanales de doble altura. Era de noche, así que no logré captar qué tan iluminado era, pero a juzgar por aquellos ventanales supuse que luz no faltaría.

En la esquina donde terminaba el sillón había un gran espacio que daba al cuarto principal; no había puerta y estaba cubierto totalmente de espejos y arriba de la cabecera había un cuadro gigantesco de un tigre. Y en la pared de al lado, un tigre de menor tamaño, pero igual de horrendo. Frente a la cama había un clóset bastante amplio y en la base de la cama cuatro cajones: *"He has a lot of shoes"*, murmuró Deepika refiriéndose al dueño del departamento que me saludó en la cocina: un hombre gay en sus cuarenta que había trabajado más de 20 años con Donna Karan y estaba harto. Harto de la industria de la moda, harto de Manhattan, de Brooklyn y de sus cuatro cajones de zapatos. Se mudaría a Los Ángeles, cosa típica de los que se saturan de Nueva York; el cuarto estaba disponible solo por seis meses porque Deepika se iría y el *deal* era que ella encontrara a alguien para compartir la renta en ese tiempo.

Junto al clóset había otra pared revestida de espejos y una puerta de vidrio templado hacia un baño chico. Supuse que la otra puerta de vidrio era corrediza y estaba en ese momento corrida. Había una bañera, un mini lavabo blanco y el WC Pegado al retrete la puerta de salida, del lado derecho otra puerta con lavadora y secadora (*What?* ¿Existen las lavadoras y secadoras en las casas? *I'm loving you, Brooklyn*) y frente, otra vez la cocina, amplia, abierta y nueva.

Pasamos junto al dueño, que seguía sentado en el banco de la cocina, para regresar a la puerta principal. Enfrente, estaba la escalera al segundo piso, donde había más ventanales que daban a una terraza privada y del lado derecho, el cuarto de Deepika, más contenido y privado que el principal, porque tenía puerta, era de buen tamaño y tenía baño propio con las paredes pintadas de verde oscuro, no militar, más bien chillón, y el baño era más grande que el de abajo. La cama de Deepika era alta y enfrente había un mueble delgado y alto de madera tallada con varias fotos de dioses hindúes, cuarzos, inciensos y un pequeño altar con flores. Del otro lado, un tocador con un espejito, varios cosméticos, maquillaje y muchos collares de monedas, árabes o hindúes, que parecían pesados.

Nos sentamos en la cama para platicar detalles y escaló su perrito pomeranian, Zeki. Me habló con la voz baja sobre el hombre del puesto en Donna Karan, dijo que era pachanguero y traía la fiesta a la casa, fiesta ruidosa con alcohol y con drogas, aunque eran buenos amigos y tenían gente en común. *"I'm done"*, dijo, harta del ruido de borrachos, colillas de cigarro en la terraza y música tecno hasta las diez u once de la mañana. Dijo que buscaba una roommate calmada para vivir en paz los últimos seis meses antes de mudarse a Ibiza. Iría allí a ejercer su profesión como chef de platillos vegetarianos y veganos, y como preparación para el viaje haría pruebas de menú en la casa. Esto era ideal.

Esa mujer calmada, a quien no le gustaba la fiesta, era definitivamente yo, aunque también le pedí que me llevara a conocer *"The party scene"* en Brooklyn. Cuando me dio el precio, me iba a caer de la cama; era lo mismo que había estado pagando en Manhattan, no menos, lo mismo, aumentando muchísimos metros cuadrados, y... baño propio. Para mí era un acuerdo estupendo al que solo encontramos un pequeño inconveniente: Cami. Al parecer, el Donna Karan *boy* odiaba a los perros. Solo permitía la presencia de Zeki porque, según me contó Deepika, era un hombre difícil y nadie quería vivir con él, así que se resignó a la presencia de Zeki para tener un *income* rentando el cuarto de arriba.

Quedamos en pensar si queríamos y podíamos ser roommates y cerrar el trato pronto. Acordamos que Cami sería un secreto para el Donna Karan *boy*.

Meanwhile in Manhattan, tuve que empacar para otra mudanza a la que se agregó una inflamación de estómago insoportable. Las mudanzas me empezaban a estresar. Ahora una maleta grande llegó al cuarto. Y las dos medianas, las dos chicas, tres maletas salchicha, una backpack, el kennel, el teclado, con su base y banquillo, y la bolsa donde hago mi *laundry* llena de 101 ganchos beige de terciopelo.

Acumular, empacar, retorcerse en una extraña sensación: no tenía ropa que ponerme pero no dejaban de salir prendas de vestir. Quizá no quería vestirme de aquella vieja forma. Uno cambia y se reinventa. Quería deshacerme de todo, ¿puedo?, ¿podría? Quizá sí. ¿Soltar es entregar todo o dejar de acumular? *Oh, God, this will hurt... a little, I mean*, no es tan grave, ¿verdad?

En Brooklyn, había tanto espacio que me sentía a mis anchas. Había tanto lugar que hasta mi tiradero podría estar determinado en una zona. La felicidad estaba aquí, en un cuarto iluminado, con baño propio y donde no tenía la necesidad de ver maletas vacías, o llenas, con la ropa de las otras temporadas en la punta de mi nariz.

Atrévete-te

Había eliminado las *online dating apps* como JDate, JSwipe, Happn y Tinder. Todavía tenía OkCupid y Bumble. Reapareció en Bumble un visitante antiguo, Joseph, el violinista alto con el que también Allie, la roommate de Alphabet City se mensajeaba, al que había descartado porque pensé: ¡No! Tampoco es competencia. ¿Quién es este sujeto que aparentemente le escribe a todas las mujeres de la ciudad, o solo a dos que, casualmente, viven en el mismo departamento?

Reapareció escribiendo textitos cortos en francés, francés básico que yo también manejaba o traducía con Google Translator. Cuando trataba de elaborar una frase le escribía a Adela, que lo hablaba bien, que me corrigiera para pues... *who knows* para qué.

> Nous devrions vraiment arrêter de répondre numériquement et essayer la chose réelle. Etes-vous autour de la semaine prochaine?

Leí, traduje, corroboré con Adela y acepté gustosa. Nunca supe si salió con Allie, y francamente me dejó de importar.

Dejé de buscar a un esposo porque lo que deseaba realmente era un amante.

"Let's do something low key and outdoors. Would be nice". Buen plan. *"Waterfront?"* Obvio que sí.

Llegué al Pier 45 caminando con un tacón grueso que hacía mi andar bastante relajado y tolerable, una falda negra larga y una blusita blanca que en el pecho tenía motivos y colores mexicanos. Joseph me esperaba recargado en el barandal. Lo reconocí porque con una mano sostenía su bicicleta, había dicho que ese era su medio de transporte. Mientras me acercaba determinada, me temblaban un poco las manos y empecé a caminar más despacio, disfrutando ese instante ventajoso en que yo lo había visto antes de que el me hubiera visto.

Joseph vestía un pantalón claro y una camisa de manga corta fajada. Cuando me vio sonrío, se separó del barandal y vino a mi encuentro. Me miró de arriba abajo y volvió a sonreír.

Había un carrito de helados frente a nosotros que Joseph señaló porque quería una paleta helada. *"What do you want?"* Jamás se me antoja algo así, pero hacía tanto calor que salivé: una coca de dieta bien, bien fría. El vendedor nos pidió cinco dólares. Mientras limpié con mi blusita la lata, Joseph me volteó a ver porque supongo que esperaba a que sacara mi cartera. Seguí limpiando la lata y después de que le dio los cinco dólares dije: *"Thank you for the coke"*. La abrí, leí la leyenda promocional, me dio un mini infarto y después le di un buen trago.

Sostuvimos la *small talk* de qué bonito el día y qué soleado y cuánto calor. Me dijo que justo en la plataforma frente al río había un círculo de gente bailando salsa con música en vivo. ¿Vamos? Había una multitud de bailarines y entusiastas, la banda y el idioma español escuchándose por todo el muelle.

Joseph era alto, muy alto, con pelo castaño y entradas pronunciadas, ojos marrón suave, de labios gruesos y sonrisa retraída. Me atrajo. ¡Aleluya! Bailamos como pudimos y me pidió que le enseñara unos pasos. Hay quienes piensan que porque nací en México soy maestra de salsa; bailo bien cuando alguien me sabe llevar, pues, ahora sí que me pongo flojita y coopero con las habilidades de los hombres, con la seguridad con la que me mueven, y eso es todo. Rodeamos el círculo para ver a los que parecían profesionales.

El sol se diluía detrás del Hudson, los colores del cielo eran azules intensos con amarillos oro, le ofrecí a Joseph un trago de mi coca y cuando me la devolvió vio de frente el mensaje promocional: *"Share a Diet Coke with your..."* letras grandes y rojas *"Soulmate". Me* pareció un detalle curioso y tipo *What are the odds?* Jamás bebo Coca-Cola, tenía años de ni siquiera comprarla. Él se emocionó y acomodó bien la insignia para tomarnos una foto: a mí con mi alma gemela, la gaseosa de dieta.

Encontramos un hombre que bailaba profesionalmente. *"Would you dare to ask him to dance?"*, preguntó Joseph. No me tomó ni un segundo darle la lata de refresco y mi bolsa. Me acerqué al bailarín y le ofrecí la mano. Bailé delicioso. Me encantaba estar en brazos de quien sabe moverse al ritmo y que me invita a esa misma cadencia; yo, por mi parte, tengo que soltarme y dejar de controlar todo. Es un ejercicio no solo de la pista baile, sino de la vida.

Joseph nos miraba sin pestañear, y yo por instantes lo miraba de vuelta con coquetería, sin perder el contacto y la conexión con mi flamante pareja de salsa, un colombiano que sudaba en su camisa azul fuerte y me sostenía con una mezcla de fuerza, cadencia y precisión. Terminó la pieza, aplaudimos, le agradecí y regresé con Joseph.

Teníamos hambre. Estábamos cerca de un restaurante griego al que había ido con aquel hombre de Deluxe Match que me pidió ver las manos de pianista. Siempre había querido regresar, y otro date era la oportunidad.

Joseph me contó que estuvo casado siete años. Vivía con su mujer en una granja en Upstate New York y comían los jitomates más deliciosos del huerto. Se habían casado cuando eran muy jóvenes y al crecer, maduraron en distintas direcciones hasta que ya no fue posible seguir juntos. Me sabía esa historia. Era una típica consecuencia de casarse cuando uno no ha estado frente a sí mismo el tiempo suficiente para saber frente a quién quiere despertar toda su vida.

Comimos ensalada *horiatiki* que tenía pepino, cebolla morada, alcaparras, queso feta y jitomates; él, que era catador de jitomates, los reconoció como excelsos en textura y sabor. Me contó de su trabajo como comprador de violines Stradivarius en una casa de subastas y de su pasión por la manufactura artesanal de violines, pasión que bastaría para hacer su propia marca.

Le conté de Don Steinway, mi piano y mi negocio de té chai que intentaba hacer en Nueva York. Cuando llegó la cuenta me fui al baño, advertí que Joseph querría que pagara; lo noté desde que me miró sin inmutarse cuando el vendedor de refrescos y helados nos pidió cinco dólares. Qué incómodo. No supe qué hacer; seguía pensando ¿qué calificaba como date?, algo en mí no podía deshacerse de las cuestiones tradicionales de que el hombre paga y la verdad no sé cómo me sentía con esto. Esfumarme con la excusa del baño en el momento preciso era la mejor salida al dilema.

Cuando regresé, la cuenta estaba ahí todavía sin pagar. Eché un vistazo al *ticket*, me miró, sacó una tarjeta y dijo: "*It's my pleasure*". Suspiré para mis adentros: "*Thank you, it was delicious*". Salimos y caminamos hacia Canal Street y tuvimos uno de esos momentos en los que uno se hace tonto y despista al otro, y el otro se hace el despistado porque ambos saben que habrá beso pero no saben cómo empezar.

Nos paramos a la mitad de la banqueta y le señalé la luna. "*How beautiful*", dijo, y luego me miró a los ojos, "*you are beautiful*". No acabé de sonreír cuando me dio un beso, luego otro, y otro más. Así hasta que, ¿cuántos minutos habrán pasado? Mucha química. ¿Sería buena idea que viniera conmigo a la casa? Es muy pronto, pensé, pero no fue lo que sentí en el cuerpo. Acallé la sensación y abordé el taxi que Joseph detuvo para mí.

¿Había sido mi último primer beso? "¿Oye?... abre tus ojos", recordé la canción que adaptaron a salsa que bailé esa tarde. Pero es que la lata de Coca-Cola decía que él es mi... "tú primero cogételo y luego vemos". Me caía bien esta nueva voz. Llegué a mi casa y tuve un date con mi soulmate de la temporada primavera/verano, el flamante Mr. Rabbit.

La noche en que me dignifiqué

No podía dejar de ver las chichis de Deepika. Era voluptuosa natural. Me daba envidia esa cantidad de tejido en el busto. Deepika era atractiva, no sé si guapa; su cuerpo era curveado y la piel de oliva, sus ojos eran como de un gato, idénticos en expresión, en forma y tamaño, ojos verdes de gato. Tenía el pelo oscuro y lacio con ese flequillo hasta las cejas que le quedaba bien. Estaba tatuada por todos lados; me gustaba ver el de su brazo izquierdo, que era de un dios hindú y tenía muchos colores; en el antebrazo derecho, la palabra Blessed en cursivas con la *B* muy emperifollada y tres diferentes figuras geométricas bajo los nudillos de los dedos índice, medio y anular.

Era atractiva. Tenía labios delgados que casi siempre se pintaba de rojo o de naranja. Me caía bien y me incluía en los planes con sus amigos.

Los días siguientes fueron de mensajes dulces. Joseph quería hacer un plan de inmediato, y yo no podía verlo cuando él quería porque estaba concentrada en mi negocio de chai. Pasaba los días procrastinando entre una cosa y otra, pero mi vida tenía un propósito.

Me enviaba canciones y fotos que tenía guardadas en su carrete. Escribía "GUAPITA", me invitó a Home Depot a comprar materiales para hacer violines y después a almorzar; luego me desinvitó porque en aquella tienda no tenían la madera que necesitaba.

Hizo plan con un amigo para ir a una clase de dibujo en otra parte de Brooklyn, me instó a tomar café para disipar mis ganas de dormir y que lo acompañara. *"Will there be a naked woman in the middle?"*, pregunté y respondió que ojalá sí, pero también podría ser que fuera un hombre. *Sounds like a plan to me.*

Di rienda suelta: *"Can I be your model one day and you draw me?"*. Se me hacía algo tan sexy, una fantasía que me recordaba mis días de juventud cuando repetía una y otra vez esa escena cursi de Leonardo DiCaprio dibujando a Kate Winslet. Qué oso que esa sea mi referencia, pero bueno, quería que me dibujara y quería sentar el tono de esta incipiente relación. *"Anytime"*, y mandó el primer emoticón de beso, el que tiene la trompa parada pero no el corazoncito. *"Would you want me to be naked?"*, y apenas mandé el mensaje comencé a sentir inquietud por explorar mi sexualidad con este hombre. *"Of course"*, mensajeó al instante, *"I'll imagine it's you tonight"*.

No fui con él a la clase. Me quité toda la ropa, porque aunque no me fuera a dibujar en ese instante, me vi en la pared retacada de espejos de mi cuarto, me vi de cuerpo entero, desnuda, sonreí hacia mi reflejo y bailé por horas así. Era imposible siquiera esbozar el calor que había en mí.

¡¡¡No-lo-puedo-creer!!!

Descubrí que a mi baño le faltaba una puerta de vidrio templado. Sí, no estaba corrida cuando vine a conocer el departamento. Nada más no estaba. Significaba entonces que no habría privacidad entre quien estuviera en el cuarto y quien quisiera ir al baño. Cuando estuviera sola no sería un problema, pero ¿qué pasaría cuando tuviera visitas?

"*There's no door in the bathroom*", dije a Deepika como si estuviera diciendo algo trágico. "*I know. Someone was very drunk and bumped into it, and broke it*". En realidad esa información no me servía. Al grano: "*Is he going to fix it?*" Deepika estaba en la cocina rallando con dificultad una *butternut squash*, aquella calabaza alta y regordeta que jamás había visto en México. Yo la compraba cada semana partida en cubitos porque es bastante dura, la hervía y me sabía a camote. Ella apretaba la cara porque rallarla parecía misión imposible. "*No*", contestó levantando la mirada de la calabaza hacia mí. "*It was like that when you saw it, and you agreed with it*", me dijo en tono desafiante. "*I didn't see there was no door at all.*" Mi roommate se encogió de hombros y siguió rallando la calabaza para hacer unos tacos veganos que me compartió. La chef tenía buen sazón, y pues en este caso, creo que también tenía razón.

Había tenido que relegar las clases de piano. "Nena, sho no voy a Brooklyn", había dicho Santiago, por lo que en vez de vernos una vez a la semana, nos veíamos en la Séptima Avenida, cerca de Broadway, en el estudio de piano de los primeros meses cada dos o tres semanas, dependiendo de mi humor.

Un día llamó para saludar; faltaba una semana para nuestra sesión: "Escuchame querida, te tengo una solución para que te quedés en Niu Shork". ¿Otra vez? Seguro tenía una idea diferente a la de dar clases de piano a los niños.

Llegué al estudio antes que él. Cuando llegó, me miró de pies a cabeza y dijo: "Pero te ves bien", se refería, claro, a que si forcejeaba con el dinero, entonces debía verme mal, demacrada, con look de pordiosera. Otra vez me llegó a la mente María la del Barrio. "¿Pues cómo quieres que me vea?", pregunté para darle a entender que, aunque no tuviera *cash* para pagar sus clases, no tenía por qué verme desarreglada, acongojada, ni con el sufrimiento telenovelero de María la del Barrio.

Comencé por los ejercicios de teoría, para que rápido pasáramos a lo siguiente, que era tocar. Estaba totalmente fuera de sintonía con el piano. Entre una cosa y la otra, le conté de mis planes con el chai y repitió: "Vos vas a hacer algo grande". Seguí y toqué pésimo un preludio de Bach, que era su favorito, decía que fue por esa pieza que se enamoró del piano. Lo tocó de nuevo para que yo escuchara cómo debía ser. Lo vi inspirado.

"Bueno, ¿no me vas a decir?", pregunté porque el misterio me mataba. "¿Qué cosa?", respondió como si estuviera en otra galaxia. "La solución para quedarme", por no decir: a ver ahora qué locura se te ocurrió. Esperé escuchar en su voz un acorde, suave y cadencioso; o algo tan divertido que me hiciera carcajear:

"Bombonazo, ¡escuchame bien!", con las manos seguía balbuceando algo en los sonidos graves del piano: "agarrate un chaval con plata y pará de sufrir".

No, no, no. Me negué a escuchar que ese era un comentario que podía hacer él.

¡Fiu! Manhattan no se hundió

Se cayó el mundo cuando Santiago dijo eso. No se cayó el mundo, se hundió Manhattan completita: con sus 24 mil opciones de restaurantes y sus estúpidos ranking de que las mujeres no son dignas del interés de los hombres cuando pasan de los 35 años. Se hundió la isla de la ilusión vacía. Tanto había luchado por no ser esa mujer que se busca a un pibe con plata para resolver su economía, que viniendo de Santiago sentí un franco dolor de corazón.

Caminé por la Avenida Siete reverberando sus palabras, caminé lento, apesadumbrada, frágil y vulnerable, como si hubiera sido un ataque terrorista a mis sentimientos.

Llegué hacia el metro con un dolor, quizá el más franco, el único quiebre real de mi corazón. Todos los demás fueron rupturas de ilusiones, de esperanzas y de roles; pero esto, la única relación íntima que tenía con alguien fue triturada en una frase, ridícula e hiriente. Así, sensación aplastante, como si mi confidente me traicionara por una de sus ideas, como si jamás hubiera visto quién era en realidad y lo que era capaz de hacer. Como si nunca hubiera notado la fuerza de mis manos para aprender teclas y sonidos y también para desamarrarme de tantas cosas del pasado. Como si no hubiera sido parte de mi forcejeo con esta ciudad y del lastre que tenía arrastrando por vidas y vidas.

Subí al metro y lloré en silencio como tantas veces había visto llorar gente. La señora a mi lado, una mujer asiática y bajita, abrió su bolsa y sacó un pañuelo, sin voltear a mirarme me lo puso en la rodilla. Giré a verla, no despegó su mirada del reflejo que se veía en el ventanal. El suyo y también el mío, que sollozaba sin parar. Tomé el pañuelo y alcancé los mocos que estaban por deslizarse a mi boca.

¿Cómo a él, siendo este hombre tan sensible, se le ocurrió decir una disparatada así? ¿Cómo él, con sus venas artísticas, sintió que ese era el mejor consejo que podía darme después de todo nuestro tiempo juntos? ¿Después de todas las confesiones mutuas? ¿Cómo a él se le ocurrió tenerme lástima? ¿Cómo fue capaz de no entender nada? ¿Nada de nada?

¿Cómo?

¿Él?

Al salir del metro le escribí un mensaje diciendo que me había decepcionado. Él había sido a quien más le había tenido confianza y a quien le contaba mis historias. Él sabía de mi lucha contra ese estilo de vida, contra encontrar a un chaval con plata solamente para dejar de sufrir.

No. Tú no me podías decir eso, Santi. La economía no me daba y dejé de tomar clases por completo.

Manhattan no se hundió porque aquí hay muchas vidas que la mantienen a flote, pero el argentino, el maestro, el hombre casado, el amigo y cómplice en esta aventura, ese sí se hundió. Adiós, querido maestro.

Para acabarla de amolar, me despidieron de mi trabajo de niñera. Los padres de los niños se divorciaron y necesitaban contratar a alguien de tiempo completo. *Don't look at me*, pero *shit*, dejé de cobrar 120 dólares más a la semana.

Conexión espacial

Cometí el error de decirle a Joseph que estaba cerca de Columbus Circle, donde estaba su oficina. *"I'm ready for a coffee break"*, escribió e inferí que ese café sería conmigo. Contesté: *"I just came back from teaching a class, and working out at the gym, I'm smelly (pig emoticon) sweaty and with gym clothes"*, me dio la dirección y el tiempo estimado de 15 minutos. Fui a la farmacia Duane Reade más cercana, me perfumé, me puse un poco de rubor, una micropasada de rímel y una pincelada de labial natural para que todo indicara que así salgo del gimnasio.

Nos vimos en la entrada del edificio donde trabajaba. El corazón me palpitó como nunca antes. ¡Dios mío!, era el mismo edificio donde tomé mi última clase de piano. ¿Y si estaba Santiago por ahí? ¿Lo quería ver? ¿Lo podría ver? Pensar en él me dolía demasiado.

Joseph y yo nos alejamos del edificio, y caminamos a una tienda de café, pedimos bebidas para llevar y nos la tomamos en unas esculturas que había afuera de otro edificio corporativo en Broadway donde aparentemente no éramos los únicos en *coffee break*.

Joseph me daba besos aleatoriamente. Me gustaba. Los otros tomadores de café nos veían. Me daba pena. Nos veríamos en la noche para hacer un picnic en un concierto en Prospect Park. Me emocionaba.

"Coffee break with you was so fun. I have a big smile on my face and everyone in the office is giving me funny looks." Yo también tenía una sonrisa en la cara, y por el contrario, nadie me miraba chistoso, más bien la gente sonreía de regreso.

Ese mismo día nos encontramos en Whole Foods para comprar comida sana para nuestro picnic. Estábamos en la sección de la fruta, yo llegaba hasta él y se escondía de mí sonriendo, y después se escondía detrás de una báscula o de cualquier cosa mientras yo rodeaba pilas de duraznos y manzanas para llegar a él. *Pickaboo* estuvo divertido una o dos veces, pero Joseph se pasó haciéndolo por toda la tienda. Compramos pan, queso, aceitunas y una ensalada. Cuando llegamos a la caja, otra vez sentí la necesidad de correr al baño. Qué horror. ¿Quién soy? ¿Qué me pasa? No estoy tan evolucionada como creo. Otra vez percibí la incomodidad de él.

Nos subimos al metro y fuimos a Prospect Park, que quedaba muy lejos de donde yo vivía en Brooklyn; es un parque grande y frondoso, le dicen el Central Park de Brooklyn, pero no lo recorrimos todo.

Joseph sacó una manta y nos sentamos en el pasto, extendimos sobre ella la variedad de comida y sacó de su mochila una botella de plástico con vino. ¿Vino en plástico? Odio el plástico, tanto o más que el sabor del vino dentro de él. Tomamos, comimos, nos acostamos, escuchamos la música, nos besamos. Estaba rico el ambiente. Me gustaba estar con Joseph, no me ultra emocionaba, pero estaba bien.

De Brooklyn nos regresamos a Manhattan en metro. Es increíble tener que regresar a Manhattan para ir a otra parte del mismo Brooklyn. Joseph me llenaba el cuello de besos y una señora en sus cincuenta, vestida en shorts, *sneakers* y con el pelo revuelto nos miraba, y cuando le devolví la mirada, miró fijamente el piso. ¿Qué estará pensando? Quizá que somos una pareja de enamorados, que tenemos una conexión espacial, sí, dije espacial y no especial porque justamente estamos ocupando el espacio, un espacio vacío en el corazón o en los sentidos, los estamos llenando con esta presencia nueva, sedienta de romance que quiere sentirse amado y reconocido ya, inmediatamente, saltándose muchos pasos para tener el resultado que vemos: dos personas que se conocieron hace tres días y juegan a sentir el gran romance.

Nos bajamos en Union Square y nos despedimos. Caminé hacia la línea L pensando en lo mal que sabía el vino en la botella de plástico.

Oh! He is a drug dealer!

Deepika tenía muchos amigos que venían a visitarla porque pronto se iría del país; también venían a degustar las pruebas de los nuevos platillos veganos. Siempre me invitaba a estar con ellos y, por supuesto, a las pruebas de menú que nunca me perdí. Yo hacía chai para ella y para quien viniera.

Una noche vino Tony, un rubiecillo de ojos claros, de mirada melancólica que hablaba como arrastrando las palabras. No, creo que la mirada no era tan melancólica, eran más bien las pupilas enrojecidas y la vista un poco perdida, absorbiendo detalles de todas las formas. Tony me parecía atractivo porque tenía barba. Aquella noche yo vestía una camisa transparente negra; coqueteábamos sutilmente mientras Deepika nos servía *stir fry* de quinoa con piña, ensalada de sandía, con tofu y menta, y repitió para la ocasión los tacos de butternut squash, con frijol negro, col morada y jalapeños.

Platicamos de nuestros planes para los próximos meses: *"I don't know if I will be in New York or I will take a trip to Hawaii"*, dije porque así era la incertidumbre en mi vida. Cami y Zeki caminaban de la cocina a la barra donde estábamos sentados, tratando de buscar restos de comida. Cami dejó de hacerlo porque la comida vegana no es mucho de su interés. *"I can't leave New York State"*, dijo Tony. Lo miré desconcertada y coqueteó: *"I'm on probation"*. O sea que era un *bad boy* de los de verdad.

Cuando Tony se fue, ayudé a Deepika a lavar los platos. *"He is cute"*, le dije. *"You should have sex with him"*, contestó desenfadada mientras yo tallaba con fuerza un plato que tenía frijol negro embarrado. *"All my friends and I have had him. He is a good lover."* Enjuagué el plato y apagué el agua. *"Why is he in probation?"*, pregunté casual.

"Oh", dijo Deepika mordiendo un pedazo de sandía que quedaba del refractario de la ensalada, *"he is a drug dealer"*, y me miró con esos ojos verdes de gato como si estuviera diciendo "Oh, es un abogado, u, oh, es un fabricante de telas, o un maestro de yoga". *"It's just what he does"*, se encogió de hombros mientras apagaba la luz de la cocina, *"you should have sex with him"*.

Ella subió las escaleras, yo me fui con Cami a encerrar a mi cuarto, al cuarto que no tenía puerta a leer los mensajes de mi galán de la semana.

El violinista en mi teclado

El día en que Joseph me dibujaría desnuda había llegado y presentí que era el calor del verano, pero mi pelo se había convertido en chino de verdad, ya no ondulado como antes. Los rizos cada vez se contraían más, nunca había sido tan china, parecía como si entre más me acercaba a la verdadera esencia, los rizos aumentaban su salvajismo, su desorden y su fuerza en mí.

Era excitante saber deliberadamente lo que iba a pasar, antes, durante y después de posar para un dibujante. Quedamos en que iríamos a comer algo sin acordar una hora en específico. Cuando le dije que iba hacia su rumbo contestó que estaba hambriento y no me esperaría. Lo alcancé en Café Mogador, yo moría de hambre; me ofreció un poco de ensalada griega, tomé el tenedor y traté de atrapar la mayor cantidad de queso feta y de rábano con eneldo. Joseph parecía molesto.

No éramos novios, apenas nos conocíamos y tuve que lidiar con su enojo: *"I'm sorry for being late"*, dije para no perder mi oportunidad de lo que sabía vendría a continuación. Dijo que no me preocupara, que era cierto, nunca acordamos a qué hora nos veríamos. Jalaba el plato hacia él, irritado porque yo comía de su ensalada, sin preguntarme si quería pedir algo, si también tenía hambre. Decidí no hacer nada. Comería después. Además, no quería tener la panza llena y no poderla sumir para posar desnuda. Después seguro tendría más hambre, así que aguanté.

El edificio de Joseph era viejo. Había una reja que se abría y unas escaleras para llegar a la puerta principal. Los pasillos eran angostos y no había elevador. Subimos a pie. El departamento era pequeño pero bien iluminado, junto a la ventana que daba a la calle había un sillón, algunas plantas y varios violines, un librero, una estufa peque- ña y el refrigerador, enfrente el fregadero, arriba cuatro gabinetes y junto... la regadera. *"I also thought it was weird when I first saw it but then I got used to it"*, dijo Joseph cuando me quedé con la mirada clavada en la regadera, deliberando por qué estaba a la mitad de la estancia.

Unos metros a la derecha de la estufa había un cuarto con una ventana que daba a ningún lugar y frente a la cama colgaba la bicicle- ta. Apenas curioseé en el cuarto y Joseph me atrapó por la espalda, me besó el cuello, comenzó a palparme las caderas, los muslos, la entrepierna. Hacía mucho calor, mi humedad no tardó en delatar el placer de las sensaciones. Joseph me acostó en la cama, me quitó el short, el calzón, sus dedos fueron deslizándose del clítoris al inte- rior de mi vagina, cerré los ojos y me dejé ir, luego sentí su lengua y sus labios. El placer crecía, el sol iluminaba su cráneo, con poco pelo castaño, adherido a mi pubis. Del éxtasis, podía escuchar el sonido suave y armónico del violín que él hizo con sus propias manos sobre mi teclado. Mi teclado, que ahora era mi cuerpo.

Nunca me había sentido tan desinhibida, no había gota de alcohol en mi ser, ni un solo puff de marihuana, nada, bueno, unos cachos de feta y rábano con eneldo. Me dejé ir y toqué el pene erecto de Joseph, estaba listo así que sacó un condón de la mesilla de noche y lo sentí adentro, muy adentro. Yo jadeaba, él jadeaba; me embestía con fuer- za. Cambiamos de posición, yo encima de él, él dentro de mí, yo con una mano tocando mi clítoris. Se siente bien, muy bien, muy muy bien. *Oh my God, Oh my God*, y nos venimos juntos.

Joseph me abrazó después, nos quedamos tendidos un rato, me acariciaba los hombros, la espalda, las nalgas. Yo le hacía piojito en el torso, era un torso bello, largo, de piel gruesa y apiñonada, con la perfecta distribución de vello. *"It's weird to have such an amazing sex the first time you do it with someone"*, dije sin filtrar mi pensamiento. *"It's really weird"*, dijo y así volvimos a repetirlo todo.

Ahora sí moría de hambre así que propuse mi restaurante favorito donde todo el personal me conocía. Llegamos a Pylos y nos sentaron de inmediato. Me encargué de hacer una curación del menú. Los meseros sabían mis gustos y me habían visto ir sola, con amigos y con otros hombres. Había uno que coqueteaba conmigo, era griego y según yo se llamaba Andreas, cuando Joseph fue al baño se acercó: *"When you dump this one, let me take you out"*, sonreí y contesté que si me enseñaba los secretos de la cocina griega, *maybe I would*.

Llegó la ensalada griega (*in your face bitch*) porque no me iba a quedar con el antojo, y porque además es lo que siempre pido, la ensalada de arúgula con pera, pistache y un queso de muerte, suave de oveja, no sé cómo se llamaba pero moría de felicidad a cada bocado, y un salmón pochado en una cama de arroz con espinaca que me sabía al arroz con *jamud*, el platillo sirio de todos los viernes que hacía mi abuela.

Joseph me tocaba la pierna por debajo de la mesa y entre bocados se pasaba la mano por la nariz, oliendo el residuo de mi humedad. No supe qué pensar, no sabía si era el gesto más halagador o el más asqueroso del mundo. Lo hizo mil veces, musitaba "mmm" sonreía y apretaba con fuerza mi muslo bajo la mesa.

La cuenta llegó. Desde aquella primera Coca-Cola en el Pier 45 olía lo que iba a suceder: *"Do you mind if we split this bill?"*, recordé la sugerencia de Marjorie, *"you pay the bill and you never see this man again"*. Por supuesto, dije sacando a regañadientes mi cartera. Creo que no me molestó tanto dividir la cuenta porque lo vi venir, sino que lo hizo justo después de haber cogido como conejos, cuando todavía tenía pegado en los dedos mi olor.

Fui al baño y cuando salí, Andreas se acercó: *"He made you pay"*. Asentí con la cabeza. *"That's not the way to treat a woman"*, dijo con acento griego, *"my father taught me that even if you don't have any money, you can't allow a woman to pay"*, concluyó enfadado mientras yo caminaba hacia la puerta pensando que mi padre y toda mi ancestralidad decían exactamente lo mismo. "Te juro que yo te voy a tratar como mereces, porque soy griego." Le di un abrazo y unas palmadas amistosas en la espalda, salí con Joseph que me esperaba en la acera. Cuando me vio sonrió y pasó sus dedos por el bigote e inhaló profundo. Asco, aquel gesto me daba asco.

Aún así nos quedamos juntos. Me rentó una Citibike y anduvimos por el puente de Williamsburg en bicicleta hacia mi casa. Me encanta el ciclismo urbano. Me hace sentir libre, pero también me daba un poco de miedo. Los conductores a veces no tienen paciencia con los transeúntes descuidados que cruzan la calle a pesar de que ya está el semáforo de la mano en rojo. Disfruté el tramo, Joseph giraba la cabeza para ver cómo iba y sonreía, siempre sonreía.

Deepika no estaba en la ciudad, así que tooooodo el departamento era para mí. Subimos al rooftop. De pronto me sentí agotada y cerré los ojos. También me acaloré, así que bajamos y me tendí en el sillón azul debajo de la rendija de aire acondicionado.

Joseph se quedaría a pasar la noche. Salió a comprar un cepillo de dientes y a estacionar su bicicleta dentro del edificio. Cuando llegó yo estaba metida en la cama, lista para dormir; él vino al lado donde dormía, me destapó y fue directo con su lengua a escarbar las humedades alrededor de mi pubis. Vi los colores de mi placer en las paredes de espejos de mi cuarto.

Dormí perfecto. No era algo que pudiera decir después de dormir con un hombre. Me levanté fresca y lista. Joseph me hizo el favor de sacar a Cami. Cuando regresaron yo preparé dos cafés, tosté dos panes Ezequiel que unté con mantequilla de almendra natural y dos tacitas de yogur con berries; mientras me vestía, peinaba y maquillaba regresaba a la barra de la cocina a dar bocados.

Joseph estaba sentado comiendo y me veía moverme como loca. Tenía prisa. *"I'll take you on a bike"*, dijo, vi el reloj y contesté que estábamos cortos de tiempo. "*It will be fun*", insistió. ¿Setenta cuadras, más el puente de Williamsburg en bicicleta y pretender llegar a tiempo? "*Plus you still have credit on your Citibike from last night's ride*", qué mejor manera de convencerme.

Me subí a la bicicleta y lo seguí. El día era caliente pero había brisa. En mi bolsa, atada a la canastilla de enfrente, tenía un cuaderno, la cartera y una pluma. Estaba llegando tarde a mi curso. Joseph volteaba a ver cómo iba y me esperaba en los semáforos, a veces se acercaba a mí y me daba un beso; yo estaba más al pendiente de no caerme y de frenar si veía un alto aunque él hubiera cruzado. "*Take up the resistance, every time I turn around your legs look like this*" e hizo un ademán con las manos que me recordó a Pedro Picapiedra cuando echaba a andar su "automóvil" con los pies a toda velocidad. Me reí y subí la resistencia.

Llegué tardísimo a Hunter College. Llegué tan tarde que Joseph ofreció estacionar mi bicicleta porque no habíamos encontrado lugar en las estaciones de Citibike que pasamos. Desmonté, le di un beso rápido y corrí a la clase.

¿Qué era todo esto? ¿Qué estaba pasando entre él y yo? ¿A dónde iría? Habíamos pasado muchas horas juntos y se sentía completamente natural. Esa voz nueva se adelantó a contestar todas las preguntas antes de que aquella parte vieja de mí inundara la cabeza con estupideces.

¿Qué era todo esto? Una manera de disfrutar la libertad, la sexualidad y la conexión. ¿Qué estaba pasando? Estaba teniendo orgasmos reales cada que él me tocaba. ¿A dónde iría? Por el momento, a correr para encontrar el aula de *humor writing workshop*, un taller de un solo día. A poner toda la atención allí. Y nada más.

Me he quedado con la cara de *whaaaat?*

Deepika y yo pedimos comida thai del restaurante Qi, que estaba en la calle North 9. Nos sentamos en el sillón a esperar la comida y a hacer un poco de *bonding*, que en español se traduce como vinculación afectiva o emocional.

Comíamos ensalada de papaya y *drunken noodles* con albahaca. Decidí abrirme y le conté acerca de la misión que originalmente me había traído a Nueva York. Le conté de las *matchmakers*, de mis antecedentes como sumisa sin rebeldía y de cuánto quería triunfar en Brooklyn con mi marca de chai, el cual cuando lo probó me dijo: *"Yeah, girl, you should go for it"*. Deepika pertenecía a una comunidad de Hare Krishnas, también era una comunidad chica, nadie le había dicho nunca que debía casarse, nunca había probado la carne y su cocina estaba completamente influenciada por la gastronomía hindú, entonces sabía reconocer un buen té chai cuando lo probaba. Zeki estaba acostado en el sillón junto a Deepika y Cami escondida debajo.

Después de sincerarme, pregunté cuál era realmente su trabajo; salía de la casa arreglada extrañamente, con demasiado maquillaje en los ojos y los labios rojizos. Salía así a cualquier hora del día. *"Yeah, I wanted to talk to you about it."* Me reacomodé en el sillón para sostener mejor mi plato y seguí masticando trozos de papaya con salsa de cacahuate.

"*I work in the sex industry.*" Me pareció sentir que un cacahuate se fue por el otro lado de la tráquea y por poco me ahogaba. "*I do some light bondage.*" Asentí para no parecer bruta, pero ¿qué significaba esto? *Bondage*, en español significa esclavitud o cautiverio. "*I dominate men professionally.*" Volví a asentir para hacerme la cool. Tenía mil preguntas, una en particular que me concernía directamente, pero pareció como si Deepika leyera mi mente: "*I work outside the house and never bring clients in here*". ¡Qué alivio!

Terminamos la cena y la plática. Me intrigó y quería saber todos los detalles. También, y bombardeando mi cabeza con más frecuencia, apareció una especie de pregunta del tipo: ¿cómo chingados terminé aquí? Menos mal que no traía a sus clientes a la casa, me preocupaba solo una cosa. Me preocupaba que accedí a vivir en un cuarto al que le faltaban dos puertas.

¿Podría? No soy talla 34 DDD

Joseph y yo ya no nos veíamos en público. Todo eran sábanas y gemidos. Nunca me había sentido tan abierta, tan sensual, tan des-inhibida. El violinista ganaba compases en mi teclado.

Le conté a mi amante de la vez que Adela estaba *super freaked out* porque conoció a los papás de su novio. "*I wouldn't be nervous if I were to meet your parents. I'm totally down to it.*" ¿Por qué tenía que tomar ese camino? Teníamos poquísimo tiempo de conocernos. No reaccioné emocionada, solo sonreí y dije tranquilamente mientras servía una taza de café: "*Cool*".

Juliette White era el nombre de dominatrix de Deepika. Me metí a su página e indagué: daba masajes, dominación suave y algo llamado cuerpo a cuerpo. Vi los precios también. El mínimo eran 450 dólares por hora y máximo 900 por 120 minutos. Me dio envidia.

Eché un vistazo a su galería de fotos en donde salía medio des-nuda, con las chichis de fuera, su gran busto 34 DDD que yo quería tener y fotos profesionales de Juliette acostada en el sillón de nuestra casa, frente a los ventanales de doble altura, y junto a la escalera que llevaba a su cuarto.

Escrutiné todo su sitio web con curiosidad, pero también con celos. He de confesar que me cuestioné si algún día podría hacer algo así. Si quería vivir en Nueva York y dejar de sufrir por dinero, porque si comparaba lo que yo cobraba por hora de mis clases de yoga, una suma entre 100 y 150 dólares, y no aparecían más clientes que los dos o tres que ya tenía, quizá la profesión de Deepika no era una idea descabellada, ¿o sí?

Just pee in the shower

Joseph me invitó a "cenar" a su casa. Llegué y me senté en el sillón, él dijo que ya había cenado. ¿Otra vez lo mismo? Preguntó si quería algo y contesté que, por favor sí, porque cuando ofreció una cena, me encargué de llevar conmigo el apetito.

Me llevó al sillón unos pedazos de queso y de pan e hizo un gesto raro, como si le molestara caminar unos pasos con un plato en la mano, o porque no me levanté del asiento, o no sé qué pasó. Mientras comía, me enseñó uno de los violines que manufacturaba. Estaba hermoso, pero dijo que tenía problemas con el barniz y que después de un tiempo el sonido se distorsionaba.

Se sentó junto a mí y tocó su música que era una mezcla rara de balcán y algo más que no supe reconocer, y en vez de querer que continuara, quería que dejara de tocar. Me imaginaba algo más clásico y me encontré con algo festivo y, bueno... quizá esa era la distorsión de la que hablaba.

Cuando acabé de cenar toqué con los dedos de mi pie la pierna de Joseph, y comencé a moverlos hacia su entrepierna dizque al son de la música. Quería ser su violín. Él dejó de tocar, me besó y con la misma mano con la que sostenía el arco jugueteó en mi pubis, luego recorrió con la boca el camino de mi cuello hacia los labios vaginales. Yo estaba en éxtasis, sabía bien cómo me gustaba. Fue un orgasmo sincero.

En el gabinete, arriba del lavabo de la cocina, Joseph guardaba la pasta y cepillo de dientes, el jabón de manos, su rastrillo, la crema de rasurar y todos los artículos de "baño". Me tuve que vestir para salir al pasillo e ir al bañito que tenía de largo lo mismo que el WC; mis rodillas rozaron la puerta cuando me senté, no sé cómo hacía Joseph porque era bastante alto. Cuando regresé, mientras me quitaba las sandalias, Joseph se lavaba los dientes y entre cepillada y cepillada dijo: "*If you need to go in the middle of the night, and you don't feel like going out to the corridor, just pee in the shower*". Mi cara se transformó, pero tuve que disimular con una sonrisita el absoluto asco que me dio. "*I do that all the time.*" Más asco. Me fui a la cama y me tumbé pegada a la pared.

Joseph entró a la cama para cucharearme pero ya le había contado, o se había dado cuenta, de que no soy muy fanática del abrazo a la hora de dormir, así que mantenía un contacto leve, recargaba con suavidad la mano en mi muslo y así diferentes partes tocándose.

Reconocí finalmente un problema grave: mis feromonas odiaban el olor de las sábanas de Joseph. Dormí pésimo. Me moví como huracán horizontal para entender que ese olor también era parte del cuerpo del hombre que dormía junto a mí. No era que oliera mal, era que, a pesar de la excelente química sexual, no había química en los olores. ¿Me estaba poniendo demasiado *picky*?

A la mañana siguiente tenía que irme de volada a dar una clase. Nos despertamos. Mi calentura pudo más que mi desesperación con el olor y con las ganas de salir de ahí corriendo. Tenía que ir al baño pero no quería ni hacer en la regadera, *yucks!* Ni salir al pasillo. Cogimos delicioso, como siempre, y después me apresuré a vestir. Joseph me hizo una quesadilla de queso parmesano para que me la llevara en la mano. Nos despedimos con prisas.

Mastiqué la quesadilla mientras caminaba y al llegar corrí al baño a hacer pipí. Me dolía algo, y me dolía fuerte. Todo el día lo pasé yendo al baño y conforme caía el sol, el dolor se fue sintiendo en todos lados.

Aquella noche se volvió un infierno oscuro de horas largas y minutos que no avanzaban. Deepika no estaba en la ciudad; se había ido a trabajar una semana a Chicago, decía que tenía mejor clientela ahí que en Nueva York. Me paré a hacer pipí cada quince minutos hasta que decidí acostarme en el sillón y luego en el piso del baño a esperar la siguiente necesidad urgente de orinar. Cami se despertó también y se quedó en el baño lamiéndome los pies. No salía líquido, sino todo el dolor que la vida podía concentrar en un lugar tan minúsculo como la vejiga. Me picaba, me quemaba. Sí, era eso, una sensación aberrante de que dentro de mí había un incendio.

Fue una madrugada larga que se volvió confusa cuando noté, entre la oscuridad del cuarto y del baño contiguo, que no era pipí, era sangre la que escurría de mi entrepierna. ¿Me estaba desangrando? ¿Me iba a morir?

¿Será este el castigo que sigue al incomparable placer del sexo casual? No quería saber de nada, ni de nadie. Lloré del dolor toda la madrugada, lloré en el sillón, y lloré acostada en posición fetal en el piso del baño, lloré en silencio en mi cama. Lloré mil veces, hice pipí/sangre al menos dos mil.

A la mañana siguiente no podía caminar, no me podía mover. Texteé a Joseph: "Hola buenos días", y cuando contestó "Muy bien y súper *busy*", le dije cómo me sentía y lo espeluznante que fue la noche. *"Oh no"*, escribió, *"drink lots of water and cranberry juice"*; y después leí: *"I feel partly responsible"*, y me hizo sentir acompañada. Me mandó *links* sobre los beneficios del jugo de arándano y de doctores en *ZocDoc*.

El dolor no hizo otra cosa que agravarse durante el día, la sangre aumentaba, él estaba pendiente. *"Teresa, go to the doctor. This is not a joke."* Contesté que no podía caminar, era en serio. Me mandó la locación de una clínica cerca de mi casa.

Le escribí a Santiago, con todo y mi enojo hacia él, seguía siendo mi relación más cercana. Llamó de inmediato, como siempre, me dio el número de su doctor, pero dijo que si no tenía *social security*, me iba a costar un ojo de la cara. "Me avisás cómo seguís." Claro que no le iba a decir que sabía perfecto las causas, con puntos, comas y apellidos de esta enfermedad.

Se me ocurrió llamar al príncipe/doctor, pero mi orgullo me lo impidió. Entonces me acordé de un amigo médico de Salvador que me había dado su teléfono: *"In case you ever need something"*. Le llamé para que me recomendara con alguien o una clínica. Preguntó mis síntomas y me recetó. ¡Bendito Dios, no tuve que ir a consulta! Porque sí, con mi estatus de indocumentada y desempleada, la consulta saldría, como dijo Santiago, en un ojo de la cara.

Le puse la correa a Cami y fui como pude a la farmacia; si algo me pasaba en el camino, Cami, valga la redundancia, me salvaría. ¿Verdad, Manzanillita? Tomé el antibiótico de inmediato y me acosté desganada a ver una muy mala serie de televisión. Joseph preguntaba cómo me sentía. *"Thanks for your support"*, escribí; la medicina me noqueaba, más la noche previa de insomnio y sangre, más lo punzante que era el dolor. Tenía que dormir.

Matchmaker: Catch me a catch!

Cuando contaba a mis amigos o a la familia de mi nuevo departamento y la nueva roommate, jamás platiqué su profesión. ¿Qué les importaba? ¿Qué me importaba a mí? Contaba con emoción que era chef vegetariana/vegana y que estaba comiendo delicioso en casa cuando ella cocinaba.

Deepika tenía 39 años. "¿Y qué? ¿No se quiere casar?", escuché preguntar a varios. Era más fácil reírme que contestar. Deepika, como yo, quería tener una pareja, ¡claro! Pero nada tenía que ver la estúpida pregunta con la asociación de si una mujer quiere o no casarse, si quiere recibir o no el amor. Como si nada más se tratara de querer.

Tenía tiempo que no me comunicaba con Angela y el staff de Deluxe Match. La membresía había expirado meses atrás. Sin embargo, como me querían tanto y deseaban que encontrara un hombre, habían dicho que en caso de tener a alguien me lo presentarían sin pagar cuota.

Angela llamó y en el *catch up* decidí no compartir que estaba viendo a Joseph, porque siempre supe que era un romance pasajero. Llegó a Deluxe Match un hombre para mí, un texano. ¿Me quería meter otra vez en todo aquello? Según yo, ya estaba totalmente *out* de la *matchmaking scene*.

Angela leyó la cartilla de Jeremy: divorciado, deseoso de formar una familia pronto —esa fue la frase que más repitió—, trabajaba en finanzas, deseaba tener una familia. Pronto. Está listo. ¿Sí oíste que está listo para volver a casarse?, ¿para encontrar una esposa ya? Yo tenía aquello un poco menos imbuido en las células, o eso era lo que pensaba.

Estaba muy relajada con el tema, pero uno no escoge cuándo los patrones dejarán de repetirse. Según yo estaba curada, no estaba buscando a un esposo, sino a una pareja, a alguien con quien sentir vibración y conexión, alguien con quien tuviera una química sexual tan fascinante como la tenía con Joseph. ¿Solamente el padre de Jeremy era judío? ¿Qué me importaba? El mismo Joseph y el príncipe de mármol compartían tal situación, eran mitad judíos por el lado del padre, lo que oficialmente los convertía en no judíos desde el punto de vista del matriarcado religioso. Yo buscaba el amor, no la conveniencia. Había aprendido mi lección con el príncipe Jacob.

O eso creí.

La versión mexicana de "ella"

Encontraba a Deepika en la cocina con frecuencia, sobre todo por las mañanas cuando Cami y yo regresábamos de correr en el parque McCarren. Llegaba sudada a tomar grandes tragos de agua y la veía preparar su bowl de *quinoa flakes*. Le gustaba platicar de las sesiones que tenía programadas, me daba detalles de los clientes de la noche anterior, si era uno que había atendido o no, me compartía cómo actuaba profesionalmente, la forma de hablarles, los hábitos de higiene y otras cosas.

Una mañana, mientras me contaba de una sesión con un señor que tenía una fijación sexual por los pies y los cheetos, Deepika decía con orgullo que el hombre le había dado una propina de mil dólares más su *regular fee*. En ese momento, cuando terminaba el último bocado de *quinoa flakes* con aceite de coco y mix de *berries*, sonó su teléfono y escuché brevemente cómo Deepika se convirtió en *Juliette*.

"*This is her*", contestó en un tono serio, como si le molestara atender el teléfono. "*I don't do that*", dijo mientras subía por la escalera para encerrarse en su cuarto y atender en privado la llamada de trabajo. ¡Chin! Me imaginé cien cosas a las que pudo haberle dicho: no hago eso.

Quizá aprender de Deepika acerca de su profesión no era una idea descabellada para hacer dinero, ¿o sí?

El clima estaba lo suficientemente caliente como para sudar en la caminata hacia el bar donde me encontraría con Jeremy. Él, sentado en la esquina y de espaldas a la puerta, tomaba una copa. Yo traía un vestido azul corto y unos zapatos de tacón ancho ¿Estaba *overdressed*? Él estaba en pantalón caqui y polo amarilla. Cuando me vio se excusó de lo informal que vestía; me senté en la barra y pedí a la barista un coctel con mezcal.

Se disculpó por sudar. *"Don't worry, I'm also sweating. It's very hot outside"*, dije para empatizar, pero él se recorrió todos los espacios húmedos de la cara con una servilleta de papel. Los dates son tan raros que parece que hay que ocultar que somos humanos y engrandecer las partes placenteras de la vida como única realidad aparente. Jeremy no dejaba de excusar a sus glándulas sudoríparas. Al principio no me pareció tan guapo, aunque era una combinación letal de Bradley Cooper con el de *Avatar* cuando es azul. Al final de la noche se me hizo más guapo, pero no me llamó la atención su personalidad.

"Angela says you are the Mexican version of her." ¿Qué significaba eso? *"And she is... crazy and so much fun."* Vale pues, entonces entendí lo que dijeron de mí y lo que él esperaba que fuera: una mujer loca, espontánea y divertida, pero sofisticada y educada. Muy bien, habrá que armar el personaje.

Fue el día del hack al sitio Ashley Madison, del cual no supe su existencia hasta que Jeremy contó que era un *online site* (¿y yo no lo conocía?) de personas casadas (¡ah, ok otra vez el mundo excluyente de los casados!) para poner los cuernos a sus parejas con absoluta discreción (*ok, what?*) y cuyo slogan era *"Life is too short. Have an affair"* (sin comentarios). Ese día filtraron información de los usuarios. Lo interesante de esto es que Jeremy inmediatamente me contó lo horrorizado que se sentía del *leak*, mientras yo sentí angustia de saber que una cosa así podía existir, porque una cosa es que se te atraviese alguien en la vida y el *affair* no pueda ser evitado y otra, muy diferente, ir a un sitio especializado a buscarlo.

¡Eureka! Era exactamente lo mismo que yo sentía respecto al amor: el encuentro casual, gustoso y espontáneo versus la pareja *à la carte* "lo que quiero, cuando quiero y como quiero" de todos los servicios de *online dating*.

Jeremy y yo platicamos de cuando vivió en Los Ángeles con su esposa ocho años y las ganas que tenía de regresar a la costa oeste a vivir. Me moría de hambre. Había llegado a las 7:30 de la noche y eran las diez. Cuando mencioné que tenía hambre, otra vez haciendo de cuenta que en las citas no somos humanos, dijo que no había tiempo porque debía despertarse temprano. Nos quedamos una hora y media más. De 7:30-11:30 p.m. y no hubo tiempo, *great!*

Insistió en acompañarme caminando a la casa. Yo debía ir a México de nuevo para salir del país. Me iría unos días después; Jeremy se la pasó repitiendo que los agentes migratorios me negarían la entrada de regreso a Estados Unidos. Bromeó con que nos casáramos. ¿Otra vez? Que si le daba siete u ocho mil dólares se casaría conmigo. No me reí tanto. Esta vez no tuve sentido del humor. Estaba hambrienta. Agradecí y subí a casa.

Abrí la puerta y Cami se trepó a mis rodillas moviendo la cola, pero no estaba de humor para sus ojos desamparados. Abrí una lata de atún y la vertí en un plato hondo junto con vegetales listos para comer, aceite de oliva, vinagre balsámico y sal. No me gustaba regresar famélica después de una *date*. Ya me había pasado varias veces. Estaba del peor humor.

Al día siguiente Jeremy escribió desde otro teléfono, pues no era el mismo de la noche anterior. Hablé con Angela y compañía que sonaban entusiasmadas de que el texano llamara para pedir mi número porque había olvidado su teléfono personal en casa y quería comunicarse. Ni siquiera me molesté en llenar el soso formato de retroalimentación de la agencia. ¿Para qué?

Sonata para un violinista

Viviendo con Deepika cuestioné mi relación con las drogas. Nunca había tenido la necesidad de usar drogas químicas; me gustaba lo natural. Había fumado marihuana y alguna vez la comí, estuve en la naturaleza en viajes de honguitos, en fiestas con chocohongos y en diferentes ceremonias de peyote y ayahuasca. Pero jamás había inhalado cocaína, ni me había metido molly o ácidos. No me llamaba la atención, aunque siempre he estado abierta a que en alguna ocasión si se diera, lo haría para probar. No tengo personalidad adictiva, así que sería nada más cuestión de exploración.

Nunca escuché hablar de la coketa hasta que conocí a Deepika y sus secuaces. Era una combinación de cocaína y ketamina a la que también se llama clandestinamente, CK, Calvin Klein. La ketamina, no lo sabía, es un anestésico veterinario con efectos disociativos en los que se separa la mente del cuerpo. Sonaba increíble.

Deepika era consumidora regular, y cuando la encontraba en la casa bajo los efectos de la coketa, era como hablar con un mueble raído, o con alguien que masca en cámara lenta. Me desesperaba. Claro que me sentí *uncool*: yo solo tomaba alcohol, y solo a veces; no me drogaba con regularidad, comía sano, corría, practicaba yoga, no trabajaba como dominatrix y no me gustaba la fiesta hardcore.

Me sentía una monja. Una aburrida monja judía.

No supe de Joseph unos días y extrañaba su atención. Después de quedar en el lugar donde me encontraría con Jeremy esa tarde, y como la buena malabarista que me había convertido, texteé a Joseph para decirle que lo sentía distante. Contestó que él me sentía distante a mí y creyó que ya no estaba interesada en él. *I swear*, que lo último que escribí fue que nos encontráramos para ver juntos aquel atardecer a la orilla del Hudson cuando me quedé sin pila. Supuse que él llegaría al lugar, pero nunca apareció.

No sé qué pasó ahí, lamenté la pérdida porque Joseph sabía satisfacer mi lado sexual. Whatever, ya tenía un Jeremy en quien pensar.

Un momento...

Aunque la pieza musical había quedado inconclusa porque terminaron mis clases con Santiago, de todas formas escribí el sonido de Joseph, que merecía una sonata entera, no solamente una frase. La sonata es una pieza completa que utiliza dos temas contrastantes:

1. El tema del buen hacer el amor; con sus éxtasis altos, con las notas placenteras delineadas a la perfección. Con el manejo imperdible de las teclas, de la composición corporal. El deseo que canta en *mezzoforte*.
2. El tema del olor. La imposición feromononal. El sonido de la pipí en la regadera en la madrugada. El asco. El aroma de mi líquido vaginal en su dedo; su olfateo constante. Nuevamente el asco.

Blowjob para compensar

Llegué en taxi al West Village y entré a un lugar que parecía bar universitario. Ahí estaba Jeremy, con un amigo y su date; el lugar era tan escandaloso que no podíamos hablar. Jeremy dijo al amigo que iríamos a un lugar menos ruidoso y después volveríamos. Fuimos al sitio de al lado, por fin pidió una mesa para sentarnos a cenar y en vez de sentarse frente a mí se sentó junto, me agarró con todo y silla y me movió más cerca de él.

Compartimos platillos y bebimos vino. Jeremy me llenaba el cachete izquierdo de besos con pasta arrabiata. Olía bien, Jeremy y la pasta, muy bien. Tenía 37 años pero se veía más grande, supongo que había tomado mucho sol, había una arruga pronunciada muy cerca de su oreja; no sé si había tenido alguna cirugía.

Regresamos al bar donde el amigo y la chica. Ellos tres abrieron sus perfiles de Tinder, pero como yo ya lo había cerrado, enseñé el de mi única plataforma abierta. El de OkCupid. Comparamos fotos; Jeremy se quedó clavado en una de las mías y se la enseñó al amigo mientras yo lo examiné: era castaño, de ojos claros como los del avatar azul, varonil exudando energía masculina. Me empezaba a gustar. Tomamos otra copa, él abrió su bandeja de mensajes y ahí me encontré, reconocí mi número sin ver mi nombre. No estaba tan loca ¿cierto? No era el único ser viviente que no guardaba contactos de dates hasta... pues creo que cada quien a su juicio.

Me encaminó hacia un taxi; nos quedamos parados un buen rato en la banqueta retacada de andamios de construcción, yo me recargué en uno de los palos, Jeremy me dio un beso en los labios, sentí la humedad de su boca, el aroma viril, la entrega de un hombre apasionado. Sentí química y aunque mi percepción de él cambió para bien, me subí al taxi y me fui.

Al otro día hice un plan con mi primo y su novio, que visitaban Nueva York. Ellos a su vez estaban con varios amigos. Estábamos cerca de donde vivía Jeremy. Él había mensajeado para vernos y lo invité a caminar con nosotros. Nos vimos en Union Square, afuera del Forever 21. Lo encontré con lentes de sol y con un amigo que se veía mucho más grande que él. Eran ocho hombres, y yo.

El novio de mi primo era alto, delgado, con labios gruesos, y guapísimo; tenía una personalidad irresistible. Habíamos hecho una colaboración de pintura y escritura por lo que nos teníamos confianza, y cariño. Apenas vio a Jeremy dijo: "*If you dare to hurt her I will stab you*", y para hacer más claro su punto hubo de agregar, "*and not with a knife*". Los seis hombres gay se acercaron a mi oído intermitentemente para susurrar lo guapísimo que era Jeremy, que pasó el día tomándome de la mano y besándome los cachetes, el cuello y pasando sus manos por mis nalgas cada que podía. Los ojos verde claro de Jeremy tenían lunares cafés que me parecieron hermosos.

Caminamos desde Union Square hasta el río Hudson. Cuando llegamos nos sentamos en el pasto del Pier a tomar cerveza y agua. El calor era tan insoportable que Jeremy y yo perdimos la pena de sudar. Nos recostamos ahí. Los amigos prefirieron buscar la sombra de un árbol y él y yo nos quedamos tendidos al sol; no podíamos dejar de tocarnos. "*Teach me some yoga*", dijo, y estuvimos haciendo algunas posturas en pareja que se sentía bastante natural. La química creció y empecé a sentir el ambiente burbujeante y mis ganas por él extendiéndose debajo del pasto.

El grupo se separó y nos quedamos mi primo, su novio, Jeremy y yo. Tomamos un taxi y fuimos a comer una hamburguesa a Shake Shack. "Se ve que te quiere mucho, que le gustas y que tiene buenas intenciones", dijo mi primo, que jamás fue como el resto de la familia. Al ser gay, el mundo tradicional se le había colapsado, había luchado por su libertad y deseaba mi felicidad sin importar "quién era" el hombre con el que quisiera estar. Había sido mi cómplice muchos años atrás, cuando "La Muchacha" había visitado México.

"Pero su amigo está raro", también dijo cuando Jeremy esperaba nuestras hamburguesas. "Yo creo que se mete mucha coca, y no sé si Jeremy también, pero es muy importante que veas quiénes son sus amigos, porque eso habla de él." Comimos hamburguesas, yo una de portobello con queso que estaba deliciosa, y luego compartí con todos mi malteada de chocolate, que estaba orgásmica.

Mi primo se quedó en Manhattan a comprar quién sabe qué cosas y su novio, Jeremy y yo tomamos el metro de regreso a Brooklyn. El calor en los andenes del metro era imposible de aguantar, porque se concentra y se siente como un baño de vapor. Empecé a sudar y Jeremy me limpió la cara con su playera. El novio de mi primo asintió, aprobándolo.

Llegamos al rooftop de mi casa a fumar mota. Deepika había salido de la ciudad por un periodo más largo que el anterior, así que el departamento y la terraza eran míos. Nos reímos muchísimo mientras el sol bajaba. La complicidad entre el novio de mi primo y yo a veces dejaba un poco fuera a Jeremy, quien no entendía bien que solamente nos reíamos porque nos mirábamos uno al otro. El novio de mi primo se fue, pero Jeremy no tenía intenciones de seguirlo. Lo acompañamos a la puerta y Jeremy y yo aprovechamos para salir a pasear a Cami, tomados de la mano.

Regresamos a casa a tomar un poco de vino y nos fuimos a dormir. A mitad de la noche Jeremy me despertó acercando mi mano a su erección, sin darme besos, sin tocarme. No quise. Tenía vuelo de ida a México, pero no tenía fecha de regreso a Nueva York. "*They won't let you in*", me repitió una y otra vez pero, *I didn't let him in that night*, en su lugar le hice un blowjob.

Después de eso dormimos. Más tarde, lo escuché subir las escaleras para usar el baño de Deepika, porque el mío no tenía puerta;

se llevó sigilosamente la ropa que estaba en el suelo, tentando cosa por cosa, chocando la hebilla del cinturón con el piso. ¿Se iba a ir a la mitad de la noche sin decir nada? Me paré de la cama, me acosté en el sillón y esperé a que bajara.

"*Are you leaving?*", dije, y saltó, pero verdaderamente saltó del susto. Dijo que no podía dormir. Estaba completamente vestido, pero vino al sillón donde yo estaba acostada y me dio un beso. Se tendió encima de mí, nos quedamos así un rato y regresamos juntos a la cama.

Supongo que para impedir que se fuera, que se me fuera la oportunidad de estar con él, volví a usar mi mano, y después mi boca. Él insistió en penetrarme pero me volví a negar; no quería tener sexo con él e irme a México en el recurrente viaje de ácido e incertidumbre de si se comunicaría o no.

El domingo lo pasamos sin despegarnos. "*I really don't like chai but this thing is fuckin' amazing!*", dijo después de que le preparé un poco de mi brebaje especial. Más tarde salimos a brunchear con uno de sus amigos. En el restaurante, Jeremy se veía incómodo, molesto; le dábamos dizque consejos al amigo sobre una chica con la que salía. Le dábamos consejos como si nosotros fuéramos una pareja consolidada de años. "*He is ready to marry, Tery*", recordé las palabras de Angela, o sea íbamos a hacer todo lo posible por forzar las cosas y hacer que funcionara cuando quién sabe de verdad qué había ahí, más que las estadísticas frías del background del otro que nos dio a cada uno la *matchmaker*.

Noté incomodidad total cuando hablé sobre aquella costumbre de la "no exclusividad" y salir con varias personas al mismo tiempo. Expuse mi punto y solo tenía de interlocutor al amigo. Jeremy comía en silencio, arqueaba las cejas y apenas me volteaba a ver.

El amigo se fue y regresamos al rooftop de mi casa. El sol nos pegaba de frente. Me quité la camisa y se quitó la camisa, me quedé en brasier y me puse a tejer una cobija que llevaría a México. Yo a mi tejido, y mi tejido a mí.

Después nos encontramos con mi primo, su novio y los amigos en un bar de Chelsea donde tomamos prosecco. Salí con mi primo a fumar y vimos a Katie Holmes caminando con su hija; entramos al bar para decirles a los demás. Jeremy se levantó de la silla, frenético y así, exaltado, salió sin voltear a ver la estampida de coches y corrió detrás de ella sin alcanzarla.

Jeremy nos invitó al rooftop de su amigo, Seth, en el piso 50 con una vista a todo Manhattan y parte de Nueva Jersey; se mostró hiperatento no solo conmigo sino también con mis amigos y eso me enterneció.

Apareció la mujer de Seth, una rubia rusa y antipática con su bebé de cuatro meses, le pedí que me dejara cargarlo y ambos hombres se pararon detrás de mí como si fuera una niña de ocho años a la que le dejan cargar un bebé. Les dije mil veces que tenía experiencia, pero de todas maneras ahí estaba el padre deteniéndole la cabeza a su hijo, y el hombre con el que yo salía imaginándome de madre. No parpadeó ni dejó de sonreír.

Tomábamos vino y a los amigos de mi primo les dio pena decir que tenían hambre, así que me acerqué con Jeremy y fui la portavoz del grupo. Jeremy y Seth bajaron por pizzas y ensaladas y regresaron al rooftop. No me gustaba nada la vibra de Seth, lo comenté con mi primo: "Sí, está rarísimo". Lo sentí como un ser del inframundo, chupando la energía de todos. Cuando nos despedimos, buscaba compañero de fiesta. "*But he has a kid*", dije a Jeremy, además de que era domingo a las once de la noche. "*I feel bad for leaving him alone*", me contestó; caminamos de la mano al metro y después a mi casa.

Jeremy se acostó en la cama mientras yo acababa de empacar y se cercioró de que todas mis alarmas estuvieran encendidas para despertarme en cinco horas. Vi mi reflejo en las paredes del espejo de mi cuarto. Algo se sentía bien y algo no se sentía bien, pero no pude identificar qué era qué. Lo acompañé a la puerta y nos besamos. "*I hope they let you back in*", dijo, "*and, please, be in touch*".

Cerré la puerta con una carita triunfante. *Yes, sir*, mi fantasía seguía vivita y coleando. Al parecer, tenía alguien que me esperaba y una razón para regresar. Por fin.

De DF a CDMX

Volví a despedirme de Cami con dolor en el corazón. Entrar y salir de Estados Unidos a México implicaba papeleos, visitas a veterinarios y mi indignación, y seguramente la suya, de viajar en el maletero. La dejé en la casa con Deepika, que después de una semana no aguantó sus ladridos, su forma de jalar el brazo en la calle cuando escucha, o ve, una patineta. Tuve que mandarla con una de las vecinas; me sentí horrible, la peor madre del mundo. La madre viajera y gitana que no podía atender a su perro como debía. ¡Ay, Cami de mi amor! ¡Ay, Cami de mi dolor!

Seguía tejiendo la bufanda en el avión de camino a México mientras miraba las nubes por la ventana. El asiento de en medio estaba vacío y el del pasillo lo ocupaba una mujer en sus 50, arreglada, pulcra y guapa. Volteó a ver mis manos tejiendo y pidió que le enseñara la puntada, lo hice mientras platicábamos.

La señora trabajaba con un doctor especialista en fertilidad en un centro de vitrificación de ovocitos. En la conversación, se asomó mi edad y el estado civil del momento. "No hay pa'cuando". Ella se dedicó a hablar de las maravillas del método, de lo sencillo que es el procedimiento y de lo "un poco caro" que es. Comentó también en qué fase del ciclo había que hacerlo.

Era el momento, quizá sería bueno aterrizar y hacerlo. No podía decirle a mi madre porque lo había comentado con ella y le parecía una idea horrenda. Tenía que ser una misión secreta. La señora no podía hacer una peor puntada para la bufanda, no le entendió, así que deshizo lo que avanzó y yo proseguí.

Me dio sus datos y salimos del avión como si fuéramos grandes amigas. Mientras esperaba la maleta llamé al consultorio para preguntar el precio: 100 mil pesos, ¡uf! Pero bueno, quizá ese sea el precio por no haber logrado ser una madre joven, tendría que conseguir el dinero a como diera lugar.

En el taxi de camino a casa de mi madre me di cuenta que el DF se había convertido en la CDMX. Y sin más preámbulos, llamé al ginecólogo para platicarle de mi nueva maravillosa idea: "Deja de pensar en eso", dijo el doctor con una voz relajada, "eres una bebé". No soy tan bebé, doctor. Ya tengo 31 años. Y medio.

Las semanas que estuve en México fueron intensas: firmé la compra-venta de mi negocio de la Condesa, vi a la familia y mi tío exigió: "¡Ya regrésate y deja de vivir como pordiosera!" Porque a mucha honra, soy la del barrio. La María. "A ver, ¿cómo le haces para vivir allá sin dinero?", preguntó. Pero qué chingados le importaba. Era mi vida, y si quería pasarla como… vamos a buscar otro personaje, ¿no?, porque esa María se casó con el jefe ricachón y en mi caso, ya no habían príncipes en la costa.

Bueno, estaba Jeremy. Recibí mensajes intermitentes durante el viaje. Me volvía loca de imaginar la posibilidad de que por haberme ido las cosas se enfriaran. La nueva voz que había emergido en mí tenía que hablar más fuerte, porque ya no la escuchaba con tanta claridad.

Lo más duro de todo, lo más traumático y doloroso de ese reencuentro con mi CDMX fue que vi avanzar la demencia senil de mi abuelo. Se comprimía, se hacía viejito con cada hora que pasaba; había días que no me reconocía. Y yo siempre le cantaba la de José

Alfredo, que él tanto disfrutaba: "No tengo trono, ni reina, ni nadie que me comprenda. Pero sigo siendo el rey".

Me despedí de él temiendo no volver a verlo y temblé de angustia, y de dolor.

Mitad gringos, mitad mexicanos

Regresé al aeropuerto de Nueva York sufriendo al pensar que Jeremy me hubiese echado la sal y, en serio, no me dejaran entrar a Estados Unidos, pero todo lo contrario, entré con la Global Entry que había sacado para lidiar con los nervios de hablar con los agentes en mis regresos a Nueva York. *"What are you doing in the United States Of America?* *"Oh, sir, let me explain. Do you have time? It's a long, long story."* Pero gracias a este trámite, cuando me presenté en la aduana el agente incluso me sonrió y dijo: *"You are VIP"*, y salí lo más rápido que pude a buscar un taxi.

Al otro día, Jeremy apareció en Whatsapp para ver si había llegado, chateamos y me dijo lo aburrido que estaba en el trabajo, dije que podía hacer algo para remediar aquello por la noche, pero contestó que tenía dos eventos de trabajo, pues *"Good luck, and have fun"* y seguí haciendo mi vida.

En la noche salí de darme un baño y me divertía leyendo mis horóscopos. Tenía enredada una toalla en la cabeza a manera de turbante y llevaba puesto mi camisón negro.

"Come down. I want to see you", escuché la voz de Jeremy cuando sonó mi celular mientras leía los pronósticos del mes. *"No"*, le dije, *"I'm gonna go to bed soon"*. Había aprendido las mañas de los gringos para no fluir y decir que estaba *busy*. *"I'm very close to your house, I want to give you a kiss."* ¿Me podía resistir a tal oferta? Me puse

unos jeans y una camisa, unas sandalias bajas, me sequé el pelo con la toalla, aseguré a Cami del pescuezo a la correa y bajamos.

Jeremy me envolvió en sus brazos largos y me besó casi de inmediato. Había bebido bastante, lo sentí tanto en su boca como en el andar zigzagueante. Caminamos de la mano dos cuadras y llegamos a McCarren Park. Dijo que había renovado su pasaporte y podríamos viajar a donde quisiéramos, sacó una foto tamaño pasaporte y me la dio. La guardé en la bolsa trasera de mis jeans.

Nos sentamos en una banca del parque oscuro. Jeremy subió mis pies a sus piernas, me quitó la sandalia y apretó mi pie con brusquedad, tuve que decirle que lo hiciera más suavecito; creo que estaba emocionado: "*Let's move to Los Angeles and have Mexican kids running in Santa Monica beach*", dijo mientras volvía a apretar con fuerza mi pie. Tuve que decirle que no lo hiciera en absoluto; el vigor con el que me tocaba me lastimaba. *Mexican kids? Here we go again*, pensé.

Me invitó a salir el día siguiente con sus amigos a un bar en otra área de Brooklyn. Ese plan sonaba un poco más aterrizado que la mudanza a LA con nuestros niños mitad gringos, mitad mexicanos corriendo por la playa.

Cuando me dejó en la puerta del edificio, me dio un beso y volvió a cubrir mi cuerpo en sus brazos. Mi pelo estaba completamente seco.

Mi buena amiga Teresa

"Do you want to meet me there?", texteó Jeremy para ir al bar con sus amigos. *"I'd prefer if we get there together"*, contesté. Estaba lejos. Quedamos en vernos cerca de su casa en la 14 y la Séptima.

En el metro tomó mi mano y jugueteó con ella trazando con su uña las líneas de mi palma. Al salir a la calle preguntó: *"How should I introduce you?"* Me desconcerté y lo dejé terminar su idea. *"As my date, my girlfriend, my wife, my friend?"* Y lo único que pensé fue *he has to be kidding me!* Me gustó la idea, sí, la teoría sonaba bien. *"You can introduce me as Teresa"*, repliqué picaresca. Finalmente me presentó como su amiga, *"My friend Teresa"*, no, perdón creo que dijo *"My good friend Teresa"*. ¡Ay!, en serio no entiendo esa formalidad americana de estar desperdiciando adjetivos.

Platiqué con los presentes. Aparentemente, era la despedida de una pareja que se regresaba a vivir a California, donde pronto los alcanzaríamos nosotros, y nuestros hijos. Jeremy no dejaba de darme besos, de tocarme todo el tiempo que podía. Eso me encantaba, me prendía. Sentía que había tan buena química que deseaba llegar a la cama con él. Era momento.

Otra pareja nos invitó el domingo a cenar a su casa. Era viernes en la noche y esperábamos el metro de regreso para ir a su casa en Manhattan. Una rata corría a toda velocidad en las vías del tren, otra rata la perseguía. *"Look at those rats, they are so funny"*, pero yo quería, por el contrario, ver menos ratas, que más que divertidas me parecen asquerosas. Me abrazaba y besaba, nos tomamos unas cuantas selfies de nuestras lenguas de fuera y juntas, juntas las lenguas fuera de las bocas. *"Let's go find some more rats"*, y me abrazó por la espalda bajando su mano hacia mi pompa. Y sí, encontramos media decena de ratas más.

En su casa no me besó apasionadamente como presentí en la selfie de lenguas. No me tocó casi nada. Fuimos a la cama directo; habíamos bebido. De pronto sentí su erección y comenzamos a movernos, poco tiempo después la erección desapareció, ninguno dijo nada. Él giró a su lado y se durmió, yo recordé a Matthew, el canadiense, cuando perdió la erección. Me quedé pensando que lo de Jeremy había sido por el alcohol.

A la mañana, él iría a jugar golf y en la noche *he was not available* porque cenaría con los amigos del golf. Yo me fui a dar una clase de yoga y después a reposar. No había dormido bien.

Por la noche tuve una de esas *self dates* donde se me antojaba un sushi de Momoya, así que me vestí y arreglé para ir a sentarme a la barra del restaurante. En algún punto, entre la ensalada de atún con aguacate y el sushi de langosta, apareció Jeremy en un texto para confirmar la cena del día siguiente con sus amigos. Dije que sí. Tuve una corazonada de que algo estaba raro aquella noche, presentí que no estaba con los amigos del golf. Pero en realidad, qué me importaba, bebí mi sake con singular alegría.

Antes de regresar a casa di una vuelta por mi antiguo barrio de Chelsea, caminando lento. No tenía prisa y el sake me había entrado perfecto al cuerpo. Me detuve en el cementerio. Era uno de los lugares más apacibles de la ciudad.

"Miss you", recibí un mensaje de Jeremy cerca de la medianoche. Estaba con otra mujer, esa fue la intuición que tuve al leer ese corto, dulce y feliz texto. Tenía que estarlo.

El hombre más gay del mundo

Era el día de la cena. Yo traía puesto un vestido ligero de mezclilla y unas alpargatas con tacón. Llegué al departamento de Jeremy, que era un lugar espacioso medio oscuro, medio tirado, medio amontonado. Era de una recámara con una sala amplia y terraza gigante y descuidada; la cocina era chica y había un tipo tapanco que él usaba como bodega y estaba lleno de cajas y maletas.

Nos acostamos en el sillón, empezamos a besarnos, me quitó el calzón y se quedó inmóvil frente a mi pubis *"This is perfect, so beautiful"*. Yo llevé mis manos detrás de la cabeza en una actitud aún más relajada. *"I can't believe how comfortable you are with this."* A lo que se refería era a que me veía muy cómoda en la desnudez, con las piernas semiabiertas, permitiéndole que nutriera su ojo con la vista de mi vagina.

"I'm the gayest man in the world", dijo, y me desconcerté. No supe a qué se refirió, pero asumí que era que querría hacerme el amor en ese momento y no había tiempo por el compromiso de la cena.

Y así, yo expuesta de esa forma, dijo: *"I had a girlfriend... I broke up last night with her. Things weren't good and yes, your presence helped"*. O sea... ¿qué? Novia, dijo novia, no date, no *my good friend*, no *someone I have been seeing*. *"I dated her for six months, it wasn't like my wife that lasted eight years"*. Yo estaba en shock. Creo que no dije nada, me fui al silencio. ¿Qué decir? No solo mi intuición estaba en lo correcto cuando imaginé que la noche anterior estaba con una mujer, sino que no se dio ni 24 horas de respiración para estar con la otra, la otra que en este caso, era yo.

La cena fue bastante rara. Su revelación me dejó pensando y, luego, la anfitriona había cocinado un cerdo que olía delicioso, y una carne que se veía magnífica, un poco de arroz y jitomates aderezados. Yo no comía carne, ni cerdo. La anfitriona se disculpó porque obviamente no sabía, y cuando le preguntó a Jeremy dijo que él sí sabía lo que yo no comía, ¿pero cómo le iba a decir? Se le hacía una grosería porque éramos los invitados. Comí arroz y jitomates. Yo estaba bien, pero me llamó la atención aquel descuido y me molestó que insistiera con imprudencia a que probara la carne de cerdo. La anfitriona quería matar a Jeremy, estaba tan apenada que se ruborizó de la vergüenza. Me serví más jitomates.

Jeremy y el anfitrión salieron a fumar un cigarro al balcón. El primero se aseguró de cerrar la ventana para que no escucháramos su conversación, supongo que le dijo que había finiquitado a la novia anterior, supongo también que le preguntó qué le parecía yo porque los pillé volteándome a ver, y supongo también que le describió la apariencia de mi pubis porque cuando regresaron, el anfitrión me miraba de una forma extraña y lujuriosa. Sentí repulsión.

Volvimos en taxi al rumbo de Jeremy. *"Let's have one drink with my friends from Texas."* Dije que no, estaba cansada, ya me quería ir, y la verdad no estaba a gusto con él y seguía procesando la noticia que me había dado. Me rogó: *"One drink and that's all"*.

Vimos a los amigos de Texas con los que creció. Era una pareja. Ella era agradable, irreverente y ruidosa, tenía una risa tipo la Nana Fine de la serie *The Nanny*. Tomamos un trago y ella y yo salimos a fumar un cigarro. Ella fumó dos en el tiempo en que yo daba bocanadas pausadas al mío. Al volver, le dije a Jeremy que me parecía simpática. *"I would have marry her"*, me dijo como quien quiere en realidad conquistar a una mujer; mi cara se descompuso: *"Well, you know what I mean. With someone like her"*.

Jeremy, además de ser financiero, era un DJ entusiasta. Tenía todo el kit y los amigos quisieron ir a su casa a escuchar música. Yo no quería ir, pero Jeremy me cargó emocionado en sus brazos del bar a su casa; yo me sentía rara, pero no supe o no pude decir que no. Estuve en la casa diez minutos, él hizo un performance de baile borracho con la Nana Fine al punto de que cayeron uno encima del otro en el sillón y escuché aún más su risita.

Me fui a la puerta. Ya estaba harta. Jeremy obstaculizó mi salida. Me tocó todo el cuerpo y me rogó que me quedara a dormir con él. "Otro día", le dije y me fui caminando un rato. La brisa se sentía bien allá afuera. Todo se sentía mejor que estar con él.

¿Estoy alucinando?

Llamé a Angela para contarle con lujo de detalles lo que había pasado con Jeremy. Le dije enojada que cómo era posible que me presentaran a un hombre que tenía novia. Si me lo hubiese encontrado en la calle, no habría hecho drama, pero hablábamos de las profesionales que escrutinan a sus clientes y supuestamente los conocen. Es decir, aunque mi membresía había expirado, Jeremy y yo probablemente habíamos pagado cerca de 25 mil dólares entre los dos.

Yo estaba fúrica y Angela también. Colgamos y decidimos llamarnos después. Hablé con mi madre y le conté la historia. Por primera vez en mi vida me abrí con ella y recibí el consejo de que lo hablara con él y me tranquilizara. Jeremy había mandado un texto desde la mañana diciendo lo afortunado que se sentía de conocerme. ¿Por qué todos decían lo mismo?

Jeremy llamó desesperado: "*Why haven't you answered my text?*", dije que estaba ocupada, preguntó detalles, no se los di. Dijo que pidió permiso para no ir a trabajar el día de *Yom Kippur*.[26] Se acercaba el ayuno que yo no pasaría con mi familia. Jeremy, que era mitad judío, sabía que existía el día del perdón, pero jamás había hecho el ayuno ritual, ni sabía de las prohibiciones.

---

26 Es el día del perdón en la religión judía. Considerado el día más santo y solemne del año. Se hace un ayuno de 25 horas sin comer ni beber nada, entre otras prohibiciones.

Volví a hablar con Angela. Las dos estábamos más tranquilas y me contó que Marjorie sí sabía de la "novia", pero que no era nada formal, que nada más estaba *playing around*. No sé si eso era algo que me consolaba o disgustaba más.

Sentí la necesidad de cocinar las recetas de mi familia para la cena de rompimiento del ayuno. Esos días rentamos en Airbnb el cuarto de Deepika. Llegó una chica suiza, también judía, escapando de su familia que la quería casar con un hombre religioso. Era mucho menor que yo.

Esa noche Jeremy vino a la casa. Subimos al rooftop con la chica suiza y fumamos un poco de marihuana. Era la primera vez que la chica lo hacía. La adoptamos como si fuera nuestra hijita; nosotros, que parecíamos una pareja consolidada. Teníamos poco tiempo de conocernos, y a pesar de que había vuelto de México hacía algunas semanas, todavía no habíamos tenido sexo.

La noche en que el ayuno empezó, Jeremy llegó a mi casa y encendimos la serie *Narcos*; normalmente evito la tele ese día, pero él no tenía idea de las reglas prohibitivas, tanto que cuando estábamos dormidos quería tener sexo; me negué pero me costó trabajo porque entre sus manos, aroma y presencia, mi cuerpo no tenía en dónde esconder la humedad.

Cuando nos despertamos quiso tomar un café, le dije que, en general, no se podía, pero ahí estaba la cafetera si quería usarla. Yo había dejado la cena lista desde la noche anterior para mí, para la chica suiza y para él.

Subimos al rooftop y me armé de valor: "*I really thank you for your honesty, and telling me that you had a girlfriend, but let me be honest with you. If I knew you had a girlfriend, if the matchmakers had told me, I wouldn't have gone out with you to the corner*", miré el cielo, nubes grises se agazapaban encima del rooftop. Jeremy se rascó la nariz y entrecerró los ojos: "*I was not completely honest with them*".

Jeremy tenía novia la primera vez que intentó tener sexo conmigo. Me sinceré para decirle que no me quería involucrar con él sexualmente si quería seguir *sleeping around*. No sé si me hubiera comportado así si no hubiese venido presentado por las *matchmakers*, era como si a la hora de aceptar sus condiciones había que asumir que todas las personas que presentan deberían actuar de algún modo diferente al real, más recatado, más formal. Me pasaba a mí también.

Jeremy asintió: *"You don't have to worry about that anymore"*. Asumí que estábamos saliendo en exclusiva, pero de todas formas había algo que no se sentía bien. No podía identificar qué.

Antes de que el ayuno terminara fuimos al súper porque creí que no nos iba a alcanzar la comida porque soy judía y a las mujeres judías siempre nos pasa eso. Preferimos que sobre a que falte. Fuimos la suiza, Jeremy y yo. ¿Estaba la chica coqueteando con Jeremy o era una alucinación producida por el hambre y la sed? Llevábamos 24 horas de ayuno.

Jeremy y yo nos veíamos casi diario. Estábamos en una relación... según yo. Él tenía un viaje programado a Europa y me invitaba, pasaban unos minutos y me decía: *"But probably you wouldn't want to come"*. Yo respondía que si me invitaba sin titubeos, iría.

Una oportunidad clara para el sexo

Después de tres noches de vivir en mi casa, llevaba a la suiza a todos lados conmigo. Hice reservación en mi restaurante favorito para cenar con ella y con una amiga mexicana. Jeremy se apuntó al plan y llegó a mi casa mientras la suiza y yo nos arreglábamos.

Jeremy hablaba por teléfono y caminaba de un lado al otro, de la cocina a los ventanales, de los ventanales al cuarto, del cuarto al baño donde yo me maquillaba. Hablaba sobre una fiesta de la oficina en la que al parecer todos sus colegas se habían sobrepasado. Cuando colgó, vino hacia donde yo pintaba mis labios para justificar la alocada noche de colegas desatados en la que él no había hecho nada, me lo juraba. La verdad no supe a qué vino a cuento tanta justificación.

En el restaurante, Jeremy no paró de abrazarme, de besarme los cachetes y de decirle a mis amigas que me llevaría a Europa con él, pero no, según él yo no quería ir. Estaba indeciso, él, no yo. Yo habría empacado una maleta y me habría subido al avión si en verdad me invitaba. Mi amiga nos tomó una foto; logró captar un ángulo en el que nos veíamos enamorados. Era la foto perfecta. *"That's the look of a man in love"*, dijo Angela cuando al otro día le mandé la foto.

Jeremy pagó la cuenta de las tres, un detalle poco común de los hombres norteamericanos; la suiza intentó pagar, estaba desanimada por una pelea que había tenido a distancia con su novio español. Jeremy salió con ella a fumar un cigarro. Al regresar, la suiza me contó que alguien preguntó a Jeremy quién sabe qué, pero él contestó: *"My girlfriend is inside"*. Yo era su novia.

Caminamos buscando un bar, pero decidimos regresar a la casa, la suiza, Jeremy y yo. Estábamos acostados en la cama riéndonos porque la chica suiza era muy divertida, la llamamos al cuarto y solo gritó desde el baño de arriba con su vocecita: *"I'm not going to have a threesome with you"*. *A threesome?* Nadie la invitaba a aquello, pero eso sí le dio rienda suelta a la imaginación de Jeremy que, antes de dormir, no me cachondeó nada. Pero otra vez en la madrugada me despertó con un pedazo de carne erecto, sin una caricia, sin un beso. ¿Qué chingados? Le dije que no, estaba dormida y me quedaban pocas horas de sueño. Por la mañana tenía que dar una clase de yoga.

Salí de la casa un poco nerviosa de dejar solos a Jeremy y a la suiza. Me arrodillé para abrazar a Cami y la agarré de la cabecita; con mis ojos le comuniqué que se quedaba con la misión de espiar la interacción entre ellos para darme un reporte detallado después. ¿Estaba loca?

Pues ni modo. Confié y solté. Que pasara lo que tuviera que pasar. Era una ilusión pensar que yo tuviera el control de algo, de esta relación o de cualquier aspecto de la vida.

Regresé al departamento y me encontré a la suiza pachequísima, Jeremy se había ido después que yo. La chica vio un porro que Jeremy dejó en la barra de la cocina y se lo fumó todo pensando que era tabaco. ¿Así de estúpida? ¿Así de ingenua? ¿O así de mosca muerta? Le mandé a Jeremy un texto sexy y una foto de mis senos. Llegó en media hora.

La suiza dormía profundo. Eran las dos de la tarde del sábado. El cerrojo de la puerta de mi casa estaba abierto, Jeremy entró y me encontró en la cama, se quitó los zapatos, comencé a besarlo y a tocarlo, y él a mí. Después de un rato dijo: *"It's not gonna happen"*, y luego me recriminó: *"Why you didn't want to do this last night when we had a clear opportunity?"* Me desconcerté. No sabía que había que tener una oportunidad clara. En mi experiencia, un hombre y una mujer se calentaban hasta que ambos estuvieran listos y, entonces, el acto sucedía. Yo siempre estaba lista, húmeda. Me había negado en las ocasiones anteriores porque, ¿qué era aquello de despertarme a la mitad de la noche y ni siquiera darme un preámbulo? ¿Una caricia, un beso, un algo? No teníamos una relación de años donde a lo mejor eso pasaba. No habíamos logrado tener sexo. Y la química no nos faltaba.

¡Deja de mirarme!

Era la última noche de la suiza. Jeremy quería salir con sus amigos a un karaoke, pero no quería invitarla. Algo me hacía sentir ansiosa.

Estábamos en la casa recalentando comida y viendo una película. Jeremy estaba sentado y yo acostada con mis piernas recargadas en las suyas, él me acariciaba las piernas y me tocaba los pies. Yo reía en silencio, porque me daban cosquillas.

La suiza se sentó en el descansabrazos del sillón y comenzó a masajear el pecho de Jeremy, la volteé a ver con un gesto de "estate quieta". Él no hizo nada para que ella dejara de acariciarlo. Después sacó una barra de chocolate suizo, obviamente suizo, me dio un pedazo en la mano y a él se lo dio directo en la boca. Yo estaba fastidiada, pero quería actuar cool, como si no me molestara, como diciendo con esto que no me sentía amenazada por una chavita diez años menor que yo en nuestra ya consolidada relación, ¿verdad?

Subieron al rooftop a fumar un cigarro. El fastidio escaló a la furia, pero actué totalmente tranquila. Cuando regresaron, Cami les ladró a ambos como si los desconociera, al punto de que me dio miedo que mordiera la pierna de alguno. Jeremy consintió en que la suiza viniera con nosotros y sus amigos al karaoke. Mientras caminábamos, ambos necesitaban usar el cajero automático y yo me quedé afuera sosteniendo sus cigarros. Notaba complicidad entre ellos. No sé qué le dijo Jeremy para molestarla, porque se la pasaba bromeándola y cambiándole el nombre. La suiza se alteraba y decía: "*My name is not Miloshhh*", y él reía.

El cajero automático expedía a la suiza su *cash*, Jeremy había regresado a su cigarro y a mí; la miramos por el ventanal y ella hizo el delicado gesto de "*fuck you*" con ambas manos y se inclinaba poniendo las manos en esa posición muy cerca de sus nalgas, medio bailando. Jeremy la veía fascinado: "*I'll fuck her ass, no problem*". Yo estaba hasta la madre.

Seguimos caminando y él le pidió su número de Whatsapp así, casualmente, frente a mí. Quería seguir en mi *coolness* tanto que no hice nada con las groserías de ambos.

En el karaoke cantamos y bailamos. Un amigo de Jeremy me coqueteó y él le puso freno de mano instantáneo, ¿por qué no podía hacer lo mismo con ella, con él? Él se acercaba como perro marcando su territorio: besándome sin estar presente, como una especie de *social kissing*. Cuando salimos, Jeremy quería seguir la fiesta en casa de sus amigos, la suiza se iba a regresar a mi departamento. "*You don't have to go with her*", me dijo. "¿Pero Cami?" La suiza escuchó y dijo que ella la cuidaría esa noche.

Al despedirnos, ella estuvo a dos segundos de darme un beso en la boca; tuve que esquivarla. No fue el mismo caso con Jeremy, se despidieron de una forma escueta y fría.

Fuimos a la casa de los amigos, media hora. Regresamos al departamento oscuro de Jeremy. Pensé que se iba a abalanzar hacia mí, pero fue lo contrario, me dio una pijama y nos fuimos a dormir. A la mitad de la noche, me despertó otra vez con su miembro erecto, lo dejé entrar, esta vez sí, pero la erección duró poco, tan poco que cuando se paró al baño me quedé en la cama terminando en silencio, frustrada, enojada. Después se fue a dormir al sillón, y ahí amaneció.

"*I'm going to go watch the football match with my friends*", me dijo, "*but we can have breakfast before*". Caminamos por la Séptima Avenida, lo veía nervioso, con ganas de irse. "*You know what? Let's not do breakfast, let's just go for coffee, there's no time"*, dije. Nos sentamos a tomar un café y balbuceó enunciados que me dieron ganas de ahorcarlo:

1. *Oh, that girl was so funny. I would definetely have had a three-some with you and her.* (*Meaning?* Le estaba diciendo esto a la mujer con la que no había podido completar ni una relación sexual. ¿Estaba muy seguro de poder con las dos al mismo tiempo? *I don't think so.*)
2. *You saw the way she was touching me while we were on the couch, what was that? You saw that I was doing nothing to provoke that.* (Se estaba justificando. Tampoco se quitó, ni le dijo nada. Me estaba diciendo: *You know I'm innocent.*)
3. *Would you be mad if I kissed her when we said goodbye?* (¿En serio me estaba preguntando? Sí, le dije. Me sacaba de mis casillas, pero seguí actuando alivianada.)
4. *Stop staring at me! If you keep staring at people like this, for example in the subway, someone will punch you in the face* (*yeah... right!* Como soy nueva en Nueva York, y nueva, quizá en la vida, trataba de cuidarme de un presunto puño en la cara por ser observadora. ¡Gracias por protegerme!)

Nos acabamos el café y caminamos al metro de la 14 y la Sexta Avenida; tenía que decir algo porque me puso de mal humor todo lo que había pasado. *"Why do you sleep in the couch everytime we stay together?"* Contestó que no tenía nada que ver conmigo sino con que no estaba acostumbrado a dormir con alguien más en la cama. Ese era mi *deal*. ¿No estaba hablando con el hombre que estuvo casado ocho años? *"Ah, okey"*, contesté; esa pregunta era tan solo el aperitivo de lo que realmente quería decir.

"Is there anything I need to be doing for us... for you, like (mta, ¿cómo decirlo?) *in the sexual area* (lo hice pésimo). *Is there a problem that I need to know about?* (lo hice fatal)".

"What? No", contestó tajante, *"It will happen, but now you are ma-king everything weird and... why would you say something like that?"* Porque soy una *wild woman* y no me voy a hacer de la vista gorda que tenemos tres meses saliendo y ni una vez hemos podido coger.

Me dejó en la entrada del metro y me dio un beso diciendo que al rato se comunicaría para vernos en la noche. No lo hizo. Le mandé un mensaje: *"Look at the Moon"*, era un eclipse. Él solo contestó que estaba muy bonita (la luna).

Me arrepentí de cómo dije lo que dije. Quizá fue demasiado para su hombría, pero algo en el interior me hacía sentir que había sido bueno para mi ancestralidad reprimida haberlo dicho. Dejar de negar de una vez por todas que soy un ser sexual, y que no me gusta que me despierten con un pene erecto a la mitad de la noche, como si yo fuera qué. Además, apenas nos estábamos conociendo; me urgía urgirle como a Joseph, que apenas se cerraba la puerta y ya tenía el torso, las manos y la lengua encima de mí.

Jeremy desapareció de mi teléfono unos días, mismos en los que yo pregunté a todos mis amigos hombres, gay, *straight*, qué habrían hecho si hubieran escuchado lo que yo dije a Jeremy. Entendí que pude haber sido más sutil, pero aún así no me arrepentía de haber sacado el tema a cuento. Escribía un post de la ansiedad que estaba viviendo. Como había dejado la pieza musical, me refugié en los posts de Facebook. Jeremy llamó desde Phoenix, estaba ahí en un viaje de trabajo, platicamos normal, estábamos tranquilos.

Me invitó, si estaba disponible, a cenar el viernes, dije que sí, colgamos y no sé si fue en ese instante o unos minutos después cuando me enfermé.

La madrastra pacheca

Tenía gripa y tenía mocos. El clima estaba empezando a cambiar.Llovía y preferí tomar un taxi para encontrar a Jeremy en la cena. Llegamos a un restaurante italiano. *"Why are you always so dressed up?"*, me dijo enfurecido cuando me vio llegar en leggins, una camisa negra, un saco y unas botas negras. Encogí los hombros. ¿Qué respuesta había para el mismo comentario que hacía cada vez que me veía?

Me contó del viaje y trató muy mal a la mesera porque cuando le preguntó si estaba mejor el pescado o el salmón ella contestó que prefería el salmón. *"I'm not asking her about her personal preference, I want to know what makes them different."* Se me hizo raro tanto enojo; cada que la mesera se acercaba, ponía cara de disgusto: *"She is terrible"*. A mí no me lo parecía, pero yo tenía mocos y me sentía débil.

Me invitó a un bar con sus amigas, no quise ir. Esa cena estuvo de terror. Es que nuestro vínculo... *is terrible!*

La madrastra de Jeremy estaba en Nueva York, él quería que la conociera. ¿Así de bien estaban las cosas entre nosotros? Dije que sí.

Llamó Jeremy y lo alcancé en un restaurante cubano en donde comía con su madrastra. Me insistió veinte veces en probar su arrachera;

a veces, le doy un bocado a la carne, así que se lo di. Él se emocionó como si le hubiera dado el sí a su propuesta de matrimonio. Jeremy estaba especialmente sobresaltado. Estábamos sentados en la barra, la madrastra era alta y rubia, con pelo cortito y lacio, de complexión delgada, enjoyada simple pero con un reloj de Cartier.

"Isn't she the best?", le preguntaba a ella y me daba besos en el cachete, besos con tufo a cebolla, arrachera, y chimichurri. Ella asentía. Yo intuí el tipo de mujer que era: fría, retraída y, pues, no sé, como bastante tiesa. Quizá nada más era tímida. No sé. Me invitaron con ellos a Lake George a pasar un fin de semana; no sabía si quería ir. La madrastra insistió. Traté de imaginar al padre de Jeremy, pedí ver una foto, el hijo se parecía físicamente a él. Pero el hijo estaba especialmente acelerado, como extasiado.

Me acordé de lo que había dicho mi primo acerca de los amigos de Jeremy, que parecía que estaban en coca. ¿Podría ser que él se metía tanta cocaína para estar a veces muy enojado y otras en éxtasis? No creo, no me lo habrían presentado, ¿verdad? No me habrían presentado a un hombre que se comportaba como un imbécil y que además era adicto a la coca. Mi intuición probablemente estaba loca, como siempre. ¡Cállate vocecita!

Nos despedimos. Me texteó más tarde para informarme que estaba en su departamento fumando marihuana con su madrastra, y, que por favor, aceptara la invitación para ir a Lake George. Porque la madrastra de Jeremy me aprobó y habló maravillas de mí, y su padre me quería conocer. ¿Era esto un eco del triángulo del príncipe, la madre Remedios y Herr Henry?

El *fucking* viaje de ácido

La madrastra de Jeremy tenía mi número y me texteaba. *"You have to come with us. Everyone wants to meet you."* La verdad quería conocer ese lugar y me lo habían descrito como el lugar perfecto para escribir. Contrario a lo que hice con Joseph, esconderme para no pagar las cuentas, no quería que Jeremy se hiciera cargo de mi boleto de avión, así que lo compré antes de que él me ofreciera pagarlo. Antes, incluso de que realmente él me invitara. Los precios de avión se incrementaban, así que me lancé a comprarlo sin decirle.

A veces mi comunicación con la madrastra era más extensa que con Jeremy. Una noche él llamó para decir que no tenía ganas de salir y se quedaría en casa por si lo quería acompañar. No sabía si seguir dejando las ilusiones crecer, o ya las podía cortar, así que decidí ir, y me llevé a Cami.

Jeremy estaba cuajado en el sillón, cambiando los canales de la tele sin parar, se veía de mal humor, con cero interés de mi presencia en su casa. ¿Por qué no me fui? Porque tenía un boleto de avión pagado para ir con él y su familia a Lake George el siguiente fin de semana. Más bien, fumé un poco de marihuana y me puse a bailar, mientras él se levantaba del sillón para tocar música en el equipo profesional de DJ. Cami tomó un lugar en la esquina de la estancia y de ahí no se movió; levantaba esos ojos cafés y me miraba con curiosidad.

Se echó a reír mientras yo bailaba sin control. *"You are scaring me. You look like fucking Shakira."* No sé si lo dijo porque bailo bien o porque los chinos de mi pelo y mi amplia melena se habían mezclado con su cabeza.

Después se sentó junto a la ventana a fumar un poco más. De pronto el baile se transformó en conversación y la conversación en lágrimas. Lágrimas de él, del hombre fuerte *"all put together"*, del hombre que extrañaba a su esposa. *"What happened?"*, pregunté, y me contó que las cosas dejaron de funcionar, pero yo veía su dolor, su vulnerabilidad. *"I'm so sorry to talk about her with you"*, pero para mí estaba bien. Por primera vez lo vi real. *"What's her name?"* "Hayley", dijo, y se le iluminaron los ojos y vi esos lunares dentro de las pupilas resplandecer. *"Well, she is invited in here; if we are building something, your story with her will always be welcomed, not neglected."*

Negó con la cabeza y siguió llorando. *"Talking about this makes me really, really sad."* Musité con una voz queda que estaba bien sentirse triste *around me*, pero se limpió las lágrimas, me señaló, se señaló y dijo: *"I'm not comfortable with this"*. Pregunté a qué parte de "esto" se refería, porque pensé que entre los tantos silencios y la enorme brecha que no podíamos cruzar que me estaba diciendo que no estaba cómodo con la relación conmigo, pero después repitió: *"Talking about my ex with you"*. ¡Uf! Bueno, mi viaje y yo seguíamos seguros. Asentí y me quedé callada, mirándolo. *"Stop staring at me!"*, me regañó. Cami volteó a verlo, y después a mí. ¿Me estaba diciendo algo la reconfortante perrita mía?

¿Por qué no me fui en ese instante? Quería encontrar sus ojos, su mirada, algo que nos conectara después de que había compartido conmigo un pedacito de vulnerabilidad. Decidí mirar el techo entonces. Era un ventanal amplio como tragaluz que por ser de noche parecía espejo; me tendí en el sillón y en el reflejo vi mi figura vestida completamente de negro, él estaba acostado a mi lado. Sin girar a mirarlo quise también abrirme como hablando con el espejo. *"You know, it's difficult for me to really open my heart to someone."* Cuando empecé a entregarme a la historia, miró al techo y se dirigió a mi reflejo. *"Why are you talking to me like if you were in a fucking acid trip?"* Me callé la boca, me dolió el corazón y se cerró una parte de mí. ¿Por qué no me levanté en ese instante y me fui? *Who knows?*

Hice completamente lo contrario. Traté de ganármelo a través de la sexualidad, así que como no pude abrir mi corazón, me abrí el pantalón, le pedí que mirara mi reflejo en el techo y comencé a masturbarme, él se prendió y con los dedos llegó a mí. Su pene seguía flácido, inexistente, sin entrar a la acción. Yo tuve un orgasmo y después nos quedamos tendidos ahí.

Cuando fui al cuarto a ponerme los shorts de básquetbol y la playera que me nadaban de grandes, vi una bolsa de Skittles abiertos en el lugar donde estaba el buró de visitas. Por lo que sabía, Jeremy odiaba con todas sus fuerzas los dulces, pero tenía Skittles junto a su cama. Asumí que seguía durmiendo con otras mujeres y conmigo no lograba un encuentro, ni sexual, emocional, intelectual o de cualquier otro tipo. Dije algo acerca de los dulces mientras me ajustaba el short/pantalón/brincacharcos o cualquier cosa que eso fuera y contestó: *"Uh?"*, sin tener la menor idea de que ahí estaban los delatores. *"You can have them all. I hate them"*. Busqué uno rojo y me lo comí. Me metí a la cama a no entender nada y lo esperé. Nunca llegó. Entonces me dormí.

A la mañana siguiente llegó y me abrazó. *"I really want you to come with me next weekend"*. ¿De verdad me iba a ir con él y su familia a pesar de cómo estaban las cosas? *"Okey"*, dije como si apenas me convenciera de ir. *"I will check flights and prices"*. ¿No se supone que debe pagar él porque es quien me está invitando? *Who cares?* Yo ya tenía mi boleto comprado.

M&M'S

Deepika empacaba sus cosas para mudarse, también le ayudó al dueño, al Donna Karan *boy* a vender o intercambiar todos los muebles de la casa.

Las cosas no iban bien con Jeremy, pero me empeñé en pensar lo contrario y en actuar acorde. Seguía habiendo esta gran brecha sexual, en la comunicación, en el vínculo primordial que debía ser la base de todo. Y no quería aceptarlo. El viaje a Lake George era ese fin de semana. En los espacios en los que él no llamaba o se comunicaba, salía con los hombres que me invitaban, *because*, como decían aquí, *"you never want to put all your eggs in one basket"*. Pero claro que todos mis huevos estaban en la canasta de Jeremy. Los suyos no sé si estaban en la mía. Pero más que la analogía de huevos y canasta, interpreté: *You never want to put all your text messages in one contact in your cell phone*. Cada que tocaba el aparato era para ver si había aparecido allí el fantasma que escribía los mensajes desde el celular de Jeremy. O no.

Vestía shorts cortos y botas largas, el ambiente de transición al otoño me animó a ir a una terraza con buena vista, ordenar un café y escribir un rato. Decidí ir al Viceroy, porque había comido lunch cerca, y era un gran *spot* para lograr mi cometido: vista, aire fresco y escritura.

En la puerta del hotel me impidieron el paso porque había una fiesta privada, ¡chin!, ¿y ahora? A unos metros de mí reconocí de inmediato a dos "muchachos" hablando con mi acento nativo: español-mexicano-judío con inflexiones particulares de los oriundos de la comunidad siria.

Caminaron en dirección sur para cruzar la calle. Uno de ellos encendió un cigarro y yo la verdad no sabía a dónde ir. Decidí espiarlos un poco. A la mitad de la calle, entre semáforo y semáforo, encontré unos cerillos que se le cayeron al más alto, que fue el que prendió el cigarro. Los levanté y traté de disimular que los seguía pero al final los alcancé.

"Creo que se les cayó", dije en perfecto español-judío-sirio y enseñé el paquete de fósforos. M Menor sonrió y abrió la mano para recibir el pequeño cartón. "¿Me regalas uno?", señalé la cajetilla roja de Marlboro. Ellos a mí: ¿Cómo te llamas? ¿Quién eres? ¿De cuál familia? ¿Qué haces acá? ¿Cuántos años tienes? Yo a ellos: ¿En qué trabajan? ¿Qué los trae por acá? Y más preguntas de rutina. En diez minutos acabé con la primera parte de lo que sería una *blind date* en México.

Caminé con ellos rumbo a una cita de negocios que tenían y me enteré de que ambos nombres empezaban con M y uno es diez años mayor que el otro. Entonces los bauticé M&M's, por M Mayor y M Menor. También porque parecían chocolatitos redondos, adorables, y uno, particularmente, me pareció irresistible.

M Mayor apuraba a M Menor para llegar a tiempo a la cita; en el camino, mientras yo daba fumadas cortas a mi cigarro, supe que M Mayor era casado y tenía tres hijos; me dijo el nombre de su esposa, pero ni la conocía, ni me interesaba hurgar más en el laberinto de conocidos para dar en "quién era". M Menor se mostraba entusiasmado con el casual encuentro: "¿Me puedes conseguir mota para la noche?" Afirmé y le di mi tarjeta de presentación. Preguntó si quería ir a cenar con ellos al Tao y negué con la cabeza al tirar la colilla al piso. M Mayor apuró al Menor a cruzar la Quinta Avenida frente al Hotel Plaza.

De ahí fui a otra terraza y faltaban 25 minutos para que la abrieran. No quería esperar, así que fui a La Pecora Bianca, a coquetear con el barman a cambio de *limoncellos* y miradas sexys gratis. Pero mi guapo barman ya no trabajaba allí. De todas formas me senté a trabajar, bajaron las luces, subieron la música y la barra donde me sentaba se llenó de gente.

Mis shorts y mis botas largas llamaban la atención, tanto que tuve que cerrar la computadora cuando dos hombres mayores, vecinos de la barra, me invitaron una copa de vino y unas zanahorias que no se cómo estaban preparadas, pero me supieron a gloria. Creo que tenía hambre. M Menor había escrito a mi Whatsapp desde hacía horas. Escribí que no pude conseguir la mota y contestó que igual me invitaba a cenar con ellos. "*Sorry*, querido, pero estoy escribiendo"; cuando la plática con los señores se intensificó, y la insistencia de M Menor había escalado, acepté para cortar la charla con los señores, y porque tenía hambre. Había aprendido la táctica de las mujeres neoyorquinas, y me acordé de Marjorie: "*A woman in New York will do everything to eat for free*". Bueno, pues me había convertido en una de ellas.

Me levanté y tomé un taxi y en los mismos shorts de mezclilla, con las mismas botas largas sin tacón color miel, con una playera beige bordada con motivos oaxaqueños, un saco negro semejante al de un concertista y una pluma negra y hippie en la oreja, llegué al Tao.

M Menor se veía elegante con una chamarra de cuero, pero su guapura se desvaneció ante mí cuando presumió: "Para que nos dieran mesa tuve que soltar un poco de *masari*."[27] "¿Cuánto?", pregunté por morbosa. "400." "¡Estás loco!", rezongué como si yo tuviera algo que ver con su economía. "¿Vas a escribir de mí?", preguntó M Menor. "Claro que no", contesté. Y entramos al enormísimo restaurante.

---

27 Palabra en árabe que significa *dinero*. Se usa para hablar de dinero enfrente de desconocidos.

M Mayor se levantó de su silla. "Perdón por mi actitud hace rato, mi amor, teníamos que llegar a la cita", y me abordó por la cintura. ¿Mi amor? La incipiente seducción de M Mayor me pareció inverosímil, fuera de lugar y patética. ¿No fue él quien unas horas antes me dijo el nombre de su esposa y de sus tres hijos?

Éramos cuatro: M&M, otra chica mexicana no judía y yo. La comida en abundancia es uno de los atributos más grandes de la cultura donde crecí, y en restaurantes, la verdad es que nadie le gana al trato dadivoso y espléndido de los hombres mexicanos-judíos-sirios. La mesa estaba sobrecargada de sushi y exóticos platillos orientales, varias botellas de vino y bastante seducción de los dos M's. Me gustaba el Menor.

Sentí el efecto del vino y no se qué otras cosas tomé, tanto que no logré escapar de ir un momento al antro del restaurante. Mientras tomábamos, ¿mojitos?, creo, ¿o martinis?, qué se yo... M Mayor bailaba con sus manos muy cerca de mis caderas, yo me echaba para atrás. En una de esas, avancé bailando unos pasos hacia un hombre que me gustó y M Mayor reaccionó, jalándome de la cintura y susurrando: "No mi amor, hoy tú vienes conmigo". *Excuse me?*, ¿dijo conmigo? Ah, claro, ese era el precio que debía pagar por la "cena gratis".

¿En qué momento pasé de ser su paisana que conoció en la calle de Midtown a su movida de la noche? No debí aceptar la cena. Me alejé de M Mayor bailando, que caminó a la barra a plantarse frente a la chica mexicana que venía con nosotros. Subí las escaleras para irme.

Afuera fumaba M Menor y le pedí un cigarro. Mientras tirábamos la ceniza al suelo se me acercó al oído: "Dame 20 minutos en un hotel y te juro que te hago venir siete veces". Me reí: "Eso dicen todos". Y juró que él era diferente (como dicen todos). "¿Estás casado?, ¿tienes novia?", pregunté. "No, no estoy con nadie", repetía. "¿Seguro?", insistí. "Cien por ciento seguro."

"¿Eres kosher, verdad?" M Menor asintió con la cabeza: "Si vas a un restaurante y preguntas si la carne es kosher y el mesero dice que sí y la pides, confiando en lo que el mesero dice, y resulta que no era. ¿A quién se le atribuye el pecado?" Me contestó que al mesero. Entonces estábamos en la misma página.

"Veinte minutos", repetía susurrando a mi oído y después se acercó a mis labios para darme un beso lleno de dientes y de mordidas. "Vamos", decía. Negué con la cabeza y caminé unos pasos para buscar un taxi; M Menor me siguió: "¿Vas a escribir de mí?", volvió a preguntar con las palabras barridas por tanto ¿mojito?, ¿martini?, o quién sabe qué fue. "No", contesté.

Salió M Mayor sin la otra chica. Yo estaba lista para irme. "Entonces lo escogiste a él", dijo M Mayor; hice una mueca y levanté la mano para detener un taxi. "Nosotros te llevamos a tu casa", y bueno, la vieja historia de que los "muchachos" decentes siempre tienen que dejarte hasta la puerta de tu casa. Subí a la camioneta. "*To the Viceroy Hotel*", dijo M Menor al conductor. "*No*", dije apurada, "*North 10 and Bedford*". Los desviaría muchísimo. Los dos M's pidieron al taxista no hacerme caso. Pero el conductor manejaba hacia mi casa y los M&M's estaban tan borrachos que no se daban cuenta, así que me tranquilicé. "*On your right on North 10*", apresuré. "No", ordenó M Mayor al conductor, "*don't stop, go, go*". El taxista se detuvo: "*If she doesn't want to go with you I have to respect her*". ¡El conductor debería ser presidente!

"Te llevamos hasta tu edificio", insistió M Mayor, como es la costumbre de los buenos muchachos. "No lo necesito, gracias", dije sonriendo y abriendo la puerta. "¿Cómo? Yo no te voy a dejar a la mitad de la banqueta", e indicó al conductor que se metiera a la calle. Me bajé de la camioneta y ambos M también. Los miré con extrañeza. "Te acompañamos hasta tu puerta", dijo M Menor. "No, mi roomie está dormida", traté de frenar. "Nada más queremos ver tu casa", dijo el Mayor. Entraron, Cami nos recibió en la puerta y olió los pantalones de M Menor; los M&M's vieron mi departamento y los escolté de nuevo hacia la puerta para que salieran.

"Yo ya me voy, pero él se queda un rato", dijo M Mayor. "No", rezongué, pero en ese segundo M Menor me agarró a besos, se aseguró de que Cami estuviera dentro del departamento y cerró la puerta tras M Mayor. Me cargó hacia el cuarto de espejos y me tumbó en la cama.

M Menor seguía mordiéndome desagradablemente y tuve que decir "Más suavecito, guapo". Sus labios encontraron mi oreja que la empezó a llenar de mordiscos. "Me fascinaste", decía, "desde que te vi afuera del Viceroy con esos shortcitos". Y me los fue quitando, y también las botas color miel. "Yo te vine a dar placer", susurró mientras deslizaba los labios al sur de mi cuerpo y como me parecía irresistible y tenía un aroma a frescura combinado con masculinidad y suavidad, me dejé ir.

Algo que hacía me incomodaba, no sé bien qué fue: los pequeños mordiscos, el ritmo o que no conocía bien la anatomía femenina. Pero ahí estuve con las piernas abiertas y la cabeza veinteañera de un muchacho de mi comunidad intentando darme placer. "Vente", murmuraba con voz sexy, "vente". Y como no lo estaba logrando tuve que fingirlo. Me dio besos tiernos que recibí con la misma ternura y quedamos tendidos, abrazados, yo clavé mi nariz en la piel de su espalda y quise absorber ese aroma intoxicante para siempre.

Al despertar, M Menor quiso comportarse de una forma que no está acostumbrado, pero me pareció tiernísimo: trató de hacer la cama, de pararse él por un vaso de agua, de recoger el tiradero. "Está padre cómo vives", dijo. "Pues, hazlo", contesté. "Uy, no, yo necesito como a cinco personas a mi servicio". ¿A cinco, en serio? Se me olvidó por un momento que estaba tratando con quien había pagado 400 dólares en *cash* para tener mesa en un restaurante de moda. El mirrey del Tao.

Ya he dicho que ver el celular de alguien más es terreno peligroso. Algo me iba a enseñar, y al abrir las fotos y scrollear rápidamente hacia arriba vi a una mujer en distintas fotografías y a un bebé. "¿Ese es tu hijo?", pregunté. "No, es mi sobrino", dijo con total seguridad. Es fácil rastrear a los hombres de la comunidad. Lo hice, y sí, estaba casado.

Qué tristeza me daba esa mujer, seguramente apenas entrando a la década de los veinte; casada con un chavillo que ni siquiera sabe bien dónde estaba localizado el clítoris de una mujer. Casada y cuidando a su hijo mientras el marido se tiraba viejas a donde fuera a trabajar. Qué pena me daba su caso. Mujeres sin experiencia sexual a quienes sus maridos les enseñan el sexo de rutina, casero, hasta aburrido para luego destramparse en sus verdaderas fantasías sexuales con cualquier otra mujer que no sea con la que se casaron. A la esposa hay que tratarla en la cama con sumo respeto para después ir donde otra mujer a tratarla como a la puta que realmente quisieran. ¿Por qué no podía ser la misma?

No dije nada, porque había quedado claro. Se fue prometiéndome que iba a su cita y luego llamaría para hacer algo juntos. Yo me había puesto unos pants para sacar a Cami, pero quería que se fuera primero él. "Esto fue un *one night stand*. Bienvenido a Nueva York", y mientras el pequeño M caminaba por el pasillo dije: "Ah, y bienvenido también al siglo XXI". Lo vi meterse al elevador y soplarme un beso cursi.

¿Vas a escribir sobre mí? Ya te dije cien veces que no; pero a ver, después de todo esto, ¿cómo no? En serio, M Menor, ¿cómo no?

Bottle girl

Llegué a Lake George y Jeremy me recogió en su auto. Fuimos a su casa a dejar mis cosas. Tiene una cabaña recién remodelada frente al lago, con una vista avasalladora y un selecto gusto por el arte. El padre era coleccionista, pero el arte de ese lugar era muy diferente al de la casa del príncipe de cobre. Era un tipo de arte en donde siempre aparecía una mujer voluptuosa, joven, quizá ingenua, sometida a un hombre. En muchos de esos cuadros había armas. Eran violentos, hasta ofensivos. Y era una colección costosa y voluminosa.

Nos alistamos para ir a la casa de los padres, que estaba a unas cuadras de ahí. Llegamos y el padre y la madrastra nos esperaron con la mesa puesta para el desayuno. Ella me saludó como si me conociera desde siempre, me abrazó y me acarició el pelo: "*I love your curls*". El padre de Jeremy se levantó de inmediato de su silla. Era de estatura baja, con los ojos hundidos y la boca chueca, producto de una parálisis del lado derecho de su rostro que hacía que tuviera un arsenal de arrugas solamente en un lado de la frente. El señor me abrazó: "*Welcome, welcome*", luego me miró las piernas y se quedó inspeccionándolas un tiempo largo, tan largo e incómodo como el que se había quedado mirándome Marjorie el día en que la conocí.

Jeremy lo notó, pero se dio la media vuelta y fue a ayudarle a la madrastra a cocinar los huevos. Yo me fui con ellos. Saqué mis productos para hacer chai y lo puse al fuego para que hirviera mientras desayunábamos. Llegó el hermano menor de Jeremy, que era más joven e igual de guapo que él. El hermano era más fresco, tenía mejor sentido del humor y era, en general, más agradable que su hermano. Probaron el chai y les fascinó, les platiqué de mi plan de negocios y cómo pensaba conquistar Brooklyn, el estado de Nueva York y después el mundo entero. El padre me hacía preguntas que a veces yo no podía contestar.

Muy pronto, nos convertimos en la familia Burrón, de un lado al otro, todos juntos, a desayunar, comer y cenar pegados. Era demasiado intenso. El padre se fijaba siempre en mis piernas y cada que me veía con un nuevo outfit me barría de pies a cabeza y decía: "*You look so beautiful. You never wear pants, right?*" Volvía a sentir incomodidad, pero la dejé pasar.

Quedamos en ir a una cena romántica que casi tuve que rogar a Jeremy para que no viniera toda su familia: "*I don't see my family much. I miss them!*", se quejó, pero me interpuse. Pasamos por la casa de los padres antes porque Jeremy necesitaba entregarles algo que no podía esperar al día siguiente. Bajamos. Yo vestía shorts, el señor me miró con esa mirada asquerosa y dijo: "*Do you think you are in Las Vegas? You can't dress like that in a town like this*". Sentí incomodidad, pero una vez más, la dejé pasar. Y llamó al hijo: "*Go take this woman back to the house. She can't be wearing that. Absolutely not!*". Me hice chiquita, no supe qué decir. El hijo tampoco, su padre le imponía lo suficiente para que nada más balbuceara: "*I'm not going to take her back to the house*".

Para acabarla de amolar, el señor remató: "*I don't think your chai business will really help you with your desperation on making money*". No contesté nada, más que *Good night*, me di la media vuelta y salí de la casa. En el coche dije furiosa a Jeremy que su padre me estaba incomodando. "*He is an asshole*", contestó, como poniéndose de mi lado, pero incapaz de enfrentarlo.

La cena fue deliciosa pero no fue afrodisiaca para despertar la llama entre Jeremy y yo.

A las tres de la mañana me desperté, el lado de Jeremy estaba liso y frío; me levanté de la cama, vi el lago apacible frente a mí. Salí del cuarto y lo vi dormido en el sillón con la televisión prendida. Le hice una caricia en la mejilla. Me vio ahí parada y supongo que interpretó que le hice un *bootie call* porque se tocó y sacó de su bóxer el pene erecto. Me monté encima de él, perdió la erección y se paró al baño sin decir nada. Otra vez, por enésima vez, Jeremy jamás llegó a la cama.

Cuando desperté me puse a recoger mis cosas. Estaba desesperada por irme. Él vino y me dio un beso en el hombro. Me anunció que en 20 minutos debíamos estar en la casa de los padres para desayunar. *Give me a break!* No quería seguir siendo parte de la fantasía de la familia. De pretender ser la familia Burrón, porque no tenía ni un parentesco con alguno de ellos, ni un vínculo con Jeremy, quien se dio cuenta de mis intenciones de irme y me frenó, me apuró para alistarme. Mi vuelo era al día siguiente, así que quizá debía aguantar un poco más. La madrastra me trataba con una calidez muy distinta a la frialdad que había intuido de ella en Nueva York.

En el desayuno, el padre de Jeremy solo quería hablar conmigo. Como si fuera el centro de atención. Dijo que con su inteligencia y olfato en negocios podía darse cuenta que el chai no sería un negocio redituable. "*You know? My sons are very good friends with club owners in Miami*", asentí para prestar atención, "*If you want to make money, go there and be a bottle girl*". "¿Qué es eso?", pregunté en inglés. "*Well, you will just need to wear a mini skirt, which I clearly see you don't mind*". Me miró fijamente los muslos como sabroseándolos en su repugnante cabeza, "*and just bring bottles to the guys. You have good legs to do that job*". ¿Entonces me quería de nuera o de prostituta?

Debí de haberle dicho: "¿Qué?, ¿me pongo una t-shirt?", para que dejara de verme así las piernas, pero en su lugar dije: "*Thank you for the good advice, but if I ever wanted to make money out of any part of my body, I would've already done that*", dije contundente. El resto de la familia Burrón se quedó pasmada. Nadie dijo nada. Parecía como si fuera la primera vez que alguien se atreviera a desafiar al señor.

El padre de Jeremy trató se seguir convenciéndome cómo ese trabajo podía hacerme ganar muy buen dinero. Una cosa era que yo merodeaba en mi cabeza si podía hacer el trabajo de Deepika, y otra que el padre del hombre con el que salía me lo sugiriera. Me levanté del asiento. Dirigí un breve agradecimiento con los ojos a la madrastra y no entendí por qué soportaba a ese hombre. Y después miré a Jeremy que tenía los ojos fijos en las migajas de bagel. Lo miré como él odiaba que lo hiciera, sabiendo que era la última vez que lo miraba. Y entonces me fui.

Caminé unas cuadras a la casa de Jeremy; él me había mostrado dónde escondía las llaves. Mi maletita estaba casi lista, la terminé de empacar con prisas mientras buscaba en Google los autobuses que partían pronto. Llamé un Uber y me fui a la estación. Viajé tres horas y 30 minutos. La primera hora me sentí confundida. ¿Habré exagerado? La segunda hora me convencí de que era necesario poner freno de mano al estúpido señor Burrón. La tercera, por fin entendí lo mal que me caía Jeremy, lo agresivo que fue, lo fuera de lugar de sus comentarios y la evidente falta de vínculo emocional, mental, sexual, *you name it*.

Y la última media hora, la pasé mirando Brooklyn a la distancia, emocionada de volver a casa a reencontrarme con mi perrita, que había dejado a cargo de mi vecina que se había encariñado con ella después de que Deepika no la había aguantado la última vez que la dejé. Cami, que era mi verdadera familia Burrón.

Bye, bye

Mi departamento se fue vaciando. Deepika empacó las ollas, los utensilios de la cocina. Vendieron la tele. Pronto vendrían por la lámpara y el sillón.

Jeremy se esfumó de mis mensajes de texto como fantasma. Me aplicó el *ghosting* como lo había hecho el príncipe de cobre. Sólo que en esta ocasión no me dolió. El ego me hizo pensar que sí, porque es el ego el de la necesidad imperante de sentirse deseada por uno y por muchos. Es el ego el que fantasea y el que se aferra a lo que nada es. Mi corazón e intuición lo supieron desde el principio, la próxima vez intentaré hacerles caso. Estaba cansada de vivir lo mismo una y otra vez.

Jeremy desapareció de mi celular. Como fantasma. Pero yo me desaparecí presencialmente de su mesa familiar en Lake George. Como mago.

Estaba lista para dejar la estupidez atrás. Quería un hombre. Un hombre y su sexualidad, su química con la mía. No quería pensar en bodas, ni en hombres diciendo la primera vez que me ven que si con el gimnasio de su casa estoy conforme o que quiere tener niños mexicanos corriendo en la playa o conocer a mi familia sin haberme conocido a mí. No, las fantasías ya no me alcanzan para comprar boletos a Disneylandia. No necesito ni una más. *Bye, bye match-maker. Bye, bye summer. Bye, bye* situaciones absurdas de las que al parecer no puedo salirme. *Bye, bye* presión familiar y social. *Bye, bye* ideas de que sin pareja uno no está completo y no puede vivir. Todo llega en el momento exacto, los momentos lindos son para vivirse con intensidad no para congelarse en el tiempo y querer que duren por siempre. A todo el ilusorio futuro, al pasado melancólico que no quería soltar mi cuerpo, mira nomás, les digo *Bye bye*.

Extrañé las clases de piano con Santiago para seguir con mi pieza musical de dates. Pero encontré a otro maestro, era de meditación. Iba a sus clases dos veces a la semana, estaba en Bedford y N10, o sea, me quedaba en la esquina de mi casa. Dr. J no nada más era maestro de meditación, sino que era acupunturista.

Comencé a ir a consulta para tratar el estrés que ya no podía contener dentro. Le conté de mi ruptura con Jeremy, el motivo real del viaje a Nueva York, el piano, el chai. Le conté todo. Se rio, me puso agujas y me dejó 20 minutos con música suave.

Si él hubiera sido Santiago, ¿cómo le contaría lo de Jeremy?, ¿cuál era el sonido? Pero ya casi no escuchaba el piano dentro de mí, no se me ocurrió nada, más que un texto.

Hey babe! Espero que encuentres una chica para presentarle a tu padre como su bottle girl. *No sabes el asco que me daba tu pene a la mitad de la madrugada. ¿Creíste que me iba a ir a la yugular por un pedazo de carne? Nope. No era tu exesposa. No sabes cuánto aborrezco a tu amigo Seth, pero más a tu papá. Deberían buscar, los tres juntos, a las ratas más veloces de los andenes del metro.*

Pero regresó Dr. J, y me sentía bastante más calmada. Tanto, que hasta se me olvidó qué diría el mensaje si me hubiera atrevido a mandarlo.

¡Echa a Tarzán a la lavadora!

¿Cómo vamos por ahí Capataz Capricornio? Okey, no me refería exactamente a esto, pero bueno, así llegó y así lo recibí.

Estaba joven, y era bastante atractivo. ¿Qué era ese olor? Era un aroma extraño, no del todo desagradable pero sí raro. ¿A patchouli con un toquecito de sudor? Me miró y se acercó a tomar una prueba que di de té chai en el patio de una casa. Casi de inmediato rodeó mi cuerpo y se paró detrás de mi espalda para masajearme los hombros sin parar; yo seguí sirviendo té, sintiéndome la reina del mundo.

Me fue a buscar todos los días a aquel patio donde yo servía té. Venía directo a masajearme. Cuando serví a una pareja gay, uno de ellos dijo: "*You guys look so cute together, and as a married couple your business will bloom. I can see that*". ¡Idiota! La gente saca conclusiones sin detenerse a mirar. No era mi pareja, no era mi esposo, no era mi *business partner*, era un dude que masajeaba las escápulas, tan joven, o más, que M Menor y tan guapo como Tarzán.

Lo invité a mi cuarto a darme un masaje versión horizontal. "*Do you have any essential oils?*", preguntó cuando estaba acostada. Sí tenía pero no sabía dónde estaban: *Oh God, ¡es un hippie!* "*Maybe some coconut oil*". Mega-hippie. Me recordó a "La Muchacha" cuando me untaba sábila por todo el cuerpo. Tarzán olía a patchouli con algo más. Me tiró el aceite de coco en toda la espalda sin cuidar de no derramarlo en las sábanas. Su masaje me relajó muchísimo.

Quería que se fuera, pero se quedó a dormir. A la mañana siguiente se metió a bañar, no olía más limpio que antes, y con su extraño hedor se fue.

Le enseñé a una amiga la foto de Tarzán, y con una sola foto en la que según yo se veía muy bien, comentó: "Échalo a la lavadora". Fui testigo que se puso shampoo y jabón, ¿de dónde venía ese olor entonces?

Tarzán volvió a dormir en mi cama. Me hizo masaje nada más en los hombros y la espalda alta y se recostó del otro lado, me abrazaba y cada que me movía acariciaba mi piel y me hacía más masaje. Se despertó tardísimo, era domingo y fuimos a brunchear a Five Leaves, Tarzán, Cami y yo. Desayunamos un sándwich de huevo, sacó su libreta para dibujar y hacer un tipo de escritura rápida que me enloqueció. Vi caer sobre la libreta varias gotas de yema líquida. "*How old are you?*", pregunté; levantó los ojos y los volvió a bajar a sus dibujos. Cami le ladró tanto a una patineta que se enredó en las patas de la mesa y tiró el café de Tarzán. Él se levantó a buscar algo con qué limpiar: "*I'm a bartender*", dijo con orgullo. Después regresó a la mesa para continuar con nuestra profundísima conversación. "*I won't tell you how old I am because its going to get weird*". Sabía que era menor que yo, solo quería cerciorarme de que tuviera la mayoría de edad americana. Tenía 25, yo casi 32.

Cuando la cuenta llegó no esperé a que él la pagara, pero me dio curiosidad ver lo que haría. Se levantó para tentarse las bolsas de los shorts, después recargó sobre la mesa la bolsa que cargaba en el hombro. "*I should have some cash in here.*" Al parecer alguien le debía 50 dólares y aseguró que con eso podría pagar el desayuno y dos vasos de vino. Saqué mi tarjeta y pagué por los dos: *no vino for you, darling*.

No lo volví a ver hasta unos días después cuando entendí todo: no tenía celular, entonces se comunicaba por Facebook, conmigo y con todas las demás, no tenía casa, por eso dormía donde podía;

conmigo y con todas las demás; texteó y llamó a varias chicas desde mi celular (*#WTF*) y su olor me empezó a molestar. Era sudor sin patchouli; eran días de baño en el propio caldo de sudores, ¡guácala! Me escribía todas las noches, a las 11 o 12 de la noche, a veces a la una de la mañana para venir a "darme un masaje" cuando lo que quería era media cama para dormir.

Sus estatus en Facebook me alarmaron: *"Why don't someone just shoot me on the head?"*, se autolikeaba y miraba con inquietud cuántos likes tenía. Era quizá un *homeless* con hambre de likes y reconocimiento. En su muro se proclamaba como un *"Physical adonis"*. Pobre niño, su corazón era hermoso. Un día me trajo un yogur, era todo lo que tenía y me lo quería dar. Me enterneció como lo hacen los niños, mi niño Tarzán. No quería ser la *sugar mommy*, ni la *mommy* de ningún tipo del niño Tarzán que la última vez que lo vi caminar por Bedford Avenue tuve que dejar de inhalar por la nariz, el pobre Adonis olía tan, pero tan mal.

Y el lugar que llamaba casa se quedó vacío.

Cocaína, cuarzos y velas

Garuda era alto, con barba desarreglada y canosa, con colmillos de drácula y un pequeñísimo arete en la fosa nasal derecha. Era gay emparejado, creció también con los Hare Krishnas y se dedicaba al catering de delicias vegetarianas. "*So that's how you make your living?*", pregunté mientras mascábamos tacos veganos en Black Flamingo. "*No, I deal weed for a living*", y dio una mordida tranquila al palmito dentro de la tortilla.

Sonreí con curiosidad mientras mastiqué portobello empanizado, él me miro y dijo: "*To live in this city you have to do what you have to do*", y se rio mostrando franqueza y un pedazo de alguna hierba verde proveniente del taco. "*Yeah, I guess so*", contesté; creo que entre Garuda, Deepika y Tony me daban una lección de que, en serio, hay que hacer lo que se tenga que hacer para tener dinero en los bolsillos, vender droga, dominar hombres, cocinar vegetales, cualquier cosa.

¿Podría tomar la identidad de *Juliette White* ahora que Deepika se fuera del país? ¿Sería capaz de aprender técnicas de dominatrix para sobrevivir los próximos años en Nueva York? *Sadly, I don't think so.*

Unos días después fue la reunión oficial de despedida de Deepika. Conocí a una buena amiga de mi roommate, mexicana y DJ, nos caímos tan bien que nos pedimos nuestros Facebook. Ah, la era moderna. Teníamos como amiga en común a la mujer texana, la rubia que se reía como la Nanny Fine, amiga de Jeremy. Al final, el mundo es un pañuelo. Mi paisana DJ era la exnovia de Seth, el amigo.

Garuda llegó tarde actuando con la misma divez de María Félix. Casi al entrar sacó de su bolsa una pequeña báscula y muchísimos gramos de marihuana. Cuando lo fui a saludar pesaba cabecitas de marihuana en mi *counter*, donde yo recargo brócolis y coliflores; en ese mismo lugar, él equilibraba el gramaje que intercambiaría por dólares.

Seguí chismeando con la mexicana DJ; conocía perfecto a Jeremy. Efectivamente se metía todas las drogas. Él y su ex eran un desmadre total. Me contó que fue la exesposa de Jeremy quien decidió terminar con el matrimonio. Me contó también que los padres de la exesposa "tienen un chingo de lana" y Jeremy buscaba emparejarse con alguien de estatus similar. Con razón acudió a Deluxe Match, y quizá se dio cuenta de que yo no era la heredera de nada.

Después de horas de convivencia me metí a mi cuarto sin puerta, a ese espacio sin privacidad, a mi entorno abierto y prendí una vela; sostuve mi cuarzo rosa y me dediqué a buscar una vez más a "La Muchacha" canadiense en la interfase, sin tener éxito. Afuera había música trans, tufo de marihuana y el sonido de 15 personas balbuceando. No oía su conversación. Ya me quería dormir, pero la gente se estaba casi enfiestando en mi cuarto, algunos entraban al baño sin importar que yo estuviera allí y no hubiera puerta que separara el ruido de su orina de mí.

Garuda entró disculpándose sin realmente importarle un cacahuate que yo estuviera en mi espacio personal: *"We are going to get naughty in your room"*, en sus manos deslizaba dólares y los contaba. Detrás de él venía una chica afroamericana preciosa, de facciones finas, el pelo cortísimo y rizado pintado mitad café, mitad azul pitufo. Tenía los labios delineados de rosa suave.

Ella se sentó en mi cama. Garuda dijo que le gustaba mi altar mientras sacó una bolsita con polvo blanco y fino como talco para alinearlo sobre una llave. Ella se tapó la fosa nasal derecha e inhaló la sustancia con la izquierda. Desapareció en menos de un segundo, luego él, un poco más rápido, hizo exactamente lo mismo. Preparó una tercera y me acercó la llave: *"No, thank you"*, dije sonriendo y apretando más mi cuarzo rosa.

Garuda sonrió y regresó el contenido de la llave a la bolsita. *"I've never done it"*, me excusé con pena, como si fuera la virgen que se asusta de la posibilidad de que de un segundo a otro podría dejar de serlo. *"If you have been living here and not done it already, then don't do it."* Asentí mientras vi cómo guardaba la bolsita en su pantalón como si jamás hubiera sucedido.

"Do you have a pen?", preguntó mientras movía todos mis cuarzos de lugar, ponía la vela en otro y se hacía campo para recargar una tarjeta y escribirle a Deepika unas palabras de despedida. Saqué mi mejor tinta, una azul que imitaba el arte de Gaudí de Barcelona. Él escribía y ella me hablaba de diseño. No pude reconocer ningún solo cambio en su manera de actuar: *"It's really fun, but shitty"*, dijo él levantando la mirada como si en vez de estar escribiendo su carta leyera mi pensamiento. La cocaína no me asusta, solo no sentía su llamado.

Cuando terminó, recogió su tarjeta y dejó todo mi altar desacomodado, ella se levantó de la cama y yo cambié el cuarzo a la otra mano. *"Thanks for letting us use your room"*, dijo él alargando la voz y deslizando su figura larga a la entrada/salida sin puerta.

Miré el altar desordenado para buscar la pluma. *"Garuda!"*, se giró, *"I kill when someone messes up with my pen"*, dije porque eché un vistazo y no la vi. *"It's right there, honey"*, la vela la alumbró, destapada en medio de los cristales. Yo me pongo loca cuando alguien no me devuelve mi pluma, la cocaína qué.

Y con esa pluma volví a repasar mi diccionario para hacer las modificaciones necesarias.

Breve diccionario de una que otra mentirilla

AMOR: ¿Mr. Rabbit? No, no es cierto. Eso es infatuación. Amor está en todo; tomar el amor de la fuente que provenga sin cuestionar. *If you can't feel love in all, you can't feel love at all.*

BODA: ¡Queremos pastel, pastel, pastel! Pero a lo mejor no queremos ceremonia religiosa, ni votos que contengan las palabras "para siempre".

COSAS COSTOSAS: Se reduce a cosas sin el apellido rimbombante. Hay que estar cargando y mudando de un lado al otro. Pesan. Pesan las cosas, las baratas y las costosas. Qué ganas de desprenderse de todo.

CITAS A CIEGAS: *Never again!*

DINERO: La nueva fuente del estrés y presión.

ESPOSO: Algún día, quizá. Que sea primero un amante, un amigo, un compañero, que tenga como virtud la capacidad de dar y recibir el amor incondicional.

MUJER: La cucaracha empoderada se levanta, se quita la piel que crujía cuando la pisaban y siempre sobrevivía. Se le marcan los rulos oscuros y la curva que va de la cadera a las costillas. Se sacude el polvo, toma las maletas aligeradas porque ya no los carga, sino que camina acompañada por sus monstruos.

SOLTERA (dependiente e independiente): No es el estatus social el que la define. Hay muchas maneras de estar sola y de estar acompañada. Hay mil formas de dejarse amar y de amar con intensidad, aunque sea por breves momentos; mientras el corazón se sienta lleno de su propio amor, de su propia respiración. Quizá le llamarán soltera pero jamás se sentirá sola.

"¿Vos pensás en mí cuando no nos vemos?" A veces esa frase aparecía en mi cabeza antes de dormir.

Comenzó en OkCupid, acabó en Skype

Deepika se fue y yo me quedé en el departamento completamente vacío. El dueño había vendido todo menos la cama donde yo dormía. Había tanto eco que a veces me angustiaba estar sola allí con Cami, secreto del que el Donna Karan *boy* jamás se enteró. Siempre que venía algún amigo en común de él y Deepika, nos las apañábamos para esconderla en el rooftop. Conseguí una prórroga y me quedé 21 días más de lo acordado para encontrar otro lugar para vivir.

Qué cansancio. Buscaba un lugar en esa zona. Me encariñé bastante con Williamsburg del norte. Me negaba a cambiar de estación de metro; no quería irme más adentro de la estación Graham porque se sentía como Bushwick, que era la parte menos hípster de Brooklyn, y estaba más alejada de Manhattan. Tenía que ser en esa cuadra y buscaba algo donde mi roommate tuviera un trabajo con horario porque decidí quedarme en Nueva York solamente para encarrilar mi negocio. Tenía como requisito que aceptaran mascotas, una cocina de buen tamaño para hacer mis experimentos con las especias, baño propio, porque haber sido 100% dueña del baño durante todo el verano había sido un privilegio al que no quería renunciar, y tener la mayor privacidad posible. No quería pagar un dólar más de lo que pagaba.

Pero el requisito más importante fue que mi cuarto tuviera puerta.

Me metí a curiosear en OkCupid. El calor era insoportable, lo sentía en mi piel siempre sudada pero, sobre todo, en las partes internas de mi cuerpo. Estaba acostada en mi cuarto con el aire acondicionado a máxima velocidad después de mi corrida matutina.

Me encantaba la ruta mañanera: empezaba trotando una vuelta en McCarren Park, después corría por todo Driggs hasta llegar al puente y lo subía jadeando, mentando madres y apretando el paso; llegaba a Manhattan como si hubiera sido la proeza del día, miraba los coches detenidos en el tráfico tratando de incorporarse a Delancey Street, y nada más tocaba con los pies el suelo de Manhattan, giraba haciendo un paso raro que no era ni bailar, ni correr, ni caminar, sino girar y regresar a Brooklyn. Al bajar del puente corría por todo Kent Avenue y me gustaba ver el río a la izquierda, y una panadería que siempre estaba llena y nunca pude probar porque, claro, uno no se detiene en una corrida para ir a comer un cuernito, delicioso y calientito, ¿verdad? Bueno, llegaba a la calle North 12 y doblaba a la derecha para regresar al parque. Corría allí hasta que terminara mi tiempo de carrera, que a veces era de una hora y a veces de hora y media.

Y así, sin bañarme, encurtida en mi propio caldo de sudor me secaba, lograba hacer como si nada hubiera pasado, me cambiaba de ropa y me acostaba a recuperarme hasta que dieran las 12 para caminar a la clase de yoga y lograr las piernas más veloces, flexibles y adoloridas de todo el barrio.

Como mi perfil tenía desactivada la casilla de "en busca de hombre judío" y activada la de sexo casual, noté que por la noche había escrito un hombre preguntando si no estaba aburrida y si estaba lista para una aventura espontánea. Dijo que se llamaba Serge y entre paréntesis agregó: *"(hopefully a french accent is not a turn off)"*. Contesté: *"Bonjour"*, y que me gustaba la idea de la espontaneidad. Preguntó a qué me dedicaba, y estaba cero dispuesta a seguir con la falacia del piano: *"I'm a writer. And I'm bringing my chai tea business from Mexico. So art and business"*. Él escribió que lo suyo era menos *fun*, trabajaba en finanzas y tenía un *hedge fund*, que solo Dios sabe qué es.

Me dijo que bajara la app de Skype. ¿Por? ¿Qué, no tenía teléfono? ¿Mensajería? ¿Whatsapp? "*I would love to Skype but I need to run soon*", sí, porque pues que le bajara dos rayitas a su intensidad, ¿no? Pero dijo que solo sería para mensajear y no usar la cámara. Lo agregué y dije que me tenía que ir, y era en serio porque por estar hablando con él, en vez de caminar a la clase de yoga en Metropolitan Avenue tuve que correr, otra vez, como si no hubiera corrido lo suficiente.

Salí de la clase en paz, pero adolorida y empapada; tenía cerca de diez mensajes en Skype. No sé qué tanto decían, pero uno invitaba a cumplir una de sus fantasías: que pasara por mí en un Porsche y fuéramos a dar un paseo nocturno, así las cosas. Dos completos desconocidos viéndose por primera vez bajo las luces de los rascacielos de Nueva York en un vehículo nada modesto. Sí, claro, sonaba como una fantasía sexual que yo también compartía... *not*. Me negué en diez mensajes diferentes, pero dijo que me podía sentir segura con él y que nunca me dañaría, porque me trataría como a su hermana. ¿Así o más *creepy*?

Dejé de contestar y regresé arrastrándome a la casa a darme un baño de manera urgente y trabajar un poco. Era viernes y no tenía planes con nadie. Volví a ver mi celular y la mensajería de Skype estaba retacada de Serge. Siguió tratando de convencerme de su ridículo plan del Porsche, yo estaba aburrida, un poco. Bueno, muy. Ofrecí lo mismo que a Ethan: que nos viéramos para tomar una copa y de ahí veríamos, pero no sé qué tienen estos hombres que son tan tercos. ¿Qué les pasa? Además, vivo en un barrio donde los bares son el vestíbulo de los edificios, pero, *anyway*. Dijo que no, que así la magia de la fantasía se acabaría en un instante. ¿Entonces qué quería? Le aseguré con toda firmeza que no me subiría a un coche con él, fuera un Porsche o un Vocho. Casi oí a mi tío decir: "A ti no te gusta que pasen por ti en buenos coches, solo te gustan los pobres que pasan por ti en taxi". Me valía madres el Porsche, no me subiría. Y Serge no era un "buen muchacho" de la comunidad, quién sabe quién era, qué hacía y qué quería. No. Era un no rotundo.

No sé cómo me sedujo, ni cómo me dejé convencer, ni cómo llegué a ofrecer que viniera a mi casa con una botella de vino. Fueron las tres horas más ambivalentes de mi historia; planeábamos una fantasía donde yo lo recibiría vestida como él dijera y al encontrarnos no musitaríamos ni un susurro. Sería un intercambio sexual prefabricado. Me prendía tanto como me aterraba la idea de hacerlo con un desconocido que podría resultar un psicópata, *serial killer* o cualquier otra rareza humana. Pasamos tres horas entre mensajes, preparando el encuentro; yo traté de investigar algo más sobre él, pero no encontré nada. ¿Por qué hay gente tan irrastreable? Me desesperan. Bueno, en su perfil de Skype encontré su fecha de nacimiento.

"You told me you were 37 and in your profile says you are 51. This is a deal breaker." O sea... ¿en qué chingados estaba pensando? Yo, no él. Me hizo una videollamada al instante y contesté. Se veía bien, no de 37 y no de 51. Si en verdad tenía la edad que decía, pues se veía bastante jodido. Estaba manejando y se aseguró de enseñarme la insignia del volante: *"I was not kidding about the Porsche"*, y después empezó a hacer una voz como de viejito para burlarse de mi estrés.

Me dijo cosas que encendieron aún más mi fantasía, que no tenían que ver con su ostentoso carro, sino con cómo lo recibiría yo. Había regresado, por supuesto, a aquella tienda en donde me enamoré de Mr. Rabbit y había comprado unos atuendos sensuales que a veces me los ponía en mi casa para mirarme y sacarle provecho a aquella habitación retacada de espejos. Ese, el negro, sería el ganador de la noche. Acordamos que yo me vestiría con algo provocador, me pidió, no entendí si fue implorando u ordenando, que me pusiera zapatos de tacón. Entonces él no tenía 37 y Marjorie tenía razón: había que usar tacones con los mayores de 40. ¿Qué me importaba su edad en realidad? Nada, tampoco me importó que el tono sí fuera tipo orden. Por el contrario, me encendí más.

A pesar de tener un plan con él, titubeé con el asunto de la seguridad y elaboré el propio: me vestiría como quedamos, pero encima me arroparía con jeans y blusón y lo esperaría abajo en el lobby, al menos para verle la cara antes de cualquier movida, ¿no? Llevaría a Cami conmigo, así la pequeña rubia fungiría como el escudo de "*I had to take the dog for a walk*" y coincidir en la calle antes de proceder. Era un plan maestro.

El *Porsche Man* narraba a través de la mensajería de Skype cada paso de su salida de la oficina para encontrarse conmigo en Brooklyn. Por momentos sentí que había perdido por completo el juicio, yo, no él. Pero había algo de todo eso que me hacía avivar una fantasía, la inclinación hacia el peligro y la aventura. Si en el momento me ponía nerviosa y todo salía mal, lo citaría en el piso cinco, que era el de la puerta independiente que tenía Deepika en donde ya no había absolutamente nada.

Porsche meets Christian Grey

El hombre se bajó del Porsche, yo estaba completamente ataviada para la ocasión y me fue imposible hacer el primer plan. Tocó el timbre, creo que me latió el corazón a la misma velocidad que cuando corrí en la mañana para subir el puente de Williasmburg. Yo estaba loca. *"Where should I see you?"* Escribió después de que abrí con el botón del interfón la puerta de cristal: *"Go to the fifth floor"*, dije, o más bien ordené, porque era mi turno.

Me tardé unos segundos, quizá un minuto en abrir la puerta después de que escuché el timbre. Exhalé profundamente. Abrí una puerta que nunca había abierto, literal y figuradamente. El *Porsche Man* de carne y hueso se veía muy diferente al de las fotos. Estoy segura de que no era el mismo, pero la versión real no estaba mal, nada mal. Me gustó más porque se veía como más maduro y experto que el de las fotos en OkCupid. Me miró de arriba abajo y de abajo arriba y antes de que yo le hiciera una seña para que entrara, tomó la delantera, me entregó en las manos una botella de vino y, en seguida, con las manos desocupadas, me tomó de la cintura con una y cerró la puerta con la otra.

Caminé unos pasos y me siguió. Traté de decir algo porque estaba nerviosa, bueno sí susurré: *"Bonne soirée"*, aunque todavía era de día, justo el sol resplandecía como lo hace cuando está por derretirse tras el horizonte. Él susurró a mi oído lo que percibí era la voz del sol, el mismo *bonne soirée* y torpemente traté una vez más de decir algo porque estaba muy nerviosa, pero él me giró poniéndome de espaldas a su cuerpo y sin decir nada comenzó a tocarme el pubis cubierto con la tanga diminuta, y lentamente mientras me daba chupetones en el cuello, me introdujo sus dedos. No intenté decir algo, me dejé ir.

Cuando quiso hacer otro movimiento, lo tomé de la mano con una y con la otra abrí la puerta del balcón y de mi eterna fantasía. Nos acomodamos frente al barandal, no vi a ningún vecino chismoso, porque estábamos en el quinto piso, pero sí podía ver a la gente transitar la calle North 10. El *Porsche Man* se arrodilló y comenzó a lengüetearme del pubis hacia dentro, yo lo tomé de la barbilla para hacerle la seña de que me mirara, porque se sentía bien verlo sobre las rodillas dándome placer... muy bien. ¿Se me había pegado algo de dominatrix por haber convivido con Deepika?

Who knows? Y tampoco quién sabe cómo fue que ahí, cuando yo recargué las manos en el barandal, lo sentí penetrarme con fuerza y con deseo, no escuché gemidos suyos, y para tal caso, ni míos; no sé si me autocensuré por estar al aire libre frente a los vecinos con los que compartí calle durante esa temporada. El encuentro no fue muy duradero, la fantasía, sí. Él eyaculó fuera de mí y yo entré al exbaño de Deepika para alcanzarle un poco de papel de baño. Le pedí que cuando terminara, bajara las escaleras y me encontrara en la cocina; mientras, me tapé con una bata de seda y, no sé por qué, pero fue ese el momento exacto en que se me vino a la mente que este hombre era del tipo de Christian Grey y yo, pues como sea que se llame esa mujer, pero un poco menos recatada, ¿no?

Nunca había leído los libros. Me parecían faltos de imaginación y de literatura, pero una noche del largo invierno, entre el frío, la oscuridad y la lluvia, había ido con Adela al cine y esa había sido la única opción que encontramos. Aborrecí la película, pero por alguna extraña razón y sin haber intercambiado una palabra en vivo, el *Porsche Man* me recordó a Grey.

Nos encontramos en la cocina, le acerqué el sacacorchos y abrió la botella de vino. Era un vino francés caro, nunca sé de eso, pero este lo pude reconocer. Era malbec, y era muy caro. Bebimos. Él estaba sentado en el banco que era el único mueble que quedaba y yo del otro lado, recargada sobre la barra de granito. Y si todo había resultado tan perfecto sin las palabras, no entiendo para qué hablamos.

Me contó que era un hombre rico de Francia, pero más bien, me describió alguno de sus actos de magnate, *in your face* Anastasia, ya me acordé de tu nombre, muchacha ingenua de Grey. Me contó que vivía en la Quinta Avenida con la Calle Sesenta y pico, seguramente a unos pasos del Metropolitan Club donde había concluido que el doctor/pianista era en realidad un príncipe de mármol. Me contó también que vivía en el penthouse de dicho edificio y que él podía irse de Manhattan a la hora que quisiera, porque tenía un jet privado en el que viajaba cómodamente a Francia y a cualquier lugar que quisiera. ¿Pero qué chingados es un *hedge fund*? Pregunté ahora sí como la ingenua de Anastasia; no entendí mucha pero el gobierno gringo lo tiene aquí para manejar inversiones pesadas. O algo así.

Bebimos más vino y dijo que algún día podría ir con él en el avión a Francia, a ver a su familia... *and here we go again!*

¡No, no tan rápido Porsche Grey! (Mi abuela me va a venir a jalar las patas en la noche. ¿Un millonario? Pero no de los comunes, ¿eh? No es un simple muchachazo de la comunidad. Es un magnate *kinky* como Christian Grey. ¡No lo sueltes, no lo sueltes nunca!)

"¿Estás casado?" Todo en mi ser decía que sí. Pero él sonrió, sorbió de la copa, se tomó su tiempo para que el vino fluyera a la tráquea: "*No, not that I know*". Mmm, no le creí, apuraba el vino para irse, eran las 9:30 de la noche de un viernes. Cuando preguntó qué tipo de cosas escribía, tuve la osadía de revelar que escribía acerca de los dates en Nueva York, sin nunca revelar el motivo original del viaje, y su cara se volvió engañosa. "*You know*", dijo y dio otro trago largo, "*I am a very rich and powerful man*", asentí "a la Anastasia" para hacerle saber que escuchaba con atención a ver con qué pendejada me salía, "*If you write about a man that tries to be low profile, he could sue you. And you have no money to defend yourself*". ¿Me estaba amenazando? *"I wouldn't go that road, I'm just saying"*. ¡Me estaba amenazando! Me hizo sentir incómoda ese hombre *low profile*, el irrastreable, que era él, que me parecía casado, el que no quisiera leer su historia aquí. El que me hizo dudar por meses si escribirla o no.

Nos acabamos el vino y trató de despedirse, pero ¡no, no tan rápido Porsche Grey! Y lo conduje a mi habitación sin puerta, donde no cabían sus amenazas. Era el momento, era mi momento y ni tú, ni tus jets, ni tus penthouses en la Quinta Avenida, ni tus palabras miedosas me arrebatarían la fantasía sexual. La de la calentura de aquel viernes de verano.

La casa de los *Muppets*

La búsqueda de departamento fue una tortura. Encontré algunos posts en *Gypsy Housing*, en *New York Sublets* y pidiendo a todos mis amigos en Facebook que compartieran que necesitaba un cuarto. Vi varios: había uno que era muy lindo pero minúsculo; otro que era en un edificio moderno en donde vivía un amigo y la roommate era la candidata perfecta porque se iba a trabajar a las cinco de la mañana y regresaba a las seis de la tarde. El cuarto tenía puerta. La chica encontró a una colega para compartir el espacio y la prefirió.

Estaba exhausta; quizá no era mi momento para estar en Nueva York, pero me empeciné en darle una oportunidad seria al negocio de chai y convencerme de que sí.

El tiempo comenzó a cambiar y había que usar manga larga. Pasaba los días buscando departamento y creando una nueva marca para mi té. Una marca que reflejara por fin todo lo que ya me había atrevido a aceptar de mí. Que soy mexicana, judía, árabe, que nunca he ido a la India y aprendí a hacer un té hindú en las calles de la colonia Condesa en el Distrito Federal. Se sentía liberador. La marca tenía que reflejar un pedazo de mí.

Debía también proyectar que a pesar de mi lugar de origen tenía oportunidad de hacerla en Nueva York con una bebida deliciosa, una mezcla de especias y una cantidad inmensa de confianza en mí, porque era independiente en lo económico y emocional. En que las raíces había que abrazarlas, pero no amarrarse a ellas. En que la libertad estaba en la reinvención, el cambio, el movimiento y era posible sacar de las bolsas todo el bagaje y el peso innecesario puesto ahí por un montón de reglas anacrónicas. En que no necesitaba definirme con base en quien de momento me mirara. En que no estaba quedada, ni vieja, ni sola. En que en Nueva York todo era posible, y sobre todo, mi marca de chai debía expresar que había encontrado la libertad para ser todo lo que pudiera ser.

Había pasado por mi nuevo espacio miles de veces, conocía la calle al derecho y al revés. Y encontré un cuarto con puerta, cocina y baño. Se llamaba la *Muppet House.*

SECOND FALL

Aquí. Con todos mis huevos

Las hojas cambiaban de color mientras una parte de mi ego se resistía a pensar que había fracasado en las dos misiones: casarme y hacer mi negocio aquí. Era como si una cancelara a la otra; si me casaba, no tenía que preocuparme por hacer mi negocio, y si hacía mi negocio, no tenía que preocuparme por casarme. Como si uno fuera el refugio escondido del otro.

Después de tantos hombres que pasaron frente a mí durante este tiempo, se me antojaba más la idea de que mi negocio fuera fructífero, de hacer dinero y usarlo para viajar e ir a ver las diferentes perspectivas que hacen girar al mundo, conocer e interactuar con todo tipo de seres, nutrir mi alma de otra cosa que no fuera el "deber ser". Me relajé con la idea de la pareja. Si quería una verdadera compañía y no una idea prefabricada, vacía e ilusoria de una institución matrimonial, debía abrirme por completo y dejar de buscar la familiaridad tan *overrated*.

Había pasado el tiempo "cerrando un ojo" y coqueteando con un pretendiente que me llamaba la atención, era distinguido, caótico y energético; era intrépido, extravagante, me hacía sentir todas las emociones como un hoyo de soledad tremendo y después un levantón tan espontáneo que podía levitar. Se llamaba Nueva York, y era carísimo pasar tiempo con él. No podía casarme con la transitoriedad de una ciudad como esta con un ojo cerrado, no, no. Debía poner toda mi energía —o los huevos en la canasta neoyorquina— y elegir vivir aquí.

Decidí dejar de pensar en un negocio multimillonario que empezaba con una distribución de toneladas de especias, y empezar a vender chai *locally*. Como todo lo que emerge de Brooklyn, un lugar en el que primero se deconstruye la identidad, entendí que en la reconstrucción de todo lo que eres está la clave del éxito. Mi proyecto debía contener lo que soy, debía reflejar el camino recorrido. Decidí al menos intentarlo.

Encontré por internet un minidepartamento dentro de una residencia artística. En la casa no se admitían perros, pero como lo que me ofrecían era un lugar privado dentro de la casa, ahí podía quedarse Cami sin deambular por todo el espacio. Fui a verlo y desde que subí las escaleras de ese edificio tipo *brownstone* de la preguerra, supe que no podría vivir ahí de ninguna forma.

Había colillas de cigarros tirados por la escalera antes de llegar a la puerta principal, que tenía un vestíbulo oscuro y polvoriento. Del lado izquierdo había un cuarto grande e iluminado con cenefa de yeso floreada que operaba como oficina, y después me enteré que era la galería principal. Una puerta llevaba al baño comunal que era espacioso y tenía una bañera antigua y blanca. No tenía cortina, por lo que se veía el patio desarreglado y maltrecho desde la gran ventana. Me pregunté si quien estuviera en el patio podía ver la desnudez de quien se estuviera bañando.

Una de las roommates me daba el tour. Era turca, de hombros enclenques, de cuerpo frágil y delgado, pero con la mirada endurecida. Usaba lentes rectangulares y estaba vestida con unas medias de hoyos, una falda de algodón morada y un top negro que le quedaba grande de la espalda. Tenía encima una especie de torera de tela delgada con todos los colores del arcoíris. Parecía que vestía para ir al festival *Burning Man*.[28] No se escuchaba muy fluida en inglés y su acento era bastante pronunciado. Salimos del baño por la otra puerta y bajamos unas escaleras oscurísimas que llevaban a un pasillo pa-

---

[28] Festival de siete días de duración que se lleva a cabo en Black Rock City, Nevada. Es una ciudad temporal construida por los participantes. Hay música, arte y el ritual principal es el de quemar una gigantesca escultura de madera en forma de hombre. No puede haber nada de comercio porque la comunidad se rige por la autosuficiencia radical, y no debe quedar rastro ecológico.

recido a la casa de los sustos: con telarañas y polvo; ahí había un cuarto grande e iluminado donde vivía un bangladesí. El siguiente cuarto era la cocina, ¿qué hacía allí en medio de la oscuridad? Había una mesa cuadrada que parecía sobrepuesta porque más bien era una madera delgada que le habría sobrado a algún artista. No había barra para picar y el espacio entre la mesa y la estufa era muy reducido.

Junto, había un baño que originalmente le pertenecía al bangladesí, pero se usaba como lugar de paso para salir al patio. Era grande y tenía potencial, pero en realidad era un desastre porque tenía bancas arrumbadas y desechos de material para las artes plásticas sobre montones de tierra mojada.

Regresamos de nuevo a la casa de los sustos atravesando el baño de paso y la turca me señaló el *basement*, mismo que no me interesaba conocer en ese momento. Ahí estaba la lavadora y la secadora comunal. Subimos las oscuras escaleras y rodeamos el barandal hasta tener de frente la puerta principal. Había otras escaleras, recubiertas de mosaico verde setentero. Las subimos para llegar al segundo piso que tenía tres o cuatro cuartos. Miré con detenimiento cómo un tragaluz proveniente de la tercera planta resplandecía frente al polvo acumulado en las escaleras de mosaico.

La turca tocó la puerta y una mujer alemana abrió. El lugar estaba bastante iluminado. Del lado izquierdo había dos armarios más amplios que mi cuarto de Chelsea; en medio, una puerta que daba a la otra recámara. Había un refrigerador enorme y una cocina nueva, con espacio para picar, junto una ventana que daba al patio y una mesa rectangular que tampoco era mesa sino dos bases con dos patas y una tabla más gruesa que la de la cocina. Después, otra puerta y un cuarto minúsculo donde solo cabía la cama.

Antes de salir por la puerta del lado izquierdo, un baño en el que no cabían dos personas paradas, pero tenía un tragaluz y era como una miniatura de maqueta de esas que causan ternura.

Vivían ocho personas en la casa. Todos ellos compartían la cocina de abajo y el baño que no tenía cortina. Todos excepto el cuarto que estaba disponible. Los ocho roommates eran artistas de diferentes partes del mundo que acudían a aquella casa de Bedford Avenue para trabajar. Más que residencia artística parecía hostal.

"You are a good match", me dijo la turca con un pronunciado acento mediterráneo cuando comenté que escribía y daba clases de yoga. Y se repitió la historia de que soy buen *match* para alguien, y no porque fuera una buena candidata para colaborar y aportar a las actividades, sino porque tenía el dinero para pagar la renta, o eso creía ella. No tenía el dinero físicamente, lo conseguiría, pero la turca no sabía mi situación. Aborrecí la casa polvorienta, misteriosa y robusta, pero me encantó el minidepartamento iluminado y calientito dentro de la *Muppet House,* donde había un potencial increíble.

El precio era un poco menor a lo que pagaba compartiendo con Deepika. No había elevador, pero había cocina, baño propio y... había una puerta. Estaba sobre Bedford Avenue y la calle North 9, es decir, a una cuadra de aquel departamento moderno donde no tuve privacidad.

Fui nómada por diez días, entre que el Donna Karan *boy* me había dado 21 días de gracia y podía ocupar el espacio de la *Muppet House,* no tenía a dónde ir, pero pude hacer mi mudanza al *basement* de la casa de artistas. Fue trágico bajar maletas y cajoneras por una reducida escalera. El sótano parecía que estaba en obra negra. Todo el polvo del mundo estaba en la esquina de las escaleras, pero por lo menos podían vivir ahí mis cosas mientras me mudaba.

En esos días viví en diferentes lugares: el departamento de un amigo poeta en el Upper East Side, con Adela, *my exroommate,* y en la casa de mi alumno de yoga, en el Upper West Side. Ninguno de los lugares tenía elevador, más que el departamento de Chelsea de Adela, pero justo ahí no llevé equipaje. Estaba muy ansiosa. Fue una subidera y bajadera de maletas tremenda. Terminé exhausta, pero necesitaba candela.

Con confianza: ¡tócame!

"*Are you ready?*" ¿Lista?, ¿lista para qué? Del otro lado del messenger de Facebook estaba Garuda, el amigo *dealer* de Deepika. ¡En la madre! Se me había olvidado que había aceptado salir con ellos. Mi roommate ya no estaba y yo era nómada. No me acordaba, no quería, se me hacía que esa banda era un poco pesada, pero bueno, yo insistía en querer ver la *Brooklyn scene*, así que me atuve a mis deseos.

"*I will be ready in 30 minutes*", mentí y acordé en vernos allí. Me vestí en friega, me delineé los ojos, me puse tacón bajito y me "empuerqué" el pelo con shampoo seco y lo alboroté para que se viera más rebelde de lo rizado que ya de por sí estaba. Pedí un Uber Pool y salí de mi casa.

En la lista estaba mi nombre, así que entré rápido al club. Había mucha gente vestida como *Burning Man*, una mezcla de hípster cachondo: muchos hombres sin camisa y mujeres enseñando los pezones. ¿Me equivoqué de lugar? Caminé entre tumultos de gente que miraban en el escenario un espectáculo de unas chicas haciendo danza aérea. Me quedé atónita mirando hacia el techo, cuando alguien me tomó firmemente de la muñeca: era Garuda.

Caminamos a una de las esquinas donde estaba el VIP y toda la banda, había botellas de alcohol, aguas y jugos. Saludé a los amigos, porque a todos los había visto en algún momento en la sala de mi casa. Sentí que estaba en otra dimensión, en una esfera donde todo se empezaba a sentir muy lento. La música era *bass music* con inflexiones en lo tribal, era una música que me incitaba a bailar y así lo hice. Llegó Tony, el otro amigo *dealer* con el que había coqueteado en una cena en mi casa y con el que Deepika me había *matcheado* para tener sexo. Me sonrió seductor y bailamos un poco. Yo lo vibraba como aletargado, pero esa noche lo sentí más prendido.

Me jaló a una esquina y sacó de su bolsillo una píldora, ¿Qué era? *"This is just MDMA."* Vio mi cara de confusión, mis titubeos. *"No worries, this is really, really fun."* Además, el lugar se llamaba House of Yes, ¿cómo podría haber dicho que no? Abrió la píldora y nos comimos el contenido. Alguien se acercó a hablar con él y regresé a la mesa. Me senté porque de pronto me sentí muy, muy mareada. Tony llegó a los pocos minutos y me dio la mano para levantarme. *"How are you doing?".* Le expliqué, me dijo que me levantara y bailara, que me mantuviera en movimiento *"Until it kicks in".*

De pronto estaba en la misma dimensión que Tony y en la misma dimensión de mucha gente que había allí. De pronto, no podía dejar de moverme y solo quería bailar con una sonrisa enorme y una felicidad inexplicable, donde sentí que cualquier insignificante acción como respirar era extasiante. De pronto, me embriagué de vida, de una irresistible y aromática vida donde nada ni nadie podía arrancar esa mueca, la sonrisa imborrable que acaparaba toda mi cara. Nunca.

Quería abrazar a Tony y quería abrazar a todos, a los amigos y a los desconocidos, a los que bailaban y a los que estaban sentados. Me dieron ganas de ir a besar al hombre de look hipsterón que tuvo el amable gesto de traerme un vaso con agua; me dieron ganas de besar a una amiga de Deepika cuando me preguntó dónde podía comprar el chai que les había dado a probar en mi excasa. Me dieron ganas de besar a todos.

Yo bailaba y a lo lejos creí que alguien me saludaba con la mano y pues, una que es educada, devolví el gesto sin ver bien quién era. Unos segundos después estaba allí, frente a mí, el barman de la Pecora Bianca con el que siempre coqueteaba. Había dejado de ir a sentarme en esa barra a beber los *limoncellos* desde que descubrí que ya no trabajaba allí. Me quiso hacer un poco de conversación, pero yo quería bailar, aunque sí me acuerdo haberle preguntado dónde se había metido.

El barman estaba en la misma dimensión que yo. Me acordé de lo mucho que me atraía ese hombre alto y delgado, de ojos verdes y nariz grande, de sonrisa amplia, con los dientes un poco chuecos, pero intensamente blancos. Me acordé de sus ojos hechiceros cada que me traía un *limoncello* y brindábamos juntos, y del reto que me había dado de coquetear con los sesentones para gusto de él.

"Feel free to touch me", dijo al rodear mi cintura, pero yo sentí que era la mano de una vibración intoxicante que transitaba de una curva de mi cadera hacia la otra. Su mano se convirtió en la música que escuchaba, la armonía deliciosa que se adentraba por todos los poros, su mano que era su antebrazo, su brazo fornido, su hombro tatuado, su espalda, su cuello perfumado, y yo que quería bailar con todo eso. Comencé a juguetear con mis manos en su abdomen, el pecho y con mis labios seguí el recorrido hasta la barbilla peluda y ahí me encontró él.

Bailamos en esa cadencia que sentí absolutamente gozosa; era la encarnación del placer y nada más. El presente era la única forma de conectarse con el elixir de la vida. El barman me tocaba por encima de la ropa, y yo, pues *I felt free to touch him*, y su cuerpo, alto como espárrago, era la montaña rusa perfecta para la libertad del tacto.

Él me tomó por la cintura, luego del hombro, el brazo, el antebrazo y finalmente la mano para caminar entre la gente, entre ellos, los amigos y Garuda. Solté la mano del barman y me arrojé a los brazos de quien me había sacado de mi casa esa noche. Me sostuvo con sus manos largas, y aún en ese abrazo no podía dejar de moverme y sonreír. *"Are you having fun?"*, preguntó al oído. Asentí, me separé de su abrazo y estoy segura de que mis pupilas parecían las de una loca desorbitada.

Regresé a la mano del barman y caminamos. Había más gente que antes. Salimos a un patio donde había algunas mesas, gente fumando y por ahí se escuchaba otro tipo de música proveniente de un cuarto más chico. El barman y yo nos sentamos bajo un árbol a seguir con el beso/sonrisa. Llegó un joven con el torso desnudo, que no era mesero ni barman, y nos ofreció un poco de agua que tenía en una botella. Sí, tomamos mucha. Y continuamos; sentía que me enamoraba de él, de su forma de tocarme y de sus besos que no tenían sabor a *limoncello*.

Se acercó una chica a ofrecernos una cobija. El barman la aceptó y ella, dulcemente, nos tapó. No hacía frío, pero todos entendimos el punto. El barman estaba recargado en el árbol y yo en él, mi espalda contra su pecho, y en esa posición y con la cobija encima, su toqueteo pudo ir más profundo y yo sentí dicha y gloria cuando sus dedos entraron en mí después de juguetear con el clítoris. Me daba besos y yo cadereaba hacia su mano al ritmo de la música.

Un rato después, el barman se tentó el bolsillo para sacar una píldora, la abrió, puso el contenido en la palma de la mano, ¿la misma que estuvo dentro de mí o la otra? Quién sabe. Yo con el dedo índice tomé un poco de los minicristalitos y los metí a la boca. Nos levantamos a bailar. ¿Pero qué diablos era esta cosa que me hacía sentir tan, pero tan feliz?, ¿cómo no lo descubrí antes en la vida? Bueno, *anyway*...

Caminamos de vuelta con los amigos que se estaban preparando para irse. ¿Cómo? ¿Cuánto tiempo había pasado? Al parecer mucho. Estaban yendo a un after. Tony me preguntó cómo iba y si necesitaba más, me tocó la espalda baja y sentí que me le quería aventar. Me acordé de Deepika: "*You should have sex with him*", pero él estaba con otra chica y yo con el barman, que era mi novio *for the night*. Tony preguntó si queríamos ir con ellos y yo repliqué la pregunta al barman que dijo con la misma expresión sonriente que seguro tenía yo: "*I wanna go home with you*".

Dije a Tony que no íbamos y me cerró un ojo. Nos despedimos. Volví a abrazar a Garuda que repitió: "*Are you having fun?*", dije que sí; luego, como si fuera un tío joven y buena onda, agregó: "*Use protection, kid"*. Me dio mucha risa y también ternura. Garuda, el extravagante amigo que se había metido cocaína en mi cuarto sin puerta, regresó a bailar con su hombre. Nosotros nos fuimos.

Llegamos a la casa del barman, que también estaba en Bushwick. Era un departamento compartido con un roommate; había en el suelo muchas cajas y algunas maletas. *"I'm moving out"*, explicó, y nos movimos suavemente hacia su recámara chica, donde ya no había nada más que la cama matrimonial con una sábana azul marino. Nos arrojamos encima de ella y nos desnudamos lentamente, saboreando cada sensación. *Feel free to touch me*, recordé sus palabras; y pues sí, con esa libertad de tacto también la de movimiento. Nos impulsamos uno hacia el otro de muchas maneras, en distintas posiciones hasta que el crepúsculo nos encontró tendidos y satisfechos.

"Come here", dijo el barman y me llamó a un balcón desde donde apreciamos al sol levantarse y a nosotros poco a poco caer rendidos sobre la sábana de la recámara vacía. No se mudaba de departamento, se mudaba de ciudad. Dormimos poco; me levanté para irme. Son un poco raras este tipo de despedidas. El barman dijo: *"Thank you, this was fun"*. Yo asentí, pero fue mucho más que *fun*. Los gringos usan demasiado esa palabra y la usan para todo, como si no hubiera otra forma de expresar algo que no nada más se refiere a la diversión.

"Go out and have fun", decía Angela refiriéndose a exactamente lo que había hecho con el barman; *"Have fun at Trader Joe's"*, decía Allie cuando le anunciaba que iba al supermercado; *"Are you having fun?"*, preguntaban todos cuando hacía lo que fuera: caminar al estudio de yoga, esperar el metro, empujar gente en el metro para entrar, correr en la lluvia para apañar un taxi, bailar, tomar alcohol, cocinar y masticar. Toda la vida se reduce a esa palabra. No, *my friends*, no todo es *fun*, pero la noche que pasé con el barman definitivamente sí lo fue.

Spontaneously wild, yet sophisticated

Reingresé a OkCupid. Tenía muchos likes y muy pocos me gustaban. Pero uno me definió de un modo tan increíble que me dio coraje que no hubiera nada de su perfil que me dieran ganas de seguir hablando con él: "*You seem spontaneously wild, yet sophisticated which is sexy and intriguing*". Sí, así me sentía. Otro reclamó mi apertura: "*How a beautiful girl like you puts casual sex on your profile?*". Después escribió que con un perfil donde yo parecía culta e interesante no podía también poner interesada en *casual sex*. Bonita = no sexual.

Uno de ellos se veía bastante masculino, tipo persa. Le di mi teléfono y me texteó "*Shabbat Shalom*". Ya no buscaba al hombre judío y perfecto, estaba más bien en fase de experimentación sexual. Y él fue directo hacia allá.

Pasó varios días mandando textos meramente sexuales; yo contestaba juguetona. Me llamaba con desesperación, como si ya nos hubiéramos conocido y tuviera un mega *crush* conmigo o una mega fantasía que cumplir.

Fue en esos días de nomadismo que nos vimos en un rooftop. Era bastante guapo y arreglado, vestía con traje, el pelo negro engominado y lacio, un reloj dorado y vistoso, la tez árabe y el olor de la virilidad. Parecía un "muchachazo" de mi comunidad. Me trajo una copa de vino y platicamos.

"*I am not in OkCupid for something serious.*" Lo miré de reojo mientras di un sorbo a mi chardonnay. "*OkCupid is full of whores.*" O sea... *excuse me?* Pero no me inmuté porque en realidad estaba disfrutando de la vista y de mi vino. "*If I want a wife I would go to the rabbi and ask him to introduce me to a nice Jewish girl. I wouldn't go to an online dating site.*" Miré el cielo nublado y debajo el Empire State soberbio, inamovible, mientras este hombre persa/americano me seguía diciendo una babosada tras otra. "*I'm very sexual. I want one safe, nympho like myself. I like to fuck a lot but not random girls.*" Bostecé y empiné mi vino para irme. Era el *speech* de los hombres "bien" escondiendo sus verdaderos impulsos sexuales, creando una gran separación entre la *nice girl* y una *safe nympho*.

"*I want a steady lover to fuck and then go about my life.*" Me agarró la cabeza y me jaló un poco el pelo. "*And prefer the person to be Jewish, that's another reason why I like you.*" Qué maravilla. Su *Jewish whore.*

Me propuso algo que en ese momento se me antojó hacer: ir al baño juntos. Entró primero él, acordamos los términos de la transacción. Me encargué de su orgasmo, me lavé las manos para salir antes que él, nos quedamos de ver en el prostíbulo, digo, en el vestíbulo. Abrí la puerta y apuré el paso, me ruboricé cuando vi que alguien esperaba afuera. Me bajé en el elevador.

Tomé agua de un garrafón de vidrio retacado con rodajas de limón y me fui sin esperarlo, sin sentir emociones, después de todo él era de ese tipo de hombres de los que yo huía. Como M Menor. Lo vería solo si quisiera acordar otra transacción. Pero nada me desató ganas de hacerlo. A él sí. Llamaba diario, pero su discurso me había matado la necesidad de pasar otro minuto con él.

Como si siempre
hubiera estado allí

Mexicanicé el trámite de mudanza y por primera vez pedí a la señora que limpiaba la casa que compartí con Deepika que viniera a ayudarme. Sí, ya no había forma de hacerlo sola; acumulé tanto en tan poco tiempo y tenía que subir todas las maletas y bultos desde el sótano hasta la tercera planta.

¿Qué hacía el colchón en el piso? Un colchón del grosor de un camastro. *No way!* Afuera, recargado en el barandal, había algo más parecido a una cama, de tamaño matrimonial y grosor decente. La señora y yo lo deslizamos al cuartito. Estaba todo pintarrajeado de miles de colores. No había base, más bien, sí había pero era para un colchón *full*, no *queen*. Era una base baja de cuatro patas con una barra central, las tiras de madera se movían y caían al piso, lo que dejó algunos espacios. Tendría que ser cuidadosa por la noche para no caerme.

Dejé que la señora tendiera la cama y cubriera con mis sábanas de seda la mugre, el polvo del colchón, la pintura y cualquier otro ente que estuviera y yo no quisiera nunca en mi vida voltear a ver. Por fin entendí aquel mensaje de "hay que cerrar un ojo". Cerré los dos y permití que ella se encargara.

Encontré el lugar perfecto para el cojín de Cami y su kennel, pero ella encontró antes la base de colchón improvisada y se metió debajo de ella. A veces me daba pendiente que si el colchón se caía la aplastaría.

Fue un día agotador, pero para la noche ya estaba completamente acomodada como si nunca me hubiera ido, como si siempre hubiera estado allí.

Fue el primer departamento donde no desempaqué el teclado eléctrico. La cubierta del piano y la falta de dinero para tomar clases de 80 dólares la hora dejaron pospuesto mi sueño de reencarnar en Mozart. Uno de mis roommates, que era músico, tenía un teclado en el maloliente sótano. Si necesitaba algún día ir a tocarlo, se lo pediría.

Había recibido una invitación al recital de la casa de Santiago. "¿Vas a venir?", preguntaba esporádicamente por Whatsapp. Había mandado una *paperless card* hermosa, y casi perfumada digitalmente, que estaba firmada por él y su esposa gacela, esperando mi RSVP. No contesté al correo, al Whatsapp le respondía escuetamente que tenía que checar mis tiempos.

Big brother de artistas

Nos encontramos en la cocina oscura para presentarnos, hablar de nuestros proyectos y de las reglas de la casa. *What is this? Big brother?* Sobre la mesa había nueces de la India, galletas y queso untable. Éramos diez; llevé una jarra con chai y le serví un poco a cada uno; si iba a empezar con este negocio habría de comenzar por enamorar a los de la casa.

Cada quien dijo su nombre, que yo renombré, qué tipo de artista era y de qué parte del mundo venía. Entonces:

1. Un joven francés muy alto con nariz grande como de judío, sin serlo; compositor, músico DJ, el más joven de nosotros.
2. Un americano, artista plástico, gay, dramático y el más grande de la casa; 36 años.
3. Una yemení con *jihab*, artista visual y *belly dancer*; su proyecto tenía que ver con la presión familiar de casarse.
4. Una adolescente bipolar cuyo trabajo era exponer el tabú de la enfermedad; artista visual.
5. Una estudiante de actuación, turca, judía. Y muy rubia. No natural.
6. Un bangladesí, no era artista, solo pagaba renta para vivir ahí. No acudió a la reunión, solo se asomó y saludó con la mano.
7. Un diseñador de moda y artista plástico turco, muy varonil, gay, mega varonil. ¡Chin, que era gay!

8. La turca, curadora de la galería, subarrendadora de los espacios, con buenas ideas artísticas y pésima ejecución administrativa, de ahí el término *muppet*, o sea que es potencial desperdiciado. Tenía una asistente a la que trataba de manera denigrante.

9. Yo, mexicana, vendedora de chai, escritora, la feliz persona que no tenía que compartir baño y cocina con ninguno de los anteriores.

10. Cami, mi acompañante, manzanilla reconfortante y ladradora profesional de patinetas aunque no rodaran sobre el pavimento. Se mudó al barrio más hípster del mundo.

Se habló de una *potluck dinner* en la que cada quien llevaría un platillo para cenar, convivir y platicar de un proyecto que fuera retroalimentado por todos. Me anoté. No había entre los roommates un escritor, pero sería interesante escuchar perspectivas de artistas de diferentes disciplinas.

Se habló de los roles de limpieza de la cocina, baño y de quién sacaría la basura. Me miré las uñas porque no sabía silbar, porque hubiera silbado en señal de "a mí no me vean". El francés lo notó y dijo que, porque yo no compartía con nadie el baño y la cocina (¡fiu!), debía ser excluida de esas actividades. Mera justicia divina.

Se habló de cinco noches consecutivas en las que toda la casa se convertiría en galería. Era la inauguración de la exposición que consistía en diferentes maneras de llenar el espacio con luz eléctrica. Esas noches, la casa no podía parecer casa, sino museo: las camas, sábanas, ropa, escritorios y demás artículos tendrían que ser desmontados a las seis de la tarde y regresar la casa a la normalidad después de las 11 de la noche. Cinco noches consecutivas.

A la *potluck dinner* para hablar de mi proyecto solo vinieron la turca y la yemení. Las invité a mi cuarto. Todo era mejor que estar en esa cocina oscura y mugrienta donde había sillas, mesas y artículos de carpintería apilados. Yo hice una ensalada de garbanzos con quinoa, la yemení hizo un *bint al sahn*, que tradujo como *yemeni honey bread* y era básicamente hojaldre con kilos de mantequilla, y la turca subió unos betabeles con queso de cabra. Les serví chai.

La sensación aplastante de lo que había venido a hacer a Nueva York se difuminaba y reencarnaba en mí la cuentacuentos. Ya no más cubierta de piano, ya no me daba pena hablar de esto. Me daba risa, me daban ganas de contar todos los detalles.

"It's like Sex and the City, with Broad City, with Girls altogether", dijo la turca y preguntó: *"Do you go out to find your stories or your stories come to you?"* Uf, ¿cuál sería la respuesta idónea? Me salvó el timbre, la turca bajó a abrir la puerta y reformulé la pregunta en mí.

Me quedé a solas con Ismira, la yemení. Esa fue la primera vez que me quedé a solas con aquella mujer, un espejo de mí.

El llamado de la Greencard

Me reencontré con Zach, el hombre americano que me había acompañado a una boda en México, a la única boda a la que había ido acompañada en mi vida. Había regresado a su tierra natal, así que fuimos a Devoción a tomar un café y le conté por qué había venido originalmente a Nueva York.

"If you want, we can get married." Wooooow, así de fácil era una propuesta de matrimonio. Zach quería ayudarme a conseguir la Greencard. Nos arreglaríamos en un precio y debíamos vivir juntos dos o tres años.

"It's going to be beliavable: we are both Jewish and we met long time ago in Mexico", dijo convencido. Sí, podíamos montar una falacia indiscutible para la migración gringa.

Dos noches las pasé sin dormir. La propuesta de Zach quizá era lo mejor que podía pasarme. Tenía el derecho de casarme sabiendo de antemano que me divorciaría, pudiendo estar legalmente casada y tener garantizada la cantidad de amantes que quisiera, o algún novio que apareciera por allí. Podía tener sexo con Zach, si a ambos nos apetecía. Era una genialidad, ¿cómo no se me ocurrió antes?

Obtendría la Greencard sin necesitar ayuda de nadie. Parecía más que un simple matrimonio falso con Zach, que insistió en vernos casi diario aquella semana para afinar detalles de dónde viviríamos, el "local" donde yo abriría mi tienda de chai y a planear nuestra vida juntos.

Wait a minute. Yo no había dicho que sí. Aunque un día, cuando paseábamos por Berry Street, Cami hizo del baño y yo abrí una bolsita para recoger sus heces, Zach me la arrebató: "*You are a lady. You shouldn't do this*", y él lo hizo, lo cual interpreté como un acto de caballero valiente.

Pero pensándolo bien, no quería ni podía estar con Zach más de una hora seguida. ¿Y mi pase directo a la Greencard? ¿No podría hacer, así, ni un poquito de esfuerzo?

¿No? ¿Nada? ¿Un poco más de resistencia por ahí, Teresa?

¡Chin!, porque era el matrimonio por conveniencia perfecto, y un divorcio planeado. A mi edad creo que es socialmente mejor visto ser divorciada. O sea, que la pobre mujer ya lo intentó, y el hombre "le salió malo" o, por el contario, al pobre pan de Dios "ella le salió loca". Es muy distinto a la soltera que nunca logró ni una pedida de matrimonio. Pero yo no quería ni otro paseo con Zach como para planear una boda, y un subsecuente divorcio. Creo que ya no me importaba tanto obtener la nacionalidad. Aunque me facilitara la vida.

Ismira

Ismira dormía en la recámara contigua a la mía. Había una puerta que conectaba ambas habitaciones. El día que nos mudamos, la turca improvisó un cerrojo. Yo dormía y despertaba temprano, pero cuando me levantaba en la madrugada para ir al baño veía la luz de Ismira encendida, ¿qué hacía despierta a las tres de la mañana?

La noche en la que nos quedamos ella y yo solas en mi cuarto mientras cenábamos betabel con queso de cabra, ensalada y *bint al sahn,* Ismira me confesó que era la primera vez que vivía fuera de la casa de su familia. Había nacido en Yemen y crecido en The Bay Area en California. Su familia musulmana era bastante conservadora. El padre de Ismira había muerto hacía años y ella, a sus 34, era la preocupación e indignación familiar porque no se había casado y, además, era tan introvertida que nadie sabía qué rayos hacía con su vida.

"Having you on the other side of the door makes me feel safe", bebió un poco de chai, yo sonreí conmovida, *"like if I was home",* la miré a los ojos. La turca regresó y seguimos hablando del proyecto, recogimos la mesa y la hicimos ver nuevamente como un escritorio, ordenamos los platos en la máquina lavatrastes, sí, en ese departamentito yo tenía un pequeño lavatrastes y eso aunado al comentario de la yemení, esa noche me hicieron feliz.

Pasaron varias semanas. Mi pelo era completamente chino, un rulo cerrado, seco y rebelde. Nunca había tenido ese tipo de rulo, rebasó mi pelo *wavy* previo a la keratina. Yo acepté mi pelo y mi vida como eran.

Not on view

Vivir en la *Muppet House* era divertido mientras no tuviera que mirar la suciedad de las escaleras y áreas comunes. Subía directo a mi palacio iluminado después de encontrar a alguno de mis roommates en la escalera de la entrada, ya sea fumando, tomando una cerveza, comiendo una pizza de Vinnies, que nos quedaba enfrente, o hangeando con otro roommate o amigos que visitaban. La *stoop* de mi casa era el lugar perfecto para conocer gente nueva y platicar un rato mientras mirábamos la locura y extravagancia de Bedford Avenue en primera fila. Fue allí donde conocí a Adam.

La semana de la exhibición fue caótica. Del lunes al miércoles por la tarde hubo un desfile de artistas, tramoyistas y cualquier persona que ayudara a colgar lámparas, cuadros y piezas únicas para hacer de nuestra casa un museo nocturno donde la luz eléctrica era la protagonista de toda la exhibición. La chapa de la casa siempre quedaba abierta, había más polvo que nunca, clavos tirados en el piso y áreas a las que no se podía pasar, como la cocina comunal. La turca la usó de bodega y mis pobres roommates no pudieron entrar ni una vez en toda la semana. Era injusto, porque la renta era costosísima.

La cocina de mi cuarto fue cancelada con unas mamparas una hora antes de la exhibición, más le valía a la turca porque yo no habría aceptado que me dejara sin el uso de mi estufa y refrigerador cinco noches y seis días. Escondió en el espacio que había entre los dos armarios el escritorio y la silla. Montó en "mi estancia" el colchoncito que se plegaba en tres donde ella dormía cubriéndolo con un plástico como los que las abuelitas usan para proteger sus muebles —que sí se conservan— y dos lámparas de mármol que parecían cabecitas con cuernos dorados. Me gustaron las lámparas, claro, todavía había en mí un dejo de aquel principado de mármol.

Todos mis roommates guardaron sus computadoras, equipos de sonido y cosas de valor en el cuartito donde estaba mi cama; era el único lugar de toda la casa al que nadie podría entrar. Incluso la turca dejó su computadora ahí con la canción *Lithium* de Nirvana repitiéndose como parte de la exhibición. *I didn't get it*, pero creo que la curadora estaba recreando una escena de su infancia.

Yo bajé al patio con Cami siguiéndome y un termo de chai para ofrecer a los visitantes una prueba. Rellené algunas botellas de vidrio con el líquido, tenía permiso de venderlas. Pedí seis dólares por cada una. Si un café, un simple café costaba cuatro, este té tenía leche de soya, *assam tea*, cardamomo, jengibre, canela, clavo, pimienta rosa y pimienta tellicherry, a la que se le considera el champagne de las pimientas. Era un producto *gourmet*. Vendí pocos, pero mis roommates trajeron a todos sus amigos a probarlo.

En algún momento de la noche subí al cuarto, dejé mi puesto y a Cami a cargo de Ismira y me encontré con gente que intentaba abrir el pequeño cuarto donde estaba mi cama, husmeando en la puerta del baño para ver qué pieza no habían visto y forzando la cerradura de mis armarios para explorar qué más había. Estuve a punto de pegar un grito pero me contuve: *"People live in here, I live here"*, dije y los curiosos se disiparon musitando: *"I'm sorry, I'm sorry"*, mientras seguían con la cabeza torcida tratando de echar un mejor vistazo.

Vi pasar a Adam, era alto y de pelo chino largo con un *man bun* que se le veía mejor que los chongos que yo me hacía. Su tipo de chino era chino cerrado, como el que se me formaba repentinamente a mí. No hubo ocasión de saludarlo, ni de darle a probar el chai porque nunca llegó al patio infestado de *brooklynites*. El chai siempre era mi pretexto para planear un encuentro.

A las once de la noche, la gente seguía deambulando por los cuatro pisos de la casa, Ismira y yo vimos la hora, era tiempo de cerrar nuestros cuartos del ojo público. La turca bebía vino blanco sin importarle que tuviera residentes a los que les había prometido que a las 11 de la noche los visitantes evacuarían el área. Esa era precisamente la actitud de una *muppet*. Ismira y yo subimos al tercer piso, nos metimos cada una al cuarto y cerramos con llave. Quité las mamparas que bloqueaban la cocina y avisé, en el chat de la *Muppet House*, no sé si yo, o la Capataz Capricornio, que quien quisiera su computadora tendría que subir en ese momento o podría recogerla hasta el siguiente día. Me dio pánico tener todas las computadoras ahí porque la base de mi colchón tenía hoyos, ¿y si me caía encima de una de ellas? No quería esa responsabilidad.

Solamente la turca vino. La felicité por la gran convocatoria, y agendamos una junta con todos por la mañana.

A la mañana siguiente, los residentes desvelados, porque la música y las voces no se apagaron hasta las tres de la madrugada, caminamos a Bagelstop y después anduvimos para buscar un espacio en el parque McCarren que no estuviera mojado. Había llovido toda la noche. Llamé y mensajeé a Ismira porque habíamos hablado los puntos que queríamos exponer a la turca, la curadora, la casera o lo que fuera ese papel que desempeñaba. Ismira no contestó, pero llegó cuando comíamos bagels recargados en los barandales, unos parados y unos sentados en el pasto húmedo. Ismira llegó llorando y quejándose. Había tenido que desalojar el cuarto y poner su ropa en un espacio que parecía clóset, pero era más bien el acceso, a través de una escalera plana, a la puertita de la azotea. Algún visitante inteligente subió a la azotea y dejó la puerta abierta. Las cosas de Ismira amanecieron empapadas y el equipo de sonido del DJ francés, también. La turca ni se inmutó, ni se disculpó.

Alcé la voz para decir que no me parecía que los visitantes entraran a mi baño y quisieran abrir la puerta donde estaba mi cama. Esa noche, la asistente de la turca se encargó de pegar una hoja impresa en las puertas del cuartito, del baño y ambos clósets. El anuncio decía *"not on view"*.

Fue el turno del americano, artista plástico, el mayor de la casa, que se quejó de ser el único residente que abastecía papel sanitario al baño comunal; en dos semanas había comprado 13 rollos. Me sentí aliviada de no tener que atender esa tragedia. Se quejó de su cuarto, que era una especie de bodega donde no había ventana y su privacidad era limitada tan solo por una mampara. No tenía puerta, *welcome to my exworld*, y declaró sufrir acoso sexual por parte del turco que se metía a su cuarto y a su cama sin su consentimiento. Una noche los vi salir, al americano y al turco, a tomar una copa al rooftop del Hotel Whythe, después vi que se evitaban, y luego escuché esta revelación que le dio a la *Muppet House* el giro a un dramático *Big brother, kind of* artístico.

Ismira, al terminarse el medio *bagel* que le di, puntualizó sobre la suciedad de la casa. Dijo que no le molestaba limpiar siempre y cuando la administración proveyera los artículos de limpieza. La cara de la turca se desencajó, miraba el pasto mojado y se reacomodaba los anteojos una y otra vez: "*This is not a luxurious hotel, you are not at the Ritz*". Me iba a dar un ataque de risa, porque una cosa era que no fuera un hotel de lujo, y otra muy diferente que el lugar era una especie de hostal combinado con un *college dorm*.

Con respecto a lo del papel de baño, la turca dijo que estaba muy ocupada, y que ni ella ni su asistente podían dedicar tres horas a comprar papel de baño y Windex en línea. Sí, dijo tres horas para hacer un pedido. Yo no podía quejarme de nada porque la suciedad del baño, la cocina y el abastecimiento de productos de limpieza no eran un tema de mi incumbencia. Sin embargo, propuse que la señora que vino a ayudarme a hacer la mudanza, limpiara una vez por semana las áreas comunales. Me urgía que alguien barriera y pusiera cloro en las escaleras. Pero la turca dijo, con una sonrisa cínica, que no había presupuesto para ello.

La junta terminó. El americano, Ismira y yo caminamos a comprar un café a Swallow, en la calle de Driggs, y pasé el camino calentándoles la cabeza en cómo debieron haber sido más enfáticos en sus reclamos. Ella debía encargarse del papel higiénico, de la limpieza del baño después de que todos los visitantes de la galería lo usaron y dejaron cosas asquerosas como Tampax ensangrentados y pintura en el retrete. Ella debía proveer una cocina funcional, un lugar para ir al baño a gusto y una cortina para tener privacidad mientras se aseaban. Yo pagaba 200 dólares más que Ismira. Por eso no abrí la boca durante la junta, porque era una diferencia mínima por un confort tan diferente. No pertenecía al drama del baño, la cocina, la limpieza y la basura. Pero sí tenía que esconder que en el pequeño departamento vivía un refrigerador, una estufa, un perro y una mujer, por esa noche de *Muppet House* abierta, y tres más.

El chai de Brooklyn

Volví a encontrar a Adam en mi casa. Salí al paseo nocturno de Cami. Él estaba sentado en nuestra famosa escalera con otros amigos que tampoco eran residentes, sino amigos de la turca. Lo encontré sentado, deshaciendo con los dedos una cabecita de marihuana y montándola en una sábana. Me sonrió apenas me vio y acarició la cabeza de Cami que fue directo a pegarse en sus largas piernas. Me senté con ellos, Adam me recordó que aún no había probado mi famoso chai, lo invité coqueta a que viniera un día a beber té conmigo. Era pintor e iba a hacer unas piezas para el patio de la casona de Bedford.

Bajé los escalones y abrí la reja de hierro forjado que tanto estorbaba al mundo porque abría hacia afuera, la banqueta era reducida y siempre pasaba gente. Cami ladró enjundiosa a un hombre que andaba en patineta a toda prisa. Giré y vi a Adam y a sus amigos riendo por cómo me jalaba Cami para ir a morder un pedazo de patineta; y luego, caché a Adam mirarme con dulzura.

Estaba muy enfocada en lo mío: tener el dinero para pagar la renta del mes. Así estaba la situación. Ya no sabía cómo pagaría la siguiente renta.

Comencé a vender chai embotellado en mi escuela de yoga de Williamsburg, luego en otra escuela en Bleecker Street y otra más en Brooklyn. Embotellar chai al alto vacío, para que durara más, me quitaba el sueño, la respiración y todo lo que tenía. Debía vender mucho más para poder pagar la renta. Iba a Trader Joe's de la Calle 14 y la Tercera Avenida para comprar la leche de soya, regresaba en metro, cargando a veces 12 litros de leche en los brazos. Si tomaba un taxi o un Uber, el punto de reducir los costos en la leche se hacía inútil. Bajaba las escaleras del metro cargando, subía escaleras cargando, caminaba de la parada de Bedford a la *Muppet House*, que solo eran dos cuadras, cargando leche. Subía la escalinata empinada, después los dos pisos hasta llegar a mi departamento.

Llegaba sudorosa, y luego sudaba más mientras preparaba el chai y hervía botellas para esterilizarlas en la cocina. Terminaba agotada pero me emocionaba ser productiva. Pero, el tiempo me pisaba los talones. ¿Cuánto chai debía vender para completar la renta del próximo mes?

No había presión para levantar un negocio nuevo y que redituara de inmediato en la ciudad más competida del mundo. *No pressure at all.*

A Ismira le gustaba la comida y el buen sazón tanto como a mí, y aunque las dos estuviéramos *broke*, diario íbamos a alguno de los lugares deliciosos del barrio y compartíamos platillos. Pagábamos cuentas de 15 dólares cada una. Y así sobrevivíamos.

En una de esas tertulias, me contó que las musulmanas suelen quedar vírgenes hasta el día de su casamiento, y que la religión permite la masturbación de la mujer antes que una relación sexual fuera del matrimonio. Dijo que dos veces estuvo por casarse. En una ocasión, la madre insistió tanto que fueron a ver vestidos de novia, y se los probó. Todo mientras sostenía una relación secreta con un hombre latino nacido en Miami. Tenían tres años de estar juntos. Él fue el primero con el que tuvo relaciones sexuales.

Ismira se convirtió en mi confidente y amiga más cercana. Nuestras historias eran muy similares; me parecía curioso que mi identificación con una musulmana era más fuerte que con una mujer judía secular de Nueva York.

Open your hair!

Omar, el roommate turco que consiguió su Greencard por el exilio gay, no hablaba bien inglés. No nada más lo hablaba con acento, sino que no sabía cómo acomodar las palabras y su expresión era bastante limitada. Una noche regresamos de cenar comida jamaiquina Ismira y yo, y nos lo encontramos fumando en la escalinata. Nos contó que el americano lo acusó de abuso sexual: "*You know me*", le dio una fumada larga a su cigarro y me miró, "*I like to sex guy one time and then... next*". El americano había desertado, y abandonó el trabajo de intervenir la fachada de la casa; fue un drama del que todos los residentes fuimos parte porque argumentó que la *Muppet House* no nada más era un lugar de *muppets,* sino que no era un lugar seguro.

"*Baby*", me miró con seriedad, "*I sex five guys last night*". Nos reímos los tres. "*Five guys. I tired, baby.*" Aventó la colilla del cigarro a la banqueta.

Mientras veíamos el movimiento de Bedford Avenue, Omar le dijo a Ismira: "*Why do you close your hair?*" Se refería a cuando ella traía puesto el *jihab* y no se le veía el largo del pelo, ni la negrura de sus rizos espesos. "*You look better like this, with your hair open. Don't close it. You ugly*", dijo enfático. El turco era diseñador de moda, tomó uno de los chinos de Ismira, lo jaló y luego lo soltó.

Creí la versión de Omar. Me parecía más honesto que el americano que era un verdadero *drama queen*. "*Don't close your hair*", nos reímos Ismira y yo mientras subimos la escalera polvorienta al tercer piso. Le pedí que me pusiera el *jihab* y me tapó también la cara con una especie de máscara de monedas. Me sentí muy sexy. Me vestí con el atuendo con el que había recibido a Porsche Grey, las medias de red, los labios rojos que se asomaban entre las monedas, los zapatitos de tacón que no usaba hace mucho. Ismira me tomó unas fotos con *my hair and face very closed*. Brutalmente sexy. Brutalmente *closed*. Si Santiago me hubiera visto, y se le dilataban las pupilas como aquel día de la camisa transparente, estoy segura de que habría dicho: "Bombonazo, ¡ponete una t-shirt!".

The Queen of the House contra la Muppet Queen

Bajé al sótano con una montaña de ropa sucia. El botón estaba asegurado, entonces fui con la asistente de la turca y le pedí la llave que me dio con la mano temblorosa: *"She can't know you have it. Please bring it back to me"*. O sea, no era la llave de un tesoro. El olor del sótano era vomitivo. Una combinación de pinturas de aerosol con ropa mojada y la humedad que se desprende de las lavadoras que jamás se han dejado orear.

Cuestioné si quería lavar mi ropa allí, pero dejé de princesear y eché la carga de ropa oscura. Subí a la galería principal y entregué la llave a la asistente, diciendo que en una hora la tendría que molestar y así *ad infinitum* porque tenía que lavar y secar oscuro y blanco, sábanas, toallas y ropa. Dijo que no habría problema porque estaría sentada en ese escritorio todo el día.

Era sábado. Afuera brillaba el sol de otoño con el aire en perfecta temperatura para una chamarra ligera. Fui por Ismira al tercer piso, que estaba tendida en la cama hablando con su novio como si fuera adolescente y cuando acabó salimos con Cami a dar una vuelta al parque McCarren. Me hubiera encantado quedarme frente a un árbol para explorar cómo se desprendían las hojas del otoño, pero la lavadora había terminado el primer ciclo.

Regresamos a la casa y fui a la galería por la llave para cambiar la ropa oscura de la lavadora a la secadora y meter la blanca. La turca vio a su asistente darme la llave: "*This are not the hours for laundry*", me dijo, "*read the house rules*". Contesté que no leería las reglas de la casa porque la mitad de mi ropa estaba en la lavadora. "*You can't go there until 8 pm.*" Hablaba en serio. Eran las 12 de la tarde del sábado; no había nadie más en el sótano y la casa parecía deshabitada.

Comenté la suciedad que vi en el sótano, el olor intenso a mugre, humedad y pintura y la turca salió a defenderse: "*It's not dirty, Teresa. Cleanliness is a matter of perspective*". Claro, me lo decía la mujer que administraba un hostal/*college dorm* con ridículos precios de Williamsburg. Argumenté el "caso limpieza" y cómo desde que me mudé nadie nunca había barrido las escaleras, pero ella negaba con la cabeza, sulfurada, mientras la asistente nos veía y mordía sus uñas. "*You have to understand that you are the queen of this house*", dijo convencida y quizá con algo de resentimiento. "*You have the best space and yet you complain about dirt.*"

Era cierto, era la reina de la casa; todos mis roommates subían a mi cuarto y en algún momento del día se refugiaban allí, tomaban un vaso de agua fría, caminaban en círculos por el pequeño espacio mientras yo les servía una taza de chai.

Escuché en mi palacio quejas en contra de la turca: que no hizo suficiente promoción para las exposiciones, que solamente venían sus amigos y nadie del mundo del arte, que el baño siempre estaba sucio, que no podían cocinar porque encontraron animalillos en un frasco, que un día amaneció Hillary Duff y un equipo de 70 personas para grabar unas escenas y no avisó a nadie, que cobraba más de mil dólares por un cuarto cuando en realidad era un clóset, que no se sentían respetados como artistas, y así.

Mis roommates subían al tercer piso y decían: "*Oh, this place is so clean. I wish I had this space*". No me considero obsesiva/compulsiva con la limpieza, pero en aquella cocina hacía el chai que vendía, en ese lugar vivía y no me molestaba pasar el *swiffer* y una servitoalla con Windex *every now and then*.

La discusión entre la turca y yo no llegaría a nada, argumentaría "el caso limpieza" en otra ocasión. Me levanté, ella dijo que no quería que las cosas fueran raras entre ella y yo, se levantó de su asiento y me abrazó. No me caía mal, me parecía que llevaba la administración de la casa y de la galería como si pensara con los pies y como si nunca hubiera visto una escoba. Tomó la llave del sótano de la mano de su asistente y me la dio: *"Please next time read the house rules"*. Asentí y cuando caminé hacia la puerta de la galería principal revoleé los ojos.

Bajé al sótano y dejé de respirar los minutos que estuve ahí poniendo jabón orgánico de lavanda en la lavadora y dejando caer una tela suavizante también de lavanda a las prendas de la secadora. Recibí un texto: *"Please don't make a copy of the key"*, suplicó la asistente, *"she will get really mad"*. ¿Qué? ¿Para qué querría yo hacer una copia de la llave que abría un lugar oscuro y apestoso?

Subí al tercer piso para contarle a Ismira que la turca me nombró *The Queen of the House* por hablar de la limpieza/suciedad de la casa y de las reglas que nadie nunca había leído y, por supuesto, llevado a cabo. Parecía una lucha de poderes entre la Reina de la Casa y la turca a quien desde ese día coroné como *The Muppet Queen*.

Pero los más *muppets* de todos eran algunos de mis amigos del pasado: "¿Y no te da miedo?", preguntó una de las amigas que también era del club de "si lo conozco hoy". La pregunta se refería a si no me daba miedo vivir junto a una mujer musulmana. Debería darme pánico, claro, quizá pusiera explosivos bajo mi almohada, ¿cómo no lo pensé antes?

Ismira y yo abrimos la puerta que conectaba su cuarto con el mío y no volvió a cerrarse hasta el triste día en que mi *oukthi*, (*ajotí*, en hebreo; *mi hermana*, en español) terminó su contrato y se fue de la *Muppet House*.

Te pareces al que sale en *Girls*

Adam y yo nos vimos para brunchear en Allswell que estaba en la esquina de mi casa; hacían unos huevos rancheros que lejos de estar buenísimos, por lo menos me quitaban el antojo del sabor mexicano. El café parecía agua a la que le habían exprimido la mugre de un calcetín de alguno de los residentes de mi casa.

Adam nació en Connecticut dentro de una familia cristiana, se formó como pintor en California, ahora vivía en Brooklyn y trabajaba en una galería en Chelsea. Adam me miró con ojos intensos, curiosos. Sorbimos café de calcetín y dejamos pasar un silencio.

"You look like the character that plays Hanna's boyfriend on Girls", dije. Él sonrió y bajó la mirada a su platillo de huevos. *"Was his name Adam too?"*, asintió mientras masticaba y dijo que todos los que habían visto la serie repetían lo mismo. Igual que a mí, todas las personas que veían el documental *Amy* me recordaban mi parecido con Amy Winehouse.

Dimos una vuelta por el parque McCarren con Cami y dejé caer la pose seductora con una persona que me gustaba. Me gustaba mucho. No había que correr al futuro. Había, eso sí, que buscar o hacer unos mejores huevos rancheros.

Como ya era legal el matrimonio gay, Ismira me propuso que nos casáramos para que yo tuviera Greencard y pudiera levantar el negocio de chai sin los problemas que surgían al seguir viviendo en el país como turista. Nos imaginamos una escena en la que Omar nos diseñaría los vestidos de novia y nos casaríamos en el horrendo patio de la *Muppet House.*

A mí se me ocurrió todavía algo más divertido: "*Ismira, if we get married, which family do you think would die first? The jewish-mexican-syrian or the muslim-american-yemeni?*" Todos los residentes de mi casa apostaron que moriría primero la familia musulmana. Pero yo no estaba tan segura.

¿Vos pensás en mí?

¿Vos pensás en mí cuando no nos vemos?, volví a recordar aquella frase de Santiago. Me pregunté si seguía pensando en mí, si por eso me invitaba a su casa, si hubiera puesto cualquier pretexto para vernos una vez más, así como que no quiere la cosa. ¿Y yo? ¿Pensaba en él?

Pues sí, naturalmente, cuando practico escalas y nocturnos de Chopin en el teclado. Esa había sido mi respuesta; ahora, no tocaba piano. Estaba guardado en uno de mis clósets de la *Muppet House*, empacado y silenciado. También lo estaba aquella partitura con la pieza musical de mis dates; ya no recordaba ninguno de esos sonidos del pasado y ya no me esmeraba en escribir las historias desde mi ruptura con Santiago.

La verdad es que no, no pensaba en él; bueno, no tanto. Me volvió a llegar el estúpido recordatorio de *paperless card* la noche del sábado. Yo estaba con Ismira tomando un drink en la terraza del Hotel Whythe, y no sé qué me hizo ese whisky con soda que le conté toda la historia de Santiago.

"¡Teresa!", me miró agudamente con esos ojos negros azabache; empiné el último trago de mi segundo vaso de whisky para evadir la profundidad de su mirada. Miré las luces de Manhattan a la distancia: *"You have to go!"*

Broadway: Shake it like you mean it!

El destino me llevó al backstage de la obra musical *Chicago* el día histórico en que dos mexicanos, por primera vez, compartieron el estelar de la obra. El actor había sido mi cliente cuando le edité unos textos a su esposa. Trabajábamos en su casa de Polanco y yo siempre llevaba un vaso grande con chai de mi pequeño local en México.

Escondí una botella de mi marca nueva de chai en la bolsa y la contrabandeé al teatro. Saludé al actor y le conté que estaba viviendo allí por si quería que lo proveyera de chai.

Pidió en un correo 40 botellas de *iced chai* para el domingo entre funciones. Desde el viernes no paré. Imprimí unas etiquetas provisionales, fui a Trader Joe's a comprar bastantes litros de leche, las botellas a una bodega cerca de mi casa y unas hieleras para transportarlas. Hice el chai en una sola tanda, y no sé por qué las matemáticas no me dieron y me faltó producto. Limpié, esterilicé y preparé de nuevo hasta completar el pedido. Me dolía la espalda, los brazos, las uñas, los pies. Me dolía todo, pero un actor en Broadway compartiría en sus redes sociales fotos con mi producto. Esta era mi gran oportunidad. Después de este evento, tendría tantos pedidos que no debía preocuparme por la siguiente renta.

El sábado, Ismira me ayudó a etiquetar las botellas, hicimos *prasaad*, que era una mezcla de dátiles con varias nueces molidas con cardamomo y las embolsamos. Nos asomamos al patio. ¿Qué diablos hacía Tarzán pintando de rosa salmón unos tapetes de pasto falso? No era nada más Tarzán, era la turca, la asistente y otros voluntarios. Nos dio un ataque de risa. Nunca había visto algo más horripilante.

Tarzán me saludó con la mano y yo devolví el gesto que él interpretó como señal para subir a mi cuarto a ofrecerme un licuado de proteína. Su olor se había intensificado; se dio cuenta de que estaba ocupada y se fue. Vi desde la ventana a Tarzán regresar al patio, y el momento exacto en que tomó un pincel y punteó con la pintura rosa el negro de sus zapatos.

El rosa-salmón no pintó todo lo verde, así que se veía de dos colores. Miré los patios de junto, estaban bien cuidados con pasto natural recortado. No era que el pasto fuera más verde del otro lado, sino simplemente, que el pasto era verde, verde real.

Llegué directamente a la puerta del backstage; mi nombre estaba en la lista. Llegué cargando 40 botellas de vidrio con chai, vestida con falda y tacones. No era una date con un hombre, sino con mi destino.

El actor y yo vacilamos a sus colegas con el eslogan de la marca: "*Shake it like you mean it*" y los bailarines y cantantes profesionales agitaban la botella y algunos también el culo.

Salió en las redes sociales de un líder una foto nuestra con las botellas de chai. Pensé que esto tendría mucho alcance, pero las fans solo comentaban "qué guapo", "qué sexy", "te amo", "eres el mejor" y cosas así.

Ese día sentí que sí podía tener el mundo en mis manos. Fue la primera vez desde que llegué a Nueva York que sentí confianza en mí.

La mano izquierda

Otra vez llegué tarde a Penn Station, solo que esta vez, me importaba un cacahuate mi retraso. No compré café, ni agua. Me senté a esperar mientras texteaba con Adam, que estaba a las afueras de Nueva York preparando su obra para una exposición. Me estaba mandando fotos de su progreso y yo le daba mis opiniones. Porque mis opiniones le importaban.

Viajé en tren una hora a Nueva Jersey sin los percances de la vez anterior. Pegué mi cara al vidrio de la ventana y me pregunté cuál era el motivo real de estar yendo a ver el recital de Santiago. ¿Por qué era importante para él? ¿Porque Ismira me había convencido? ¿De qué Ismira? ¿Que se trata de una historia de amor? Ay, ¡por favor!

Llevaba en las manos un termo con dos litros de chai. Esta vez no fui a servirle a todos los participantes, ni a usar las ollas, coladores y recipientes de la Familia Gacela. Esta vez no quería ni ver sus esponjitas perfectas y sus jabones de olores a que todo le sale bien. Llevaba chai para lo que alcanzara.

Al llegar a la estación tomé un taxi y vi el reloj de mi celular, ¡era tardísimo! Adam seguía mandando fotos y preguntando qué haría de mi domingo. Todo el camino lo pasé nauseabunda; tenía mucho tiempo de no ver a Santiago, ¿a eso iba?, ¿a verlo? Pues sí, esa era la respuesta honesta. Me importaba un sorbete ver tocar a sus alumnos de piano, y verlo tocar a él, porque yo sabía que, aunque fuera la pieza más exquisita de piano tocada por sus manos virtuosas, no sería para mí. No la interpretaría dedicando cada nota a la privacidad de mis oídos.

Bajé del taxi y me detuve un instante antes de avanzar a la acera, a los tres escalones que había que subir para encontrarse con el porche y el amarillo claro de la fachada. Respiré y enfilé hacia el porche, desde ahí, por la ventana, se veía el Joven Steinway, al aprendiz en turno, al maestro, a los invitados sentados al fondo. Ahí estaba sentado Santiago, al lado derecho de una alumna adulta que tenía el pelo corto bastante rizado. Ahí estaba yo, esa era mi escena mirada desde fuera. Él solo fue mi maestro y yo solo fui su alumna.

Los miré y recordé aquel momento en que husmeé su casa y me ofendí de la perfección de su mujer. Recordé los ojos verdes de Santiago, húmedos y sedientos de mí, cuando dijo con la voz acallada: "Qué lindos zapatitos", frente al deslizar de su gacela esposa. Recordé todos mis momentos mágicos con él, y los que me enojé de su situación sentimental. Recordé cuando le dijo al recepcionista de los estudios de piano que, de no haber sido porque llegué justo al siguiente día de su boda, hubiéramos compartido la alianza matrimonial; esa que me hería cuando la miraba en sus dedos pianísticos. Recordé todas las veces que estuvimos a punto de besarnos y de dar el pequeño, minúsculo saltito del teclado a mi cama. Recordé con exactitud todos los sonidos de sus palabras. Y recordé con puntos y comas aquel comentario que me dolió el corazón. Recordé mi participación horrenda.

Y retrocedí. Miré al Joven Steinway con la alumna de cabello rizado y el maestro sentado a lado, cambiando las hojas de la partitura, y retrocedí. Miré a la gacela deslizarse para encontrar el mejor ángulo en su cámara perfecta, y retrocedí. Miré la casa amarilla y retrocedí. Miré mis manos cargando el termo con chai, y retrocedí aún más, hasta llegar al borde de los escalones. Viré 180 grados, bajé tres escalones.

Tirarirari tararará, recordé que Beethoven había escrito aquella bagatela a la alumna de la que se enamoró, pero ella prefirió casarse con un hombre de la nobleza. Tarirari tarirará, era nuestro tema, mío y de Santiago.

Y me fui.

Regresé a Williamsburg, a mi *Muppet House*. Ismira estaba en su cuarto trabajando en unas cosas para su exhibición, que sería esa semana. Notó cuando llegué porque Cami vino a la entrada y, como nuestras puertas estaban comunicadas, cuando yo no estaba Cami se la pasaba en su regazo, que como buena tía, la consentía y le daba cosas de comer que yo no permitía.

"And... how did it go?", preguntó sin darse cuenta de que no me fui tanto tiempo. Le conté cómo no fui capaz de entrar, saqué dos tazas de mi pequeño lavaplatos y las llené con el chai que no le di a Santiago y compañía. Le ofrecí una taza a mi *oukhti* y me acosté en su cama a ver el techo. No podía articular lo que sentía. ¿Cómo hacerlo? Esta vez no tenía palabras. Ismira trató de animarme: *"Do you want me to make you some food?"* Negué con la cabeza que me daba vueltas. *"Well, let's go grab a bite"*, dijo como si fuera un personaje de Disney tratando de inyectar alegría a una niña, pero no respondí. Luego, me acarició la mejilla: *"Are you okey, oukhti?"* La miré y asentí.

Me levanté de la cama. *"Yes, let's go to Mogador. Just give me 20 minutes"*, crucé a mi cuarto, Cami vino detrás de mí y cerré la puerta porque por primera vez, desde que la habíamos abierto necesitaba privacidad. Tomé el cuaderno donde había escrito mis citas, era lo único que había escrito a mano porque todo lo hacía en la computadora. Estaban clasificados por orden de aparición, venía el nombre, el lugar y la fecha donde nos conocimos. Busqué los sonidos de mis hombres y encontré el lugar de Santiago, al principio del cuaderno, sin ninguna palabra escrita. Salvo una nota teñida en lápiz:

Santiago
7th Avenue between 55 & 56 st.
Octubre 20, 2014

Es la mano izquierda. Porque es el
acompañamiento de la derecha.

Me acordé de ese instante en el que nos conocimos. Su altura cuando yo estaba sentada en la escalera, su sonrisa, su voz: "¿Sos Teresa?" Saqué mi pluma y escribí como si le estuviera leyendo en clase la narración antes de comenzar a componer el compás:

Suenas a notas alegres, a inspiración, a poesía. Suenas a entendimiento y ternura. A rebeldía, a locura. Suenas a que tu pelo pudo haber tenido la misma transición que el mío. Suenas a que siempre quiero oír más de ti, pero suenas a notas ácidas también.

¿Escuchas la armonía? La mano izquierda que acompaña el torrente de historias, de hombres, de sonidos y de gemidos. Fantaseé contigo hasta cansarme. Nos contuvimos para no romper tus votos matrimoniales, para no lastimar a una mujer. ¿Qué nota es la que más se asemeja al respeto? Porque eres ese hombre que respeta a su mujer. Y yo, la mujer que no seduce al hombre de otra. ¡Tranquila, gacela, deslízate serena por la vida!

¿Querías saber qué escribiría de ti? Solo necesitaba los 20 minutos más lúcidos para hacerlo.

Suenas a silencio, a un largo y delicado silencio, porque como me enseñaste, como repetiste tantas y tantas veces: en una melodía hay que honrar la longitud de los silencios, tanto o más que la de los sonidos.

¡Ay Dios… ese *man bun*!

El tercer piso quedó chimuelo y uno de los míos se fue. Era el francés, joven, *laid back*, sencillo, ligero y divertido que iba casi todas las noches a Le Bain, el rooftop fresa del Hotel Standard, pero para practicar su español conmigo decía que iba "Al banio". Todas las noches venía a mi cuarto por un vaso de agua antes de irse a dormir, caminaba en círculos, me platicaba de su novia francesa a la que extrañaba y luego abría el congelador y metía la cabeza. Supongo que tenía calor.

Había un ritual de despedida proveniente de las turcas, la judía y la musulmana, para quien se fuera de la *Muppet House*: cuando el coche avanzara se le arrojaba el contenido de una botella de agua a las llantas traseras para que tuviera caminos fluidos.

Ismira, las dos turcas y yo nos paramos tras el taxi verde del francés y vertimos cuatro botellas de Perrier rellenadas con agua de la llave. Después de aquel día la *Muppet House* nunca fue igual.

Tuve un día afortunado de varias entregas de chai embotellado. Seguí terca en que era mejor caminar las cuadras cargando bastante peso, que arruinar los márgenes de ganancia pagando un taxi. Era absurdo, las dos cosas eran ridículas. Aquel sábado cargué quizá tres kilos y medio en cada mano. Caminé muchas calles, teniendo que parar antes de los semáforos a recargar las hieleras en el piso. Podía comprar una hielera con ruedas, era urgente, pero en ese momento me resigné a andar.

En la tarde llegó a mi cuarto Adam a probar el chai. Bebimos y platicamos. El problema que tuve siempre en ese espacio era que mis invitados no tenían dónde sentarse. Adam se sentó en la silla plegadiza en la que yo trabajaba y yo encima del counter donde hacía el chai.

Pasamos al cuarto a recostarnos en la cama. Yo estaba exhausta, y él también. Nos acostamos. Me solté mi chongo de chinos y vi que él también lo hizo. No me di cuenta cuando cerré los ojos, pero lo hice, y Adam también los cerró. Había puesto música relajante, y su dedo meñique alcanzó mi dedo meñique. Ese pequeño contacto me hizo sentir la intimidad que no había sentido en mucho tiempo.

Al poco rato nos levantamos. Adam tenía un evento al que tenía que ir. No me invitó a ir con él y yo al único evento que iría era al de ver películas y series malas en la computadora. Luego, el hombre del chongo de chinos escrutinó todas las esquinas de mi espacio y preguntó cuánto pagaba. Bajé un poco la cantidad real para que no creyera que yo era rica: tenía el manual de limpieza de una mujer rica, la cara, los ojos, la ropa y la ambición. Me faltaba el dinero. Él dijo que ese lugar, la *Muppet House*, no combinaba conmigo porque a su parecer yo era más refinada. *Say it Adam... I look like the Queen of the House!*

Antes de irse, se rehizo su *man bun* y me abrazó tan fuerte que me empecé a desvanecer, a dejarme abrazar, a sentir la temperatura de su cuerpo y con mi oído escuchar el pulso de su corazón. Me tomó la cara, acarició mis mejillas y lentamente se acercó a mis labios. Sentí la intimidad, el vínculo, las ganas de descubrir. Me besó con ternura y a la vez con pasión. Después nos quedamos mirando a los ojos, y aunque ninguno de los dos quería que se fuera, lo acompañé a la puerta.

Y se fue.

Me quedé con una sonrisa apacible, y me puse a ver series de televisión. Hacía mucho tiempo que no sentía en un beso. Hacía mucho tiempo que no sentía nada de nada.

¿Oye, DiCaprio?
Soy la *Matchbreaker*

Fue el turno de Ismira de dejar la *Muppet House*. Yo estaba descon-
solada. Se fue un lunes manejando a Washington para estar con el
novio secreto, del que nadie en su extensa familia sabía. Lloramos
abrazadas en mi cuarto, antes de bajar, rodar y tropezarnos con las
maletas por la angosta escalera del tercer piso, al segundo y después a la planta baja, lo que nos dio material para un último ataque
de risa. Dejamos el equipaje en la entrada y la acompañé en metro
a recoger el coche al alquiler; regresamos a la casa. Arrastramos
una vez más las maletas a la cajuela. No estábamos listas para
despedirnos.

Encendió el coche y las dos turcas y yo nos paramos detrás de
las llantas y arrojamos el agua tradicional de las despedidas. Ambas
mujeres me dieron palmaditas en la espalda. La turca judía me dijo:
"*I can be your new Ismira*". Me enternecí. Subí al tercer piso desanimada, cerré la puerta de mi cuarto y me solté a llorar. Se acercaba el
día de pagar la renta, no podía con el estrés de la partida de mi amiga,
¿cómo haría para subsistir aquí con la presión de ser productiva?

Me solté a llorar. Ismira llamó para decir que desde que salió de
Nueva York no había parado de llover. Pedí la llave del sótano, porque
según las reglas de la casa eran horas de acceso, y pretendí que iba a
lavar ropa. Me preparé mentalmente para resistir ese olor a húmedo/
encerrado. Bajé mis partituras y logré tocar por horas en el teclado

que había abandonado el roommate francés. Mis manos estaban desacostumbradas, pero mis emociones fueron las que llevaron mi práctica y los sonidos que emergían. Mucha agua quizá arrojamos en la despedida ritual porque yo ese día, ante tanta incertidumbre, no pude hacer nada más que llorar.

Mientras tocaba, me encontré con muchos recuerdos:

"Vamos a buscar/encontrarte a alguien", decía con lástima, como si de verdad lo estuviera pasando fatal, cualquier persona de mi pasado que visitaba Nueva York y con quien yo cometía el grandísimo error de coexistir.

"No, mil gracias, ahorita no", contestaba sin dar explicaciones. "Ah, ¿no te quieres casar?" "Pues hoy no".

¿Por qué la libertad de uno escandaliza tanto al otro? ¿Por qué el afán de compartir la misma esclavitud para pertenecer? No es fácil ser libre, pero es necesario. Hay que ser libres, pero responsables.

Ser libre es ser responsable de mis issues y el coctel emocional que se desencadena. Nadie tiene por qué resolver esos dramas; la gente está ahí parada como espejo para hacérmelos ver, y sacar los trapitos sucios al sol, pero la responsable de tender los trapos, darles aire, calor y luz para que se sequen soy yo.

Ser libre no es fácil. Es mucho más sencillo pensar que todo está en la mente y nada en la práctica. Como cuando empecé con las clases de piano, que detestaba la teoría, porque yo estaba lista para devorar la práctica. Es más fácil depositar todo el barullo del campo áureo hacia fuera con la máxima "el problema siempre lo causa el de enfrente, *therefore*, no puedo ser libre", y así. Me inspira ver gente libre, ya no quiero ser como aquella gacela, mujer de Santiago, ni como Remedios, madre de mármol. Quiero ser lo que soy. Y ya.

Mi abuelo se hacía viejito; el patriarca, El Rey se consumía. Su demencia senil me angustiaba, se me removía todo y avanzaba vertiginosamente. Había hablado con él a través de Facetime un día antes. Había una comida familiar y lo pusieron para que lo viera. Se me arrugó el corazón porque "El Rey" era una de las personas más libres que he conocido, aunque contradictorio sobre mi libertad. Porque yo nací mujer. Pero recordé cuánto me parezco a él.

Después de verlo a través de la cámara recordé aquella noche mientras navegábamos el mar Caribe. Mi abuelo nos llamó a todos al balcón de su camarote. Viajábamos con él únicamente los nietos "grandes". Éramos seis: cinco hombres y yo, que tenía 17 años. La otra prima "grande" se había casado poco antes, siendo vestido de moda, por lo que me fui sola con los "niños" y estaba en esa etapa de la vida en la que no me importaba nada más que comer hamburguesas de Johnny Rockets todo el día. No jugaba en el casino, no tomaba alcohol, solo comía hamburguesas con dos de mis primos.

Aquella noche, antes del *second sitting* que siempre teníamos reservado, porque los mexicanos nunca cenamos a las seis de la tarde, mi abuelo nos llamó a su camarote. La noche había caído y él estaba sentado en el balcón contemplando el océano, despeinado por el viento y con la voz calmada de quien pasa horas vigilando el horizonte y la cadencia del mar.

Los primos estábamos muy nerviosos: pensábamos que mi abuelo nos regañaría por firmar tanto dinero con nuestra omnipotente *seapass*, por haber permitido que el primo más chico apareciera en la cena del capitán en que los hombres visten de etiqueta, con el torso desnudo y una toalla envuelta en la cintura, escurriendo agua del jacuzzi. Pensábamos que estábamos en serios problemas. Pero no.

Mi abuelo nos hizo pasar y me mandó a sentar en la otra silla del balcón. ¿En qué tipo de problema me había metido? Mis primos me rodeaban como si fueran guaruras, pero también como si yo fuera su escudo. El Rey miraba el mar e intermitentemente a mí. Y empezó a hablar. Nos platicó sobre su admiración por el actor que trabajó en *Titanic*, y no solamente por cómo "trabajaba" sino por su compromiso con el medio ambiente. Mi abuelo estaba dispuesto a colaborar con Leonardo DiCaprio y apoyar su causa con un donativo. Después del *speech*, en el que los primos no podíamos vernos porque nos ahogaríamos de risa, mi abuelo dijo con toda seriedad que la única manera de contactar a DiCaprio era a través mío.

Sí, señor. Yo, por ser mujer, podía conseguir su teléfono particular, y por ser mujer podía llamarle desde mi camarote en el Caribe y seducirlo; por ser mujer podía encontrarme con él en algún lugar privado y susurrarle al oído mensajes subliminales para engatusarlo; por ser mujer podía ser el canal entre su visión ambiental y el dinero de mi abuelo, que cuando me veía arreglada decía que parecía estrella de cine. No me parecía a Rose ni a Bar Rafaeli, me parecía a Natalie Woods, y para mi abuelo eso bastaba. En su mundo, para llegar con la estrella más cotizada de Hollywood, y probablemente uno de los hombres más famosos del mundo, era suficiente haber nacido mujer.

Pero yo aún no desarrollaba esos superpoderes, tenía 17 años, mi prima adolescente estaba casada y mi única aspiración era seguir comiendo hamburguesas de Johnny Rockets. Era una carnívora empedernida, y el interés real de mi vida era pensar si ese día pediría queso sobre la carne de mi hamburguesa o no. No tenía idea de cómo "ligar", era muy niña, muy ingenua, quizá tonta; aunque no estaba tan chica, mi madre se había casado a los 17, ¿podría ella haber seducido a DiCaprio? Yo no sabía cómo. Me faltaban 14 años de experiencia con los hombres y de pláticas con mujeres libres sobre el poder femenino.

Decepcioné a mi abuelo por no haber contactado a Leonardo, creo que ni siquiera lo intenté. Ahora sí podría hacerlo. Estoy segura de que mi versión actual de mujer tendría lo suficiente para al menos hablarle a Leo del interés familiar por su causa. Porque no solo es nacer mujer, abuelo, es aprender a serlo.

Tardé en reconciliarme con la idea de ser mujer en un mundo gobernado por los hombres después de haber sido tratada tan diferente a ellos. Tuve que pelar capas y capas de mierda retenida alrededor de mi cuerpo para hacer las paces con mi feminidad, con el justo equilibrio entre lo masculino y lo femenino. Y con la idea de que me encanta cocinar y me fascina servirle a alguien, sea hombre o mujer, pero no por la obligación del rol, sino meramente por placer. Me fascina también que un hombre cocine para mí, ponga la mesa conmigo, y no sentir en ninguna célula que es mi deber levantarme y recoger todo como si nada hubiera pasado.

Me vi inmiscuida en los recuerdos, y cuando dejé de tocar, subí a mi hogar. Ya no era "el cliente" de Deluxe Match y hacía tiempo que me había desconectado de las casamenteras y de la agencia. Recibí un correo de Angela:

> Tery!
> Long time no talk, lady! I have a great Jewish guy looking for a wife.
> Any chance you're single these days and up for a date...?

Sí era soltera. Pero dejé de ser la mujer buscando un *great Jewish guy*. O emocionarme de que había alguien preaprobado por quién sabe *who* cazando esposa.

No contesté al correo. No quería que me presentaran a nadie, nunca más. No quería escuchar las cualidades principescas de ningún hombre. De que hablaran de mí como la mujer "perfecta" y seguir en el ciclo de soltero busca soltera, o de que era necesario un intermediario entre el amor real y yo. *No more matches for me.* Vine a romper con todas las ideas que mi familia y mi cultura me habían arraigado y que yo había creído. ¿Ves, DiCaprio? Como una especie de *Matchbreaker*.

¡Auuuuuuu!

Regresé a casa a las dos y media de la mañana después de ir a bailar salsa con Adam, que no tenía sangre latina, pero no bailaba mal. Él después se fue de after con sus amigos y me invitó, pero yo estaba agotada. Mis días intensos con el chai y los esfuerzos físicos me estaban haciendo sentir cansadísima.

Algún visitante inteligente de los que hubo en la *Muppet House* para la sesión de música de la tarde aseguró con botón un cerrojo del que nadie tenía la llave. Exhalé con fuerza para contener la furia. No podía entrar; me senté en la escalinata a textear y llamar a la turca. Quince llamadas, cuatro textos y nada, no apareció. Apareció Sky, la adolescente que trabajaba en su exhibición de bipolaridad. Se sentó junto a mí y me ofreció un trago de la cerveza que traía en la mano. Se lo di. Mentamos madres juntas. Escribí un texto a la turca con la pregunta de si estaba dispuesta a pagar los 120 dólares del cerrajero y amenacé con llamarlo si no contestaba. Y no contestó.

Sky y yo llamamos a todos los residentes para ver si alguno estaba en casa y nos podía abrir.

Llegó uno de los roommates, el bangladesí que no era artista. El chico se trepó por la escalera de la casa contigua, abrió la ventana que daba a la galería principal y nos abrió. Sky quiso hacer una travesura, como la adolescente de 19 años que es, y volvió a asegurar el botón para que la turca no pudiera entrar. *"Sky, don't be a bitch!"*

Subí al tercer piso para volver a bajar con Cami a que hiciera pipí antes de dormir, mis pensamientos solo decían que la *Muppet House*, entre el movimiento de tanta gente, la suciedad y las inconsistencias de la *Muppet Queen*, estaba dejando de ser un espacio para mí.

La siguiente noche desperté a las tres de la mañana con un dolor que recorría mi espalda, bajaba por mis pompas hasta los talones. No podía moverme. Me despertó el dolor para no hacer otra cosa que llorar, y musitar, sabiendo que nadie me oiría: "Au" y lloré más por saberlo.

¿Había sido por tanto baile de salsa?, ¿dónde estaba Ismira? En su lugar había quedado una mujer americana en sus veinte que hacía una investigación "artística" de las mujeres y sus ciclos menstruales. Había coincidido poco con ella, parecía como si nunca estuviera. Cuando la encontré me preguntó si quería ser parte del "experimento" y acepté. Pero nunca volví a saber de ella.

Damn it, Ismira! ¿Dónde estás? Llamé a primera hora a la secretaria del acupunturista y me dijo que Dr. J podía *squeeze me in* en su agenda. Tuve que ir en taxi, la clínica estaba a 15 minutos caminando y no logré más que caminar al Uber Pool que me esperaba en la avenida Bedford.

Lloré mientras llegaba Dr. J a mi cubículo decorado con cuadros del cuerpo humano con meridianos y puntos energéticos bien señalados. Me hizo recostar boca abajo y me pinchó con incontables agujas en la espalda, las pompas y las piernas; giró dentro de mi piel las agujas, sentí más dolor que en la noche y grité con todas mis fuerzas: "Auuuuuuu". Dr. J dijo que esta contractura era solamente estrés, nada más estrés. No era justo. ¿Me provoqué con la tensión ese dolor del infierno? Dr. J giró una vez más las agujas finas picando con salvajismo mis poros y volví a gritar. Apagó la luz para que tratara de descansar, subió el volumen a la música relajante y salió.

Pude calmarme unos minutos. Abrí los ojos cuando regresó Dr. J y mientras extirpó su séquito de agujas sermoneó: "*You are under a lot of stress; you don't know if you are staying or going, the business, the money, the visa. Stress has to come out in some way*", pasó una mano por la parte posterior de mi piel, de la espalda a los talones, para revisar que no hubiera quedado una aguja, asentí sin decir nada; mientras, me levanté muy despacio para sentarme un poco más derecha sobre la camilla. *"If I were you, living like this, I would be so sick"*, seguí asintiendo como niña regañada porque él tenía razón.

"Come by tomorrow", ofreció, sosteniendo la tabla que tenía mi expediente, *"I'll give you another session, on the house, so you could feel better"*, y salió del cubículo. Dr. J era mi maestro y doctor, pero sobre todo era un hombre bueno, inteligente y compasivo con el que me gustaba platicar.

Era cierto, no podía seguir viviendo así. Elaborar planes para saber cómo pagar la renta del siguiente mes había funcionado un tiempo, sobre todo porque el compromiso que todos hacíamos con la turca para habitar en la *Muppet House* era de dos meses. Eso me dio una tremenda libertad de movimiento, pero a costa de la salud y la paz mental. Era momento de meditar qué hacer. Las hojas de los árboles eran amarillas, rojizas y anaranjadas; el color de la tierra y el cambio de estación descubrían las razones erróneas por las que seguía viviendo en Nueva York. Era una necia sin causa. Pero el otoño, el segundo otoño se encargó de darme una buena lección. Cuánto me gustaría ser un árbol y vivir las transiciones de la naturaleza en paz, sabiendo que el cambio es la única constante. Pero mi terquedad era más ancha que la habitación en donde vivía. La solución era seguirme aferrando a mis fantasías, ahí por lo menos me sentía segura, y me contracturaba la espalda.

La casa de los sustos

Mi cuerpo no cedía y le valió un pepino que tuviera entregas de chai embotellado en los días que convaleció. Mi cuerpo no se inmutó ante las órdenes del Capataz Capricornio, ordenando la pronta recuperación para sacar adelante los pedidos. Mi cuerpo estaba extenuado; era como si hubiera una lucha interna donde no ganaba ni mi mente ni mi cuerpo, y mucho menos mi alma.

Sin Ismira *around*, los días de convalecencia se sintieron largos y tortuosos. No había quién me ofreciera sus platillos árabes y la magia de las manos de mi *oukhti* picando cebolla y perejil tan finito que me daban ganas de preparar un festín solo con mirar cómo le hacía. "*You need a good knife*", me decía cuando me quedaba paralizada mirando sus movimientos suaves, sutiles y la risa que le causaban mis intentos de hacerlo tan rápido y eficaz como ella. No estaba tampoco para ayudarme a hacer chai, o para mandar los emails disculpándome de no poder entregar a tiempo.

Llamé a Ismira por Facetime y hablamos de cuánto nos extrañábamos. Ella había huido con su novio secreto a DC y al parecer estaban peleando mucho. "*What will you do?*", me preguntó al enterarse de la severidad de mi contractura. "*Cry*", contesté riendo, porque no había nada que hacer más que descansar, moverme a una velocidad de tortuga y llevármela leve.

Adam insistió en venir a verme. Me trajo un caldo de pollo —vegano—, como si mi sistema inmunológico estuviera luchando contra un resfriado. Me lo comí recostada en la cama, y me cayó de maravilla. Mientras yo comía, la computadora estaba recargada en las largas piernas de Adam y veíamos juntos una película en Netflix. Se fue porque tenía el coctel inaugural de la exhibición de su amigo y colega. *"Will you be okey?"*, me dijo besando, más bien rozando suavemente los labios, como si la contractura sucediera en mi boca y él acataba la orden del Dr. J. de limitar mis movimientos. Asentí. Sí. Estaría bien.

Hasta que de la nada escuché el timbre de la *Muppet House* sonar. La llamada de la puerta se escuchó después de que habían sonado tres timbres largos. Allá afuera alguien no estaba dispuesto a desistir. La puerta sonaba *knock knock knock*. No había nadie en casa, no había interfón. Yo podía haber hecho dos cosas: permitir que la persona del otro lado se rindiera y se fuera, o que me esperara hasta bajar a la planta baja y abrir. Los *knock knock knock* se hacían más agudos, más seguidos. Decidí bajar.

Tomé el celular y me moví despacio, sosteniendo mi espalda para que no se me rompiera. La persona del otro lado seguía *knock knock knock*. Logré gritar desde el segundo piso: *"I'm cooooommmmiiinn-ngggg"*, esperando que se escuchara. Cami me había seguido, pero cuando notó mi lentitud había llegado a la planta baja, ladrado y vuelto a subir hasta donde yo estaba. Cuando abrí la puerta se detuvo junto a mi pierna y desde ahí ladró audiblemente.

—*Yes?*

—*Is this the gallery?*

Era un hombre alto en sus sesenta, con el bigote cano y vasto como Pancho Villa, los ojos hundidos en el tiempo y el cuerpo encorvado y frágil. *"Yes. It is. How can I help you?"* Me dijo que venía desde un lugar remoto a ver la exposición. La *Muppet Queen* siempre estaba ahí para abrir la puerta. Esta noche no. Así se lo dije y también que no tenía autorizado dejar pasar a nadie sin la aprobación de la curadora. ¿Desde cuándo me había convertido en la asistente de la turca?

Cuando empecé a mover lentamente mi cuerpo para cerrar la puerta, me dijo con una voz suplicante que lo dejara pasar, que venía de lejos especialmente para ver las piezas encendidas de nuestra casa. Titubeé. Llamé a la turca, pero no contestó. Llamé a la verdadera asistente, y no contestó. Lo pensé y lo repensé. Cedí.

Comencé a subir las escaleras para ir de regreso a mi departamento, muy lento, pasito a pasito. Necesitaba recostarme porque se me empezaron a entumir las piernas. No reparé en que estaba dejando a un desconocido hurgar en mi casa y que no había nadie más. ¡Ah! Y que con las luces y las piezas como estaban la casona bien parecía la casa de los sustos. Cuando llegué al tercer piso y Cami entró antes que yo, me di cuenta de mi estupidez. Entré lo más rápido que pude y aseguré la puerta con todos los candados posibles. Mi respiración se había agitado. De pronto, sentí mucho miedo.

Recordé que la ventana del cuartito donde estaba mi cama daba a las escaleras de emergencia. Comencé a sudar y a trazar en mi mente todos los posibles escenarios, uno más fatalista que el otro. La vibra del hombre me había parecido muy rara, ¡y, *c'mon*! Nadie viene de tan lejos a ver una exhibición en la *Muppet House*. Imaginé las cosas más absurdas que en su momento se sintieron como amenazas reales. Llamé a Ismira: *"I'm in the movies"*. Susurró y colgó de inmediato.

Damn it! Me asomé hacia el patio, ahí estaba el señor, divagando, caminando lento, mirando hacia arriba, examinando. *Shit!* ¿Y si me vio mirando? Mi respiración se agitó aún más. Vivir en la *Muppet House* me había convertido en un simple y reverendo *muppet*. Había un hombre desconocido recorriendo solo todos los pasillos de mi casa. ¿En qué estaba pensando? ¿911?...

Agucé los oídos. Cami estaba nerviosa, caminaba detrás de mí. ¿En qué lío me metí? Volví a asomarme al patio. El señor ya no estaba ahí. Me senté en la cama; yo le había dicho que cuando terminara por favor cerrara la puerta tras de él. Yo misma aseguré el botón. ¿Se habría ido ya?

Pasó una hora antes de que pudiera recuperar mi respiración. No supe cuándo se fue, pero escuché la voz de alguno de mis roommates llegar y suspiré.

No. No seguiría viviendo así. Ni un día más. La luna ariana, impulsiva, decidida e inquieta se apoderó de mí. Junto a la pestaña de Netflix abrí la del buscador de vuelos, necesitaba tomar aire, mucho aire, todo el aire que otro país tuviera para mí.

I don't know

"*But you have to tell me a month in advance*", reclamó la turca cuando le dije que me iba a ir todo el mes. Mi espalda estaba mucho mejor, había ido a la sesión con el Dr. J. y le conté del plan. "*Seems like the right decision.*" Acordé con la *Muppet Queen* que rentaríamos mi cuarto en Airbnb y yo accedí a pagar una parte proporcional para que mis cosas se quedaran en los clósets y no tener que pensar en toda una mudanza.

Dos días los pasé empacando lento, cuidando de no cargar cosas pesadas, ni de hacer movimientos bruscos. Me pasé desechando baratijas que había comprado para los primeros meses en Nueva York, dejando ropa, zapatos, especias que no me servirían para el chai, comida fresca que pasé al refrigerador comunal de la cocina oscura. Me preocupaba dejar a Cami en aquella casa destartalada con la asistente de la turca, con quien la perra, al parecer, tenía un gran amor.

Adam vino a ayudarme a terminar de empacar e instaló unos pequeños cerrojos que había comprado para sellar ambos armarios. "*What will you do when you come back?*", preguntó al terminar de martillar. Caminé hacia él y lo abracé, su aspecto de *handyman* era bastante sexy, olfateé su chongo de chinos: "*I don't know*", dije al jalarlo al piso conmigo para tumbarnos. "*I'll miss you*", dejó salir con la voz tenue, dándome un beso en la oreja. "*I know*", contesté y nos quedamos un tiempo largo abrazados, tendidos en la madera de mi cuarto. "*Me too*", agregué.

Caí: las millennials hicieron cuestionarme

Sky me llevó a cenar de despedida. Nunca lo habíamos logrado, porque a pesar de vivir bajo el mismo techo vivíamos en diferentes husos horarios. Cuando el sol entraba por la ventana de la *Muppet House* y se instalaba directamente en mis ojos, Sky me mandaba un mensaje que apenas se acostaría a dormir. Once años de diferencia lo son todo.

Bajé del tercer piso, nos encontramos en la *stoop* de la casa, ella con su atuendo de siempre, la ropa holgada tapando su figura rechoncha, su gran chamarra de mezclilla, sus ojos claros y sedientos y el pelito corto y rubio. La encontré con dos amigas, alargadas como cisnes, con la cara más maquillada que yo y con zapatos de tacón. "*So this are my friends, and she is my roommate*", las saludé de beso aunque ellas me ofrecieron la feliz mano aguada de la cultura americana. Miré a Sky con cara de "con una chica de 19 años tengo suficiente, ahora tengo que chutarme una cena con tres, y además ya me voy", pero Sky adivinó mi mirada, encogió los hombros y se echó a reír.

Fuimos a Pearls, que estaba en la siguiente cuadra, comí Mahi Mahi, las chicas solo bebieron y Sky y yo compartimos un guacamole con granadas y chips de plátano macho. Conversé con ellas: estudiaban, vivían con los padres y cuestionaban con bastante solidez el tema de las relaciones.

Sky tenía una semana de haberse infatuado perdidamente de una chica un poco mayor que ella, de cuerpo esbelto, ojos claros y corte de pelo de soldado raso. Sky sufría porque su residencia en la *Muppet House* acababa y tenía que volver a Connecticut a reiniciar estudios; le dolía la impermanencia del amor.

Esta generación de mujeres americanas no creía en el "para siempre". Y ni siquiera creían en la era del D.C. Dijeron que era mejor tener muchas parejas en la vida a solo comprometerse con una. Millennials, pensé, pero después de pagar la cuenta y escuchar el andar de mis botines regresar a casa mientras las *teenagers* iban a un bar gay, yo, que soy una *old* millennial, me pregunté si esta generación estaba entendiendo las cosas mejor que la mía.

A mi ritual de agua solo vinieron las turcas; les había dicho que no era el momento de hacerlo, porque mis cosas seguían en la casa, pero insistieron. Solo me llevé al viaje una maleta *carry-on*. Era la primera vez que viajaría tan ligera.

Cami, Cami, Cami. Se me hizo un nudo en la garganta cuando la dejé en manos de la asistente de la turca, en su mirada triste, en la mía. "Vengo por ti pronto, Manzanillita", le dije y besé su cabeza, pero ella una vez más me miró con los ojos suplicantes. Era un perro que odiaba Nueva York.

Me subí al Uber y giré para ver a Cami detenida con la correa en el *stoop*, a las dos turcas arrojando agua a mis llantas traseras. ¿Era una idiota por irme? ¿Por dejar a Cami así? *What about Adam?* Finalmente había conectado con un hombre. ¿Me iba a ir así? Agua bendita. ¿Iba a arrojar todo por la borda? No veía cómo podría seguir viviendo en Brooklyn.

En el avión recordé a las millennialls y me llegó una frase que titulé: "*The question of all*", como un llamado a transitar cada área de mi vida para llegar a la claridad.

Cuestioné la necedad de vivir en Brooklyn para hacer dinero de la noche a la mañana, y que mi trabajo como creadora, cargadora de leche y frascos, preparadora de la bebida, envasadora al alto vacío, etiquetadora y repartidora de chai pudiera ser un trabajo que me ayudara a pagar la inmediatez con la que llegaba el cargo de la renta.

Cuestioné si Nueva York me estaba invitando a asentarme ahí o, por el contrario, me estaba escupiendo con todas sus fuerzas.

Cuestioné las ganas ancestrales de casarme, tener hijos, formar una familia de la manera convencional. Cuestioné todas las formas de relacionarse que había visto en mi familia. ¿Desde dónde lo habían hecho?, ¿desde un lugar para sentir seguridad en tener una compañía y esquivar la incómoda sensación de la soledad, o de tener una casa que les hiciera sentir certeza del "para siempre", o del amor incondicional?

Cuestioné a mis padres y cuestioné a mis abuelos. Me enojé tantísimo con mis abuelas y bisabuelas porque quisieron heredarme su sumisión, y ninguna se atrevió a abrirme la puerta al mundo, a la valentía y a la acción.

Cuestioné a mi madre y a mi tía, la hermana que me llevó a Nueva York. Las cuestioné y también las perdoné. Al final, todas éramos hijas de un mismo sistema social y quizá ellas, de alguna forma oculta, me abrieron las puertas del mundo.

Cuestioné el dinero, el poderoso mago que nos hace quedar a las mujeres quietas y calladitas para permitir que alguien más decida por nosotras. O a buscarlo con tanta ambición como si también fuera la garantía de un futuro sin riesgos.

Cuestioné mi propia incertidumbre y por qué parecía tan desatinado no tener la seguridad en ningún plan, ni casa, ni ciudad, ni país, ni hombre, ni dinero, ni nada.

"*The question of all*" llegó en el peor momento posible.

Ermoúpolis

Aterricé en Atenas y caché el wifi del aeropuerto para notificarle a mi madre que había llegado y que estaba bien. Recibí en ese instante la llamada de mi hermano: "Mi abuelo se está muriendo". Y cuestioné también si quería ser parte de su agonía. O no.

Tomé de inmediato un vuelo a Mykonos. El verano y la fiesta de las islas griegas habían pasado y ahora, según los locales, todo regresaba a la calma. Necesitaba el mar más que cualquier otra cosa, necesitaba mirar el mar, día y noche. Ahí estaría la claridad. Necesitaba encontrar un cuarto con vista al océano. No me importaba el tamaño de la habitación, sino el de la ventana, o del balcón.

Dormí en Mykonos solo una noche. Me pareció un lugar tan bello como turístico, y yo buscaba algo más local. Menos *"Hey beautiful lady, come have a greek meal with us"* y más "Déjenme explorar dónde quiero comer mi *horiatiki* y no me hablen en inglés de buenas a primeras". Un amigo griego de la *Muppet Queen* me había sugerido dos islas para encontrar el silencio que anhelaba: Naxos y Syros. A la mañana siguiente saqué mi péndulo de cuarzo que siempre había estado en mi altar. El péndulo dijo Syros. Embarqué un ferry y me fui a la aventura griega.

La isla era pequeñísima. Rodearla en coche tomaba una hora y media. Eso era precisamente lo que yo buscaba: un lugar chico y contenido. Estaba abrumada de Manhattan, de Brooklyn e incluso de la enormidad de la Ciudad de México. Había visto en el ferry una opción para mi estancia. Estaba a cinco minutos caminando del puerto. Me encontré con un pequeño problema: todas las calles estaban escritas en griego, y las de mi Google Maps en fonética. Tardé 45 minutos en encontrar el sitio, pero no me importó porque yo estaba extasiada, arrastraba mi maleta *carry-on* sobre las calles angostas y empedradas, y parecía ser el único sonido que habitaba la faz de la Tierra. En el camino encontré por lo menos cien gatos y un festival colorido de buganvilias de distintos colores.

Toqué el timbre. Una vez, dos veces, tres veces. Nadie atendió la puerta; como no tenía reservación, nadie me esperaba. Sin embargo, salió una señora mayor de la casa vecina, pensando que estaba tocando allí. Me abrazó como si me hubiera estado buscando siempre, me tomó la mano y me hizo asomar a una habitación minúscula con una estufa y una señora de por lo menos 95 años. Vino hacia mí y me tomó la cara, me miró a los ojos y me empezó a hablar en griego. No hablaba una palabra de inglés. Me abrazaba y besaba los cachetes como si fuera su bisnieta perdida. La otra mujer me dio a entender que tocara la puerta del hotel con más fuerza y que si nadie venía, podía quedarme con ellas. *Speaking about the Greek hospitality versus the New York one*, ¿verdad?

Salí. Me dejé guiar por el sonido de la ópera que escuché. Llegué a la plaza de Ermoúpolis, capital de las islas Cyclades. Era una plaza enorme con un edificio de gobierno al centro. Alrededor había cafés, comercios y gente. Me recordó a los zócalos de México. Fui a uno de los cafés a buscar wifi, pedí un café y una *spanakopita*.[29] Pagué tres euros. Tres. En Nueva York, eso no me alcanzaba ni para la mitad de un café. ¿Cuál era mi obsesión con la Gran Manzana, *anyway*? Encontré un hotel en la playa Galissas. Estaba lejos de allí. Abordé

---

29 *Spanakopita*. Es un pastel salado de la cocina tradicional griega. Contiene espinacas, queso feta y condimentos envuelto en capas de masa filo.

un taxi. No había cuartos. La recepcionista me dijo: *"Don't worry. I'll find you a room"*. ¿Cómo? ¿Ayudarme sin pedir nada a cambio? Eso no lo veía todos los días en Nueva York.

Fui a donde la recepcionista me dijo. La habitación no tenía vista al mar, pero era suficiente. El dueño de la pensión era un sesentón bastante guapo. Me lo imaginé de joven y pensé que así deben ser los dioses griegos. Cuando le pregunté si el desayuno estaba incluido, me miró de arriba abajo. *"Yes, you need to eat. You are very skinny"*, me miró luego las caderas, y mientras lo hacía pensé: ¿Qué? ¿Me pongo una t-shirt?

Fui a la playa, luego cené en el único restaurante que había. Pedí ensalada griega, pulpo a las brasas, un vaso de agua y una copa de vino. Aproveché que tenía wifi, me metí a Facebook, para enterarme que Matthew se había casado. No lo había visto desde que me fui a Nueva York, jamás me lo volví a topar cuando visité la ciudad, y desde que perdí mi número mexicano no supe más de él. "La siguiente vez que te vea vas a estar embarazada", me había dicho en el drama aquel de tacos y nopales del Califa. No me movió ni un pelo la noticia, porque yo estaba fascinada con mi cena mediterránea. Aunque el vino me hizo pensar: ¿Y si no me hubiera ido a Nueva York y me hubiera quedado con él "a cumplir mis fantasías sexuales más voladas"? ¿Qué habría sido de mí? Me acordé de la película *Sliding Doors*.

Cuando me trajeron la cuenta yo estaba absorta en este pensamiento, pero de inmediato me salí de él porque no entendí qué había costado un euro con 50 centavos, ¿el agua? El mesero me explicó que había sido el vino blanco. Finísimas notas las de aquel vino blanco. Pasé cerca del sesentón, su esposa y sus amigos que estaban cantando y tomando ouzo en el porche. Era un lugar que exudaba alegría nada más por ser. Lejos de Nueva York, infestado de *human doings*.

Los siguientes días los pasé en la pequeña isla de Syros de un lado al otro. Sin encontrar dónde asentarme. Dónde ir por horas a ver el mar y escribir sin parar. Estuve en una *guesthouse* que era el *deal* perfecto, pero solo había lugar esa noche. Nina, la mujer que la atendía, había ido por mí a la estación de autobuses. Al llegar me ofreció un café y un panqué de naranja. Platicamos quizá dos horas. Era una mujer apacible que me recordó físicamente a una tía abuela, pero su carácter, a Mahji. Su recuerdo me entristeció, pero al mismo tiempo me sentí digna: no me había casado antes de los 22, como se lo había prometido. Nina era una mujer libre.

Al siguiente día cuando me fui de casa de Nina, nos dimos un largo abrazo y me extendió una mano. "*I want to give you something*", y me entregó una bolsita. Adentro había una estatuilla del tamaño de la palma de mi mano, era un rostro de terracota cuadrado con una nariz prominente. No tenía ojos ni boca. Solo una nariz. "*It is how we represent the power of women here in the Cyclades islands*", me sentí muy conmovida, "*Take the power of the ocean with you... take the wisdom of Tetis*".

Al día siguiente conseguí una habitación con balcón frente al mar y pasé los días yendo a Asteria Beach que estaba a unos metros de mi cuarto, nadaba en el mar y sentía que algo ahí me pertenecía, porque no podía salirme. Los meseros empezaron a conocer mi rutina. Nadaba y al salir me traían mi café *metrios*.[30] Yo escribía por un tiempo tan prolongado que no me daba cuenta cuántas veces me habían ofrecido algo para comer. Entraba al mar de nuevo. Regresaba mareada, tenía que recostarme y recuperarme antes de comer.

Paseaba por el puerto antes de tomar el ferry de regreso. Caminaba con mi maletita y entré a la tienda de sandalias. El sandalero me habló en griego, como todos, porque como mi físico es producto de una turbulencia mediterránea, bien podría pasar como griega. Compré unas sandalias mientras él me alababa los pies, el cuerpo, los ojos, la nariz. Pregunté dónde estaba la mejor ensalada griega del puerto para mi comida de despedida. Cerró la tienda y me dijo que él me llevaba. Accedí. Comimos y no sé cómo me convenció de no irme ese día, sino al siguiente. Fluí. Dijo que su casa tenía una vista brutal para que yo escribiera.

---

30 *Metrios*. Es una manera de preparar el café griego, que es muy parecido al café turco. Metrios significa que tiene media de azúcar o leche y media de café.

El lugar estaba aislado, sobre una colina, no había nada enfrente y nada detrás. Era cierto: la vista era espectacular. El viento soplaba fuerte y se escuchaba a un decibel aterrador. ¿Iba a pasar la noche allí? *"The Gods sent you to me"*, dijo el sandalero. Y que yo le recordaba un amor de vidas pasadas. Preguntó si estaba enamorada. Pensé en Adam, pero no podía decir que estuviera enamorada de él. Dije que no. Pregunté lo mismo. Dijo que no. El sonido del viento era fortísimo. Él me leyó poemas escritos a mano. Le pedí la clave del wifi, dijo que no tenía. *Excuse me?* Necesitaba avisarle a Ismira que estaba allí por cualquier cosa. El sandalero me besó una y otra vez. Me quería ir. Claro que no pasaría la noche allí. ¿Y si quería irme en la madrugada? No habría transporte público. ¿Ni wifi? No tenía manera de comunicarme. De ninguna manera, y escuchar ese soplido espeluznante, *no way*. Vi unos barnices al lado de su cama. *"Yes, I'm married, but she is not here. And I have never cheated on her. But I feel a connection from past lives with you."*

Connection? ¡*Connection* ni madres! Me enojé mucho. Le dije que prefería irme a escribir al hotel en el que había estado. Me agarró las caderas. *"I want to feel you."* *Feel me?* ¡Ni madres! Me zafé de sus manos y tomé la *carry-on*, me fui a la puerta con ella, indispuesta a hablar una palabra más. Me habría ido sola, pero el lugar era tan remoto, que no pasaba por ahí ni un suspiro. Todo el camino de regreso el sandalero me pidió que lo reconsiderara, que *"This was the signal of the Gods"*. ¿Qué no entiende? No es no.

Regresamos a Ermoúpolis, me bajé del coche azotando la puerta. Estaba furiosa conmigo, pero me sentí empoderada de haberme salido de aquella incómoda situación en la que me metí. Después de haberlo recorrido tanto, sentía Ermoúpolis como mi hogar. *My safe place*. Volví a mi pensión frente al mar sintiendo un retortijón en la panza. No podía seguir viviendo al día; una cosa es fluir, la otra es sobrevivir.

A la mañana siguiente bajé a sumergirme un poco más sobre el mar Egeo. Una última vez ver "mi playa" y escuchar al viento soplarme todas mis verdades en la cara.

A man with a van

Estuve en Brooklyn solamente como escala para ir a México. Dormí en la *Muppet House*, y al siguiente día mudé mis cosas a un *storage*. Finalmente me había vuelto tan neoyorquina que ya tenía un clóset dentro de un edificio enorme que parecía una especie de cárcel, tan vacía y tan llena. Me daba escalofríos caminar por los pasillos de ese lugar, recorrer largos tramos de puertas y puertas con cosas y cosas de tanta y tanta gente. La raza humana es especialista en acumular. Me dio curiosidad saber de qué trataba el acopio material de los demás; el mío era ropa, libros, recuerdos y frascos con especias.

Mi cansancio por tanto movimiento en Grecia y tan solo con mirar las dos maletas medianas, las dos grandes, las cinco maletas chicas, las cuatro bolsas recicladas, las dos cajas con especias, ollas y frascos del chai y una cajonera llena de libros me hicieron contratar a un *man with a van* para que bajara todos los tiliches del tercer piso de la casa a la camioneta y de la camioneta a ese armario al que tenía que llegar por un elevador más grande que alguno de los cuartos de mis roommates y apretar una combinación eterna de letras con números.

La asistente de la turca se iba también de allí, así que llevé a Cami a casa de Olga. Me sentía la peor persona del mundo por hacerle eso, pero organizar que ella viajara conmigo de vuelta requería mucho tiempo y energía que de momento no tenía. Las dos turcas me arrojaron agua en las llantas. Ahora sí sentí que me fui de allí. Volé a casa esa misma tarde.

México me abrazó. Llegué sin las cargas de antes, sin el peso que sentía de encajar en la sociedad, solamente siendo el feliz bicho raro que amaba los tiempos de soledad, la vida de la incertidumbre y la libertad de movimiento.

Segundo otoño: jaque

El Rey se había deteriorado a la velocidad de la luz. De la última vez que lo vi en Miami, era como si hubieran pasado cien años. Parecía una pasita dulce, arrugado y quebradizo, con los ojos vidriosos, llenos de paz, pero agotados por la experiencia de vivir. Por primera vez se dejaba abrazar y besar. Fue muy duro verlo así, atestiguar el cambio tan radical de un hombre que siempre cuidó de tener un aspecto prístino, a requerir asistencia para comer a través de una sonda.

Me tocó asistirlo en varias de sus crisis, verlo temblar de miedo y resistir el cambio.

"¡Abuelo, abuelo... suelta!, es más fácil que aferrarse. Si usas el viento del otoño, su fuerza sabrá descolgarte de la rama y volarás libre y tranquilo", dije a su oído una tarde mientras dormía. También era un recordatorio a mí misma, que nací en la desolación del invierno cuando hay que luchar por sobrevivir, en lugar del otoño, donde todo parece más fácil que apegarse a lo que no es.

La agonía de mi abuelo, mi propia incertidumbre y las preguntas de la gente que me encontraba, se sumaban a la sensación de que todo dentro de mí se contorsionaba tanto que no me dejaba respirar. ¿Y ya regresaste? ¿Te quedas? ¿Te vas? ¿Qué haces en Nueva York? ¿De qué vives? ¿Cuáles son tus planes? Esas preguntas me las hacían los de fuera, pero yo las vivía desde dentro.

Aunado a todo, Olga recibió una carta de su edificio de que si volvían a ver a Cami ahí, los multarían o vetarían su contrato de arrendamiento. Habían pasado un par de semanas.

Fui a casa de mi abuelo a despedirme de él, su trascendencia al otro plano era cuestión de días, pero la única responsabilidad de mi vida, y el único ser al que yo cuidaba, Cami, me necesitaba. Al final, ella es mi familia tanto como cualquier otro miembro con el que comparto sangre y rasgos físicos.

Mi abuelo dormitó durante el tiempo que estuve con él, le tomé la mano, lo vacilé, le canté *El rey*, le dije que lo quería mucho. Le besé la frente y dejé que mis lágrimas rodaran por su cara arrugada y el semblante de pasita dulce y apacible.

Election day: jaque mate

Aterricé en JFK el domingo por la tarde. Había un tráfico infernal porque fue el día del maratón de Nueva York. Fui directo a casa de Olga por Cami que movió tanto la cola al verme que yo por poco la moví de verla a ella. Era mi compañera leal, suspiré, la abracé y me cuestioné si de verdad podría tener hijos. Sola, con mi amigo gay, congelando óvulos, con mi pareja... como fuera. ¿Podría?

Cami y yo abordamos un Uber a casa de mis tíos que me prestaron el departamento por unos días. Texteé a Adam porque mi estancia en Nueva York dependía del trámite de Cami, de qué tantos viajes debía hacer al *storage* para llevarme mis cosas, pero sobre todo, dependía de mi abuelo. Tenía ganas de ver a Adam, y muchas ganas de besarlo. Las calles y avenidas eran un caos total, entre el maratón y que en los próximos días los americanos debían decidir entre Hillary o Trump, nunca había visto la ciudad tan saturada.

Yo quería que ganara Hillary, pero el destino que es a veces tan raro y caprichoso, me llevó donde Trump.

El aire del otoño me hacía sentir crepitante. No era frío, no era caliente; era la manera más hermosa de crujir, era de esos vientos que azotan en la cara y despiertan los sentidos para oler los aromas que se levantan de la tierra y se impregnan en la nariz. Salí con Cami a pasear al Central Park. Caminamos y caminamos. Le dimos una vuelta completa al parque. Me empeciné en caminar por el pasto y con mis botas aplastar hojas caídas y sentir la placentera sensación estridente de algo que fue tan vivo pero que entiende cuando es momento de morir, de caer al pasto, al asfalto o al olvido. Crepitar. El aire otoñal que remueve los apegos. Estaba dispuesta a dejar ir todo. Todo. El control, la certeza de que hay algo de certeza, mi pasado, el futuro repleto de expectativas, las ideas ancestrales que me rebasaron durante tantos años, el estímulo del dinero. ¿No podría ser otoño siempre? Yo quería ser otoño, qué fácil es para la naturaleza dejar ir.

Fall = *autumn* = Otoño.
To fall = caer.
Second fall = el segundo otoño = la segunda caída.
Me quedo con la segunda.

Llevé a Cami con el mismo veterinario que la había atendido en su crisis de la tormenta de nieve. La revisaron, me hicieron mil preguntas para llenar una carta. La volvieron a checar. Afortunadamente, todas sus vacunas estaban en regla. Volvieron a preguntar lo mismo. Me cobraron. Prácticamente había pagado por esa carta que certificaba que podía entrar a México sin ser una amenaza para la salud de nadie. Pero también conseguí que Cami fuera declarada *emotional support animal* gracias a una página de internet en la que la registré y subsecuentemente conseguí la carta de un doctor que acreditara que yo la necesitaba conmigo en todo momento.

No me dio tiempo de ir al *storage*. Tardé en conciliar el sueño, porque el ambiente en las calles, y dentro del inmueble, tenía una efervescencia que jamás había sentido.

Abrí los ojos al zumbido ruidoso de los helicópteros que rodeaban la Quinta Avenida y la Calle 56. Dormí en el mismo edificio que el candidato republicano a la presidencia de Estados Unidos. Alcancé mi teléfono que estaba en la mesilla de noche para ver la hora. Era algo entre las ocho y las siete de la mañana. No había hecho *phone detox* la noche anterior justo porque esperaba ese mensaje. Leí en el Whatsapp familiar que El Rey había dejado de respirar. El patriarca estaba muerto.

Yo estaba lejos de su cuerpo inerte, lejos de mi madre, lejos del entierro inmediato, lejos de todos. Sin embargo, estaba muy cerca de Donald Trump en este día tan particular, el día de las elecciones en Estados Unidos. Estaba exactamente 24 pisos debajo de él y 40 pisos arriba de más de un centenar de agentes del servicio secreto y de quizá todos los miembros de la policía de Nueva York. Estaba por encima de la locura en las calles, muy cerca del molesto ruido de los helicópteros.

Decidí no moverme. No podía. No logré siquiera tomar el teléfono entre las manos para darle las condolencias a mi madre o para buscar un vuelo directo a México. Cerré los ojos y dormí hasta las nueve. Desperté con el cuerpo temblando, un dolor de cabeza tremendo y mi primer llanto del día. Seguía sin poder moverme, así que me quedé chillando, tiritando, sin espacio en mi mente adolorida para algún pensamiento.

Mi madre llamó al departamento de mis tíos y escuchó mi voz espasmódica y los desgarradores gemidos de mi llanto. No toleró oírme así. "Es que estás ahí sola", me dijo, e inmediatamente le pasó el teléfono a mi primo. Él sostuvo mi lloriqueo con un silencio de casi cinco minutos hasta que dijo: "Te-rry". Y yo pregunté: "¿Quién es?" Él se identificó mientras yo seguí sollozando. "Deja de llorar. Puedes venirte en el vuelo de las 2 p.m. y llegar aquí con nosotros", dijo con la voz quebrada. Yo no podía pensar en boletos de avión, aeropuertos o alguna otra actividad extrema. Solo quería enterrar la cabeza bajó un millón de almohadas y callar esos helicópteros con una mirada asesina.

No pude quedarme bajo las suaves almohadas blancas. Cami tenía que salir y yo necesitaba urgente un café para lidiar con la dolorosa noticia y el día tan extraño. Bajé al pequeño vestíbulo y lo encontré sobrepoblado. Siempre me he preguntado por qué el lobby de la Trump Tower, donde el mismo hombre vive, es tan pequeño, feo y oscuro. El vestíbulo era un cuadrante de mármol casi claustrofóbico, lleno de hombres con armas, con armas grandes y gordas.

Cargué a Cami en mis brazos para cruzar la puerta de vidrio. La Calle 56 estaba cerrada, con muchas camionetas negras de guaruras, llena de gente con pistolas o con cámaras, llena de incertidumbre. Una mujer disparó con su enorme Canon. Mis ojos estaban rojos e hinchados. Me veía de la *shit*. Los periodistas esperaban a Trump, que estaba por salir para ir a las casillas de votación.

Salí como pude y me aseguré de que algunos de los elementos de seguridad me reconocieran cuando quisiera regresar. Esos hombres, guapos y fuertes, los agentes del Servicio Secreto del tipo de las películas estaban frente a mí y había mucha testosterona a mi alrededor.

Caminé hacia la derecha y encontré la Quinta Avenida con enormes camiones de carga llenos de arena y alineados perfectamente desde Emporio Armani hasta Tiffany & Co. Parecía la barrera más alta y fuerte para mantener a la gente lejos del edificio. Caminé a Whole Foods en Columbus Circle para comprar un café. Mi cabeza estaba a punto de explotar. Mientras esperaba en línea para pedir el café, otra prima llamó y tan solo escucharla decir "hola" estallé en un llanto dramático. Tuve que parar por un instante para pedir el café; la barista preguntó si estaba bien, y yo, con toda vulnerabilidad, dije: "*My grandfather died in México*", ella me pasó una servitoalla marrón-orgánica con la que me soné los mocos. Lo mismo pasó con la mujer que me entregó el café, ambas dijeron que esto era terrible. ¿Lo era? No lo creo.

Mi abuelo vivió elegantemente 86 años, hizo siempre lo que quiso, tuvo la salud perfecta, una familia grande y muchas aventuras alrededor del mundo. De igual forma, era doloroso; la muerte es capaz de remover cualquier recuerdo concerniente a la pérdida, nos hace sentir fragilidad e incertidumbre. La muerte de mi abuelo no era terrible, pero mi dolor de cabeza sí.

Cami y yo volvimos a la Trump Tower y varios agentes del Servicio Secreto checaron mi bolsa en sofisticadas máquinas de rayos X que pusieron a la mitad de la Calle 56. Subí al departamento y encendí el noticiero. Afuera, el sol brillaba y el clima crujía en todos los sentidos posibles. Trump llevaba la delantera, pero era pronto para sacar conclusiones. Dormí un rato y desperté a contestar un millón de llamadas. Lloré en casi todas, excepto en una, con Ismira, en la que me reí por cómo el destino me había puesto en el mismo edificio en el que Donald Trump, y el resto del mundo esperaba el veredicto el día de las elecciones en el día en que mi abuelo murió. "Espero no estar acostada en el edificio del ganador." Queríamos ver la derrota del dueño y residente del penthouse y que se llevara ese pelo y esa cara naranja de vuelta al piso 64.

Recibí notificaciones de OkCupid, y en ese instante la borré. No solo eliminé la aplicación de mi teléfono, sino que me metí a la página para decirles *"unsubscribe me forever"*. Todas las otras ya las había borrado.

Compré mi boleto de avión para el siguiente día y Cami viajaría conmigo en la cabina, por "prescripción médica". Mientras tanto, ella tomaba un baño de sol sobre la alfombra, sin percatarse del caos interno y externo en el que yo me encontraba.

Quise llamar a Adam para que viniera a abrazarme, pero entrar al edificio habría sido un infierno, y luego caí en cuenta de que a quien de verdad quería llamar era a Santiago, para que me dijera "Lo siento, bombonazo", pero después de mirar su contacto una y otra vez dejé el teléfono y me metí a bañar. Eran las cinco de la tarde y el dolor de cabeza era menos agresivo, pero aún así necesitaba un analgésico y no había rastros de ibuprofeno en el departamento. No me había animado a salir a la farmacia de la esquina por el rollo que era entrar y salir del edificio. La ducha me transformó.

Salí. Me dirigí primero al Duane Reade de la Calle 57 y la Sexta, donde coincidí con 13 camionetas blindadas y varias sirenas de policías. Asumí que era el convoy que llevaba a alguno de los candidatos. Me tomé dos Advil y sentí un impulso intenso de comprar ropa interior. Caminé hacia Victoria Secret, y permanecí allí cerca de una hora, ponderando con la *bra expert* el tamaño de mi copa, que para mi sorpresa había estado siempre errada. Salí de la tienda con una bolsita rosa y blanca y caminé una cuadra hacia Sephora para comprar rímel. Después sentí un hoyo en el estómago.

El dolor de cabeza había casi desaparecido por completo y estaba hambrienta; deseosa de una buena *comfort food*. Tenía una idea en mente, debía ser ese platillo o nada. Traté de caminar por la Calle 55 pero aquellos camiones de carga la bloqueaban por completo porque Hillary estaba en el Hotel Peninsula. Procedí a la Calle 54 y se podía caminar hasta llegar a la Sexta Avenida donde el Hotel Hilton tenía más camiones de carga y dentro, la fiesta de los republicanos. Escuché gente vitorear el nombre de Trump. Vi mil cámaras de video con periodistas de diferentes nacionalidades tratando de reportear lo que estaba pasando. Donald iba ganando, pero el pánico no debía cundir porque todavía teníamos Florida.

Entré a Milos y me senté en la barra a ordenar mi *comfort food*: una ensalada griega y unas papas *fingerling* al eneldo. Me avoracé. Me dio miedo pensar en un ataque terrorista en la Trump Tower y había dejado a Cami allí solita. Regresé al edificio y una vez más me tocó el chequeo. Trump ganó Florida: *That was the beginning of the end*. Así como cuando el doctor aseguró en la última crisis de mi abuelo: es el principio del final.

Me acosté en el sillón completamente vestida, preparada para bajar a la calle si necesitaba hacerlo rápido, otra vez un poco paranoica de un ataque terrorista, o de cualquier emergencia. Escuché gente gritando algo que no distinguí. Las cosas empezaron a ponerse mal para Hillary; esto era inconcebible. Los rostros de los periodistas que narraban esta noticia insólita se notaban desencajados. La gente afuera cantaba una victoria.

Seguía sin moverme. Estaba pasmada y no podía irme a dormir. Cerré los ojos un instante, como había hecho en la mañana, renuente a enfrentar la realidad. Dormité quizá por 20 minutos y desperté con el dólar disparándose frente al peso y la voz del vecino del piso 64 en televisión nacional declarando su triunfo como el presidente electo de Estados Unidos. Eran las 3:30 de la madrugada, me quedaban dos horas y media para dormir. Me fui a la cama con las luces de los rascacielos alumbrando mi cara de asombro.

El sol se levantó demasiado pronto en el lado este de Manhattan; era un amanecer rojizo y espléndido. Veinticuatro pisos por encima de mí un hombre había ganado la elección.

Bajé al vestíbulo con Cami y con mi maletita, vi una cantidad menor de guardias y se lo comenté al elevadorista que también estaba estupefacto del triunfo del patrón. "*He will be softer than he had said on the campaign*", me dijo, pero tenía los ojos desamparados, "*he will bring us good, you'll see*". Asentí. Eran las siete de la mañana. Nos acompañó a la Quinta Avenida para detener un taxi amarillo en medio del caos. En la acera de enfrente, justo afuera de Abercrombie & Fitch y Prada, estaban alineadas alrededor de 45 cámaras de video con sus respectivos operadores, listos para obtener una imagen.

Cami subió conmigo al avión, se acostó en mi regazo y de ahí no se movió. Vi las noticias y lloré durante el discurso de Hillary. Lloré porque me sentí conectada con su pérdida; percibí cómo contuvo las lágrimas. Lloré por el futuro del mundo. Lloré cuando Hillary se dirigió a los jóvenes y a las mujeres con la frase: "*I was proud to be your champion*", pero, sobre todo, lloré porque mi abuelo había muerto.

Uno siempre vuelve a sus raíces.

Breve diccionario

El camino del Aeropuerto Benito Juárez a casa de mi abuelo se sintió como un laberinto al infinito, aunque Cami estaba sentada en mis piernas y ambas tomábamos bocanadas de aire, las mías estaban llenas de incertidumbre. Entre el tráfico y que cada rincón me recordaba a mi abuelo, sentí que se me cerraba la garganta y me asfixiaba la angustia de estar de vuelta. El chofer me dio un reporte detallado de las últimas palabras que El Rey le había dirigido.

Bajé del coche llorando mientras el chofer se hizo cargo de llevar a Cami a donde no estuviera concentrada la familia; me costaba pensar en cómo saludaría a mi madre. Me sentía una niña otra vez, sin saber qué hacer y cómo reaccionar. No pude llegar al funeral, pero llegué al primer día "normal" de los siete días de la *shive* judía.

Antes de entrar vi a mi tío, me vio llorar y me dio una palmada tibia en el hombro: "Y tú sin marido que te consuele", dijo el yerno de mi abuelo. Lo miré sin inmutarme. Las lágrimas seguían bajando hasta mi barbilla. No le debía nada a él, que había pagado los primeros meses de mi viaje y había desembolsado para la *matchmaker*. No le debía nada a mi familia. No le debía "un esposo" a mi tribu. No le debía nada a nadie. "¡Tío! He sobrevivido toda mi vida sin marido, y mírame, estoy entera, no me falta un ojo, ni una mano. Tampoco me ha faltado la risa, los viajes y la aventura." Quiso rezongar, pero antes de que dijera una palabra, me di la media vuelta y le di la espalda.

Entré a la casa. Más de 50 personas masticaban y platicaban alrededor de tres tablones. El Rey faltaba en su lugar de siempre. Mi madre se levantó de su silla y me abrazó tan fuerte que sentí que ella me daba consuelo a mí. Ella, no un marido. Ella que había perdido a su padre, como yo hacía años había perdido al mío. No dejó de estrujarme hasta que salió todo el llanto atorado, llanto de días, de meses, de años. Fue en ese instante cuando sentí una reconciliación sincera entre la educación que me dio mi madre y las nuevas formas femeninas que aparecían en mí, en ella, en las dos. A veces se acumula el llanto y cuando tiene oportunidad de salir es un torrente incontrolable. Cuando no había más lágrimas, mi madre me separó de su pecho para ver mis ojos: "¿Ya?" Asentí con la cabeza, me dio un beso tierno en la mejilla.

¿Quién sería mi madre si no hubiera sido educada en ese sistema social? Era una mujer que había aprendido a evolucionar. Mi madre había cambiado como había cambiado yo.

Toda la semana fue un constante reencuentro con el pasado, pero se sentía distinto. Entendí, en la semana de socialización forzada, la transferencia de la incertidumbre: si no sabía cuándo me iba a casar y con quién, debía al menos tener una respuesta para las preguntas de gente que no había visto en años: ¿Y... ya regresaste? ¿Te quedas? ¿Te vas? ¿Dónde están tus cosas? ¿Dónde vives? ¿Cómo pagas? ¡Manhattan es carísimo! ¿Empacaste la maleta tú? ¿Te vas por Aeroméxico? ¿Cuánto tiempo más te quedas? ¿Viajas en el *dreamliner*? ¿Vas a pedir ventana o pasillo? ¿Llevas frutas, animales o plantas? ¿Qué número de vuelo? ¿De fila? ¿Vas a pedir *chicken or pasta*? ¿A qué aeropuerto llegas? ¿Vas a tomar taxi o Uber? Cuéntame, en serio, ¿cuáles son tus planes?

No había necesidad de revelar que no tenía casa, que todas mis pertenencias estaban en un *storage* en Long Island City, que no tenía idea de qué sería de mí terminando la semana de duelo y que a quién diantres le importaba. Atiné a contestar a todas las preguntas la misma respuesta. "No sé, voy a estar aquí hasta que mi mamá esté más tranquila". Escuché aplausos en los ojos preguntones.

"¿No te aburres de la rutina y de sentar tu seguridad en el banquillo de la falsa estática?, ¿como el pelo lacio en las bodas?", pero no me atreví a hacérsela a nadie. También entendí cómo las certezas se cuelgan de la rama más pegada al tronco, o de la rama débil que se deja.

Comprendí que la mente cerrada es simplemente una reacción inherente al miedo, a la resistencia al cambio, a la negación de dejar ir todo para verdaderamente encontrarse con el todo. No era nada más cultural, sino que concernía a todos, especialmente a quienes encuentran seguridad y confort en la rutina, la planeación del calendario y quienes se quedan colgados del pasado y/o de las expectativas de que el futuro tendrá mejores atributos que el presente.

Mi abuelo se fue en otoño; sea física o emocional, la muerte era una temporada agraciada para descolgarse, soltar, dejar ir. *Surrender*. Esta sí era una bella estación para morir.

Breve diccionario

AMOR: Es amor es amor es amor es amor es amor es amor es amor es amor es amor es amor es amor es amor es amor es amor.

BODA:

COSAS COST:

CITAS A CIEGAS. (Intercambiar palabra Citas por palabra Confianza):

DINERO: La abundancia está disponible cuando uno se entrega con pasión a su camino.

MUJER: A veces sola, a veces acompañada. En el dolor y la alegría. En la salud y con todas mis fobias a enfermar. En el no saber cómo iré a pagar mi siguiente locura. En el café, el vino y en el chai. En el sushi, el sake y el ayuno. En una reunión social o en las burbujas silbantes de la bañera. En el presente. En el cambio constante de ocupación. En la apertura al amor romántico. En un mal date y en la conexión más sublime. En la fidelidad a quien soy. En el "sí" y en el "no" plantados en la verdad. En las letras y el silencio. En el correr y en el yoga. En los viajes, el movimiento y en la estática. En la flojera dominical y el mal humor. En el palacio de mármol o en la *Muppet House*. En Capataz Capricornio doble con luna en Aries, o no creyendo nada de eso. En la compañía de quien realmente quiera estar. En los vestidos de moda y los leggins de ejercicio. En la masturbación y en la intimidad sexual. En las sensaciones aterradoras como en las excitantes. En el amor como forma de vida. En la familia integrada dentro. Con la vida latiendo en las manos. Con la emoción de ser totalmente libre.

SOLTERA: No es el estado civil, sino el estado del corazón, que nunca está solo si verdaderamente está consigo.

TERESA: En las pequeñas autoconquistas que nadie ve.

Tirarirari tararará.
Esto es... Para Teresa

El hombre que ofreció 10 mil dólares a quien me presentara a mi marido, mi abuelo, se había ido. Qué dolor. Un hombre conservador al tiempo que un explorador del mundo, de la aventura, de las letras y de la filosofía. Yo me parecía a él, pasábamos horas hablando de Baruch Spinoza, "nuestro paisano filósofo"; me impresionaba la memoria que tenía, se acordaba de anécdotas y de citas textuales de pensadores. Su frase predilecta era: "Lo que para unos es bueno, para otros es malo. Y para otros, ni bueno ni malo".

Casi no me acuerdo de nada de lo que leo, pero siempre puedo regresar a la sensación de algo que veo. Y vi al patriarca de mi familia extinguirse del mundo físico, y con él cualquier figura paterna o masculina de la que esperara protección. Más que dolor, sentí una especie de alivio, como si expectorara todo el juicio y esperanza que alguien se hubiera hecho de mí. "Para otros, ni bueno ni malo."

"¿Y no te gusta? ¿No te late? ¿No te cae bien?", preguntó uno de mis primos lejanos después de mostrarme el perfil de un hombre en Facebook; un "amigo" en común. Seguía la semana con la intensa convivencia familiar. "Sí, me cae bien", dije al darle un sorbo al café turco. "¿Y entonces, prima?", siguió su hermano. "¿Entonces qué?", pregunté sabiendo perfecto lo que venía. "¿Le damos tu teléfono? Es un tipazo." Les dije que no.

"¡Velo, mira, mira qué guapo es mi hijo!", dijo la madre de un muchachazo cuando me mostró su foto. Era guapo, alto, mexicano, adinerado y judío. Estábamos sentados en las sillas plegadizas; había una multitud de gente visitando a la familia. Junto a mí, la madre del muchacho, su padre, y mi tía. "Es que se van a llevar perfecto. Les gusta la yoga, la conciencia y así", dijo el padre tratando de vendérmelo.

"¡Qué barbaridad!", exclamó la madre, "son igualitos con eso de que no quieren que les presenten a nadie". Esto se sentía como una caricatura sin final y sin salida. "¿Qué edad tiene tu hijo?", preguntó mi tía a la madre del muchacho. "Treinta y uno", contestó e inmediatamente se volvió hacia mí, "¿Y tú?" Contesté que tenía los mismos años y luego me pregunté seriamente cómo es que su nombre no me sonaba.

Mi tía preguntó alarmada: "¿Pero cómo se van a conocer si ninguno de los dos quiere que los presenten?". Me encogí de hombros y balanceé el pie de la pierna que tenía cruzada. Los tres *matchmakers amateur* se voltearon a ver, listos para hacer un *match*; pude entrever el celular de la madre con sus contactos abiertos, lista para rellenarla con mi nombre, apellido y número de teléfono para dárselo a su hijo, el guapísimo muchachazo. Era una caricatura que dejé de protagonizar.

"Pues… si nos toca, el universo nos unirá", dije y los tres se quedaron atónitos sin poder musitar una palabra más. Pero mi tía sacó su espíritu de perico y no se quedó callada. "Pero, entiende, esto es el universo que los une. Le tenemos que dar tu teléfono." Sonreí plácidamente, como si tuviera una batalla ganada. Había conquistado mi propia contradicción. Seguí balanceando el pie y con la mirada reposando en los ojos de mi tía negué con la cabeza. "También le tienes que ayudar a Dios." Pero sus palabras se hicieron inaudibles, como si me hablara en tono *pianissimo*.

"¡Ay, niña! ¡Tú y tus historias!", dijo mi tía cuando los padres del muchachazo se fueron y yo le conté algunas anécdotas con mis citas. "¡No puede ser que ninguno te haya gustado!", externó con total asombro.

Por eso la coartada ingeniosa del piano me salvaba la narrativa, pero no el corazón. Al corazón hay que vulnerarlo, abrir los compartimentos del dolor y la risa para orearlos, como a los monstruos con los que me reencontré en mi cuarto/caldera de Alphabet City y que todavía salen a menudo a pasear conmigo y con Cami.

Después, mi tía, como si hubiera entendido todo, como si un rayo de luz divina la hubiera iluminado hasta convertirla en maestra zen ascendida, dijo con seguridad, dulzura y esperanza en la voz: "Bueno, mi vida, no te preocupes. Tú tranquila que ya te llegará el novio y vas a poder empezar a hacer tu vida. *Inshalla*".[31]

Escuché bien. Sonreí desde el corazón. Un corazón libre del pasado.

Llegamos mi madre, Cami y yo a su casa. Sin pensarlo dos veces me descalcé por completo, me senté frente al piano, vi a mi madre sentarse en silencio en la sala, dispuesta a escuchar. Comencé: "Tirarirari tararará tarirari tarirará". Cami, al escuchar la melodía se sacudió y se tumbó bajo la grandísima cola de Don Steinway. Era mi versión perfeccionada, pulida, liberada, y en movimiento, de "Para Teresa".

Entonces, me fui a *Hawaii*.

---

31 Es un término en árabe que denota la esperanza en que un acontecimiento, que ya se ha mencionado, ocurra en el futuro. Si ese deseo u esperanza se alinea a la voluntad divina.

Agradecimientos

Debería ser fácil agradecer. Pero hacerlo al final de un libro significa despedirse. Y me rehúso a hacerlo. Recuerdo el tiempo que he viajado por el mundo, despertando, comiendo, durmiendo, amando y cargando en la maleta a estos personajes.

Viví mi odisea personal al escribir este libro. Lo que inició como un íntimo secreto, terminó siendo una larga ficción. Ha sido un honor escribir fragmentos, editarlos mil veces, vestirlos y decorarlos. Acomodar, desacomodar, reacomodar para tejer y formar una novela. Se llamaba "Primer rompecabezas" y comencé a verlo como un todo mirando el mar, en Grecia.

Ahora, con las olas rompiendo mientras navego el océano Atlántico quisiera empezar por agradecer esta fascinante experiencia llamada vida. Me ha dado todo lo que necesito cuando lo necesito. Me dio a mis padres que no han hecho otra cosa que amarme. Es el tercer libro que le mando a mi padre, Salomón, al cielo, para que lo comparta con mis cuatro abuelos y con todos mis ancestros. Sin el camino que abrieron ustedes, yo no estaría parada aquí hoy. Tengo la gran fortuna de caminar por la Tierra de la mano de mi madre, Betty, que ha logrado trascender e integrar el sistema generacional, para liberarse, al igual que yo. Gracias también por ser mi cómplice.

Gracias siempre a mis hermanos y a mi cuñada. A mis sobrinos. Gracias a mi familia extendida, a mi comunidad, a mi tribu. Es un privilegio ser parte de ustedes. Gracias Jaime Kohen y Aislin Derbez por regañarme tanto hasta que entendí que debía vulnerarme y narrar esta historia con honestidad. Edmée Pardo, gracias por ser una vez más mi primera lectora. A mi madrina Ángeles Mastretta, gracias por el cariñoso respaldo. A Varenka Ruiz por inventar el término *muppet* y a Arturo Mizrahi por presentármelo. A Dalia Jacob por el magnífico título. A Lili Carpinteyro por el subtítulo, por dirigir el arte de la portada y por el amor incondicional. A Alberto Sacal por la aportación del final. A María Conejo por comprimir todas mis palabras en una impactante portada. A Raisa Torres por decorar mi nombre y firma. A Tatiana Camacho por retratar la suavidad. A Ana Desvignes por enseñarme a hacer chai. A Armond Cohen por estar. A Fernanda Eguiarte por ser mi "iguana favorita". A Sammy Samir, por saberme escuchar. A todos mis amigos, gracias por honrar el espacio y tiempo que necesité para vivir, escribir y editar esta historia.

Nunca como lectora me había enterado del trabajo que hace un editor. Como autora, agradezco infinitamente tu trabajo y entrega, Fernanda Álvarez. Desde que me pediste leer el manuscrito y te dirigiste a mi como "querida", sabía que este libro sería nuestro. A Penguin Random House por hacerme sentir que llegué a un puerto seguro.

A todos los personajes que acompañaron a Teresa en este viaje interior, que fueron personas importantes en algún fragmento de mi vida. Como narradora, los voy a extrañar. Como persona, les digo: gracias, gracias. Si alguno de ustedes no hubiese sido pieza en mi camino, este "Primer rompecabezas" no estaría completo. Que después se llamó "Aquí a encontrar marido", y luego "La pesca del día".

Cami, mi ballenita bebé, tu resistencia, paciencia y amor incondicional me conmueve hasta la entraña. Gracias por adoptarme. Y, por último, quiero agradecer a mis células, que dejaron de absorber el pasado y dejan el espacio libre en el universo para que me pueda crear y reinventar, cuantas veces sea necesario, desde el exquisito momento presente.

Índice

FALL

WINTER

SPRING

SUMMER

SECOND FALL

La Matchbreaker de Teresa Zaga Cohen
se terminó de imprimir en abril de 2018
en los talleres de
Litográfica Ingramex, S.A. de C.V.
Centeno 162-1, Col. Granjas Esmeralda,
C.P. 09810 Ciudad de México.

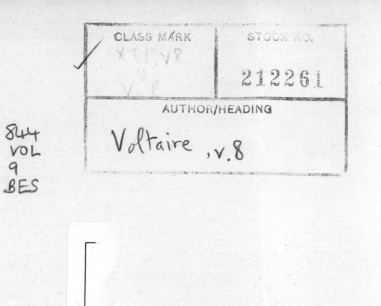